相場英雄

hideo aiba haou-no-wadachi

覇王の轍《わだち》

小学館

覇王の轍

装画　太田侑子
ブックデザイン　鈴木成一デザイン室

目次

プロローグ 5
第一章 軌道 10
第二章 喚呼 95
第三章 保安 189
第四章 検知 256
終章 置石 361
エピローグ 457

プロローグ

ＪＥ宗谷《そうや》本線の永山《ながやま》駅前で乗ったタクシーの窓から、郊外の住宅街を漫然と眺めた。ずっと続く平坦《へいたん》な土地、そして碁盤の目状の区画は、どこか寂れた雰囲気が漂い、昭和の雰囲気が残る。区画の空きスペースには、除雪された大量の雪が積み重ねられ、小高い山のようになっている。

道路もところどころ凍結し、そろばん状だ。タクシーがなんどもバウンドした。古びた地元スーパーや擦り切れた暖簾《のれん》がかかる蕎麦《そば》屋の前をタクシーはスピードを上げ、通り過ぎた。

「お客さん、もしかしてお葬式？」

前歯の抜けた口を開け、ミラー越しに老年の運転手が尋ねた。つい一分前、旭川市郊外の番地を告げただけなのに、なぜ葬式に行くとわかったのか。私が顔をしかめると、運転手は小さく頷《うなず》き、言葉を継いだ。

「この辺で見ない顔だし、昨日も同じ番地へ何人も乗せたからね。今日は本葬かい？」

「そうです」

「昨日は日焼けした人が多かったけど、お客さんはちょっと違うね」

「まあ、そうかもしれません」

ため息を吐《つ》き、私は会話を断ち切るように再度窓の外に顔を向けた。

「もう少しで着くわ、道が悪いからちょっと揺れるよ」

老運転手が肩をすくめた。サスペンションが嫌な音を立てて軋《きし》む。古い型のタクシーは路面の凹凸をまともに受け、何度も上下する。

雪深い旭川だけに、除雪車が毎年道路を削ってしまう。補修と除雪が行き届かない道路は、地元経済の疲弊ぶりを露骨に反映している。

駅前からなんどか角を曲がり、タクシーは高校の前を通り過ぎた。私の暮らす東京とは比べ物にならないほど、学校や公園の敷地が広い。

あの人はこの大地に生まれ、自然と闘いながら育ったと教えてくれた。高校のグラウンド脇を通り過ぎる際、サッカーに興じる部員たちの姿が見えた。その途端、不意にこみ上げてくるものがあり、口元を押さえた。慌てて洟《はな》をすすり、涙を堪《こら》える。

「大丈夫かい？」

「なんでもありません」

「車酔いなら、路肩に停《と》めるわ」

「平気です」

ミラー越しに老運転手の眉根が寄った。客の体調を気遣っているのではなく、嘔吐物《おうとぶつ》でシートを汚されることを警戒している。私はコートからハンカチを取り出し、目元を拭った。

出会いは、サッカーだった。彼もこのグラウンドで練習に励んだのか。そう考えると、全く知らない土地が懐かしく思えた。

高校のグラウンドから二分ほど走ると、大きな区画の戸建て住宅の街並みに変わった。

「そろそろだわ」

スピードを落としながら、老運転手がフロントガラスの先を凝視する。広い道幅の道路の先に低層コンクリートの建物が見え始めた。通り過ぎた信号には〈永山団地〉の文字があった。

「この先を左だ」

さらに速度を落としたタクシーは、市営住宅の建物を三つ越えたあと、左折した。

「ありがとうございます。ここで降ります」

手元のスマホ、地図アプリに目を落としながら私は告げた。団地の集会所まではあと一〇〇メートルほどある。地元住民や仕事関係者が多く集まり、駐車場やその周辺は混雑しているだろう。

「帰りの足が必要だったら、ここに電話すればいいわ」

料金を支払うと、老運転手が釣り銭とともに小さな名刺を差し出した。

「ありがとうございます」

もう一度洟をすすり、車を降りた。


六階建ての市営住宅が連なる一角に、平屋の集会所が見え始めた。私は両手に息を吹きかけ先を急いだ。

歩みを進めると、地味で寂れた団地とは趣を異にするものが立ち並んでいた。否《いや》が応でも葬儀の場所だとわかる。

私は、大きな花輪の群れを見上げた。彼がこの状況を見たらどう思うか。故人の気持ちは知りようがない。だが、あの無骨な男は派手な装飾を断固拒否したに違いない。

「もうサッカーのコーチをしてもらえないんだね」

集会所の入り口近くでは、喪服を着た中年の男女が数珠《じゅず》を手に小声で話をしていた。私は懐から香典袋を取り出し、受付席の青年に差し出した。芳名帳に記名したあと、靴を脱ぎ、祭壇に向かった。

白い菊が飾られた壇の中心に遺影がある。白いヘルメットを被《かぶ》り、作業服で満面の笑みを浮かべた一枚だ。

遺影を見た瞬間、再び胸の奥から悲しみが突きあげてきた。ハンカチで口元を覆いながら、祭壇脇に目をやった。黒い喪服に身を包んだ女性が参列者に頭を下げ続けていた。その隣にはセーラー服を着た少女がいた。

〈孫ができてから、絶対に生きて帰るって思いが強くなった〉

何年か前に現場で再会した際、普段は気難しい職人肌の男が相好《そうごう》を崩した。あのとき言っていた孫とは、このセーラー服の少女に違いない。

「ご愁傷さまです」

喪服の老婦人の後に焼香を終えた私は、自分の名を告げた。

「わざわざ遠いところをありがとうございました。主人から頻繁にお名前を……」

夫人が言葉を詰まらせると、隣にいたセーラー服の孫娘が顔を上げた。私はなんとか声を絞り出し、少女に言った。

「おばあちゃんをよろしくね」

「あとでお時間をいただけますか？　ほんの少しで結構です。主人から預かったものがありまして……」

夫人が急に言葉を止めた。視線が自分の後方に向けられている。振り返ると、夫人が口を閉ざした理由がわかった。

受付席に喪服の男たちの姿があった。旭川の町外れにふさわしい団地の住民や、彼が代表を務めたサッカークラブの関係者たちではない。男たちの手元を凝視すると、それぞれが携えてきた紫色の袱紗《ふくさ》が異様に膨らんでいた。

「ちょっと失礼します」

夫人に断ると、私は足早に一団へ向かった。

「あんたたち、どういうつもりだ？」

先頭にいた白髪の七三分けの男に、低い声で告げた。男は能面のような表情で言った。

「大切な方がお亡くなりになったので、お悔やみを伝えに。それだけです」

「ふざけるな」

奥歯を嚙《か》み締めて言うと、男が強く首を振った。

「あなた一人が怒ってもなにも変わりません」

侮蔑的な眼差《まなざ》しで男が言った。

「キサダを変えてみせる」

奥歯を嚙み締めながら、私は言った。男はきつい視線を私に向けたあと、もう一度首を振った。

第一章
軌道

1

大きく揺れたディーゼルカーの客車を降りると、樫山順子《かしやまじゅんこ》は周囲を見回した。

噴火《ふんか》湾沿いに走っていた線路はやや内陸側に入り、列車はいくつか小高い丘を越えてきた。簡素なホームに寄り添うように白いモルタル造りの小さな無人の駅舎がある。いや、駅舎というよりも倉庫のようだ。

〈野田生《のだおい》駅〉

白壁には緑色のプレート、黒い字で駅名が記されている。駅舎脇には、五、六台の自転車が停め置かれている。通学の高校生や勤めに行く地元住民のものだろう。

駅舎を出ると、樫山は周囲を見回した。ひび割れたアスファルトの駅前広場にはコンビニはおろか、バス停やタクシー乗り場すらない。

殺風景な広場の右側には建設会社の大きな建機倉庫があり、作業服を着た体格の良い男が二人、高圧洗浄機でブルドーザーの泥を落としていた。

海側には一般の住宅が軒を連ねている。樫山は鉄道で旅に出ると、家や道路の様子を観察するくせがある。冬の風雪が厳しいのか、玄関前に雪除《よ》け用の囲いを施した家が多い。家々の間隔と道幅が広いのは、厳冬期になると、屋根に積もった雪を落とし、大型の除雪車が行き交うためなのだろう。

春物のコートの裾が、噴火湾から吹き付ける風に揺れる。東京では春の陽気を感じさせる日が増え、桜も満開となった。しかし、函館《はこだて》の北に位置する八雲《やくも》町は、関東の人間には真冬と同じだ。

バッグの底に詰め込んだウインドブレーカーを出すべきか。コートのポケットからスマホを取り出し、樫山はメッセージアプリを起動する。駅前に迎えに来てくれると言った高校時代の親友から、一〇分ほど遅れると伝言が入っていた。わずかな時間であれば耐えられる。樫山はもう一度、周囲を観察した。

自転車置き場横に、簡素なベンチを見つけて腰掛けた。建機を洗う作業員たちのほかに、駅前には誰もいない。なにげない風景に接し、ようやく北海道まで来たのだと実感する。

旅行鞄《かばん》から分厚い時刻表と蛍光ペンを取り出し、ページをめくる。午前六時すぎ、東京駅で北海道新幹線に乗り新函館北斗《ほくと》駅に到着した。その後は函館本線を使い、野田生駅まで辿《たど》り着いた。

地図を見るたび、北海道は頭を下げた人間の横顔に似ていると思う。首の付け根の部分には函館がある。そこからアルファベットのCの文字のように噴火湾がカーブを描いている。降り立った野田生駅がある八雲町は、ちょうどその喉元あたりに位置する小さな町だ。

鉄道地図帳、そして乗車した路線に薄いピンク色を塗っていくと気分が落ち着く。大学卒業後に国家公務員一種、いわゆるキャリア官僚になってから一四年が経過した。学生時代は時間の許すまま一人で鉄道旅を楽しみ、多くのページがピンク色に染まった。

しかし、今は事情が全く違う。警察官僚として法案作りに没頭し、海外大使館での駐在を経験した上、捜査現場でなんどか指揮官も務めた。自分のために使える時間がほとんどなくなり、気づけば地図帳に蛍光ペンを入れずじまいとなった年もあった。

キャリア警官の常として、四月の人事発表の直前、急な異動が決まった。桜田門の警視庁本部から、北海道警察本部へ移れという命令だ。

警視庁で慌ただしく引き継ぎを行い、道警本部のある札幌へのエアチケットを購入するはずだったが、春の観光シーズンと重なったことで、希望する時間帯の空席はゼロだった。

樫山は気持ちを切り替えた。警察官僚になってからすでに四回の引っ越しを経験した。衣服や食器、家電製品は必要最小限に抑えた。引っ越しに伴う荷造りにも慣れたもので、さっさと業者に荷物を引き渡したあと、久々に鉄道で移動することに決めた。

予約の取れない空路と違い、北海道新幹線は席を選び放題だった。車両中央の窓側の席を取り、時刻表と車窓の風景を楽しみながら旅を続けた。

上野、大宮ではほぼ満席だったが、仙台、盛岡で大半の乗客が降りると、一つの車両に樫山のほか四、五名の客しかいなかった。新青森駅では他の全員が降車し、実質的に貸し切りの旅を楽しむことができた。

新青森駅から乗り込んだＪＥ北海道の車掌が津軽半島から見える陸奥湾《むつ》や青函《せいかん》トンネルの案

内をしてくれた際は、他の座席に移動して写真を撮ることも可能だった。

鉄道地図帳をベンチに置き、もう一度スマホをチェックした。もう五分ほど遅れると詫《わ》びのメッセージが入っていた。バッグから東京駅で買った朝刊を取り出した。一面トップは政局に関する記事だ。支持率の急落に直面した首相がどう難局を打開するのか、論説委員が分析していた。万が一、政権に異変が生じれば、回り回って自分の仕事にも影響がおよぶ。

北海道警本部への正式な着任は明日の午前で、一日は余裕がある。警視庁捜査一課管理官ほどの多忙さはないにせよ、新たに就く捜査二課長というポストはれっきとした地方の管理職だ。捜査状況のチェックのほか、人事管理、道の幹部たちとのやりとりで職務は多忙だろう。スマホをコートのポケットに放り込むと、樫山は両手を大空に向けて突き上げ、大きく息を吸い込んだ。

花粉と黄砂が飛び交い、都市全体が黄ばんでいた東京と違い、北海道の空は澄んだ青色が一面に広がっている。警視庁本部の捜査一課の大部屋では常に空気清浄機がフル稼働していたが、北の大地では無用だ。

〈一年半、あるいは二年になるかもしれない。よろしく頼む〉

不意に、耳の奥に警察庁人事担当者の声が響いた。四日前の昼過ぎだった。一課の大部屋で刑事部長と副総監に提出する報告書をまとめていると、警視庁本部隣にある本庁人事課から電話が入った。

急ぎ担当者のもとに出向くと、辞令を告げられた。前任の道警二課長が急病により休職することになった。キャリアの定めとして下命に抗することはない。自分より異動回数が少ない同僚の顔が浮かんだが、口を噤《つぐ》んだ。樫山は独身であり、転勤に伴う家族への負担が少ないからだ。仮に異動に難色を示せば、女だからまともに仕事がこなせないのだと陰口を叩《たた》かれる。

簡単な手続きを経て本庁の廊下に出ると、官房付の先輩と顔を合わせた。異動の旨を告げると、意外な言葉を聞かされた。

〈官邸に用事がある。一緒にどうだ？　あの人に会う。顔を覚えてもらうチャンスだ〉

先輩が告げた名前に、樫山は反射的に頷いた。警察官僚なら知らぬ者はいない。警察庁ＯＢで、今は官邸の守護神の異名を持つ松田智洋《まつだともひろ》のことだ。

〈出世を諦めたわけじゃないだろう？　道警の二課長は立派なポストだ〉

突然の異動命令に先輩が気を遣ってくれた。その後、官邸で松田と顔を合わせたが、そのことを思うと、苦々しさがこみ上げてくる。

強く首を振り、官邸の記憶を頭の隅に追いやった。今は北海道の人間になるのが先決だ。そう思った瞬間、腹が鳴った。新幹線内で摂《と》ったサンドイッチはすでに消化済みだ。小腹が空《す》いたら駅前のコンビニを利用すればいいと思ったが、当てが外れた。

空腹をごまかすためにもう一度澄んだ青空を見上げた直後、両耳に鋭いクラクションの音が響き、目の前に白いミニバンが滑り込んだ。

2

殺風景な駅前広場を発《た》ったあと、川田《かわだ》ゆかりがハンドルを握るミニバンは緩やかな坂道を上り続けた。農道の両側には、緑の牧草地帯が広がっている。残雪はまだまだあるが、少しだけ春の気配を感じた。

「映画みたい」

フロントガラス越しの景色を見つめ、樫山は思わず感嘆の声を上げた。

残雪をいただく山脈の切れ目辺りから、指名手配犯が牧場に現れる古い日本映画のワンシーンのようだと思った。タイトルを告げると、川田が吹き出した。

「窓を開けて」

左手でパワーウインドーのボタンを押す。すると、強い浜風と一つの答えが車内に吹き込んできた。

「あれ、これって……」

樫山は慌てて口元を手で覆った。川田が苦笑いする。

「そう、牛糞《ぎゅうふん》。映画は所詮映画なの。牧場の臭いは伝わらないからね」

川田が言った直後、樫山は窓を閉めた。

緩い坂道を五分ほど上り、丘の中腹にパターゴルフ場の看板が見えた。

「町のお年寄りの社交場。たまに私も行くけどね」

故郷の栃木にも那須《なす》高原のような行楽地はあるが、大規模な遊園地やショッピングモールなども近くにあった。八雲町の小規模な娯楽施設はどこか色褪《いろあ》せていた。樫山の思いを察したのか、川田が口を開く。

「典型的な過疎の町なの。だから私たち、若い人たちを呼び込もうと頑張ってる」

川田がフロントガラスの右側を指した。S字カーブの先に〈マーレ・パスコロ〉と書かれたパステルブルーの看板が見え始めた。

「イタリア語で海の牧場って意味。以前は名字だけのありふれた牧場だったけど、夫の代で大胆な経営転換に打って出たの」

川田の声は得意げだった。樫山は体を捻《ひね》り、後部座席越しに景色を見た。上ってきた坂道の両側に緑の絨毯《じゅうたん》が広がり、その先には薄青色の噴火湾が見渡せた。

「すごく綺麗《きれい》！　来てよかった」

ここ数年で一番自分の声が弾んでいるのがわかった。


空になった皿に向かい、樫山は両手を合わせた。

「ごちそうさまでした。観光地によくあるタイプのスイーツと全然違うわね」

「観光客向けは大量生産品よ。ウチのスイーツと一緒にされたら困るわ」

川田によれば、ここ一〇年で飼育を始めた希少なジャージー牛が成長したことが奏功したという。濃厚な生乳、牧場で放し飼いにしている鶏の卵を使ってプリンを製造したところ、函館のカフェで評判になったようだ。プリンの横に添えられたジェラートも絶品だった。新鮮な生乳と卵のなせる業だ。

「ゆかりは変わったね」

「そりゃ、変わるわよ。高校卒業してもう二〇年近くになるんだから。あと、ここは北海道だからね」

川田とは、宇都宮の県立女子校で三年間同じクラスに在籍した。地味で運動が苦手、図書室で勉強と読書に明け暮れた樫山とは裏腹に、川田は市内の男子校の生徒にも名が知れるほどの美人で、バドミントン部のキャプテンも務めた活動的なタイプだった。

市内の餃子《ギョーザ》屋、スイーツ店巡りという共通の趣味を互いに見出《みいだ》し、全く性格が違うこともよい方向に作用して高校の三年間だけでなく、東京大学、私学と進路は違っても、進学後も同じ都内で頻繁に連絡を取り合う仲だった。

私大卒業後、川田は大手食品会社に就職した。広報や宣伝といった花形セクションを渡り歩くうち、天然素材をふんだんに取り入れる商品企画のメンバーに加わり、度々北海道に渡るようになった。その間、現在の夫である牧場の長男と出会い、これを契機に仕事を辞め、牧場の嫁になった。

「結婚して何年だっけ?」

「もう四年よ。牧場の嫁はね、お客様の対応や従業員の世話でてんてこ舞い。自分の格好なんてかまっていられないわ」

宇都宮から上京して以降、川田は常に流行《はや》りの服を着ていた。広報や宣伝で多くの人の前に立つ機会が多いからと、化粧も念入りに施していた。

だが、眼前の川田はすっぴんで、牧場の名入りデニムのつなぎ、月に一、二度は美容院に通っていたご自慢のロングヘアもボブカットに変わっていた。

「順子の結婚はいつになるの?」

川田がいたずらっ子のように尋ねた。

「うちの母親と同じようなこと訊《き》くのね。相手がいないわ」

樫山は肩をすくめた。

「とか言っちゃって、本当はいるんじゃないの？」

樫山は強く首を振った。

「あんたに隠しても仕方ないじゃない。それより、牧場は順調なの？　観光客の入り具合は？」

「順子、その目付き。なんでも知ろうとする顔は変わらない」

「そうかな」

「自分が納得するまで、絶対に退《ひ》かないのは昔と一緒」

親友は一番弱いところを容赦なしに突いてくる。川田と通った高校は県下で一番偏差値の高い女子校だった。とはいえ、東大や京大に進む生徒が毎年一〇名程度にとどまる典型的な地方の進学校だ。

幸い、樫山は現役で東大に合格したが、道のりは平坦ではなかった。理由は簡単、自分でも呆《あき》れるほど不器用だからだ。

東大や京大を志望した同級生たちの大半は、小学生の頃から神童と呼ばれるような子たちだった。複雑な数式を解くのが趣味と称す者、ボランティアで英語の観光ガイドを務めた者、天文学を一生の職業と決めて貪欲に知識を吸収し続けた者……樫山はどのタイプでもなかった。

彼女たちに一を聞いて一〇を理解できる能力があるとすれば、樫山は一つ一つの課題を十分に吟味し、己で確認してからでないと先に進めない。

「だから、他の同期よりも出世が遅いのよ」

「いいんじゃない、順子らしくて。上司にゴマするなんてできないでしょ？」

「そうね」

霞《かすみ》が関《せき》にいると、常に自分を鎧《よろい》でガードする必要に迫られるが、親友の前では素の自分でいられる。

「さっきも言った通り、自分の見てくれとか考えている暇がないわけ」

川田が肩をすくめた。

「ウチは民間経営ですからね、日々の資金繰りもみなきゃいけないし、観光客にバンバン来てもらうんだから」

三日前に来訪したい旨を告げたあと、なんども川田とメールをやりとりした。

二〇二〇年の春先から日本全国で新型コロナウイルスが蔓延《まんえん》し、観光業は大打撃を受けた。加えて、飲食店の休業が相次いだことで生乳の売れ行きが鈍り、嫁いでから初めての赤字を牧場が経験したのだと川田が明かした。コロナ禍のもと三度目の春を迎えるが、いまだ日常は戻りきっていない。

「それにしても、普通は転勤の内示って一月《ひとつき》前とかじゃないの？　昔から荷物や服がすくない順子にしても、いきなり四日前ってのはないんじゃない？」

樫山は首を振った。

「前任者が急病で休職したの。ポストが空席のままだと堅い組織はなにかとまずいのよ」

捜査二課長がどのような仕事をするのか、またその重要性を川田に説いてもしかたがない。

「北海道は旅行で三度来ただけ。親戚や友達もいないから、ゆかりがいてくれるだけで心強い」

「札幌とは二〇〇キロ近く離れているけどね。内地の人は勘違いしがちだけど、北海道は予想以上に大きいから」

内地――北海道や沖縄を旅すると、本州を意味するこの言葉にしばしば接する。川田の口から出たその単語は自然だった。親友は既に北海道の人間になったのだ。

「都会大好き人間だったゆかりがよく越してきたわね」

「今も東京は好きよ。でも好きと生活は違うの。こっちはね、大地にしっかり両足を踏ん張らないと、すぐに飛ばされてしまう。もうね、踏ん張るどころか根が生えちゃったわよ」

川田が視線を窓辺の壁に向けた。樫山が視線を辿ると、額装した白黒写真が壁に吊《つ》るされていた。長い顎鬚《あごひげ》を蓄え、太い足の農耕馬の横に立つ男性の一枚だ。

「この牧場を開拓した旦那の曽祖父よ。福島の浜通りの貧乏な農家の五男坊で、食い扶持《ぶち》減らしのために北海道に渡ったそうよ」

川田の言葉を聞きながら、樫山は席を立ち、写真の傍《そば》に寄った。深い皺《しわ》、鋭い眼光。体格の良い老人だ。

「炭鉱や保線工事で道内のあちこちで稼いで、土地と牛を買う元手を作ったみたい」

肖像写真の横に、一〇〇人を優に超えるだろう集合写真が立てかけられていた。

「これは何？」

樫山が尋ねると、川田が、

「曽祖父の葬式の写真よ。この地域では葬儀後、参列者が記念撮影するのよ。いまでも一部の地域では、続けられている風習よ」

東京では葬式の簡素化が続くが、北海道では伝統としての重みがまだまだ残っているのだろうか。写真を見ながら地域社会の紐帯《ちゅうたい》を感じた。

樫山は、野田生駅前から牧場に至るまでの道筋を思い起こした。緩やかではあるが、ずっと坂道が続いていた。道の両脇は広大な牧草地だったが、この開拓者が入植した当時は木立が続き、大きな石もあったに違いない。大型トラクターなどない時代に、農耕馬で大地を拓《ひら》く作業がどれほど過酷だったか。

「私が変わったのは、この一家に嫁いでから。初代の苦労話を聞くうちに、自然と溶け込んだのかもしれない」

樫山の傍らに立ち、川田が言った。

「他人にどう思われているかとか気にしていたら、この土地で生きていけないの。道民は車幅感覚がないのよ」

樫山は首を傾《かし》げた。

「皆、祖先は開拓民だった。自分の生活、仕事に必死だったから他人に構う暇もなくて、なにを言われているかを気にする余裕もなかった。それに道路が広いでしょ。だから車もスピードを上げる。都内の小路《こみち》みたいなところはないから、車幅感覚がない。大雑把っていうか、我が道を行くしかないわけ。世間体を気にしないから離婚も多いしね」

「なるほどね。道警生活が一年になるか二年になるかわからないけど、肝に銘じる」

「そういえばさ」

突然、川田が両手を叩いた。

「道警って、色々とトラブルがあって大変みたいね。結構新聞とかテレビのニュースで取り上げているわ」

「そうね」

樫山は曖昧な笑みを返したつもりだったが、川田は首を振った。

「やっぱりね。道民だけでなく、道警も大きな独立国家の一部ってわけね」

川田が発した独立国家という言葉が、耳の奥で鈍く反響した。

3

「ちょっとごめんね」

食器横にあった川田のスマホが震え始めた。

「今度、地元の銀行とタイアップして、函館の観光イベントに出店するのよ」

早口で言ったあと、川田が通話ボタンを押し、小さな応接室から出ていった。閉まった木目のドアを見ていると、川田の言葉が蘇《よみがえ》った。

〈道警って、色々とトラブルがあって大変みたいね〉

美しい景色と飛び切りのスイーツを味わったあとで、口の中に苦味が広がった。四日前、永田町の首相官邸で同じような言葉を聞いたばかりだ。

〈あそこは色々と問題のあるところ。なにか困ったことがあれば、ここに連絡しなさい〉

長身で禿頭《とくとう》の松田が樫山に告げ、自分の携帯電話番号とメールアドレスが刷られた名刺をくれた。内閣官房副長官の松田にしても、道警の特殊性を強調していた。

かつての警察庁長官である松田は、内閣官房内閣情報調査室長を経て丸々一〇年間、官僚の中の官僚が最終目標とする内閣官房副長官を務めている。

官房長官が総理大臣の女房役だとすれば、事務担当の副長官は行政関連の首相案件をすべて差配する陰の要《かなめ》でもある。主要省庁のトップ事務次官経験者が就いてきた。

警察官僚は、内外の敵から国民を守る警備公安畑を掌握する。国内の諜報《ちょうほう》部門を束ねるだけに代々重用されてきた。

松田は前首相の代から連続で重職を任されている。警察官僚出身者としては過去最長の在任記録を今も更新中だ。

〈次期総選挙時の包括的な違反対策、それから官邸秘書官の交代に関して……〉

立て板に水で先輩は松田に報告を続けた。先輩は次の定例異動時に、松田の秘書官に就任するという。

官邸秘書官に就任するのは、将来の長官候補ばかり。樫山は驚きを胸の内に抑え、話を聞いた。目下、首相の退陣が噂されており、そうなれば与党内の総裁選が行われる。永田町の政局を見越し、詳細なやりとりが続けられた。わずか三分ほどだったが、樫山は強烈な疎外感を味わった。

他の主要官庁からの熱心な誘いを断って警察庁に入った同期が二人いるほか、主要なポストを異例とも言えるスピードで経験している同期もいる。一方の樫山はエリート集団に埋もれた大学時代同様、鳴かず飛ばずで、凡庸なポストばかり歩んできた。

〈君が樫山君だね〉

視線を床のカーペットに向けていると、突然、頭上から松田の低い声が響いた。慌てて顔を上げると、一重の笑わない目が自分に向けられていた。緊張しながら挨拶すると、意外な言葉が返ってきた。

〈三年前、あなたが大活躍された話は聞いていますす。さらなる健闘を期待していますよ〉

笑わない両目とは裏腹に、低い声には温かみがあった。活躍とは何だろうか、うまく反応できないでいると、先輩が助け舟を出してくれた。

〈あの一件だよ、樫山〉

警視庁捜査一課管理官になった直後、継続捜査班のベテラン警部補とともに殺人事件に関わった。最終的に事件は他の省庁も巻き込む騒動に発展し、警察の威信を内外にアピールする結果となった。その後、ベテラン警部補とともに樫山は総監賞を授与された。ただし樫山のアピールに一役買ったというよりは、ベテラン警部補の熟練の捜査を改めて知らしめた事件だったため、松田が気に留めていたのは意外だった。

〈地味なきっかけから、大きな犯罪を見つけたことは、警察の存在価値を高めることに寄与しました〉

松田は穏やかな笑みを浮かべ、言った。

北海道警に異動すると告げた際、松田は問題があるところだと言った。今、自分はその北海道にいる。

「ごめん、もう少し待ってね」

突然ドアが開き、川田がスマホを耳に当てながら言った。頷き返すと、川田は再び大きな声で電話を始めた。

川田が傍から離れた瞬間、言い様のない不安にかられた。

北海道警は、首都警察の警視庁とともに全国でも珍しい警察庁直轄の本部となっている。管轄エリアが全国で一番広いため、東北や中部、九州などの地域のように管区警察本部でなく、管区と同じような権限を持つ札幌、旭川、北見、釧路《くしろ》、函館の五つの本部が下に連なる。いわば一つ一つが府県警本部のような役割を担っている。しかし、警察庁が各本部を統括しきれていないのが現状だ。樫山は旅行鞄からタブレットを取り出し、事前に作っておいたファイルを開いた。

〈道警不祥事一覧〉

インターネットを通じ、主要なメディアの過去記事のほか、警察取材に強いライターのリポートからピックアップした。

ページを繰ると、新聞や週刊誌記事のスクラップが画面に表示された。

〈道警裏金問題で道議会が長期間紛糾〉

今から一〇年ほど前、道警全体が全国的な批判を浴びた。捜査協力費や出張旅費を不正に溜《た》め込んだことが内部告発され、道警を所管する道庁に問題視されたのだ。

裏金は道警幹部の飲食費に充てられたほか、職員の送別会や餞別《せんべつ》費用に流用された。他の都府県警察でも同じような不祥事はしばしば問題視されるが、実施されてきた期間、浪費された金額で道警は群を抜いていた。

手元の北海道新報のスクラップには、道議会で答弁に窮する当時の本部長の顔写真が掲載されていた。樫山はさらにページを繰った。

〈現職警部が覚醒剤所持・使用、拳銃の不法所持で逮捕・起訴〉

〈交通機動隊、速度違反の件数捏造《ねつぞう》〉

札幌在住のライターは、他の地方警察よりも道警の不祥事は数段悪質だと一刀両断にしていた。樫山がタブレットをテーブルに置くと、川田が部屋に戻ってきた。

「ごめんね。バタバタしちゃって」

「構わないよ。押しかけてきたのは私だし」

「あれ、予習？」

タブレットを一瞥《いちべつ》した川田が言った。

「まあね」

「順子は融通が利かないし、真面目だからな。ぶつかっちゃうんじゃない？　それに、北海道は男尊女卑が結構ひどいよ」

「地方は概《おおむ》ねそんなもの。前向きにいこうと思っているの」

樫山が淡々と告げたとき、ドアをノックする音が響いた。川田が応じると、髭面《ひげづら》の青年が顔を出した。

「奥さん、アルバイトの面接の時間ですけど」

「あらやだ、忘れてた」

「私は牧場を見学させてもらうから」

そう言って立ち上がったとき、今度は樫山のスマホが着信音を鳴らした。画面を見ると、知らない携帯電話の番号が表示されている。

4

樫山が通話ボタンを押した途端、野太い男性の声が耳元で響いた。

〈失礼いたします。樫山警視のお電話でよろしいでしょうか?〉

聞き覚えのない声だ。そうだと答えると、咳払《せきばら》いのあと男が話し始めた。

〈本職は北海道警察本部刑事部捜査二課の巡査長、伊藤保《いとうたもつ》です〉

「どんな御用かしら。私の着任は明日です」

〈ご着任の日程は存じております。ただ、刑事部長命で本日お迎えにあがるようにと〉

刑事部長と聞き、否が応でも仕事モードに引き戻された。

地方警察本部のトップはキャリア指定席となる本部長で、その下に警務や警備、そして刑事の部長職が連なる。北海道警の場合、刑事部長は樫山と同じくキャリア組の指定席だ。

「札幌には明日行きます。道警本部には自分で出向きますので、どうぞお構いなく。それにいま函館にいるの」

以前勤務した中国地方の県警でも同じようなことがあった。着任日の前に、幹部職は大まかな引っ越し予定や利用する交通機関の情報を本部の庶務に届け出る。このとき、樫山は新幹線のホームで刑事部のベテラン刑事と若手のコンビに出迎えられた。

〈あの……〉

電話口で新しい部下が口籠もった。

〈すでに本職は函館本部におりまして〉

「えっ、どうして。いや、刑事部長の御用はなにかしら？」

〈とにかく今日中にお連れするようにと……〉

一介の若い巡査長にとって、刑事部長の機嫌を損ねてしまえば、己の警察官人生を棒に振るリスクがある。

「嫌な声を出してごめんなさい。私から刑事部長に電話します。あくまで着任は明日ですから」

〈どうしてもと命じられております〉

「わかったわ。野田生駅近くの牧場、マーレ・パスコロにいます」

〈一時間弱で駅前にお迎えにあがります。少しだけお待ちください〉

急がなくとも結構、そう言う前に電話が切れた。

「どうしたの、眉間の皺がひどいわよ」

応接室に戻ってきた川田が言った。

「今日中に札幌に来いってさ」

「宮仕えはつらいわね。どうやって行くの？」

「新しい部下が函館から車で迎えに来るって。その後はどうするのか知らない」

「へえ、さすがキャリア様じゃない」

「茶化さないでよ」

樫山はスマホを取り出し、スケジューラーを画面に呼び出した。

「ほらね、明日からびっしり予定が入っているの。それを前倒しにするって、ありえないでしょう？」

川田が肩をすくめながら画面を覗《のぞ》き込んだ。

〈本部長に着任あいさつ→道警本部、道内各本部の幹部とテレビ電話であいさつ→……〉

事前に庶務係から渡されていた予定表だ。

「気が滅入《めい》りそうな予定だね」

川田の声を聞きながら、霞が関の本庁人事担当者の言葉が耳の奥で反響した。

〈前任者は急病で職務続行が不可能になった〉

病名、そして病状を尋ねたところ人事担当者は個人情報の一言で片付けたが、予想はつく。前任者は、樫山の二期先輩で、事務処理能力には長《た》けるものの、各地の地方警察ではほとんど活躍したという話を聞かない。おまけに東京生まれ東京育ちで、地方の暮らしに慣れていなかったらしい。札幌は人口二〇〇万の大都会だが、東京とは文化も気候も異なる。何らかの理由で体調を崩してしまったのだろう。

警察庁だけでなく、中央官庁のキャリアにとって地方勤務は切っても切れない。財務省ならば、入省一、二年で地方の税務署長になる。他の省庁でも、県庁や市町村の重責を若い年齢で務める。

樫山の同期でも何人かいたが、生活環境の激変によって心身に支障をきたす者が必ず出てくる。あるいは、お殿様扱いされ、勘違いするキャリアも少なくない。このため、地方採用の職員とトラブルを起こし、通常の人事サイクルとは違うタイミングでの異動が生じ、玉突き式に他のキャリアが急な赴任を強いられるという具合だ。

「奥さん、そろそろ次の人が……」

ドアをノックする音が響いたあと、先ほどと同じスタッフが川田を呼びに来た。アルバイトの面接だ。当初はこの間に牧場のあちこちを見学するつもりだったが、迎えが来る以上、のんびりとはできない。

「彼女を駅前まで送ってくれないかな」

「了解です」

川田がスタッフに指示した。

「甘えていいの？」

「もちろん。今度はゆっくり来てね」

そう言うと、川田が慌ててドアの向こうに消えた。

「よろしくお願いします」

樫山はテーブル脇に置いた旅行鞄を手繰《たぐ》り寄せ、スタッフに頭を下げた。

5

「お迎えの車って、あれじゃないですか？」

牧場の若いスタッフがフロントガラスの先を指した。白い駅舎脇に、黒いセダンが停車している。運転席の横には、ダーク系スーツの男性が立っている。広い肩幅と分厚い胸板。両腕を腹の前で組み、動かない。典型的な機動隊員の整列姿勢だ。

「そのようですね」

樫山は腕時計を見た。先ほど伊藤巡査長は函館方面本部から一時間弱で到着すると言った。仕事の邪魔にならぬよう早めに川田の牧場を辞したが、まだ四〇分も経《た》っていない。

牧場のミニバンが黒いセダンの横に停車した直後、樫山はスタッフに丁寧な礼を言い、大きな旅行鞄とともに降車した。

「樫山課長、お待ちしておりました」

ミニバンが立ち去った直後、伊藤が右手をこめかみに掲げ、敬礼した。

「北海道警本部捜査二課巡査長、伊藤保であります」

「樫山順子です。よろしくお願いします」

樫山も敬礼した。

「所轄の札幌中央署地域課から先週、本部二課に異動したばかりであります。知能犯捜査に関して右も左もわからないため、刑事部長よりしばらくは課長の運転手に徹するよう命じられました」

体育会系の大声で伊藤が告げた。伊藤の身長は一八〇センチを優に超えているだろう。身長一六〇センチの樫山は視線を上げ、伊藤の様子を観察した。

短髪で耳はカリフラワー状に潰れている。高校か大学で柔道かレスリングで鍛え上げたのか。一方、いかつい見た目とは裏腹に、両目が小さく、どこかあどけない表情をしている。奉職して五、六年の二〇代後半といったところか。

「お迎えありがとう。でも、ちょっと早すぎない？」

「一刻も早くお迎えにあがれるように参りました」

牧場から駅前へ向かう途中、地図アプリで調べた。函館本部から野田生駅までの距離は約六〇キロ、幹線国道と高速道路を使って約一時間かかる。

「サイレン使ったの？」

黒いセダンの屋根には、可動式のパトランプがある。通常は普通の車両と同じだが、ボタンひとつでランプが屋根に迫《せ》り出し、緊急走行が可能となる。

「あの……」

伊藤が肩をすぼめた。捜査や事故対応など特別な事情がなければサイレンの使用は厳禁だ。だが、刑事部長の命令で早めに到着せよ、となれば若い警官が使ったのは致し方ない。

「まあ、いいわ」

樫山は旅行鞄を持ち、後部座席に近づいた。すると大柄な伊藤が予想外に機敏な動きをみせ、先回りしてドアを開けた。

「どうぞ、お座りください」

「違うの、荷物を置くだけ」

樫山は後部シートに旅行鞄を置くと、今度は助手席のドアを開けた。

「私はたかが課長です。後ろの席でふんぞり返るのは嫌いですから。それに、函館まで乗せてもらえば、レンタカーを借りるから。今日いっぱいは道警捜査二課長ではなく、私人です」

樫山が発した言葉に、伊藤が強く首を振った。

「とんでもない。万が一、レンタカーを運転中にもらい事故などされたら、本職は立場がありません」

今にも泣き出しそうな伊藤を見つめた。たしかに、自分は明日から道警幹部だ。もらい事故だけでなく、自身の運転ミスで事故を起こす可能性はゼロではない。しかも人並み外れた方向音痴は自分でもよく理解している。道を間違えた挙句、パニックになって自損事故を起こすかもしれない。道警本部長が事故を警戒しているのは明らかだ。警官が事件事故を起こせば、マスコミの格好の餌食となる。

「わかりました。ただし、今日は公人ではないので」

樫山は、助手席に乗り込んだ。

「これでいいかしら?」

伊藤が安堵《あんど》の息を漏らした。樫山はダッシュボードに据えられたカーナビに目をやった。

「どこにでもご案内しますよ」

「私人とか言っておいて申し訳ないけど、お腹《なか》が空いたの」

川田にごちそうされたプリンを除けば、北海道新幹線に乗車してまもなくのタイミングで、サンドイッチを食べただけだった。

「どこかの店で海鮮丼でもいかがですか?」

「観光客向けは遠慮しておくわ。季節外れの冷凍物イクラや、ご当地物でないカニとかが盛り込まれて、割高な一杯が多いと聞いたので」

川田から事前に仕入れた情報だった。

「よくご存知ですね」

「本部長が早く札幌に来るようおっしゃっているようだし、簡単に済ませたいわ」

「観光客向けがお嫌いでしたら、ファストフードも苦手ですか？」

「ええ、時間がなくて、他に食べるものがないとき以外は」

樫山が言うと、ハンドルを握りながら伊藤がブツブツと独り言を始めた。

「あの、ホットドッグはいかがですか？」

「野球場で売っているようなホットドッグは苦手」

樫山の言葉に伊藤が首を振った。

「ファストフードではありますが、チェーンではありません。函館の地元民が好きな老舗《しにせ》のハム屋がありまして。そこの店頭で出来立てのソーセージを挟んでくれるのです」

「随分詳しいのね」

「高校の部活動で何度か遠征に来たことがあります。そのとき、地元の学校の先生に教えてもらいました」

「お任せするわ」

今まで曇っていた伊藤の表情が晴れた。黒い覆面車両は、緩やかなカーブを描く噴火湾沿いの国道五号線を南下し始めた。

国道の上下線は、トラックが多い。また、大型のダンプカーや建機を積載したトレーラーの姿も多い。

「随分大型車が多いのね」

フロントガラス越しの車両を何台か見送りながら言うと、伊藤が咳払いした。

「北海道は他にこれと言った産業がないですから」

ようやく緊張がほぐれたかに見えた伊藤だったが、その横顔はどこか強張《こわば》っていた。

6

間瀬忠良《ませただよし》は全国紙の社会面だけでなく、経済面や地域面までくまなくチェックし、安堵の息を吐いた。

大手紙はもとより、テレビ局や雑誌も報じていない。

新聞を丁寧に畳んで執務机に置いたとき、対角線上にある扉が開き、女性秘書が顔を出した。

「理事長代理、お電話です」

「わざわざどうした？」

外から電話が入った際は、秘書が間瀬に取り次ぐかどうか判断し、内線で知らせてくれる。

秘書の顔が少し引きつっているように見えた。

「あの……」

秘書が電話の主の名を口にした瞬間、間瀬はわかったと言い、点滅しているボタンを押して受話器を上げた。

「大変お待たせいたしました。間瀬でございます」

〈お元気でしたか〉

「おかげさまでなんとかやっております」

電話ゆえ男の表情は読めないが、役所のキャリアを終えてこの組織に転じる際、挨拶に出向いた。あのときと同様、男の口調は穏やかだ。

〈間瀬さんの熱心なお仕事ぶり、評判が我々のもとにも届いています。よくトップを支えておられるようですね〉

「はい、なんとかやっております」

間瀬が答えると、電話口で咳払いの音が聞こえた。

〈例の件は今も外に話が漏れていません。間瀬さんをはじめ、関係者の皆さんがご尽力くださった結果です〉

男は電話口でさらりと告げた。口調は穏やかだが、醒《さ》めた両目で睨《にら》まれているような錯覚に陥る。

「当たり前のことをやっただけです」

〈そうですか。ところで今のポストに就かれて何年でしたかな?〉

電話口で紙をめくる音が微《かす》かに聞こえた。人事が全て……かつてこの男に関する週刊誌記事を読んだことがある。

役人という生き物は強欲だ。自分だけで偉い人間になるのではない。やりがいのあるポストを見つければ、他人を押しのけてそこに就き、他のセクションから仕事を強奪して結果を出し、さらに高みにあるポストを得る。

間瀬を含め、役人の性根をすべて把握しているこの男だからこそ、短い言葉の内に相手を黙らせる術《すべ》を知っている。

「この秋で丸々三年になります」

〈そうですか、この後どうするか、お決めになりましたか？　あるいは優秀な間瀬さんのことです。どこかの企業から招聘《しょうへい》がありましたか？〉

喉の奥がからからに渇いていく。間瀬は唾を飲み込み、次の言葉を絞り出した。

「……あの、まだなにも」

〈それではこれもご縁です。いずれ私の部下がそちらに伺います〉

「どういうことでしょうか？」

〈こちらの持っているリストで、いくつか間瀬さんに相応《ふさわ》しいポストに空きが出そうです〉

「本当ですか？」

〈私がこうして直接連絡を差し上げていることを考慮してくださると幸いです〉

「ありがとうございます！」

思わず大きな声が出た。心配したのか、秘書が扉を開け、怪訝《けげん》な顔で間瀬を見ている。

〈部下がそちらにお邪魔した際、いくつかご相談をするかと思いますが、その際はなにとぞよろしく〉

「もちろんです」

〈それでは、こちらのお願いをご承諾いただき、感謝しています〉

間瀬はゆっくりと受話器を置き、ネクタイを緩めた。襟元に触れた際、首筋にびっしりと汗

単な経歴の横に顔写真が掲載されていた。

が浮かんでいた。直接話をするのは数えるほどしかない。緊張するなという方が無理だ。

たった今、新たなポストを用意すると告げられた。間瀬は机の上の朝刊をつかみ、乱暴にページをめくった。経済面を凝視すると、上場企業や主要官庁の人事異動の短い記事、そして箇単な経歴の横に顔写真が掲載されていた。

「ちょっといいかな！」

間瀬は大声で秘書を呼んだ。

「なんでしょうか？」

秘書が姿勢を正した。

「カメラマンの予約を頼みたい」

「写真ですか？」

立ち上がった間瀬は、朝刊を秘書に向けた。

「こんな風に撮ってくれるカメラマンを探してほしい」

「了解いたしました」

怪訝な顔で秘書が言い、紙面を凝視した。

宙ぶらりんなポストとはこれでおさらばだ。間瀬は思わず笑みを浮かべた。

「どうされましたか？」

「いや、なんでもない」

間瀬は執務机の後ろ側に回り、大きな窓から横浜港を見下ろした。

7

「ああ、せっかくの噴火湾が見えないじゃない」

緩いカーブを描く国道五号線を函館方面に南下する途中、樫山はなんどか首を動かした。覆面車両の前には、大型のダンプカーが何台も連なり、行く手の風景を遮《さえぎ》り続けた。

「それでは……」

樫山の言葉に反応した伊藤が、ダッシュボードにあるボタンに手を伸ばす。

「違うの、そうじゃなくって」

伊藤の指先にはボタンがある。押せば樫山の頭上に格納されたパトランプがルーフに迫《せ》り出す仕組みだ。

「ずっと道を塞《ふさ》がれているような気がしたから。緊急走行は絶対にダメです」

野田生駅のある八雲町から国道五号線を南下し、一旦道央自動車道に入り、函館を目指す。道央自動車道を北上して札幌を目指すルートを尋ねると、室蘭《むろらん》や苫小牧《とまこまい》、千歳など北海道の主要都市周辺での渋滞が予想されるため、函館から新千歳、あるいは札幌の丘珠《おかだま》空港へ飛ぶ方が効率は良いのだと伊藤が言った。

国道と違い、道央道の下り車線は空いていた。伊藤がハンドルを握る覆面車両は滑るように走り続ける。

「もうすぐ駒ヶ岳が見えてきますよ」

フロントガラスの先を伊藤が指した。

「綺麗よね。野田生まで行くとき、列車からも見えたわ」

樫山はスマホを取り出し、車窓から捉えた一枚を画面に表示した。穏やかで広大な稜線《りょうせん》を持つ北海道の名山は、左肩の部分に火山特有の尖《とが》った峰がある。山頂近くが雪で覆われた山は、荘厳さを感じさせた。

「本職は地域課の経験しかありません。当面は公私の隔てなく、二四時間使ってください」

「仕事のときだけお願いします。仕事でもなるべく自分の足を使うようにします」

「それでは困ります。命令ですから」

困り顔の伊藤を見ながら、樫山はひそかにため息を吐いた。

これがキャリア警官の宿命だ。霞が関の本庁を一歩出ると、たとえそれが隣にある警視庁本部であっても地方組織の一つでしかない。

樫山のような新任キャリアの身に万が一にもトラブルが起きれば、道警全体の責任が問われることになる。公私混同と批判されようとも、キャリアの任期を全うさせ、東京に送り返すことだけが地方警察組織の安寧につながる。

「とりあえず、今日はお言葉に甘えますけど、ガソリン代、それに高速料金は私が支払います」

伊藤が渋々頷いた。

白黒のパトカー、それに樫山が現在乗車している覆面車両は、捜査に必要であれば高速道路の通行料金が無料だ。ただし、緊急走行時に限らず、道路整備特別措置法に基づき、〈警衛、警護若しくは警ら又は緊急輸送その他の緊急の用務のため使用する車両〉であれば通行料金無料となることが関係法令で定められている。キャリアの移動という名目があれば、無料での走行は十分に可能だ。不服そうな伊藤の横顔に向け、樫山は言った。

「こんなことは言いたくありませんが、領収書を庶務に回して、お金を浮かすようなことは絶対にしないで」

「もちろんです」

「わかってもらえればそれでいいの。私は捜査二課長です。お金に関してはクリーンでいたいし、組織も透明化します」

強い口調で言うと、伊藤は神妙に頷いた。

全国各地の警察署で、裏金作りが常態化しているのは樫山も承知している。道警がかつて莫《ばく》大《だい》な金額を裏金に回した捜査協力費だけでなく、高速道路の通行料金も不正に引き出され、プールされる事例が後を絶たない。横領や贈収賄、あるいは詐欺を追う道警捜査二課にしても、必ず内輪で資金を溜め込んでいるはずだ。

伊藤に厳しく接すれば、刑事部長、あるいは本部長にも樫山の厳しいスタンスは自然と伝わる。以前在籍した県警でも同じようにしてきた。送別会の類いに出席する際は、必ずポケットマネーから支出し、不正な金に触らぬようにしてきた。多少煙たがられようが、筋は貫く。

「駒ヶ岳です」

気まずい車内の雰囲気を和らげようと、伊藤がフロントガラスの先を指した。今日二度目の名山のシルエットだ。

「何度見ても綺麗ね」

「本職は道内あちこちを転勤する親の下《もと》で育ちました。各地で山を見てきましたが、駒ヶ岳は別格です」

伊藤が嚙み締めるように言ったあと、山頂付近に灰色の雲がかかり始め、たちまち駒ヶ岳を覆い隠してしまった。

「山の天気は変わりやすいのね」

樫山が言うと、伊藤が頷いた。

「函館まであとどのくらいかかるの？」

覆面車両がＥＴＣのゲートを出た直後、樫山は尋ねた。

「町の入り口付近で渋滞していなければ、おそらく二〇分ほどでしょうか」

一般道への合流で左右を確認しながら伊藤が答えた。

函館市内中心部にあるという老舗のハム・ソーセージ店のホットドッグを楽しみにしていたが、これ以上待てそうもなかった。

「あそこはどうかしら？」

高速への誘導路から国道五号線を走り始めた直後、樫山は言った。

「地元の生産者の直営食堂で、テレビでなんどか見たことがあります。でも課長、平気ですか？」

窓越しに赤と青に彩られた大きな店の看板が見えた。その脇の広い駐車場には、業務用のバンや大型ダンプカー、建機を積載したトレーラーがびっしりと停車中だ。

白壁の建物は牧舎のような雰囲気がある。伊藤が言ったように、生産者がかつて実際に農具置き場などで使っていたのかもしれない。

「働く男御用達《ごようたし》のお店ですよ」

伊藤が小さな声で言った。

「私は平気です。行きましょう」

「実は本職も空腹でして」

土木会社の名前が入ったバンの隣に覆面車両を停車させ、伊藤がはにかんだように笑った。

「こんにちは」

店のドアを開き、足を踏み入れる。ホールの中央に大きなダイニングテーブルがあり、体格の良い男たちが大きな丼や皿を前に箸を動かしている。左側の壁、そして右側の壁にもカウンター席があり、ほぼ満員だ。

「ここ、空くから」

グレーのツナギを着た髭面の男が樫山に愛想良く笑い、丼飯をかき込んだ。

「ありがとうございます」

ツナギの男、その連れで作業服の青年に頭を下げると、樫山はもう一度店内を見回した。左側のカウンター席の外れには、ショーケースがあり、直営牧場の豚肉を販売している。鮮やかなピンク色のロースの塊、生姜《しょうが》焼き用のスライスなど多様な商品が陳列されている。

「生姜焼きと肉丼が名物のようです」

忙《せわ》しなく箸を動かす客たちの様子を見ながら、伊藤が言った。

ツナギの男性客と連れが食事を終え、女性店員が食器を片付けた直後、樫山と伊藤は連れ立ってホール中央のテーブルに座った。

「私は生姜焼き定食を」

「俺は豚肉丼大盛りをお願いします」

それぞれが注文を終えたあと、樫山は周囲を見回した。作業着姿の働く男たち、そして地元民らしき主婦らのグループが和気藹々《わきあいあい》と食事を楽しんでいる。

樫山は席の横にあるラックに新聞を見つけた。手に取ってみると、地元のブロック紙北海道新報だ。旅に出ると、その土地の新聞をめくるのが楽しい。名物の紹介やイベント案内、そして議会や役所を巡る報道は土地ごとにトーンが違う。北海道は行政当局に対して厳しめのスタンスだと以前聞いたことがある。新報の題字下を見ると、三日前の朝刊だった。

「今朝の朝刊なら車の中に……」

伊藤が教えてくれたが、樫山は首を振った。

「構わないの」

樫山は一面トップの記事から紙面に目をやった。道内のプロ野球、サッカー、バスケットとご当地チームの動向に目をやり、次は捜査二課長として対峙《たいじ》することになる社会面だ。

〈ススキノの雑居ビルで転落事故〉

北海道最大の歓楽街での事故。記事の扱いはいわゆるベタで、一五行程度と短い。

〈札幌市中央区南四条西三丁目の第二ラベンダービルの五階、外階段から男性が転落する事故が発生……亡くなったのは、東京から出張中の稲垣達郎《いながきたつろう》さん（39）で、同ビル内の飲食店で

……〉

樫山は特に気に留めず、さらにページをめくろうとした。そのときだった。

「そうそう、この人、気の毒なんだわ」

先ほど樫山と伊藤が座るテーブルを片付けてくれた女性店員が素っ頓狂な声をあげた。

「どういうことですか？」

樫山が顔を上げると、店員が顔をしかめた。

「その稲垣さん、三、四回うちの店に来てくれたんだわ」

「この方はどうしてこの町にいらしたのでしょう？」

「よくはわかんないけど、鉄道が好きだって言ってたわ。東京から人が来るなんて滅多にないからよく覚えてたの。たしかどこか東京のお役所の人だったわよ」

東京のお役所、という言葉が樫山の耳を刺激した。

「したって、真面目そうな人がなしてススキノのあんなビルに行ったのかしら」

樫山は首を傾げた。

「あのビルは風俗ビルなのさ。私、札幌の専門学校に行ってたの。ススキノのラーメン屋でバイトしてたから、わかるのさ。それにこの人、下戸《げこ》だって言ってたし」

この店員とは初対面だ。どんどん間合いを詰めてくる相手に樫山はたじろいだ。しかし、ほんの一時間前に聞いた、川田の言葉が頭をよぎった。

〈道民は車幅感覚がない〉

周囲の客たちは、店員の話には興味がないようで、それぞれに料理を食べ続けている。

った。

「ミッちゃん、料理運んで！」

厨房《ちゅうぼう》のカウンターから呼び戻す声が響くと、女性店員がそうだったと言い、小走りで向かった。

この間、樫山はもう一度紙面に目をやった。

〈転落する事故が発生〉とあることから道警は事件性なしと判断したのだろうが、店員が言った下戸という言葉が耳の奥で反響した。

「お待ちどおさん、生姜焼き定食はどっち？」

店員が両手にトレイを持ち、尋ねた。反射的に生姜焼きと答えると、目の前に湯気をあげる大振りの皿が置かれた。

「この量って……」

大きくカットされたレタスの山の前に、生姜焼きが四枚ある。よく見ると、それぞれが二枚重ねで、とんかつのような厚みがある。

「これが北海道盛りです。大丈夫ですか？」

苦笑しながら伊藤が言った。生姜ダレの香ばしい匂いが鼻腔《びこう》の奥を強く刺激する。だが、耳の奥に響く〈下戸〉という単語が離れない。

「ご飯をお手伝いしましょうか？」

笑みを浮かべて伊藤が言ったとき、ポケットの中でスマホが振動した。慌てて取り出すと、画面に道警の番号が表示されていた。

「……はい、樫山です」

スマホを手で覆いながら席を立つと、電話口でくぐもった声が聞こえた。

〈大島《おおしま》だ〉

「本部長。どうされました」

電話の主は大島将吾《しょうご》、樫山よりも二〇期近く年上のキャリアで道警のトップ、本部長だ。

〈今、どこにいる？〉

「森町の食堂におります」

〈すぐに札幌入りしてほしいと伊藤に伝えたはずだ〉

「食事を摂っております」

樫山が答えると、大島が露骨に舌打ちした。

「事件ですか？」

〈とにかく早く本部へ〉

大島はそう言うと一方的に電話を切った。

事件という言葉を発するのに、思わず肩が強張った。

「すぐに食事を済ませましょう」

異変を察知したのか、伊藤が顔をしかめていた。

「大丈夫ですか？」

「食事くらいちゃんと食べましょう」

自分の声が不機嫌になるのを感じながら、樫山は箸を動かし始めた。

8

昨日は東京から札幌に至るまで様々な乗り物を使ったため、ひどい凝りが首筋に出ている。樫山は首を叩いてほぐしたあと、なんとかベッドから抜け出した。

一五個の段ボール箱が積み重なったリビングを抜け、ベランダに足を向ける。昨夜就寝間際に取り付けたカーテンを開けると、中島《なかじま》公園の芝生に付いた露が朝日を受け煌《きら》めいていた。

札幌市内には、雪まつりが開催される大通《おおどおり》公園のほか、動物園を擁する円山《まるやま》公園など規模の大きな施設がいくつもある。

高級住宅地として知られる円山にいくつか幹部向け借り上げマンションがあるが、樫山は道警本部に近い中島公園沿いの一室を選んだ。

道内一の歓楽街ススキノに隣接しているにもかかわらず、コンサートホールや体育館、本格的な日本庭園も備えた東京ドーム四・五個分の広大な敷地は閑静だ。大学時代に初めて札幌を訪れたとき、思い思いに余暇を楽しむ市民のゆったりとした姿を眺めて以降、いつかは住みたいと思っていた場所だ。

四谷に借りていたマンションからも内堀通りの桜並木を楽しめたが、煤《すす》けた空気はどうにもならなかった。公園の随所にある池や滝を眺めながら、思い切り背伸びした。その途端、腹が鳴った。

慌てて段ボールの前に戻るが、キッチン用品とレトルト食品を入れた箱は、衣類や洗剤類などの箱の下にあった。昨夜、カーテンとパジャマを引っ張り出すだけで体力を消耗した。樫山はスマホを手に取り、食事場所を探し始めた。

中島公園の北側、ススキノ方向のゲートから公園の外に出て、豊平川《とよひら》にかかる南大橋近くに赴く。ネット検索でモーニングサービスのあるカフェを見つけた。

道産の採れたて野菜を使ったガレットと深煎りコーヒーを楽しんだあと、樫山はようやく安堵の息を漏らした。

朝食はしっかり摂ると決めている。胃から吸収された栄養分が身体中《からだじゅう》に行き渡り、頭に沁《し》みていくのがわかる。スマホを手に取り、今日のスケジュールをチェックする。道警幹部のみならず、道庁にも着任の挨拶に出向かねばならない。目まぐるしい予定をスクロールすると、昨日綴《つづ》ったメモが目に入った。

〈稲垣達郎〉〈下戸〉

ススキノの転落事故の被害者だ。怪しげな風俗業者が入居するビルで稲垣という男性が死んだ。森町の食堂の店員によれば、稲垣が出入りするような場所ではなく、まして下戸の男性が近づくのはおかしいという。

指先に小さなささくれができたような感覚だ。札幌中央署は単純な事故として処理済みだということもわかった。自分が出る幕ではない。昨日、親友の川田ゆかりに指摘されたように、自分は物事を突き詰めて考えすぎる。新たな職場で自ら波風を立てるようなことはするな、そう自分に言い聞かせた。

昨日の昼下がり、森町で昼食を摂っている際に本部長の大島から電話が入った。伊藤とともに慌ただしく食事を済ませ、国道五号線から函館本部のある五稜郭《ごりょうかく》方向にバイパスを走っていたとき、伊藤が再びホットドッグの話を始めた。札幌に到着するまでに必ず腹が減るので、車両を戻す前に行きたいという。

地元民が愛するという古いハム店は、函館観光の中心地とも言える石畳の坂道の途中にあった。テイクアウトの特製ホットドッグができるまでの間、樫山は店の周囲の古い教会や石畳の道、そして坂道から見える函館港を何枚もスマホのカメラで撮影した。肉を詰めたソーセージを湯せんしたのちに炙《あぶ》り、香ばしいパンにはさんだ一品は、どこか懐かしい味がした。

その後、函館本部に急行し、幹部連に挨拶した。これを済ませると函館空港へ向かい、運良くキャンセルが出た新千歳行きの便に飛び乗った。

離陸してから四〇分、あっという間に小型機は着陸した。新千歳の到着ゲートを出ると、制服姿の若手巡査長が伊藤を見つけ、駆け寄ってきた。その後は白黒のパトカーに乗車し、五〇分ほどで道警本部に到着した。

旅行鞄を伊藤が持ち、先導される形で本部長室へ向かった。二〇期先輩である本部長の大島将吾が大きなソファで樫山を待ち受けていた。

「急に呼び出して悪かった。あす、北見に出張することが急に決まったものでね。どうしても対面で挨拶しておきたかった。それに、前任者の都合もあり、急な異動になってしまった」

大先輩の大島が殊勝に頭を下げたので、樫山は官僚として当然のことと答え、前任者の具合を尋ねた。すると、大島が急に顔を曇らせた。

「こればかりは個人情報なんでね。任に堪えられないということで勘弁してほしい。しばらくは本庁の官房付け扱いで休職となる」

やはり、個人情報を盾にされると、なにも言えなかった。


「あの、お客様……」

スマホを睨んでいると、カフェの女性スタッフの声で樫山は我に返った。

「なんでしょう?」

店に入ってから二五分ほど経過した。樫山は素早く周囲をうかがった。他の客で混み合い、席を譲ってほしいという感じでもなさそうだ。

「あちらのお客様はお連れさまでしょうか?」

スタッフが樫山の背中の方向に手を向けた。身体をよじり、手の方向を見る。

「いえ……お会計をお願いします」

カフェの出口付近に男のシルエットが見えた。いかつい男がおしゃれなカフェの前で門番のように立っていれば、他の客が入りにくい。

スツールにかけたスプリングコートとショルダーバッグをひったくるように取り上げると、樫山は女性スタッフの後に続き、会計カウンターに向かった。

料金を支払う間、出口の方向を観察すると、伊藤がなんども腕時計に目を落とし、肩を強張らせていた。

「おはよう」

足早に伊藤に近づき、声をかけた。

「お待ちしておりました」

咄嗟《とっさ》に姿勢を正した伊藤が樫山に敬礼した。

「こんな場所でやめて」

「失礼しました」

伊藤が困惑の色を浮かべ、俯《うつむ》いた。

「なぜここに？」

「マンションにお迎えに行ったところ、管理人がすでに出勤されたあとだと……」

伊藤の言葉尻が濁った。

「それにしても、なぜここだってわかったの？」

「お食事、もしくはお茶をされているのではないかと考え、マンションから近い場所を探しました」

樫山はため息を吐いた。

「私にも個人の時間があるの」

「刑事部長に運転手を命じられました。空の車両で本部に行けば、本職が怒られます」

伊藤の視線がホテルの外に向かった。遠目にグレーのセダンが見えた。

「わかったわ。今日くらいは本部まで街を眺めながら出勤するつもりだったのに」

「ありがとうございます」

伊藤がなんども頭を下げた。

「やめて。まるで私が嫌な女みたいじゃない」

「そんなことはありません」

伊藤がまた頭を下げた。樫山は周囲を見回した。幸い、やりとりを見ている人間はいない。

樫山は足早にセダンに向かった。

9

「それでは本部に向かいます」

樫山が後部座席のシートベルトを締めたとき、ルームミラー越しに伊藤が告げた。

「まだ時間あるわよね」

樫山は腕時計を見た。午前七時三七分だ。

「ええ、余裕はあります」

「渋滞の心配もないわね」

樫山はフロントガラスの先を見た。セダンがいるのは札幌中心部だ。碁盤の目のような幅広の道路は空いている。

「南四条西三丁目、第二ラベンダービルへ行ってください」

スマホを見ながら、樫山は言った。顔を上げると、ミラー越しに伊藤が戸惑っていた。

「どんな場所か気になっているの」

「課長が行かれるような場所ではありませんよ」

単純な転落事故、事件性なしと札幌中央署が判断した。道警と対立する機会が多い北海道新報にしても、所轄の判断そのままのベタ記事扱いだ。被害者が東京から来た人物だったというわずかなバリューがなければ、記事になっていたかさえ怪しい。

「稲垣さんは国交省の人だったわ。本来なら出張中の公務員とか、国交省の官僚とかどこかで触れるでしょう？　でもどこにも書いていない。少し気になったの」

樫山はスマホに視線を落とした。昨夜見つけた画面には、国交省が大学生向けに制作した採用特設ページがある。数人の若手官僚とともに、稲垣は大きなリュックを背負い、満面の笑みを浮かべていた。

人差し指と親指で顔の部分を拡大する。下がった眉と垂れ気味の両目、丸顔で無精髭《ぶしょうひげ》を生やしている。鉄道好きが高じて国交省に入り、ＪＥ（Japan Electric train）や関東、関西の大手私鉄の技術面を監督する専門官になったのだと経歴を綴っていた。

「納得するまで調べるのが私のやり方なの。気にしないで。とにかく見たいだけ」

伊藤が渋々頷いた。

グレーのセダンは南大橋からススキノ方向へ北上を続ける。煌びやかなネオンが消えた街には、ゴミ箱やポリ袋が置かれていた。

樫山は黙って車窓から周囲の風景を見続けた。路面電車のすすきの駅近くでセダンが月寒《つきさむ》通りへ入ったとき、運転席の伊藤が右方向を指した。

「あれが有名なウイスキーのネオンです」

フロントガラス越しに、髭面の男がグラスを持つ巨大なLEDパネルが見え始めた。札幌に関連するテレビニュースや新聞報道がある際、時計台とともに必ず映し出される名所だ。

伊藤が駆るセダンは月寒通りを越え、都通りへ右折した。車窓から全国チェーンのカレーショップや地元の居酒屋の看板が見える。

伊藤がセダンを減速させると、焼酎の大看板のあるビル、隣にはスナックや寿司《すし》屋の看板を掲げた雑居ビルが見え始めた。伊藤はハザードを灯《とも》し、車を停めた。

「この第二極星ビルの後ろ側に第二ラベンダービルがあります」

「後ろ側って？」

「エンピツみたいに細い雑居ビルです。間取りが悪いために、ススキノ中心部なのに格安で借りられるとかで、筋のよくない風俗店や飲食店が多数入居しています」

「よく知っているのね」

「ススキノ交番だけでなく、中央署の生活安全課の面々も手を焼く事案が多いビルでして」

なるほどと小声で返しながら、樫山は降車した。

都通りに面した大きなビルとビルの間には青いゴミ箱がいくつも並んでいる。深夜営業を終えた飲食店が残飯でも入れているのだろう。中身を狙っているのか、数羽のカラスが電線の上から睨んでいる。

軽自動車が辛《かろ》うじて一台通れるほどの小路の左手には居酒屋の赤提灯《あかちょうちん》があり、右側にはビア樽《だる》やワイン樽を放置した串焼き屋がある。樫山はさらに小路の奥へと進む。後ろから伊藤が小走りで追いついてきた。小路の中ほどには低層の雑居ビルがあり、表には餃子屋やスナック、海鮮居酒屋のカラフルな看板がかかっている。陽《ひ》が落ちた頃に訪れれば、昭和の面影を残した楽しげな一角なのだろう。

「こちらです」

樫山を追い越した伊藤が小路の一番奥にあるビルを指した。たしかにエンピツのように細いビルだ。壁面にはピンクや黄色の派手な看板がいくつも見える。さらに歩を進めると、アスファルトの路面にチョークの跡が残っていた。膝を折り、慎重に視線を向けると、チョークの跡は人型だ。樫山はその場にしゃがみ込み、両手を合わせた。

「ここね」

樫山は立ち上がり、頭上を見上げた。ビルの外には細い階段がある。一階の出口の取っ手が赤く錆《さ》び付いていた。格安物件だけに保守点検が行き届いていなかったのかもしれない。

「どうして落ちたのかしら？」

「酔っ払っていたんじゃないですか？」

「でも、森町の食堂の彼女は、稲垣さんは下戸だと言っていた」

「そうか……しかし、このビルに入るスナックやらクラブやらはぼったくりが多いです。客がトイレに立った隙に、睡眠薬を入れて法外な料金を請求する店もあり、昔からトラブルが絶えませんでした。誰か連れでもいて、薬を混ぜられたのかもしれません」

困惑の色を浮かべながら、伊藤が言った。

「睡眠薬ねえ」

自分は事件の担当ではない。心の内で強く言い聞かせると、もう一度樫山はビルの外階段を見上げた。薄暗い階段に人影はない。

「わかったわ。とりあえずおしまい」

樫山は都通りに停めた車へと戻り始めた。

東京から仕事で来た中央官庁の役人稲垣は、下戸にもかかわらず、なぜこんないかがわしいビルに来たのか。

国交省と仕事をする民間企業が接待でもしたのか。役人とはいえ、任地を離れればハメを外したくなる……様々な考えが頭の中を交錯したが、強く首を振り、樫山は疑問を振り切った。

10

「こちらです」

伊藤の先導で道警本部のエレベーターを五階で降り、樫山は廊下を歩いた。昨晩の段階で本部長の大島、そして刑事部長には挨拶を済ませた。

「本日は二〇名ほど集まっています」

刑事部の大部屋のドアを開けると、伊藤が言った。刑事部全体の庶務係の脇を抜け、捜査三課のシマを抜ける。整然と並ぶデスクから、好奇の視線が自分に向けられているのがわかる。

軽く会釈し、通り過ぎる。

大部屋の一番奥が一課のシマで、二課はちょうど中ほどにある。

「樫山新課長をお連れしました」

伊藤が低い声で告げると、デスクで書類を作成中の者、パソコンで事務処理をしていた者らが一斉に立ち上がり、樫山の方向を見た。

「一同、礼！」

再び伊藤が声を上げると、女性三名を含む二〇名ほどの捜査員が一斉に樫山へ敬礼した。樫山も姿勢を正し、こめかみに手を掲げた。

「直れ」

伊藤が言った直後、中肉中背の男が進み出た。やや後退した額の生え際、薄い眉の下には一重の目がある。どこにでもいそうな中年男性だが、その両目は据わり、まっすぐ樫山を見つめている。常に人を疑ってかかる刑事眼の典型だ。

「樫山順子です。よろしくお願いします」

相手が名乗る前に、樫山は頭を下げた。地方に出ると、ベテランの男性捜査員の厳しい視線に耐えねばならない。なんでこんな年下の女に仕えねばならないのか。表面上は樫山を立てても、裏では陰口を叩く者が圧倒的に多い。そんな男たちと対峙するには、まず自分から頭を下げ、様子を見る。地方だけでなく、警視庁本部や警察庁の中でも実践してきた樫山なりの処世術だった。

「課長、失礼いたしました。私から名乗るのが筋なのに」

目の前の中年男が後ろ頭を搔《か》き、言った。

「特捜班キャップの冬木辰巳《ふゆきたつみ》警部補です」

改めて、冬木が頭を深く下げた。口調に嫌味なところはなく、醒めた目つきとは裏腹に口調は穏やかだった。

「二課のメンバーは改めて一人ひとり紹介いたします」

冬木が言うと、今まで直立不動の姿勢で待機していた捜査員たちが再びデスクに着き、各々の作業を始めた。

「課長席で少しだけよろしいですか？」

冬木の目は窓際にある一回り大きめの机、そしてその前にある簡易応接セットに向いている。

「はい」

伊藤が素早く課長席の横に回り、樫山の鞄を置いた。

「伊藤、お茶を頼む」

冬木の指示に、伊藤が弾《はじ》かれたように廊下へ向かった。警視庁捜査一課時代、数々の捜査本部に関わった。年次が一番下の捜査員が上司のお茶汲《ちゃく》みをするのは毎朝の務めであり、ここ北海道でもその仕組みは変わらない。

「課長より随分と年上、五二歳の部下は使いづらいかもしれませんが、遠慮なく指示を出してください」

応接の椅子に座るなり、冬木が切り出した。

「とんでもない。若輩者ですが、どうかよろしくお願いします」

樫山は冬木の正面に座り、頭を下げた。声の調子を聞く限りでは、陰口を叩くような雰囲気は冬木にはない。

「あの、いきなりこんなことを言うのは気が引けるのですが」

「なんでしょうか?」

冬木が声のトーンを落とし、他の捜査員たちを見回している。

「課長は、神輿《みこし》に乗るだけの方《かた》か。それとも神輿を一緒に担いでくださる方か、どちらでしょう?」

冬木の直球だった。間髪を容《い》れず、樫山は答えた。

「もちろん一緒に担ぎます。二課長は二度目、以前は小さな町の選挙違反しか摘発していませんが、現場の皆さんと一緒に汗をかいたという自負はあります」

「二代前の女性課長は、我々に全権を与えてくださいましたが、現場には一切タッチせず、キャリアの皆さんとだけ。先代はそもそも本部にほとんど来ませんでした……」

突然、冬木が口を噤んだ。

「私の異動はワケありだったのですね。本部長は急病と仰《おつしや》っていましたが?」

冬木は観念したように頷いた。

「いずれ耳に入るでしょうから明かしておきます。前の課長は放浪癖がありまして」

樫山の頭の中で青白い男の顔が浮かんだ。

「所轄の知能犯担当を激励すると言って、全道行脚《あんぎや》を始めたのはいいのですが、途中でなんども連絡が取れなくなり、挙句、美人と評判の女性警官に対してストーカーまがいの行為に及びました。実質的な懲戒処分です」

「そうでしたか」

勉学は優秀だがメンタルの弱いキャリアは珍しくない。年長の部下たちに舐《な》められまいと極度のパワハラに走る者、慣れない地方での生活からアルコール依存になる者がいる。「現場の皆さんの足を引っ張るつもりはありません。責任は必ず取ります。ですから、情報は必ずあげてください」

冬木が納得したように頷き、言葉を継いだ。

「噂《うわさ》は本当のようですね」

「なんのことですか？」

「警視庁におられたとき、殺人事件の解決に大変なご尽力をされたと聞きました。公取委も巻き込んで、大手外資の幹部を逮捕されたとか」

樫山は慌てて首を振った。

「それは継続捜査班に優秀なベテランがいたからで、私の力ではありません」

首相官邸で内閣官房副長官の松田が反応したのと同じで、あの事件のことは北海道にも伝わっていた。

「買い被らないでくださいね。本当に私は……」

樫山が言ったとき、近くの机で警電が鳴った。若手捜査員がすぐさま受話器を取り上げ、冬木に視線を向けている。

「少々お待ちいただけますか」

冬木が若手の席に行き、受話器を受け取った。冬木は机の隅に腰掛け、受話器を手で覆いながら話し始めた。時折、樫山に視線を向ける。本部長が昨夜言っていた案件かもしれない。冬木の顔を見ながら、樫山は姿勢を正した。

「諸々《もろもろ》了解しました。では、失礼します」

冬木が受話器を置き、再び応接に戻ってきた。

「事件です。二週間前から内々に動いていた一件、いよいよ着手が近いです」

「刑事部長、本部長がなにか奥歯に物が挟まった感じで言っていたのは、これですね」

「ええ、保秘の観点から上には詳細を明かしておりません」

冬木の表情が引き締まった。

「ここではアレなので、会議室へ」

冬木が立ち上がった。着任と同時に事件が動き出した。

〈出世を諦めたわけじゃないだろう?〉

本庁の先輩が発した言葉が、蘇ってきた。

11

グレーの壁紙の小さな会議室で、樫山は冬木と向かい合った。年長の部下の手には青い表紙のファイルがある。

「先ほどの連絡は警視庁本部からでした」

穏やかな口調は変わらないが、冬木の顔が強張っている。樫山が身を乗り出すと、冬木がファイルのページをめくった。

目の前には粒子の粗い写真がある。中心にいるのは、太り気味で地味なメガネの中年女性だ。

夜間に望遠レンズで撮ったものだろう。

「警視庁捜査二課からの情報が端緒《たんしょ》で、我々も動き始めました」

「容疑はなんですか？」

「汚職です」

「彼女はどちら側？」

「収賄側です」

冬木の節くれだった人差し指が写真の女の顔に触れた。

贈収賄は、公務員やみなし公務員が企業から金を貰《もら》い、公共事業の入札や、機材選定に不当な便宜を図ることだ。収賄側は役人、贈賄側は民間企業という具合だ。贈賄側の罪状が軽いことから、贈賄側から証言を取り、より罪の重い収賄側を摘発するケースが多い。

「今回は収賄側だけですか？」

「いえ、両方やります」

「わかりました」

贈賄、収賄双方を立件するとなれば、情報が相手に抜けてしまうリスクは倍増する。本部長や刑事部長が具体的な中身を知らされていなかったのも頷ける。

「それで、彼女は収賄側ですよね」

樫山は念を押した。一つだけ不可解な点がある。収賄側の大半は、役所のしかるべき立場にいる人物、課長、部長、局長など男性、しかも中年以上の者となる。しかし、目の前にあるのは、地味な中年女性の写真だ。樫山が首を傾げると冬木が口を開いた。

「警視庁捜査二課の小堀《こぼり》理事官をご存知ですか」

「大学の先輩です。出世欲が強い他の先輩方とは正反対で、現場にこだわり続ける変わり者との評判を聞いています」

「今回は、小堀理事官に協力をいただき、警視庁と共同捜査をしています。あの方は、大変頭が切れますね」

警視正の小堀とは本来ならば口もきけない階級の差があるのに、現場責任者ということで何度も電話を直接入れてきたのだという。

キャリア警官は建前を気にする。四〇歳手前で警視正、理事官という幹部の肩書きを持っているならば、道警と連携する際は必ず二課長がカウンターパートとなる。樫山の前任者が職場放棄のような状態にあるならば、刑事部長が代わりとなる。

樫山は記憶のファイルを懸命にめくった。小堀は捜査二課に管理官として着任して以降、現場の主任警部らに鍛えられたと他のキャリアに聞いたことがある。

詐欺や贈収賄で着実に成果を出したあと、大手総合電機メーカーの粉飾決算を内偵したが、政治的な圧力で立件が見送られたとも教えられた。

「小堀さんは警視庁のあと、異例の若さで神奈川県警捜査二課長に就任し、その後はまた警視庁捜査二課に戻られました。本来なら本庁に戻ってしかるべきポジションに就き、他の県警の警務部長、いずれは本部長になる人材ですが、現場仕事にこだわって、同じポストに居続けているようです」

「私ら特捜班は大歓迎です。小堀さん、それに樫山新課長がタッグを組んでくれたら、絶対に逃がしませんよ」

冬木がページをめくった。すると、中年女性の顔写真が北海道道立病院局のホームページのコピーに替わった。印刷された画面を凝視すると、道内各地にある道立病院や施設の概要が記されている。

「先ほどの女性がこちらに勤務を？」

「道の病院局の課長補佐、栗田《くりた》聡子《さとこ》三九歳、独身です」

冬木がさらにページを繰る。樫山の目の前に、見覚えのある景色が広がった。新宿歌舞伎町のバッティングセンター、そして近隣のホストクラブの看板を写した一枚だ。樫山が顔を上げると、冬木が頷いた。

「栗田という女性は、病院の資材や物品購入に関する入札情報を業者に漏洩《ろうえい》していたわけですか？」

「その通りです。複数の医療機器メーカーなど、道立病院に食い込みたいさまざまな業者から幅広く金を受け取っている気配が濃厚です」

冬木がさらにページをめくると、バッティングセンター近くの歩道、金髪のスリムな青年と並んで歩く栗田の姿を捉えた写真が出てきた。

「こちらは警視庁内偵班からの写真です。栗田はここ数カ月、月に一、二度の割合で東京に飛び、ホスト遊びをしています。いや、遊びという段階を超えて、入れ込んでいる。ホストの生活を援助している気配すらあります。往復の飛行機代も贈賄側の支払いとなっている模様です」

「贈賄の目安はどうですか？」

「細かい集計は済んでいませんが、出入りしているホストクラブの料金、回数、航空機の旅費を考えれば、二〇〇〇万円近いかと。給与三カ月分は楽々超えています」

殺人事件や強盗事件は犯人の姿が見えない状態から手をつけるが、知能犯は全く別だ。罪を犯している輩《やから》に目星をつけ、監視を行う。日々の行動パターンや交友関係、そしてどこでいくら金を使うのか徹底的に調べ上げる。

贈賄側、収賄側ともに後ろめたさがあるため、常に周囲の目を気にする。万が一、犯人たちに感づかれれば、証拠となる領収書や通帳などを一切合切処分され、捜査は頓挫する。

贈収賄事件で収賄側を立件する際、検察が事件を起訴するかどうかの分水嶺《ぶんすいれい》となるのが不当に受け取った金額となる。大まかな基準となっているのが給与の三カ月分とされる。国税庁が悪質な脱税者を検察に告発する際、一億円が目安となっているのと同様だ。

「今回の端緒を教えていただけますか？」

「ええ、では……」

冬木が口を開きかけたとき、樫山のジャケットでスマホが震え始めた。失礼と断り、画面を見ると警視庁本部の番号が表示されていた。樫山はすぐさま通話ボタンを押した。

〈冬木さんから概要を聞きましたか？〉

電話口にくぐもった男の声が響いた。はいと答えるとすぐに相手が話し始めた。

〈警視庁捜査二課理事官の小堀です〉

名前を聞いた途端、樫山の脳裏に小柄で神経質そうな顔が浮かんだ。

〈今回の贈収賄、警視庁はゾウ、道警はシュウ、確実なチームプレーで両方を摘発しましょう〉

「もちろんです。それで……」

〈ウチの二課の第三知能犯の警部が畑から引っ張ってきたネタです〉

警視庁捜査二課では、各捜査係に番号が振られている。歴戦の猛者《もさ》が集まる集団で、畏怖を込めてナンバー知能と呼ばれている。

〈数カ月前から歌舞伎町で派手にお金を落としているおばさんがいるという情報がもたらされました。歌舞伎町で遊ぶにはどうにも田舎くさい、毛色が違う、そんなタレコミでした。調べたら道庁職員だったというわけです〉

直接話をしたことはないが、樫山の頭の中で、無愛想で目つきの鋭い警視庁本部二課、ナンバー知能の面々の顔が浮かんだ。

「わかりました。これより、道警二課も特捜班で内偵を続け、しかるべきタイミングで吸い出しという段取りでいきましょう」

吸い出しとは、贈賄側、収賄側の双方を同じタイミングで任意聴取することだ。双方を同時に、というところがポイントだ。片方の逮捕の知らせを受けての事前準備などができなくなる。双方を立件することができれば、道警捜査二課にとって久々のクリーンヒットだ。スマホを握る手に薄《うっす》らと汗が浮かんだ。

〈呉々《くれぐれ》も厳重保秘で〉

「了解です。それでは、また冬木キャップと……」

樫山が目の前の部下を見たとき、いきなり小堀が言葉を発した。

〈話は変わりますが、樫山さんの異動は急に決まったのですか？〉

「そうですが、なにか?」

〈前任者はたしか問題行動で官房付になった。急な異動のあとで気を遣う事件です。大丈夫ですか?〉

「平気です」

樫山が言ったあと、少しだけ間が空いた。

〈……そうですか〉

「なにか気になることでも?」

〈いや、なんでもありません。ここ二、三年、警視庁の二課はネズミを取らない猫と散々陰口を叩かれていましたので、今回はおいしいネタです。全力でやりますよ〉

「たしかにそうですね」

〈本来ならばウチだけで手柄を独占したいところですが、内偵時に我々が道民でないのがバレるのが怖かったので、協力を仰ぎました。それではよろしく〉

小堀が電話を切ったあと、冬木を見た。

「小堀さんですね」

「よろしくと仰っていました。道民に化けるのが難しいと」

「たしかに。話し方で内地の人はわかりますよ」

強張っていた冬木の顔が緩んだ。

「では、絶対にものにしましょう」

「もちろんです」

狭い会議室で、樫山は年長の部下に深く頭を下げた。

12

「間瀬さま、到着いたしました」

間瀬忠良がビジネス誌に目を通していると、運転手が歯切れの良い口調で告げた。

「ああ、そう。ご苦労様」

間瀬が答えると、運転手が降車した。

横浜ベイエリアから首都高に乗り、約四〇分の移動だ。浜崎橋ジャンクションの辺りで少しだけ渋滞したが、それ以外専用車はスムーズに走り続けた。

国産で最上級グレードのセダンは特注オプションの総革張りで、小さなLEDランプが薄暗い車中でも手元を照らしてくれる。自宅から勤務先、その他の移動中でも読書が可能だ。助手席のシートがダッシュボード近くまでずれているため、後部座席は自由に足を組み替えることができた。眠くなればリクライニングのシートを倒し、仮眠も可能だ。

「どうぞ」

運転席から移動してきた運転手が恭《うやうや》しくドアを開ける。間瀬はゆっくりとレンガ敷の歩道に足を下ろした。

周囲を見回すと、額に汗を浮かべた配達員が自転車を漕《こ》いでいる。このほか、小脇に書類を抱え込んだ若いサラリーマンが何人も行き交う。東京駅に近いビジネス街の一等地には、他の黒塗りハイヤーは停まっていない。

「お帰りの際は、いつものように私の携帯を鳴らしてください」

「ああ、頼みますよ」

深々と頭を下げる運転手の横を通り過ぎ、間瀬は眼前のビルを見上げた。歩道と同じレンガ色の古いビルだ。周囲が再開発で最新鋭のガラス張り、高層タワーに姿を変えたため、見てくれは明らかに古めかしい。だが、業界最大手であることを考えれば威厳があると言い換えることもできる。

間瀬はゆっくりと入り口に進んだ。仕立ての良い背広を着たビジネスマンが何人もドアに吸い込まれていくが、大型ハイヤーで乗りつけたのは自分だけだ。

秘書と広い個室、そして専用の車両。三種の神器を手に入れるために、薄給の役人人生に耐えたのだ。

間瀬はゆっくりとエントランスホールを歩いた。欧州の小さな音楽ホールを思わせる。

壁には絵画がいくつも飾られている。

「おそれいります、間瀬さまでいらっしゃいますか？」

壁の日本画を眺めているると、すらりと背の高い受付嬢が声をかけてきた。

「間瀬です。少し早めに着いたもので」

「ようこそおいでくださいました。お部屋までご案内させていただきます」

「ありがとう。よろしく」

鷹揚《おうよう》に答えた後、受付嬢のあとに続く。多くの背広姿の男たちが吸い込まれていくホールとは別の、磨《す》りガラスの扉のあるホールへと導かれる。いくつかの視線が自分の背中に向けられている。

「役員専用のエレベーターでご案内いたします」

「ありがとう」

受付嬢が長く細い指で上階行きのボタンを押すと、即座に扉が開いた。二階、三階とエレベーターが上昇した直後だった。ガラス張りの箱から、広大な皇居の敷地が見え始めた。

「これは素晴らしい眺望だ」

西陽が差し始めたタイミングで、二重橋が遠くに見えた。

「ありがとうございます」

受付嬢が両手を腹の前に揃《そろ》え、深く頭を下げた。

素晴らしいと小声で言ったあと、腹の底に優越感という食べ物がストンと落ちた気がした。業界最大手の損害保険会社の役員専用エレベーターは、重役たちのほか、名だたる大手企業の顧客が利用する。よく躾《しつ》けられた受付嬢の佇《たたず》まいといい、丁寧に磨き上げられたガラス戸といい、この空間にいるだけで気分が高揚してくる。

「お待たせいたしました。こちらでございます」

エレベーターは二三階で止まり、受付嬢が再度頭を下げた。すると、扉が開き、今度は濃紺のスーツを身に纏《まと》ったロングヘアの女性が待ち受けていた。

「役員フロアの秘書がご案内いたします。どうぞごゆっくり」

受付嬢の声に後押しされ、間瀬は薄い紫色のカーペットに足を踏み入れた。

「ご案内に不備はありませんでしたか？」

ロングヘアの秘書が顔を傾け、笑顔を見せた。

「お気遣いありがとう」

秘書に先導され、重厚な扉が連なるフロアを進む。

「こちらでございます。すぐに担当が参りますのでお待ちください」

オークの扉を開け、秘書が言った。秘書が先に部屋に入り、客用のソファを指す。秘書のシルエットの向こう側には、やはり同じ皇居が一望できる大きなガラス窓がある。

「お好みのお飲み物をお持ちいたします」

間瀬がソファに座ると、秘書が言った。コーヒーをブラックでと告げ、間瀬は周囲を見回した。

エントランスホールと同様、複数の油絵が額装されている。

「間瀬さん、わざわざご足労いただきまして、まことにありがとうございます」

白髪混じりの恰幅《かっぷく》の良い男が部屋に入ってきた。営業部長の三原雄治《みはらゆうじ》だ。

「どうせ暇な身ですから。久々に丸の内に来られて良かった。再開発がこれほど進んでいるとは知りませんでした」

間瀬が言うと、向かいに座った三原がわざとらしく顔をしかめた。

「弊社のビルばかりが古くて、貧相でたまりません」

「とんでもない。あの世界的な名画をさりげなく飾るなんて芸当は、最近のチャラチャラしたビルの持ち主には無理です」

「いや、あれは先々代社長の道楽でして、我々としては宝の持ち腐れで」

三原は何度も手をすり合わせ、おもねるように言った。

ここで世間話は終わりだ。間瀬は大きく咳払いした。対面する三原の表情も引き締まる。

「先日、私が電話で話した件ですが」

間瀬が切り出すと、男が深く頷いた。

「担当部署に指示を出しまして、最大限かつ最速の対応を準備しております。もちろん、日々の進捗状況に関しても、必ず私に報告が入るように手配が整っております。万が一、先方との交渉がこじれるような気配があれば、私が直接担当します」

「いや、まさか取締役営業部長がそこまでされなくとも」

「とんでもない。我々はやるべき仕事を着実に実行するだけです。万が一、マスコミに嗅ぎつけられるようなことになっても、すべて正規の業務として処理しておりますので、問題ありません」

先ほどまで揉《も》み手していた三原が真剣な面持ちとなる。

「損保の世界は色々あります。綺麗事だけでは仕事が捗《はかど》りません。もちろんメディア対策にも十分に予算を組んでおりますので、ご意向に反する記事が出ることはありません」

三原は、長年営業でトップの成績を維持してきたと聞いたことがある。愛想笑いが消え、交渉事では絶対に譲らないという強面《こわもて》の気配が瞳の奥に見えた。

「よろしく頼みますよ」

間瀬が膝に両手を突いて頭を下げると、三原の声音《こわね》が変わった。

「おやめください。私の立場がなくなります」

先ほどと同じ愛想の良い営業マンの声音になっている。

「間瀬さん、せっかくこちらにおいでになったのです。今晩のご予定は？」

「閑職の身です。予定は空いております」

「それでは、久々にいかがです？」

三原が酒を飲み干す仕草をした。

「それではお言葉に甘えて」

「すぐに準備させますので、少しだけお待ちください」

この損保の社外取締役に空きが出ることは事前につかんでいた。三原の丁寧な対応に内心、期待を高めてしまう。いや、それだけの貢献を彼らにはしたという思いもある。

三原は立ち上がり、部屋の隅に行った。三原はスマホを取り出すと、よく通る声で最高級と名の知れた日本料理店を予約するよう部下に指示した。

「どうかおかまいなく」

三原が電話を終えたタイミングで、間瀬は自分のスマホを取り出した。失礼と断ったうえで、運転手の番号を押す。

「間瀬です。本日は会食の予定が入りましたので、横浜に帰ってもらって結構です」

〈ご帰宅の際はいかがなされます？〉

「そうだった。少し待ってもらえますか」

間瀬はスマホを耳元から離し、三原の顔を見た。

「ハイヤーを帰しても構いませんか？」

「もちろん、ご帰宅の際は弊社の車両で」

三原が恭しく頭を下げた直後、間瀬はスマホを耳に当てた。

「今晩はこちらでお送りいただけるそうです。早めに帰宅してくださって結構です」

鷹揚に告げると、運転手がなんども礼を言った。

「優しい方ですね」

「いえいえ、分不相応に運転手をつけられておりまして。たまには彼も家族サービスが必要でしょう」

間瀬が言うと、三原は大袈裟《おおげさ》に驚いた顔をした。

13

「以上が特捜班の主要なメンバーです」

午後九時半過ぎ、道警本部五階の広めの会議室で冬木が声を張った。

「ありがとうございます」

手元の手帳に捜査員の名前と階級、そして見た目の特徴を記し終えると、樫山は顔を上げた。

「皆さんの地道な捜査の積み重ねが事件解決に必要となります。私も懸命にやりますので、どうかよろしくお願いします」

パイプ椅子から立ち上がると、樫山は約二〇名の捜査員たちに頭を下げた。

普段の特捜班は一〇名体制だが、今回は大きな事件が目の前にある。このため、特殊詐欺犯グループを専門に追う捜査員一〇名を琴似《ことに》にある道警庁舎から呼び出し、冬木の差配でチームに組み入れた。

「大切なことなので、もう一度確認しておく」

樫山が椅子に座り直すと、冬木が捜査員たちを見据えた。

「一班は行確《こうかく》の手順を再度互いにチェックするように。相手は詐欺師ではなく素人《しろうと》だが、後ろめたいことをしていると自覚している。そんなときは無意識に立ち止まり、周囲を確認する。被疑者と目が合わぬよう、視線は常に下向き、靴を見ろ。万が一、目が合った際は、躊躇《ちゅうちょ》なく持ち場から離脱する。いいな？」

冬木の指示に、低い声ではいと応じる声が会議室に響いた。

「次、二班。被疑者の立ち回り先について、報告しろ」

冬木の声に反応し、三〇歳代の女性捜査員が立ち上がった。

「勤務先の道立病院局、近所のスーパー、そして札駅周辺の複数の書店など、一定のパターンを把握しました。ススキノのホストクラブ、および類似のサパークラブなどに出入りしている様子は全くありません。表面上は地味な公務員そのものです」

髪を後頭部で束ねた彼女は明快な口調で答えた。

「歌舞伎町一辺倒ってわけか。都会の甘い汁はよりうまいとみえる」

冬木が軽口を叩くと、捜査員の間からかすかな笑い声が上がった。

「笑うな。その油断が事件を潰す」

冬木がドスの利いた声を発すると、会議室の空気がたちまち引き締まった。

「以上だ。課長からはなにかありますか？」

樫山は首を振った。最後の一言が効いたのか、捜査員たちの表情が硬い。

「行確の交代やその他作業が残っている者は？」

冬木が尋ねると、三名の捜査員が手を挙げた。

「持ち場に戻って、慎重に捜査を。他の者で、メシに行ける者は？」

厳しかったキャップが声音を変えると、残りの捜査員たち全員が頷いた。

「課長、よろしければ一緒にいかがですか？」

「もちろんです。私もお腹が空いたところでした」

「それでは、課長の歓迎会も兼ねて、軽めに行くぞ」

冬木の一言で、若手の捜査員たちから安堵の息が漏れた。伊藤を見ると、大きな手で腹をさすっていた。

「一つだけよろしいですか？」

樫山が口を開くと、冬木以下、捜査員全員の視線が向いた。

「私も参加費を払いますから」

「課長……」

冬木の顔に戸惑いの色が浮かんだ。

「そんなに堅いことを言わなくとも。課内で多少の蓄えはありますので」

樫山は強く首を振った。

「庶務で宴会用のストックがあるのかもしれませんがダメです。二課はカネの不正を摘発するのが仕事。その担い手が後ろめたいことをするのは、私が課長の任にある限り、絶対に認めません」

樫山の言葉に周囲の捜査員たちの顔がたちまち硬直した。予想通りの反応だ。しかし、ここは絶対に折れるわけにはいかない。

「課長、今回だけは大目に」

冬木が困り果てたように言ったときだった。

「課長、もうはらぺこで死にそうです」

間の抜けた声で伊藤が言った瞬間、樫山は吹き出した。つられて冬木、そして他の捜査員もくすくすと笑い始めた。

「伊藤さんが大食漢なのは存じています。このまま放置して凶暴になられても困りますから、とりあえずどこかに行きましょう」

樫山が言うと、捜査員たち全員が頷いた。

「課長、蕎麦はお好きですか？」

「もちろん。でも、伊藤さんは足りますか？」

樫山が目をやると、伊藤が不安げな顔になった。森町では、大盛りの豚肉丼と樫山の生姜焼き、そしてホットドッグをペロリと平らげた巨軀《きょく》の持ち主だ。蕎麦では満足できないと小さな両目が訴えていた。

「大丈夫です。伊藤みたいな体力勝負の人間でも満足できる店ですよ」

冬木が告げると、ベテランの捜査員を中心に何人かが頷いた。

「板蕎麦が名物の店があります。東京の名店のように一口で終わってしまうような盛りではなく、コシがとてつもなく強くて、噛む蕎麦。しかも大きな板の器に大盛りです。それに鶏天《とりてん》も名物でしてね。伊藤でも満腹になるはずです」

冬木が伊藤に顔を向け、笑った。困り顔だった伊藤の表情が一変した。お菓子をもらった小学生のような笑顔だ。

「保秘の面でも安心できます。なにせ道警OBがオーナーですから」

わかりましたと告げ、樫山は椅子から立ち上がった。伊藤ほどではないが、知り合いの女性の中では一番食べるという自負がある。板蕎麦と天ぷらという響きに涎《よだれ》が湧き出した。

14

伊藤が運転する課長車の助手席に若手女性捜査員、樫山と冬木は後部座席に着いた。老舗旅館に面した道警本部裏口の駐車場を出て、電灯に乏しい道をセダンは走り始めた。

「五分もあれば着きます。それに予約の電話を入れたので、到着と同時に熱々の天ぷらが食えますよ」

冬木はハンドルを握る伊藤に対し、北二四条……と番地を告げた。樫山は頭の中に地図を広げた。札幌駅近くに道警本部がある。自分の乗っているセダンが北上していることは理解できるが、周囲の暗い街並みを見ていると次第に混乱してきた。

極度の方向音痴にとって、実際に目にした風景と地図の画像を一致させることは不可能だ。

「この辺りは随分暗いですね」

後部座席の窓越しに外を眺め、樫山は言った。

「この一帯は北大の敷地です。日本でも有数の広いキャンパスですから」

「なるほど、ススキノとは正反対ですね……」

自ら発したススキノという地名に、樫山は我に返った。

「冬木さん、ちょっとよろしいですか?」

「なんでしょう?」

「先日、ススキノの風俗ビルで転落事故がありました。なにかご存知ですか?」

樫山が言った途端、ミラー越しに伊藤と目が合った。何事も自分が納得するまで調べないと気が済まないと言ったばかりだ。伊藤の両目が呆れている。

「たしか中央署管轄のビルでしたね。新報の記事で読んだ記憶があります」

贈収賄の事件捜査に関しては熱のこもった打ち合わせをした冬木だったが、反応は拍子抜けするほど素っ気なかった。

「一課の仕事はズブの素人でして、その事故がなにか?」

「亡くなったのは出張中の国交省の役人でした。なぜ道警広報は役人だったとメディア向けに発表しなかったのでしょうか?」

広報と言った途端、冬木の眉間にシワが寄った。

「すみません、広報と二課は昔から相性が最悪でしてね。記者向けにリップサービスを行って、点数を稼ぎたい奴《やつ》らが余計なことを言ってしまうことがあるので」

「そうですか……」

「単純な転落事故でしたから、資料を取り寄せるのは容易ですよ。捜査本部が立つような事件ですと無理ですが」

「お願いしてもよろしいですか？　私が直接依頼すると、なにかと……」

「そうですね。新任のキャリア課長がなにか突っついていると勘繰られる可能性があります。お安い御用です」

冬木が胸を張った。

「着きました」

いきなり、運転席の伊藤が言った。

「ありがとう」

礼を言って樫山はフロントガラスの先を見た。樫山の視線の先には、屋号を記した天然木の一枚板が見えた。外壁も板張りで、どこか山小屋を思わせる外観だ。

「伊藤さん、あと少しの辛抱よ」

軽口を叩いてドアを開けたときだった。後方から足音が迫ってくるのがわかった。

「新二課長の樫山さんですね？」

暗がりで突然名前を呼ばれたため、自分でも腰が引けた。様子を察知した冬木が樫山の前に立ち、通せんぼの形を作った。

「おまえ、どこの記者だ？」

「北海道新報社会部の木下《きのした》です」

冬木の脇腹の横から、白い名刺が飛び出した。樫山が目を凝らすと、〈北海道新報 社会部記者 木下康介《こうすけ》〉の名前があった。

15

冬木の肩越しに様子をうかがうと、ブラウンのレザージャケット、首に薄手のマフラーを巻いた青年がいる。左肩には大きめのショルダーバッグ。取材ノートやカメラが入っているのか、バッグは重そうだ。警視庁在籍時、何人もの一課担当記者と顔を合わせたが、歴戦の記者は疑《うたぐ》り深そうな顔つきだった。木下も一眼で記者とわかる。

年齢は二〇代後半から三〇代前半といったところか。現役の捜査員が人を疑ってかかった挙句、刑事眼と呼ばれるきつい目つきになるように、記者である木下の両目も醒めている。

この公式発表には絶対に裏がある、表面上のコメントなど信じないと疑ってかかる視線だ。

樫山は冬木の前に進み出て、両手で木下の名刺を受け取った。

「明日以降、広報の立ち会いの下でしたら着任の挨拶をします。いかがですか？」

木下が鼻で笑った。

「広報通していたんじゃ、仕事になりませんから。樫山さんは、放浪癖はないでしょうね？」

「おい、調子に乗るなよ」

冬木が木下の前に進み出て、低い声で言った。前任者の本当の休職理由は、当事者の樫山でさえ先ほど知ったばかりだ。

「おまえのせいで、新報全体が出入り禁止になるかもしれんぞ」

「ウチは以前道警の裏金問題すっぱ抜いたときになんども出禁になっています。それに、バカな上層部が道警の脅しにビビって、土下座した経緯もある。一度は読者の信頼を裏切ったバカなメディアですから、もう怖いものはないんですよ」

木下は一歩も退かない。

「俺たちは保秘が命の二課だ。粗暴犯を追っかける一課のように取材できると思うなよ」

樫山に対しては終始穏やかな冬木だが、木下に対しては容赦がない。一方の木下も挑発的な目つきで冬木を睨み続ける。

「粗暴犯が聞いて呆れますよ。道警全体が粗暴犯じゃないですか」

「なんだと？　本気で道警に喧嘩《けんか》売る気か？」

「脅しても無駄です。俺は警察担当じゃなく、事件担当です。警察に尻尾《しっぽ》を振るつもりはありません」

「勝手にしろ。課長、さあ、メシにしましょう」

痺れを切らしたように冬木が言った直後だった。

「樫山新課長、道警にはろくに捜査をしない案件がいくつもありますよ。キャリアとして見過ごすんですか？」

冬木に促され、暖簾をくぐろうとしていた樫山は足を止めた。

「どういう意味？」

「また今度お会いしたときにでも」

木下は意味深な笑みを浮かべたあと、小さく頭を下げて駐車場の隅にある小型車に向かった。

「課長、失礼しました。新報ははねっ返りが多くて困ります」

「ろくに捜査をしないって、どういう意味でしょう？」

「少なくとも、二課に関していい加減な仕事は一つもありませんよ。きっと一課や三課のことですよ。さあ、メシにしましょう」

冬木は他の車両で集まってきた捜査員とともに暖簾《のれん》をくぐった。だが、樫山は木下の乗った車を睨み続けた。

小型車は広めの駐車場の奥から、表通りにつながる通路へと進み、急加速して出ていった。なおも樫山はテールランプを目で追った。

〈ろくに捜査をしない案件〉……木下の言葉が胸に引っかかった。風俗ビルで転落死した稲垣のことか。なぜ捜査一課のメンバーではなく、知能犯担当の自分の前に現れたのか。頭の中に様々な思いが渦巻いた。

「課長、どうされました？」

暖簾から顔を出した冬木の声で樫山は我に返った。

「なんでもありません」

「もうすぐ天ぷらが出てきますから、ぜひ揚げたてを」

冬木は樫山を伴い店内へ進んだ。小上がり席の前に伊藤が立ち、樫山を待ち受けていた。

「こちらへどうぞ」

伊藤は小上がり席の床の間の前を手で示した。

「いや、私なんかは……」

「ダメです。課長が上座に座ってくれないと、他のメンバーが座れません」

冬木の言う通り、座卓の前で数人の捜査員が所在なげに立ちすくんでいた。渋々上座に腰を下ろしたとき、丸刈りで恰幅《かっぷく》の良い男性がビールとコップ、それに小鉢をテーブルに並べ始めた。

「冬木さんのことよろしくお願いします。出来の悪い先輩ですが、人柄だけは良いです」

「なんだと」

恰幅の良い男性が道警OBなのだろう。他の男性スタッフも次々に小鉢や取り皿をテーブルに運び込んだ。

「それじゃあ、乾杯の前に課長から一言お願いします」

冬木がビールの入ったグラスを持ち、言った。

「では、手短に」

樫山は県警二課長時代に選挙違反しかやったことがないと明かし、ベテラン、若手が一丸となった力が必要だと短くスピーチした。

新任課長の人柄を慎重に見極めようと、捜査員たちの表情は依然硬い。これが前任者の残したキャリア不信の結果だ。

「絶対に責任を取りますので、どんどんやってください。以上です」

樫山が言い終えると冬木が拍手し、他の捜査員たちもゆっくりと手を叩き始めた。

この後、樫山が乾杯の音頭を取り、各々がビールや烏龍茶《ウーロン》を飲み始めた。

「揚げたての山菜、それにお待ちかねの鶏天だよ」

先ほどのOBが湯気を上げる大皿を樫山の目の前に置いた。樫山は素早く箸を割り、冬木、そして他の捜査員の小皿を取り上げ、天ぷらを取り分けた。

「課長にそんなことをされたら困ります」

冬木が困惑したように言った。

「配膳は女のやることと思っていたんじゃないの？」

「とんでもない」

樫山がとぼけた口調で言うと、捜査員たちが笑った。

「私はなんでもやりますよ。だから皆さんもよろしく」

樫山の声に対し、一同からはい、と低い声が響いた。

「食っていいですか？」

箸で鶏天を摘《つま》んだ伊藤が言った。

「もちろん、火傷《やけど》しないでね」

樫山が言った直後、伊藤が天ぷらを口に放り込んだ。案の定熱かったとみえ、伊藤が口を覆って顔をしかめた。

「これじゃあ、子守だよ」

冬木が呆れ声を出すと、もう一度一同から笑いが起きた。伊藤の目が真っ赤に充血している。硬い座の空気を和らげようと、道化として振る舞ったのだ。不器用な若手捜査員だが、場の空気を読む能力は長けている。歳の差を考えれば、弟のような存在だ。

「さあ、蕎麦の第一陣だ。大食いが多そうだからがんがん茹でるからな」

ＯＢが大きな木箱に盛られた蕎麦を運び込んだ。

「ずいぶん黒いですね」

樫山は目を見張った。

「お袋が山形出身でしてね。見様見真似《みようみまね》で山形スタイルを覚えたんです。さあ、どうぞ」

店主から促されるまま、樫山は蕎麦を一本だけ手繰り、ツユに付けずに口に入れた。

「すごい蕎麦の香り、それにこのコシ」

樫山が言うと、店主が得意げに笑った。

「これが山形流の嚙む蕎麦です。喉越しとか面倒なことは言わず、どんどん嚙んで食べて」

樫山が一同に勧めると、一斉に捜査員たちが箸を伸ばした。

「いざ事件が弾けたら、ゆっくりメシなんてできねえからな」

蕎麦を二口食べたあと、冬木が言った。捜査員たちは頷き返す。

「さあ、追加が来る前に食べましょう」

伊藤が道化を演じたように、樫山も明るく振る舞った。だが、頭からは、北海道新報の木下が言い放った言葉が離れなかった。

16

午前七時四五分、伊藤の運転で道警本部に着くと、樫山は五階の捜査二課長席に向かった。

二課のシマにはすでに冬木ら捜査員の大半が出勤していた。

「おはようございます。昨晩はありがとうございました」

自席から立ち上がった冬木が言った。小宴は二時間ほどでお開きとなった。会計の際、樫山はポケットマネーから三万円を出し、残りは参加したメンバーが頭割りした。

「頭の固いことばかり言って、すみませんでした」

樫山が頭を下げると、冬木が強く首を振り小声で言った。

「みんなびっくりしておりました」

冬木が他の捜査員に顔を向けた。

「なぜですか？」

「歴代の課長は一度も財布を出すことがありませんでした。それなのに課長は身銭を切られた。しかも、我々の負担まで……」

樫山は冬木の顔の前に右手を差し出した。

「他の先輩方と私は違います。それだけのことです」

短く告げると、樫山は冬木の手元に視線を向けた。

「そうだ。報告ですよね」

課長席の横にあったパイプ椅子を自ら広げると、冬木が腰を下ろした。冬木の手元には二冊のファイルがある。

「まずは昨夜の行確の報告から」

冬木が声のトーンをさらに落とし、青いファイルを開いた。

「被疑者の行確は順調に進んでおります。一つ変化がありましたので、お知らせします」

淡々とした口調だが、樫山は変化という言葉に鋭く反応し、身を乗り出した。

「被疑者は昨日、大通にある地元百貨店に出向きました」

被疑者の栗田は地下食品売り場に直行し、水産会社のショップに立ち寄ったという。栗田は小樽《おたる》産の蒲鉾《かまぼこ》など練り物を購入し、宅配便の手配をしていた。

「練り物ですか?」

「小樽に有名な蒲鉾屋がありましてね。送り先は歌舞伎町のホストクラブです。おそらくお気に入りのホスト、その取り巻きたちへの土産かと」

「ということは、東京行きが近いということですね」

冬木が頷いた。昨夜行確を担当したベテラン捜査員は機転を利かせ、宅配便の到着日時を販売員から聞き出したと冬木が明かした。それは一週間後だという。

「すごい。荷物の到着日以降に栗田が東京に行けば……」

「すでに警視庁へは連絡済みです。先方の行確班の捜査にかなり寄与します」

「小堀さんも了承済みですね」

「課長が出勤される直前、小堀理事官と直接電話でやりとりしました。道警もなかなかやるな、そんな風に思っていただけたはずです」

合同捜査は互いのプライドが邪魔して連携が乱れることがある。また、警視庁が主体となった際は、他の地方警察を露骨に見下すようなこともあり、現場捜査員たちの間で軋轢《あつれき》が生じるケースも少なくない。

だが、警視庁は理事官というキャリアポストの小堀が積極的に動いている。道警二課長としても、組織のメンツを保つ意味でさらに力を入れねばならない。連携を取ってからまだ日が浅いのに、現場とそれぞれの指揮官の関係は良好だ。

「今も四名態勢で張り付いております。なにか異変があればすぐに報告が入ります」

樫山が頭を下げると、冬木が声のトーンを変えた。

「これ、課長がご興味を持たれていた一件の報告書です」

顔を上げると、冬木が樫山の目の前に黒表紙のファイルを差し出した。

「ススキノの？」

「処理済みだったので容易に入手できました。私は他所《よそ》の仕事に興味がないので、どうぞ」

樫山が礼を言うと、冬木は青いファイルを携えて自席へ戻った。

樫山はデスクトップパソコンを立ち上げ、業務連絡のメールをチェックし、同時に書類の整理を始めた。

道警本部の会計、人事案件……どこの官庁でも同じだが、管理職に就いたとたん、膨大な紙と対峙しなければならない。警察の場合、ここに捜査報告や検察や裁判所とのやりとりが加わるため、ペーパーをチェックするだけでも相当な時間を要する。

緑茶を一口飲んだあと、〈未決〉の箱と冬木が入手した黒表紙のファイルを見比べる。当然、興味のある黒表紙に右手が向かった。

樫山はファイルをめくる。

所轄の中央署地域課が記した書類の複製だ。まずは現場検証に係る事務的な文書が並んでいた。事故発生の日時、当該ビルの住所、間取り……ずらりと並ぶ文字を斜め読みした後、樫山はページをめくった。

事故現場となった風俗ビルの全景、そして階段、五階の踊り場の写真が五枚添付されている。次のページは薄暗いビルの外階段、メンテナンス用の梯子《はしご》、そして狭い通路の扉が写されていた。さらにページを繰るとアップ写真が目に飛び込んできた。

鉄製と思《おぼ》しき蝶番《ちょうつがい》が錆びている。前のページの写真と見比べると、外階段のメンテナンス用の梯子と踊り場をつなぐ扉の蝶番だとわかった。

もう一枚ページをめくると、所轄署地域課担当者が記したメモが添付されていた。

〈被害者が寄りかかり、そのまま背中を下に落下したとみられる〉

メモを読んだ瞬間、耳の奥で森町の食堂のスタッフの声が響いた。

〈それにこの人、下戸だって言ってたし〉

さらにページを繰ると、所轄署地域課とともに現着した機動捜査隊の巡査部長が記したメモがあった。

〈五階のスナック、一人で三〇分ほど飲食している間トイレにたち、そのまま戻らなかったため会計を心配したボーイが階段をチェックした。その際、扉の異常に気づき、階下をチェックし、稲垣を発見。その後一一〇番通報した〉

〈機動捜査隊二名がビル周辺の聞き込みを行い、不審者がいなかったことを確認〉

〈当該ビルの防犯カメラは故障中で被害者の姿は未確認〉

ファイルのページを睨んだまま、樫山はため息を吐いた。

ほんの数日前まで、樫山は警視庁本部の捜査一課に管理官として在籍していた。風俗ビルとなれば、様々な人間が出入りする。不審者がいなかったのか、機動捜査隊のほかにも所轄署刑事課から誰かが駆けつけて調べるのが筋だ。胸の奥で小さな警告音が鳴り続けている。樫山は他の捜査員に気づかれぬよう息を吸い込んだのち、スマホを取り出し、電話帳をたどった。目的の人物を探し出すと、通話ボタンに触れる。二コール目で繋《つな》がった。

「樫山です。お時間いいですか？」

〈あれ、北海道に転勤したんじゃないの？〉

電話口に警視庁鑑識課のベテラン検視官・常久崇之《つねひさたかゆき》が出た。

「少しご相談があるんですけど」

〈いいよ、どうしたの〉

樫山はスマホを手で覆いながら、ススキノの転落事故の概要を伝えた。

〈つまりさ、それって道警が扱った事故なの？〉

「その通りです」

〈他所の案件に触りたくないなあ。勘弁してよ〉

「そこをなんとか、お知恵を」

樫山はスマホで写真を送ると言い、一旦電話を切った。デスクトップの陰にファイルを引き寄せ、素早く写真撮影を済ます。もう一度電話帳に戻り、常久の個人用メールアドレスに写真を添付して送り出した。

一連の作業を終えると、樫山は冬木ら捜査員たちに目をやった。冬木は青いファイルのページをめくり、顔をしかめている。他の捜査員たちは、電話連絡や表計算ファイルの作業中だ。

二課長になったばかりなのに、自分はなにをしているのだ。樫山は唇を嚙んだ。他所の仕事に首を突っ込み、揉め事を起こすのか。大部屋の中で、少し離れた一課の方向を見る。次なる事件発生に備えた班のメンバーたちがスポーツ紙を広げ、談笑している。もし事故をほじくり返して事件だった場合、あの一課の要員とは対立を生んでしまうのではないか。様々な思いが頭を交錯したとき、机に置いたスマホが振動した。

「樫山です」

〈これ、捜査本部から持ってきたの？　樫山ちゃんは二課長だろう？　部外秘の資料持ち出したらヤバいんじゃない〉

「違うんです。単純な転落事故として解決済みです」

〈なんだって？〉

常久の声音が変わった。同時に樫山の背筋に悪寒が走る。

〈他所の見立てに口出しするのは流儀に反するけど、これ、殺しの線が濃厚だぞ〉

「なぜですか？」

〈扉の蝶番が古くなっているって話だけど、違うよ。誰かが意図的に蝶番のネジを外している〉

直後、電話が一方的に切れた。樫山がリダイヤルのボタンをタップしようとした瞬間、再度スマホが震えた。

今度は常久からメールが着信していた。ファイルを開くと、先ほど送った写真が拡大表示されている。また、手書きの文字で〈ココ〉と常久が印を入れていた。次の瞬間、今度は電話が入った。樫山は即座に通話ボタンに触れた。

〈蝶番を柵に留めるネジが二本、きれいになくなっている。俺は死体のプロだが、その前に鑑識のあらゆる仕事をやった。道警がどんな処理をしたかは知らないが、鑑識係がいたら絶対に見逃さない。酔っていたのか知らんが、正常な状態でも蝶番のネジが外れた扉に寄りかかったら転落する〉

「そうですか……」

〈被害者はなぜこんな場所に来たのか。外の空気を吸いに来たのか。警視庁なら鑑識、検視官、それに殺しのプロたちが徹底的に調べる〉

常久の声が後頭部で何度も反響し、言葉が出ない。

〈樫山ちゃん、これやるのか?〉

樫山の脳裏に秋田の水路が浮かんだ。三年前、自殺幇助《ほうじょ》で処理されていた事件は他殺だった。同じようなことが、今度は北海道で起こった可能性がある。

「まだわかりません」

〈悪質かもしれん。もしかすると組織ぐるみで何かを隠しているんじゃないのか?〉

樫山は再度言葉を失い、黒い表紙の報告書を睨み続けた。

第二章
喚呼

1

樫山が札幌に赴任して一週間が過ぎた。

「大通の旅行代理店に立ち寄り、飛行機のチケットを購入しました」

「残念ながら正確な日取りと便は把握できませんでしたが、代理店内の特別協力者によりますと、あと一、二日のうちに上京するものと思われます」

特捜班の冬木キャップ、行確班の巡査部長が樫山の横で告げた。特別協力者とは、刑事たちが独自に人間関係を構築し、捜査に必要な情報を任意で寄せてくれる人たちのことだ。知能犯捜査では日頃から様々な分野に付き合いを広げることを〈畑を耕す〉という。

以前からの行確パターンと照らし合わせれば、被疑者は近く新宿歌舞伎町へと赴く。地元百貨店で小樽名物の蒲鉾も買っている。ホストクラブへの土産物は揃い、チケットも購入済みとなれば、被疑者の動きは早いだろう。

「警視庁にも報告済みです。先方は贈賄側企業の担当者の動きを逐次チェックしています。樫山課長、それに警視庁の小堀理事官のゴーサインが出れば、同時に関係者に任意同行を求めます。栗田については、警視庁の取調室を借りることで話がついております」

手元のメモを見ることなく、冬木が淡々と告げた。

「東京地検はどうですか?」

樫山は声のトーンを落とし、冬木に尋ねた。知能犯を摘発する際、警察は検事と緊密に連携する。

「しっかり食いついていると小堀理事官から聞いております」

冬木がそう言い、口元を引き締めた。

「引き続きよろしくお願いします」

樫山が頭を下げると、二人の捜査員が自席へ戻った。

長引く不況の下、世間の人間は爪に火を灯すような生活を強いられた。一方、栗田は二〇〇〇万円近い賄賂を得て頻繁に札幌と東京を行き来し、ホスト遊びに興じたことが、収賄側の捜査の結果からわかってきている。

医療体制の整備を急ぐ地方行政の弱みにつけ込み、自社に有利な方向で機材を導入させたいと謀った贈賄側も卑劣極まりない。

樫山は冬木が提出した報告書をもう一度確認し、自席の引き出しに入れた。引き出しに鍵をかけようとしたとき、黒い表紙のファイルが目に入った。札幌中央署がまとめた稲垣の転落事故に関する報告書だ。

〈被害者はなぜこんな場所に来たのか。外の空気を吸いに来たのか。警視庁なら鑑識、検視官、

それに殺しのプロたちが徹底的に調べる〉

警視庁の常久検視官の声が耳の奥で反響した。疑問に思ったことは自分が納得するまで調べる……自らの信念が口を衝《つ》いて出そうになった。黒表紙のファイルを手に、樫山は立ち上がった。

「失礼します」

別フロアのカウンター前で樫山は制服姿の警官たちに言った。

「おはようございます、樫山課長」

八名の課員の視線が自分に集まったとき、一番奥の席で背広姿の男が立ち上がった。

「北野《きたの》課長、少しお時間よろしいですか？」

グレーの背広を着た背の高い男は、広報課長の北野宏二《こうじ》警部だ。半年前まで道警本部捜査一課の強行犯捜査係に在籍し、着実に実績を上げていたと冬木から聞いた。道警本部でノンキャリア出世組の指定席となる広報課長職に就いた男は、愛想笑いを浮かべながら課長席横の小さな応接セットを指した。

「どうかなさいましたか？」

樫山の正面に腰を下ろし、北野が言った。口元の笑みを絶やさぬように努めているが、両目は警戒感を強めている。

「この事故について、おうかがいしたいのです」

樫山は黒表紙のファイルをテーブルに置き、北野に向けた。

「失礼します」

北野がファイルに手をかけ、表紙をめくった。眉根を寄せ、北野が資料を目で追い始めた。

「なにか不備でもありましたか？　そもそも樫山課長は……」

「私の担当外であることは承知しています」

樫山は低い声で応じた。

「そんなに構えないでください」

さらにわざと気のない声で告げるも、北野の表情は変わらない。

以前、入庁から日も浅い時期に赴任した中国地方と同じだ。職制の違いだけで、なぜこんな女に頭を下げなければならないのか。まして自分たちは現場で汗をかき、血反吐《ちへど》を吐きながら出世の糸口をつかんだのに、キャリアというだけで安易に有力ポストを転々とする連中に気を遣わねばならないのか。北野の顔からは、そんな思いが透けて見えた。

「この事故、メディア向けに発表をされたのは課長ですか？」

「いえ、私は非番でしたので」

北野が制服の男性警官を呼んだ。男性警官が不安顔で応接セットに歩み寄った。

「そんなに難しいことではありません」

樫山は北野が持つファイルを指し、言った。

「亡くなった稲垣さんは東京から出張で来ていた国交省の技官でした。なぜこの点をアナウンスしなかったのですか？」

樫山の問いに対し、北野がファイルを睨み始めた。

「あの、課長……」

制服警官が北野の耳元で告げた。二人は小声でやりとりをしたあと、制服警官が席に戻った。

「樫山課長、ここだけの話にしてください」

口をへの字に曲げ、北野が言った。

「部下によれば、国交省から泣きが入ったそうです」

「どういうことでしょうか？」

「現着した機捜によれば、稲垣さんの持ち物に身分証というか、国交省のＩＤカードがあったそうです」

先ほどの北野への若手からの耳打ちには、なにか事情が潜んでいる。

「機捜は東京の役所に問い合わせをしました。しかし、転落現場が怪しげなビルということをなぜか先方がつかんでいたそうでして」

「はあ？」

「事件性なしと中央署が判断した直後でもありましたし、世間体を考慮し、かつ国交省との友好的な関係をということで、刑事部長や本部長と相談して、所属先を伏せて発表した、というのが答えです」

樫山は北野課長の顔を凝視したが、なにかを隠している雰囲気はない。以前コンビを組んだ警視庁のベテラン警部補の言葉が頭をよぎる。

嘘《うそ》をついている人間は、指先や眼差しに異変が生じる。注意深く観察すればわかるという教えだった。だが北野に関しては、異変を感じ取れない。キャリア、しかも女性という立場の樫山をうるさがっているのは確かだが、隠し事はしていない。

「なぜ国交省は警察より先に事故を知っていたのでしょうか？」

中央省庁と警察が持ちつ持たれつの関係にあるのは事実だ。しかし、先ほどの説明では納得ができない。

「なんでも、道の建設部に現場周辺の店のスタッフから問い合わせが入ったようです。それでたまたま近くにいた建設部の人間が慌てて駆けつけ、本人だと確認しました。その人物が本省に連絡を入れたのでしょうね」

「北野課長は事故の報告書を読みましたか？」

「いえ、他の重大な事件、事故で手一杯でして」

北野が顔をしかめた。同時に樫山は頭の中で地元紙の社会面の記事を辿った。たしかに稲垣が亡くなった晩には、所轄署と本部が連携する出来事が立て続けに起きていた。

ススキノの転落事故の一時間前には、手稲《ていね》区で連続コンビニ強盗事件が発生し、二時間後に南区で多重玉突き事故が発生した。

「夜間の事件事故、いわゆる発生物が相次ぐと、広報課は修羅場になります。朝刊の締め切りに追われる新聞各社のほか、夜のニュース番組に一報を入れたいテレビ各局がこの狭いシマに押しかけてきます。実際、転落事故のあとの交通事故では、非番がなくなりましたから」

「そうでしたか」

北野が不機嫌な顔で言った。

北野から黒表紙のファイルを受け取り、樫山は言った。

「失礼しました」

「なにかあれば、こちらから樫山課長のもとに行きます」

北野が広報課の周辺にいる腕章をつけたカメラマンや記者らしき人物に目を向けた。

「ここは衆人環視のエリアです」

捨て台詞《ぜりふ》のように言うと、北野が応接ソファから腰を上げた。樫山は周囲の若手らに軽く会釈して広報課のスペースを出て廊下に向かった。

広報対応が手一杯なところに、中央官庁から泣きが入った……北野の説明は、一応理屈にあう。だが、依然として頭の中では警視庁のベテラン検視官の声が鈍く響き続けた。

〈もしかすると組織ぐるみで何かを隠しているんじゃないのか？〉

エレベーターホールへと歩む間、樫山は考えをめぐらせた。広報課の対応を直《じか》に感じた限りでは、道警本部として事件を隠蔽《いんぺい》している風には思えない。

東京の本省が稲垣の転落を異様に早く察していたことには疑問が残る。ススキノは北海道一の歓楽街であり、例の風俗ビルの周辺に建設部の人間がいて、たまたま稲垣を確認したというのもあり得なくはない。しかし、それでは話ができすぎではないか。目の前のエレベーターの扉が開いた瞬間、樫山は拳を握りしめた。

2

広報課から二課の自席に戻ると、樫山は黒表紙のファイルを机の引き出しに入れ、鍵をかけた。引き出しを睨んだあと、ノートパソコンのキーボードに触れた。

大手検索サイトを開き、稲垣のフルネームを入力してエンターキーを押した。すると、札幌入りした晩、最初にヒットした国交省リクルート用のサイトが見つからない。道警の所轄署まで泣きを入れてきたのだ。風俗ビルというい かがわしい場所で亡くなったことを隠したい役所が、早速当該サイトを削除したのだろう。こちらも想定通りだ。

樫山はスマホを取り出した。世間の目を気にする役人の習性はよく理解している。当該ファイルが削除されることを見越し、あの晩にスクリーンショットを撮り、写真ファイルに保存した。スマホのファイルを転送したのち、パソコンの画面を睨んだ。

チェックのシャツを羽織り、大きなリュックサックを傍らに置いた丸顔の青年の写真が目の前にある。

リクルート用の特設サイトでは、国交省の大臣官房の若手官僚が一問一答形式で稲垣と対談していた。

〈大学の専攻は？〉

〈西北《せいほく》大学の先進理工学部で物理を専攻しました。子どもの頃から数学や数式、自分なりに仮説を設け、結論に至るまでをじっくり考えることが好きでしたから〉

〈入省して大学で得た知識は役に立ちましたか？〉

〈物理をそのまま仕事に活《い》かすようなポストはありませんでしたので、技官としてのキャリアを得るべく、電気・情報系の職種を志望し採用されました〉

〈採用後はどのような仕事を？〉

〈鉄道の安全にかかわる業務です。ほかにも鉄道関連の法令改正、現在は整備新幹線の建設をメインで担当しています〉

札幌に到着したあの晩、このサイトはさっと目を通しただけだった。樫山は〈鉄道〉という言葉を凝視した。来道の主目的は鉄道、それも新幹線に関するものだったはずだ。

稲垣が直近まで携わっていた整備新幹線とはなにか。樫山は検索画面を立ち上げた。

〈一九七三年（昭和四八年）に、全国新幹線鉄道整備法に基づき整備計画が決まった、北海道新幹線（青森〜札幌間）、東北新幹線（盛岡〜青森）、北陸新幹線（東京〜大阪）、九州新幹線（福岡〜鹿児島）、長崎ルート（福岡〜長崎）の五つの路線のこと〉

樫山は頭の中で時刻表の地図を広げた。五つのルートのうち、開通しているのは東北と九州のみで、あとの三つは建設途上だ。

〈現在の業務の具体的な内容は？〉

〈主体は鉄道会社との調整業務、メインは整備新幹線の建設ですね。このほかには災害対応、法令改定で国会対応にあたることもあります。個人的には、鉄道に関する現場仕事が好きです（笑）〉

〈なぜ現場が好きなんですか？〉

〈ミイラ取りがミイラになるという言葉がありますが、子どもの頃から鉄道が好きだったので（笑）。家庭の事情で全国を転々とする生活が続き、この間、たくさん鉄道に乗ったことがオタクへの第一歩。実際、仕事を重ねていくうちに、関わった事柄がきちんと形を成していくことにやりがいを見出《みいだ》しました。広大な国土を縦横無尽に走る鉄道を、より使いやすく、そして安全に運行するためには、鉄道会社と我々役所の強靱《きょうじん》なタッグが不可欠です。全ての利用者に安全、そして鉄道事業に関わる全ての人たちに働きやすい環境を提供するのが私の責務です〉

稲垣の横顔の写真がある。ニキビを潰した痕《あと》、薄らと残る髭の剃り痕……東京の繁華街を涼しげな顔で闊歩《かっぽ》するビジネスマンと違い、泥臭い印象のある青年だ。

〈稲垣技官の具体的な仕事について、いくつか新聞に掲載された記事があります。新聞社に特別な許可をいただきましたので、こちらに転載します〉

〈恥ずかしいですね。でも、一生懸命仕事をすれば、利害が対立するような場面でも相手と真剣に向き合うことができますし、きちんとマスコミも評価してくれる。私はそう信じています〉

照れ臭そうに笑う稲垣の手元には、先輩官僚が差し出したスクラップブックがある。そして、次に実際にリンク先として、東海地方のブロック紙のコピーがあった。

〈リニア中央新幹線　静岡県副知事と国交省担当者が現場視察〉

二〇一九年一一月の記事だ。樫山はさらに記事へ目を凝らした。

同年秋、日本列島を襲った大型台風により、建設中のリニア中央新幹線静岡工区で周辺河川から水が流入したという。地元自治体としては、状況を精査し、県民にアピールしたいタイミングだ。稲垣はいわば叱られ役であり、その役目を買って出た。

記事横のキャプションには、ヘルメットを被り、被害実態を同県幹部に説明する真剣な顔の稲垣が写っていた。

仕事に向き合う顔つき、そしてインタビューの中身から、誠実な人柄がみてとれる。

〈最後にプライベートについて質問です。仕事がオフのときはどのように過ごしますか？〉

〈オフのときは大好きな鉄道に乗ります（笑）。全国津々浦々、未《いま》だに乗ったことがない路線がありますから〉

〈車窓からの風景を眺めながら一杯とか、良さそうですね（笑）〉

〈下戸なので車中では酒を飲みません。しかし、職場の懇親会には出席しますよ。仕事先との会合も。烏龍茶専門ですが、頑固な交渉相手がお酒でハードルを下げてくださるときもありますから。就職してから抜け目ない大人になったのかもしれません（笑）〉

樫山は目を見張った。森町の食堂スタッフが言っていた通り、稲垣は下戸だ。

広報課で仕入れた情報、そして検視官の常久が告げた言葉が頭の中を激しく交錯する。

樫山は顔をあげ、冬木ら二課の部下たちを見渡した。これ以上、稲垣の一件に深入りすれば、大詰めを迎える贈収賄捜査に支障をきたす。だが、徹底的に納得するまで調べるという自らの信念と、相反する行為とが激しく意識の中で殴り合いを始めた。

強く首を振ると、樫山はパソコンの画面を切り替え、再びネット上での検索を開始した。国交省の人事異動に関する大手紙のベタ記事の次にヒットしたのが、世界最大手のＳＮＳフェイスノートだった。

樫山は即座に稲垣のアカウントをチェックする。幸い鍵はかかっておらず、誰でも閲覧可能な状態だ。本人が亡くなっても、親族や友人がパスワードを知らなければアカウントを削除できない。不幸中の幸いだった。

フェイスノートのシンボルカラーである薄いブルーの画面に、チェックのシャツ、大きなリュックを背負った稲垣の写真がある。年齢は三九歳、独身。一七年前に西北大学先進理工学部を卒業したとある。フェイスノート上でつながりのある人間は三〇名と少なめだ。

稲垣のプロフィール欄を一瞥《いちべつ》したあと、樫山は投稿に目を向けた。最後の投稿は半年前だ。稲垣が古い団地に年老いた母を訪ねたときのツーショット写真がある。

〈二週間ぶりに一人暮らしの母を訪ねる。膝が痛いというので、近所のスーパーで生活必需品をまとめ買い〉

団地の住民が撮ったのだろうか。丸顔の親子が笑みを浮かべている。二人の足元にはトイレットペーパーや大きな買い物袋がある。樫山は写真を拡大表示した。稲垣の後方にコンクリートの建物があり、柱に住居表示板がある。

〈新宿区富丘三丁目三一〉

フェイスノートのアカウントは簡単には消えないが、念の為《ため》に、樫山は稲垣のアカウントにある全ての投稿、そして友人たちの名前をスクリーンショットし、写真ファイルに転送した。

母を訪ねた以外に目立った投稿はなく、あとは出張で疲れた、レア物の車両に乗車したなどと短文の呟《つぶや》きばかりだ。

樫山は稲垣とフェイスノートでつながりのある友人たちをチェックし始めた。その大半は大学の同じ学部、あるいは高校時代の友人だった。

ずらりと並ぶフェイスノートの顔写真を閲覧するうち、稲垣と樫山に共通の知人を発見した。中央日報の女性記者で、生活文化部に所属している。かつて中国地方で勤務していたときに知り合い、なんどか居酒屋に行った同年代の記者だ。

〈松本香里《まつもとかおり》〉

松本の画面に飛ぶと、彼女も現在サイトにアクセスしていることを示す緑色のランプが点《とも》っていた。

〈おひさしぶり、元県警二課長の樫山です〉

キーボードを叩き、素早くメッセージを送る。

〈びっくりした、ほんと久しぶりね!〉

松本が早速反応した。樫山は十本の指を動かし続ける。県警から警視庁本部に異動し、捜査一課管理官を務めたこと、そして今は道警で再び二課長に就任したことを明かした。松本は中国地方から名古屋本社に異動し、結婚。元々事件記者志望だったものの、現在は子育てと仕事の両立が可能な生活文化部に所属し、料理研究家のページや音楽、映画関連のレビューを担当しているという。

〈一つ教えてほしいんだけど……〉

ネット上の再会で松本のガードが緩んだタイミングを見計らい、樫山は稲垣の件を切り出した。仕事内容は違うが、同じ霞が関の住人として残念に思うと切り出した。すると、松本が次々とメッセージを発し始めた。

〈とても残念。彼とは西北大の同窓で、高田馬場駅前ロータリーの清掃活動サークルで出会ったから〉

稲垣の新たな一面だ。松本の発言をコピーし、メモ用のファイルに素早く貼り付ける。

高田馬場エリアは、西北大学のキャンパスが広がる学生街として知られる。JE山手線、地下鉄東西線、私鉄が乗り入れる高田馬場駅前には小さなロータリーがあり、昼間は待ち合わせ、夜は近隣の学生が集う場所となる。特に夜間は、学生たちが酒を持ち寄って騒ぐことでも知られる。

〈大学入学と同時に、彼と清掃活動に励んだの。私も彼もお金がなかったから、活動後に近隣の商店の人にご飯を食べさせてもらうのが本当の狙い。それに、就活でも清掃ボランティアの話は引きが強かったわ〉

事件事故を追いかけていたかつての松本記者の面影はネット上のメッセージ欄にはない。一人の学友として真剣に稲垣を悼《いた》んでいるのがわかった。

〈お葬式はどうなったの？〉

〈ご遺体を業者が札幌から板橋の小さなセレモニーホールに運んだの。大学、高校時代の友人、役所からで計三〇名くらいのひっそりとした葬儀だった〉

松本の顔はわからないが、文面から寂しげな葬儀会場の様子が伝わってくるようだった。

〈お母さんがすっかり憔悴《しょうすい》されていて……〉

〈変なことを聞いてもいいかしら？〉

樫山は稲垣が亡くなったススキノのビルについて、簡単に触れた。

〈そうなの？　あり得ない……〉

松本の反応はストレートだった。

〈彼は下戸だし、風俗に興味があるような人じゃないから〉

〈そうなんだ〉

〈学生時代の清掃サークルの人たちとは、今も付き合いが続いている。半年前、馬場の居酒屋

で会ったときも、彼は昔と変わらず奥手で、引っ込み思案というか、だから独身だったのかも〉

〈彼女がいた？〉

〈いなかったと思う。それがなにか？〉

〈ううん、なんでもないの〉

〈もしかして、彼の死にはなにか裏でも？〉

すばやい返信メッセージに、樫山は少し戸惑った。事件記者の勘が戻ったのかもしれない。

〈違うわ。同じ鉄オタとして少し気になっただけ〉

返信した直後、フェイスノートの松本の顔写真横に点っていた緑色のランプが消えた。

樫山は安堵の息を吐いた。受け取ったダイレクトメッセージから要点をコピーすると、樫山はメモ用のファイルにペーストした。

「課長、よろしいですか？」

キーボードから顔を上げると、冬木がいた。

「なんでしょう？」

「栗田が自宅マンションに帰りました」

ノートパソコンの右上にある時刻表示を見ると、一八時二〇分だ。定時に退庁し、自宅近くのスーパーに立ち寄って帰宅したという。

「浴室の明かりが点いたとの連絡が入りました。普通に考えて、風呂に入ってからわざわざ空港に行くとは考えにくいです」

「そうですね」

「今夜も徹夜で行確する部隊は残ります。動きがあればお知らせするので、課長はどこか良いタイミングでご帰宅を。引っ越し後、お休みもろくに取っていないでしょうし」

「では、そうさせてもらいます」

樫山がノートパソコンを閉じ、腰を上げると、冬木の背後から伊藤が顔を出した。

「ごめんなさい、今日は一人で歩いて帰りたいの」

樫山が言うと、伊藤が曖昧な笑みを浮かべた。

「必要があれば連絡します」

「どうかお気をつけて」

冬木が言った直後、樫山はノートパソコンを鞄に入れ、立ち上がった。

3

道庁に面した通りに出る〈北2西7〉の出口から道警本部を出ると、樫山は大通駅方面に向かって歩き始めた。

課長席を離れたものの、これといってあてがあるわけではない。冬木が言ったように、引っ越し荷物の片付けが最優先課題かもしれない。その前にどこかで夕食を摂るか、あるいはなにか簡単な食材を買って自炊するか。あれこれ考えながら歩いていると、〈北2西5〉の交差点が近づいてきた。

左に曲がれば、赤煉瓦《あかれんが》で有名な古い北海道庁へと続く公園の入り口だ。着任以来、札幌の名所らしい場所を一度も訪れていない。せっかくなので赤煉瓦の旧庁舎を真正面から眺めよう。そう考えて体の向きを変えたときだった。

「樫山さん」

背後から男の声が響くと同時に、肩を叩かれた。振り向くと、革ジャケット姿の木下記者が立っていた。

「昨日はいきなりで失礼しました」

冬木への挑発的な態度とは正反対で、木下が殊勝に頭を下げた。

「広報を通してください」

「違いますよ、今は別の取材からの帰りでしてね。道警記者クラブで後輩と打ち合わせでした」

木下が体の向きを変え、札幌駅の隣にある高層のタワービルを指した。

「あそこは……」

「JE北のタワーです」

「鉄道の取材でも？」

「そうです。道内で水揚げされた鮮魚を北海道新幹線で首都圏に運ぶというレクが夕方にありましてね」

昨夜は肩に力が入っていた木下だが、今は淡々と話す。

「そういう柔らかいテーマは、若手の仕事じゃないのですか？」

「もちろん、若手がヒマネタとして記事にしますよ」

「なぜあなたが若手の付き添いみたいなことを？」

木下の目が鈍く光った気がした。

「JE北海道の社長がレクに出てきましたからね」

「滅多に取材に応じないのですか？」

木下が頷く。

「北海道新幹線は、運行し続けることで赤字を垂れ流します。空気運んでいるって揶揄《やゆ》されているのに今度は魚を運ぶ？　バカじゃねえの？」

地元紙記者は、道警だけでなく、北海道有数の巨大企業とも相性が悪いらしい。

「レク後のぶら下がりでその旨を社長に言いましたよ。当然、嫌な顔をされましたけど」

「そのためだけにレクに出たんですか？」

もう一度、木下の両目の奥が光った気がした。

「二課が保秘命なのと同じでこちらも商売なので、詳細はお話しできません。でも、成果はありました」

歪《ゆが》んだ木下の口元にかすかに笑みが浮かんだ。木下はまっすぐ樫山の両目を見据えている。こちらの反応をうかがっているのだ。

樫山は来道直前に乗った新幹線の様子を思い出した。東京駅から仙台駅までは、出張する勤め人を中心に一両で六割程度の乗車率だった。その後、盛岡駅を過ぎると乗客は二割程度となり、新青森駅では他の乗客の全てが降車し、実質的に貸し切りになった。

「新函館北斗駅まで新幹線に乗って来ましたけど、確かにガラガラ、専用列車でした」

「へえ、警乗したんですか？」

社会部記者らしく、警察官が鉄道に乗車して警備に当たる専門用語を使った。ただ、疑り深い目つきは、警乗に名を借りて乗車料金をタダにして浮かせるという悪《あ》しき慣習を示唆している。

「私は二課長です。正規の異動手当から支出しました」

「樫山さんって、噂通り真面目なサツ官ですね。近いうちにJE北海道に挨拶回りに行くといいですよ。ご祝儀もらえますから」

依然として、木下は猜疑心《さいぎしん》の籠《こも》った目で樫山を見ていた。まさか、と言いかけて樫山は言葉を飲み込んだ。

中国地方での若手課長時代、県の幹部や商工関係者に着任、離任の挨拶回りを本部長とした際、祝儀袋をもらった。当時の本部長が樫山向けの祝儀を当たり前のように懐に入れたことを鮮明に覚えている。

「ご存知じゃないですか」

「私はその手の慣行とは縁を切っていますし、部下にもやらないように厳命しました」

「記事にしていいですか？　北海道発のローカルネタですけど、全国的にインパクトのある中身だ」

「やめてください。警察内で横行しているみたいじゃないですか」

「違うの？」

木下の言う通り、樫山の発言が全国にさざ波を立てる恐れがある。北海道だけでなく、今も全国各地で警官が当たり前のように祝儀や餞別をもらっている。警察庁としてもらうべからずとお達しを出しても、断ると角が立つなどの理由で実態はなあなあだ。

「勝手にすればいいじゃない」

樫山は声を荒らげ木下を振り切って歩き出した。旧庁舎はもうすぐだ。だが、ふと足を止めた。役所のサイトで微笑《ほほえ》む稲垣の顔が浮かんだからだ。稲垣が北海道に出張したのは、JE北海道に関係する仕事だった。

懸命に記憶を辿る。新幹線を降りた新函館北斗駅では、開業六年を祝う看板があり、その横には札幌延伸工事が進んでいるとの記述もあった。木下はJE北海道に足掛かりがあり、まして社長にも会ったばかりだ。稲垣に関して、何か手がかりが得られるかもしれない。樫山は振り返った。すると、動きを予見していたように、木下が待ち構えていた。

「木下さん、JE北海道も頻繁に取材するの？」

「もちろん。北海道の膿《うみ》が濃縮された組織ですからね、ゴミ漁《あさ》りが好きな記者なら誰でも食いつく企業ですよ」

「夕ご飯は食べました？」

「まだですけど」

「完全オフレコ、つまりメモなし、録音なし。絶対に記事にしないという約束を守ってもらえますか？」

「ええ、いいでしょう」

木下がもう一度、口元を歪めて笑った。

4

タクシーをつかまえた樫山は、木下とともにススキノの中心部に降り立った。交差点の信号機にある住所表示は〈南6西4〉。

道警本部から市の中心部を東に進み、直角に南進したエリアにあるのが北海道一の歓楽街ススキノだ。あと少し南方向に進めば樫山の住まいのある中島公園に行き着く。

「行きつけの店まであと少しです」

樫山を従え、木下は早足で歩く。

「このエリア、以前観光で来たことがあります」

〈すすきの市場〉と書かれた古めかしい雑居ビルを指し、樫山は言った。

「札幌のあちこちに鮮魚店や肉屋が入った古い市場がありました。ここは通称ゼロ番地、今はスナック街ですよ」

ビルの横を通り過ぎる際、樫山は入居する店を示す看板に目をやった。ちはる、静子など女性のファーストネームを冠したグリーンの札が並んでいる。

「二四時間営業のおにぎり屋とか、渋い居酒屋もあります。冬木キャップがよく知っているはずです」

ビルの横をさっさと通り過ぎ、木下が言った。

「どこへ？」

「もうすぐそこです」

木下の右手は、薄暗い小路を指している。とても清潔とは言えないエリアだが、なぜかスーツ姿のサラリーマンが列を作っている。

「老舗のジンギスカン屋です」

樫山の意を察したように木下が言った。

「たしか地蔵って名前ですよね。観光ブックに載っていました」

「内地の人間ばかりです。道民はジンギスカンを家で食うものだと思っているので、俺は来たことがありません」

長蛇の列の横を、体を反らしながら通り、木下が言った。

「こちらです」

有名ジンギスカン店の真っ赤な提灯の斜向《はすむ》かいで木下が足を止めた。焼き肉の排煙が小路に充満しているため、少し息苦しいほどだ。

〈かみふらの〉

くすんだ板戸に看板が見え、その横には居酒屋の目印である縄暖簾が下がっている。

「主人は小樽の漁師の次男坊、女将《おかみ》が上富良野出身。山海のうまいものがそろっています」

木下が縄暖簾をくぐり、引き戸を開けた。樫山も後に続く。

「おばんです」

木下が告げると、カウンターの中にいた夫婦が笑みを浮かべた。木下は常連なのだ。

「ビールと二〇〇〇円のお任せを二人前。ニシンの切り込みは絶対に入れてね」

小上がり席に座るなり、木下が女将に告げた。

「私は烏龍茶を」

「樫山さんは下戸？」

「いえ、あなたを前に酔いたくないので、悪しからず」

樫山の言葉に木下が肩をすくめた。

「ところで、ニシンの切り込みってなんですか？」

「ニシンを麹《こうじ》に漬けて発酵させた食べ物です。いくらでも酒が飲めるヤバい一品です」

ヤバいの部分に木下が力を込めると、女将がくすりと笑った。

樫山は店の壁に貼られたお品書きに目をやった。シマエビ、やまわさびの醤油漬け、ザンギ……東京の居酒屋にないメニューがたくさん貼ってある。

女将がビールと烏龍茶、そしてお通しの小鉢をテーブルに並べたあと、ごゆっくりと言い、カウンターに戻った。互いに手酌でグラスを満たした後、樫山は一口烏龍茶を飲んだ。

「先ほど赤字垂れ流しって言ったけど、もう少し詳しく教えてもらえないかしら？」

声を潜めて尋ねると木下が鼻で笑った。

「ずいぶんと熱心ですね」

「今まで色んな土地に赴任して、様々なポジションに就いたけど、北海道は少し勝手が違うから、知っておきたくて」

「これだからな、鉄オタは」

ため息混じりに木下が言った。小馬鹿にされているようで、気に入らない。

光らす。観光じゃありませんからね」

「鉄道は趣味ではなく、地元民の足であるべきです。だからローカル紙はその経営状態に目を光らす。観光じゃありませんからね」

「なるほど……」

「内地と全く違いますよ。警察もJE北海道も独自のルールで動きます」

例えばと言ったあと、木下がビールを飲み干し、自ら酌をした。

「前総理が遊説に来たとき、全国的に道警が恥をかいた」

保守色が極めて強く、超保守派と呼ばれた政治家の名を木下が口にした。数年前の総選挙の際、地元候補を応援するために札幌入りした前首相は、大勢の聴衆と札幌駅前広場で対峙した。その際、前首相に批判的な一団が激しいヤジを飛ばすと、道警の警備部が問答無用でグループの数人を排除した。

「俺も現場で取材しましたけど、どこの独裁国家かと思いましたよ」

ビールを口に運び、木下が顔をしかめた。そのニュースは樫山も東京で知った。政治に対して警察は常に中立でなければならないが、道警は政権におもねったと散々メディアで叩かれた。

「元々北海道は革新と保守勢力が拮抗《きっこう》する地盤です。だから、道警の警備部は常に肩に力を入れ、革新勢力を過度に敵視する。その悪しき例がくだんの強引な排除事件です」

道警内の主要幹部全員とは挨拶を交わした。警備公安畑の課長や部長にも挨拶したが、霞が関の本庁にいる頃からほとんど仕事で関わったことがない。道警の警備系セクションの責任者は樫山と同じキャリアだが、別組織の人間のように感じた。

〈あそこは色々と問題のあるところ〉

苦虫を嚙み潰したように言った松田内閣官房副長官の顔が頭をよぎった。

「それで、JE北海道の実態はどうですか?」

樫山が言うと、木下がビールを飲み干し、旭川の有名な地酒をオーダーした。

「なにから話せばいいですかね。問題がありすぎて」

木下が徳利と猪口《ちょこ》を受け取り、苦笑した。

「札幌と函館は特急で三時間半程度かかる。高速道路と主要国道を使っても約三〇〇キロ、四時間強。道内を移動するビジネス客はほぼ全員が飛行機を使います」

木下の言葉を聞き、伊藤と乗った小型旅客機を思い出した。

「函館や札幌に仕事や用事があったら、内地の人も飛行機を使うはずです」

樫山は頷いた。羽田から新千歳までは一時間半で到着する。

「道警に赴任するのに、忙しいキャリアがなぜわざわざあんな物に乗ってきたんですか?」

木下が切り込んできた。

「空の席を確保できなかったの。それに二課長に就任したら、気軽に鉄道旅もできなくなるから、あえて鉄路を選びました」

樫山は車窓の風景を愛で、駅弁を食べる楽しみがあると力説した。また、乗車済みの路線を鉄道地図帳に蛍光ペンでなぞる楽しみがあると伝えた。対面する木下はため息を吐いた。

「俺、鉄道に乗っても全く楽しくないんで」

「地元の人は見慣れているかもしれないけど、函館本線で噴火湾沿いを走りました。北関東の海なし県で育った私にとっては、思わず見入ってしまう風景だったわ」

少し大袈裟に話して反応をうかがったが、依然として興味なさそうに猪口の酒をちびちび飲んでいる。

「それで、野田生駅で下車しました」

駅名を伝えた途端、木下の目つきが鋭くなった。

「なぜ、なにもない場所で？」

「もっと近くで海を見たいなと思って」

「嘘でしょ。海ならもっと風光明媚《めいび》なところがある。鉄ちゃんだったら他に名物がある駅に降りたはずだ。長万部《おしゃまんべ》のかにめしとか、森のいかめしとかあるでしょうに」

鉄道ファンを小馬鹿にするような口調に、樫山は少し苛立《いらだ》った。

「高校時代の親友が八雲町の牧場にいるの。久々に会いに行っただけ」

川田の嫁ぎ先の牧場の名前を告げる。木下の目つきがさらに険しくなった。

「お友達と仲良しごっこした、それは表向きの理由ですか？」

眼前の木下の表情はさらに厳しくなった。獲物を追う記者の目つきそのものだ。お互いに腹の探り合いをしているが、ここは勝負どころだ。樫山は思い切って口を開いた。

「昨日、道警がろくに捜査していない案件があるって言っていましたよね」

「やっと本題ですね」

「私の鉄道旅と関係があるの？」

木下は問いかけに答えない。樫山は青年記者の顔を睨んだ。

5

焼きガレイとシマエビのお造りを座卓に置くと、気まずそうに女将がカウンターに戻った。

「樫山さん、なにか知りたいことがあったから俺を飯に誘った、違いますか？」

木下が樫山を睨み返す。

「先ほどＪＥ北に行っていた、あなたはそう言いましたね」

「そうです」

短く言葉を切り、木下が顎を引いた。

「ある事件を追っていますから」

警視庁捜査一課の管理官を務めていた際、一課長となんども話す機会があった。毎晩記者たちの夜回り取材を受ける課長は、一定の法則を見つけたと明かした。本当にネタをつかんでいる記者は、カマをかけたりせず、正攻法で来る。目の前の事件記者の引き締まった顔を見ていると、叩き上げ刑事の頂点に上り詰めた男の言葉を思い出した。

木下は手酌で地酒を猪口に注《つ》ぎ、そして意を決したように飲み干した。

「樫山さんのお仲間、国家公務員がススキノで死にました」

樫山は密《ひそ》かに唾を飲み込んだ。

「事件、それとも事故ですか？」

「本当は事件なのに道警は単純な事故で片付けた」

やはり、木下は稲垣の一件を追っていた。

「私は担当外だから聞いていない。事件事故ならば一課の話よね」

「樫山課長が着任する前に起きた事件です。札幌に出張していた国交省の稲垣技官が亡くなった」

「その件でしたら、北海道新報のベタ記事で読みました」

樫山が言った直後だった。木下が両手を座卓につき、身を乗り出した。

「彼が亡くなったのは、風俗ビルです。ホストに入れ上げた若い女がカケを払えず、何人も自殺したいわく付きの場所です」

「そうですか」

安い店賃ゆえに筋のよくない厄介者が多く入居すると伊藤から聞いていたが、自殺者が出るような場所であるとは知らなかった。

「普段からトラブルが頻発し、自殺も発生しているビルなのに、道警は検視官を臨場《りんじょう》もさせなかった」

樫山は木下の顔を凝視した。

「なぜ殺されたって思うの？」

「まず第一に、彼は下戸で真面目な人で、あんな場所に行くことはあり得ない」

樫山が抱いた疑問点と同じだった。だが、木下に腹の中を悟られるわけにはいかない。

「私が八雲町の牧場に行ったと話したとき、鋭く反応したよね？　どうして？」

「キャリア警官が道警の隠蔽に疑念を抱いているかもしれない、そう考えたからです」

木下の言葉が胸に突き刺さった。

「ちょっと待って。八雲町の牧場と道警の隠蔽って、話が飛躍しすぎてない？」

目の前の木下が唇を強く嚙み、そして口を開いた。

「亡くなった稲垣さんが何度も訪れていた場所が八雲だからですよ」

木下の取材は相当に深い部分に達している。

「なぜその方はあんな中心地から外れた場所を頻繁に訪れていたの？」

言葉を選びながら、樫山は尋ねた。札幌にはＪＥ北海道の本社がある。鉄道関係部局の技官として、稲垣が札幌を訪れる機会が多かったのは理解できる。だが、なぜ八雲町、そして森町なのか。

「こちらを見てください」

木下が座卓脇に置いたショルダーバッグからタブレット端末を取り出した。

「なんですか？」

「見ればすぐにわかりますよ」

座卓に置いたタブレットを樫山に向けると、木下が人差し指と親指で画面を拡大表示させた。

画面には、北海道南部の地図、人の体で言えば首の部分が映っている。

「稲垣さんが来ていたのは大切な仕事があったからですよ」

木下がもう一度、二本の指を画面に添え、地図を大きく広げた。

「これって……」

「技官の仕事を全うするため、頻繁に足を運んでいた。そしてなんらかの不備を見つけた」

「その不備が誰かにとって不都合なものだったから、彼は殺されたの？」

「俺はそう睨んでいます」

木下が唸《うな》るように言った。樫山はタブレットの地図を睨み、肩を強張らせた。

「木下さん！」

突然、カウンターで女将が声を上げた。声の方向を見ると、コードレス電話の受話器を持っている。

「会社から緊急の電話ですよ。また、スマホの電源切っているでしょう？」

木下がバッグからスマホを取り出し、電源を入れた。

「大事な取材のときは切るようにしています」

舌打ちすると、木下は小上がり席からカウンターへ移動し、受話器を受け取った。市議会、引退……木下の口から二、三のキーワードがこぼれ落ちた。地元の政治家絡みの突発事があったようだ。木下は中堅からベテランの域に差し掛かっている記者だ。おそらく多くの取材を手がけ、あるいは若手に指示しているのだろう。

「緊急の呼び出しで社に戻らねばなりません。また近いうちに話をしましょう」

慌ただしく財布から五千円札を取り出すと、木下は座卓に置いた。

「仕方ねえべ、会社行くわ」

木下は女将に言うと、ジャケットを肩にかけて店を出て行った。樫山は後ろ姿を見送ったあと、自分のスマホを取り出し、見せてくれた地図を急ぎ検索し始めた。

6

「お待たせしました！」

巨大なウイスキーの看板の下、ススキノ交番前で樫山が立っていると、タクシーを降りた伊藤が駆け寄ってきた。

木下が帰社した直後、樫山は電話で伊藤を呼び出した。頼み事があると言っただけで、伊藤はわずか一〇分ほどで指定の交番前に現れた。

「道に迷われましたか？」

息を切らして駆け込んだ伊藤の第一声だった。

「違うわ。さすがにここからなら迷わず帰れます」

樫山はスマホの画面を伊藤に向けた。

「なにかありましたか？」

「少し付き合ってもらおうかと思ったの」

「メシですか？」

「お腹減っているの？」

「出前のチャーハン食いましたけど、まだいけます」

真面目な顔で伊藤が答えたので、樫山は思わず噴き出した。

「それじゃ、私の用事に付き合ってくれたら、夜食をご馳走するわね」

「本当ですか？　なんでも言いつけてください」

満面の笑みで伊藤が答えた。

「第二ラベンダービルへ行ってみたい」

樫山が言った途端、伊藤の顔から笑みが消えた。

「亡くなった稲垣さんが行ったお店に行きましょう」

「しかし……」

伊藤が腕組みした。

「課長のような方が行く場所ではありません」

「私自身を納得させるためなの」

「わかりました。でもあくまで一般人の顔で行きましょう」

「なぜ？」

樫山は胸の内ポケットから警察手帳を取り出した。所轄署管内でも札付きのビルなら、警察手帳は必須だ。

「第二ラベンダービルは所轄の生安の縄張りです。本部の二課長が警察手帳広げて捜査している、そんな話が伝わったら何事かと騒動になります」

「そうか……」

「転落事故について、所轄の反発は必至です。それに、本部の生安の皆さんにも顰蹙《ひんしゅく》を買う恐れがあります」

「考えが至りませんでした」

樫山が頭を下げると、伊藤がとんでもないと言い、青信号になったばかりの交差点を大股で渡り始めた。

「冬木キャップには内緒よ」

「もちろんです」

伊藤の顔はどこか嬉《うれ》しげだ。

「課長と一緒だと何事も勉強になります」

「なぜそう思うの？」

多数の通行人が行き交う交差点を渡ったあと、樫山は伊藤を見上げた。

「我々一般の捜査員では気づかない視点と言いますか、お考えに触れるチャンスですので」

「でも、今は私のわがままに付き合わされているのよ」

「とんでもない。お役に立てるのであればなんでもします」

酔客で混み始めた表通りを西方向に歩き、二つめの小路を右折した。周囲にいる客層が少しだけ変わった気がした。太めの体型、肩をいからせながら歩く青年が何人か雑居ビルの前でたむろしている。

「平気です。少しイキがっているだけの連中です」

樫山の意を察したのか、伊藤が小声で言った。忠実な部下はさりげなくガラの良くない青年たちと樫山の間に立ち、先へと進んだ。

雑居ビルの前を通り過ぎ、薄暗い小路の入り口に差し掛かった。前回、朝に訪れたときと様相が一変している。焼鳥屋の換気扇からはもうもうと煙が上がり、客引きらしい若い男性がこちらを値踏みするように見始めた。

伊藤に先導され、樫山は先を急ぐ。居酒屋の前のベンチで缶チューハイを飲む若いカップルの脇を過ぎ、エンピツ型の細長いビルのエントランスへ足を踏み入れた。

樫山は一階エレベーター脇の店舗表示の看板に目をやった。一〇階建てのビルには一フロアに三店舗しか入居していない。

「五階の真ん中の店〈スナック・ノースドア〉でしたね」

エレベーターのボタンを押し、伊藤が言った。樫山は慌てて手帳をめくり、頷いた。

「どうしてわかったの?」

「お役に立てればいいなと予習していました」

伊藤が照れくさそうに笑った。伊藤の顔が少し頼もしく見える。冬木の下で鍛えてもらえば、先々伊藤は優秀な捜査員になるかもしれない。樫山と伊藤は揃ってエレベーターに乗り込んだ。

「本職が札幌支社の営業マン、課長は本社から出張してきた偉い部長さんということでいきましょう」

「なんで、そんなお芝居みたいなことを?」

「このビルに入っている店は一癖も二癖もあります。身分を明かさないとかえって不自然です」

「わかったわ」

樫山が答えた直後、エレベーターが五階に到着した。目の前には〈スナック・ノースドア〉の赤い看板がある。左側には〈キャプテンズ・バー〉、右側には〈クラブ・ミリオン〉とある。どの店の看板もけばけばしく、品がない。五階の通路にはおしぼり業者が置いていった大きなポリ袋やビールケースが放置され、狭い通路をより通りにくくしている。

樫山は無言で〈クラブ・ミリオン〉の先、〈非常階段〉と書かれたドアを指した。伊藤も頷く。稲垣が転落した階段の踊り場がある方向だ。

伊藤が薄い緑色のドアを押し開けると後に続く。

「足元に気をつけてください」

伊藤が狭い踊り場を指した。踊り場にもビールのケースや空いた生樽が置かれている。そのほかに所々にタバコの吸い殻がある。

「今は飲食店の禁煙が進んでいるからね」

「違いますよ」

伊藤が首を振る。

「このビルに入るような店は、禁煙なんて関係ないと思います。そんな意識高い人はいませんよ」

「それなら、なぜ？」

「店のスタッフ、それに店のキャストでしょう。客前で吸えませんからね」

伊藤は落ちている細身の紙巻きを摘み上げ、口紅が付着したところを指した。樫山は踊り場にある古い連絡通路の扉に歩み寄った。

錆びた外階段とは対照的に、新品の扉がある。スマホを取り出し、しゃがんで写真を撮った。警視庁のベテラン検視官の常久は、以前ついていた扉の蝶番のネジが外されていた疑いが濃厚だと指摘した。それを知らずに寄りかかれば、階下に落下してしまう。

もとより、この踊り場は薄暗い。近隣のビルのネオンや周囲の街灯がなければ、相当に危険だ。

「課長、なにをされているのですか？」

樫山の頭上から、伊藤が言った。常久に相談したことを伊藤に明かすことはできない。

「ちょっとね。それじゃ、お店に行こうかな」

「ちなみに、キャプテンもミリオンもキャバクラです」

「こういう狭いビルでもキャバクラがあるのね」

樫山が言った途端、伊藤が顔をしかめた。

「内地の風営法でいうキャバクラと、札幌は全く違います」

樫山は首を傾げた。

「内地のキャバクラは、こちらではニュークラブ、ニュークラという呼び名になります」

「それならこっちのキャバクラはなんなの？」

突然、伊藤が顔を赤らめた。

「あの……風営法上のもっと深いところまで接客する店です」

「なるほど、最後までOKということね」

伊藤が小さく頷いた。所変わればというやつだ。樫山はエレベーターホールに戻り、生前の稲垣が最後に訪れていたという〈スナック・ノースドア〉の扉、取手に手をかけた。

「ちょっと待ってください」

伊藤が慌てて樫山を制した。

「まずは周辺から行きましょう」

「でもキャバクラでしょう？」

「本職に考えがあります」

そう言うと伊藤がフロアの一番奥の店へ進み、ドアを開けた。

「いらっしゃいませ！」

ドアが開いた瞬間、甲高い男性の声が樫山の耳に響いた。時間が早いからか、店は空いているようだ。大きな伊藤の背中に隠れるように店に入ると、背広姿のボーイが揉み手で出迎えた。

しかし、樫山の姿を見るや否や、顔をしかめた。

「この人、東京本社の偉い人なんだわ。ちょっと頼み事があるんだけど」

伊藤がズボンのポケットから千円札を取り出すのが見えた。

「これ、取っておいてよ」

怪訝な顔のボーイに、伊藤は無理矢理札を握らせた。

「いったい、なんなの？」

「このビルのあの場所、この前さ、人が落ちて死んだっしょ」

伊藤が階段の踊り場の方向を指し、言った。ボーイがたちまち眉間にシワを寄せた。

「まったくさ、辛気臭くてダメだわ」

すると伊藤がボーイに耳打ちを始めた。

「東京の偉いさんなんだけど、学歴がすごくてさ、何を考えてんのかわからんのさ」

「どういう意味？」

「東京のエリートさんの社会科見学なのさ」

耳打ちという体裁を取ってはいるが、二人の会話が丸聞こえだ。

「彼女、オカルトマニアでね」

樫山は耳を疑った。だが、聞こえないふりをしなければならない。顔を引きつらせながら笑みを浮かべた。

「幽霊出るって噂聞いたんだわ。昔、このビルで若いホステスが自殺したっしょ。その幽霊がこの前東京から来た男を突き落としたってネットで投稿されたんだわ」

「まさか」

ボーイが露骨に軽蔑の眼差しを樫山に向けた。

「そんな話聞いたことないわ」

「キャストの子たちで誰かいないかい？」

伊藤が食い下がると、ボーイが腕組みした。

「そういや隣のママさんがなんか、事故直前、男が怒鳴っていたとか、聞いたって言ってたな」

「何を？」

「詳しくは知らんけど。さすがに幽霊相手に怒鳴るわけもないから、電話でもしていたんじゃないかな」

樫山は、感心して二人のやりとりを見つめた。とっさに考えついた設定だが、案外聞き込みはうまく回っている。

伊藤が肩を落とした。打ち合わせもなく、素人なのにまさしく名演技だ。

「そうか……幽霊じゃない。んでも、ありがとね」

伊藤が礼を言うと、ボーイが気だるそうに店の奥へと消えた。

「ちょっと、何考えているかわからないって、それは伊藤さんの本音？」

「まさか。ここは札幌ですよ。地元民の目線に合わせないと捜査できませんから」

「なるほど」

伊藤が照れ笑いした。

「有力な証言もありましたし、スナックに行ってみましょう。先ほどと同じ役回りで、課長は本社の偉い人。あまり喋らないでください」

部下の指示に従い、樫山はエレベーター前の通路に出て、問題のスナックの前に立った。一呼吸入れようとした瞬間、伊藤が迷いなくドアを開けた。

「おばんです」

伊藤が声を掛ける。先ほどと同じように樫山は大きな背中に隠れるように店に足を踏み入れた。すると、薄暗い照明の下に、どぎついメイクのママらしき女性がカウンターにいるのがわかった。

「二人？」

「そう。いいよね」

カウンターのママは無愛想で、露骨に嫌な顔をした。栗田の行確をする際、警視庁側が道民ではないとバレてしまう懸念があると言っていた。樫山も地元民でないとすぐに見抜かれ、怪訝な顔をされた。樫山は狭い店内をこっそり見回した。

スナックに必需品のカラオケ機材や、歌詞を映し出すモニターがない。カウンターの隅には、やはり化粧の濃い若い女が二人、暇そうにスマホでゲームをしている。

ママがきつい目つきで伊藤を睨んだ。

「ウチの店に合うお客さんじゃないみたい」

「ごめんな、ママさん。ちょっとこの辺のこと知らなくて。商談相手と別れて、少し飲み直したいと思ったのさ」

ママの真正面のスツールに座ると、伊藤がポケットから一万円札を出し、カウンターに置いた。ママは素早くこれを収める。居心地は悪いが、とりあえず伊藤に任せるしかない。樫山は伊藤の左隣のスツールに腰掛けた。

「ビールでいいかい?」

ぶっきらぼうにママが告げると伊藤が頷いた。

「景気はどう?」

「嫌味かい? この空き具合見たらわかるべさ」

舌打ちしながらママが言った。現場経験のない樫山にとって、こんな険悪なムードの中で時間をつなぐ術は持ち合わせていない。

「俺は札幌支社の平社員、こちらは本社の偉い人なのさ」

先ほどのキャバクラと同様、伊藤が説明を始めた。

「ふーん、大変だね」

いつの間にか、細い煙草に火を灯したママが、鼻から煙を吐いた。同時に、値踏みするような視線で樫山を睨んだ。

「ところでさ、ママに訊きたいことがあんだ」

伊藤がビールを飲み干し、言った。ママの眉間にシワが寄る。

「このビルってさ、幽霊出るっしょ？」

「変なこと言わないでよ。たしかにワケアリ物件ばかりだけど、そんなこと言われたら、客が来なくなるしょや」

ママの表情が強張る。木下から聞いた話を思えば、ワケアリという言葉に妙なリアルさがある。

「幽霊なら、西区の平和の滝やら、南区の藻南《もなみ》公園にある花魁淵《おいらんぶち》に行けばいいっしょ」

吐き捨てるようにママが言った。

「そんな当たり前のやつじゃなくて、この前、このフロアの踊り場から落ちて死んだ人がいるっしょ」

「あんた、そんな話どこで聞いたのさ？」

「聞いたもなんも、新報に載ってたしさ」

伊藤は巧みに話を転がしていく。所轄署で交番勤務から警官を始め、地域課などで様々な人の話を聞き、地元の安全を守るために勤務してきたはずだ。その過程で、こうした話術も磨かれたのだろう。

「あんまり他で言わんでね」

「もちろん」

伊藤とママの会話に樫山は耳を傾けた。

「あの人さ、変な人だったわ」

「たしか、稲垣さんとかいう人だよね？」

伊藤の問いかけに、ママが頷いた。

「新報に載っていて、どこか東京の役所の人だったとわかったけどさ」

「一人で来てたの？」

「そう」

他愛《たわい》もないやりとりに聞こえるが、伊藤は核心部分に切り込み始めた。単純な転落事故として処理されたため、稲垣の死の直前の様子は不明だった。

「誰かと待ち合わせでも？」

「知らんわ」

「飛び込みで来たの？」

「そうよ。でも誰かを待っていたのかも」

「なして？」

「あの人のスマホに電話がかかってきたから」

「へえ、そうなんだ」

間の抜けた声で伊藤が応じる。この間、樫山はカウンターの下にスマホを忍ばせ、話の要点をフリック入力でメモし続けた。

「電話来て、どうした？」

「どうしたもなにも、突然、おっきな声出したんでびっくりしたわ。ねえ、そうだったよね」

カウンターの中にいるママが、伊藤の向こう側、一番外れの席に座る二人の女性に言った。二人は反射的に頷いた。ママのほかに、従業員らしき二人も鮮明に記憶しているということは、将来的に有力な目撃証言になり得る。フリック入力する指に力がこもる。

「あの人、〈キサダを変える〉とか大きな声で言って、迷惑したわよ」

「キサダってなに？」

「知んないわよ。でも何度か繰り返して言ったから間違いないわ」

「烏龍茶を一杯だけ頼んで、電話が来て怒鳴って、そんでいきなり出ていくんだもん。びっくりするわ」

ママの言葉に、二人の女性従業員も相槌《あいづち》を打った。

「酒を一杯も飲まずに出ていったし、ウチの店のシステムもよくわかってなかったみたい。正直、迷惑だよね。大声で電話したかと思ったら落ちて死んじゃうし、それから警察が来るしさ、あの晩は商売にならなかったんだよ」

今まで間の抜けた調子でママと話していた伊藤だが、引き締まった顔を樫山に向けた。

「本当にキサダを変えるって言ったんですか？」

樫山は思い切ってママに尋ねた。

「あんたに嘘ついても、消えた売り上げは戻ってこないからね。警察にもちゃんと言ったよ」

所轄署の報告には記載されていなかった事柄だ。しかし、ママの心底嫌そうな顔は、それが嘘でないことを物語っている。

「ママ、邪魔したね。釣りはいいから」

伊藤が切り出した。

「はいよ。もう変な人連れてこないで」

ママが舌打ちしたことで伊藤は樫山に目配せした。潮時ということだ。樫山は伊藤とともにスツールから降り、店を後にした。

エレベーターの前に来ると、伊藤が小声で言った。

「こんなススキノのど真ん中で、あんな店が営業しているなんて」

今までスムーズにママとの会話を主導していた伊藤が顔をしかめた。

「どうしたの？」

「連れ出しスナックですよ」

樫山は首を傾げた。むすっとした顔で伊藤はエレベーターに乗り込んだ。

「ママが遣《や》り手ババアで、カウンターの隅にいた二人のホステスがウリ要員です」

ウリと聞き、樫山は目を見開いた。

「店に来た客は、ビールを少しだけのみ、待機している女の子を外に連れ出す。店に紹介料を払い、女の子にはホテルで本番料金を払う、そんな仕組みです」

「今時そんな売春がまかり通っているの？」

「昔は豊平川沿いに専門の雑居ビルがありましたが、道警本部のローラー作戦で根絶されました。あとで所轄の生安に連絡します」

伊藤がスマホのメッセージアプリを起動させ、素早く指を動かした。中央署の担当者に連絡を入れているのだ。

「ありがとう、すごく参考になったわ」

「転落事故についてですか？」

「うん、まあね」

伊藤が信頼できないというわけではない。だが、樫山の本心を話す段階にはまだない。稲垣の死は単純な転落ではない。誰かが稲垣を誘《おび》き出し、薄暗い五階の踊り場から突き落とした公算が高い。

殺人、傷害致死……いくつかの罪名が頭をよぎるが、現段階で確実に事件だと言い切る材料はない。しかし、思わぬ収穫があった。稲垣が正体不明の相手との電話で〈キサダを変える〉と怒鳴っていたという証言だ。

「あの……」

エレベーターが一階に到着したとき、伊藤が口を開いた。

「なに？」

「ママが言っていた〈キサダ〉とはなんでしょうか？」

伊藤が眉を寄せ、言った。

「うーん、よくわからないわね」

とっさに樫山は嘘をついた。

「そうですか、あまり役に立てませんでしたね」

薄暗い小路から表通りへと歩く間、伊藤が肩を落とした。

「そうじゃないわ。すごく参考になった。札幌の風俗の仕組みとか、知らないことばかりだったから、今後の仕事に役立つわ」

「本当ですか？」

伊藤の曇り顔が一気に晴れた。

「俺、滅多に褒められないんで嬉しいっす。冬木キャップには怒鳴られてばかりですし」

樫山はバッグから財布を出し、一万円札と千円札を二枚、伊藤に渡した。

「さっき立て替えてもらったから」

「いえ、そんな……」

「ダメです。捜査協力費で怪しい領収書切らせるわけにはいかないの」

伊藤がなんども頭を下げた。

「ご褒美の夜食はまた次回。ちょっと今日は考えたいことがあるので、帰ります」

そう言うと、樫山は右手を上げ、流しのタクシーを拾った。

「帰宅するなら、タクシー使ってかまいません。領収書を明日、私に回してもらえば精算します」

タクシーに乗り込み、窓を開けて伊藤に言った。

「お気をつけて」

腰を折り、伊藤が言った。樫山は中島公園近くの番地とマンションの名前を運転手に告げ、後部座席に身を預けた。スマホを取り出し、第二ラベンダービルで記したメモを読み返す。

画面を睨み、樫山は考え込んだ。中央署が単純な転落事故として片付けた一件は、やはり事件だったのだ。

エンピツ型の雑居ビルは、下戸で生真面目な稲垣が自ら足を運ぶような場所ではなかった。誰かに誘い出された、あるいは待つように言われ、そこに電話がかかってきたのか。

〈キサダ〉と書き加えたメモ、そして居酒屋での別れ際に木下が見せてくれた北海道の地図を樫山は睨み続けた。

7

「間瀬さん、今度はいつ来てくださいますか?」

「そうですね、近いうちにぜひ」

「明日? それとも明後日ですか?」

「その辺りは秘書にスケジュールを確認してもらわないといけませんね」

「すぐに確かめてくださいね」

午後一〇時半すぎ、間瀬は銀座七丁目のクラブを出た。右脇には背の高い和服のママ、そしてエレベーターの中からずっと腕を組み、胸を押し当ててくるロングドレスのチーママが左脇にいる。ざっくりと開いた胸元を見ると、乳房の深い谷間がある。

「間瀬さん、こちらへ」

白い大理石が敷き詰められたビルのエントランスホールを出ようとしたとき、背広姿の大手ゼネコンの常務が言った。通りの歩道沿いには、間瀬の専用車が停車し、運転手がドアの前で待機している。タイミングよく両脇の女たちが離れる。さすがに銀座でも最高級と呼ばれる部類のクラブだ。接待する側、そしてされる側の呼吸を知り尽くしている。

「どうもありがとう」

間瀬が運転手に会釈すると、常務が小声で言った。

「運転手さんのお夜食、それに奥様へのお土産はお渡ししてあります」

「そんなことまでお気遣いいただき、恐縮です」

間瀬は専用車に歩み寄り、助手席を覗いた。ダッシュボードの上には、有名なトンカツ店のカツサンドの小箱が置かれているほか、助手席には大きな白い紙袋がある。

「恒実堂《こうじつどう》ですか？」

「はい、数量限定のどら焼きを調達できました」

中年男が諂《へつら》うように笑った。今までなんどか妻にねだられたことのある一日二〇〇個限定の手作り和菓子だ。

「本当にありがとうございます。運転手にも気を遣ってくださる会社は初めてですよ」

間瀬は常務に礼を言った。

「本日、貴重なお時間をいただいたこと、弊社社長になりかわり、感謝いたします」

常務が深く頭を下げた。

「大手ゼネコンの常務さんがそんなことをしてはだめです。さあ、頭を上げてください」

「今後とも弊社をよろしくお願いします」

「私は直接の担当ではありませんよ。その辺りは勘違いなさらないように」

「いえいえ、我々は歴《れっき》とした営利企業です。有力な方でないとこのようなお付き合いはいたしませんよ。鉄道はこの国の屋台骨ですからね」

間瀬は常務の背後に控える女二人に目をやった。間瀬と常務のやりとりは確実に聞こえているはずだが、二人は口元に笑みを浮かべるのみだ。夜の店に金を落とすことで、常務の会社にはその何万倍ものカネが落ちることを二人の女たちは熟知している。

人間の価値は、就いている役職と生み出せる金の多寡で決まる。役人時代に閑職に回され、三流の天下り先に落とされれば、美しい銀座の女たちが傅《かしず》くことは絶対にない。

専用の秘書に運転手、そして高級レストランでの会食。地味な役人生活を耐え忍び、この国の土台を支えてきたからこそ、今はリターンを受ける番に回ったのだ。

間瀬は努めて穏やかな笑みを作り、口を開いた。

「担当の人間には、御社の技術力の高さをアピールすることにいたしましょう」

「間瀬さん、ありがとうございます」

常務が再度、深く頭を下げた。

「軽く口添えするしか能がありませんから」

頭を上げた常務が口元を歪め、間瀬の耳元で言った。

「このクラブですが、お好きなときにご利用ください」

「しかし、私のようなロートルがお邪魔するのはお店に失礼です。もちろん、高級クラブに出入りするようなサラリーもいただいておりません」

間瀬が言うと、常務が強く首を振った。

「ママはある政治家のお気に入りなのですが、もしお気に入りの子がいれば、ママに一声かけてください」

「それはどういう意味ですか？」

間瀬はにこやかに笑い続けるママとチーママを交互に見たあと、常務を見返した。だが常務は笑みを浮かべるのみで答えない。

「私はそんなつもりないですよ」

「いえいえ、間瀬さんは紳士的な方ですので、非常におモテになります」

「それは買い被りすぎだ。それでは失礼します」

間瀬が車に歩み寄ると、運転手が素早くドアを開ける。

「ありがとう。自宅へお願いします」

ドアが閉まる直前、間瀬は言った。後部座席の窓はスモークに覆われ、外から中が見えないようになっている。自分の顔が緩んでいくのがわかる。

スーパーゼネコンと呼ばれる大手業者から接待を受けた。現役時代は贈収賄事件を恐れて絶対にできない芸当だったが、天下ってからは違う。しかも自分は直接の担当者ではないため、仮に東京地検特捜部や警視庁捜査二課が調べても職務権限を問われる心配はない。

「土橋のインターから首都高のコースでよろしいですか？」

「ええ、いつものように」

運転手に指示したあと、間瀬は後部座席の窓を開けた。常務が頭を下げ続けているほか、ママも両手を添えてお辞儀をしている。チーママはわかりやすく間瀬にウインクした。軽く手を上げると、運転手が車を発進させた。

高級クラブは客を繫ぎ留めようと躍起だ。胸を腕に押し当ててきたチーママの露骨さは閉口するが、百貨店の生花売り場に派遣社員として勤務しているという大人しいホステスは気になった。

「私にまでお夜食をいただきました。恐縮しております」

土橋のインターから中央環状線に向けて走り出した途端、運転手がミラー越しに言った。

「それだけ仕事が欲しい、そんな卑しい連中ですよ」

「あっ、失礼いたしました」

「違いますよ。遠慮せずに食べてくださいね」

運転手にこの国の仕組みを話しても理解できるはずがない。たかだかカツサンドや、ましてどら焼き程度でなびくような自分ではない。

「いずれにせよ変におべっかを使ってくる業者がいますので、あなたも注意してください」

仕事を通して見聞きしたことは他言するな。総務担当者がきつく言い聞かせているはずだが、間瀬は念押しの意味で言った。

「今日はどこも渋滞していません。早めにご帰宅いただけます」

一瞬だけカーナビを見た運転手が言った。

「安全運転でお願いします」

間瀬が返答した直後だった。背広のポケットでスマホが鈍い音を立てて振動した。取り出すと、液晶画面にあの男の名前が表示された。慌てて通話ボタンを押す。

「お待たせしました。間瀬でございます」

〈夜分にすみませんな。いま、お時間よろしいですか？〉

「もちろんです。なにか？」

〈例の件ですが、ある人間が興味を持ち始めました〉

「本当ですか？」

〈まだ慌てるほどではないと報告を受けています。しかし、万が一そちらに問い合わせが入った際は、従前の打ち合わせ通りにしていただきたいのです〉

あの男は淡々と告げた。

「心得ております。ご安心ください」

〈年寄りで心配性なものですから、失礼。しかし、我々には間違いが許されません。万が一ということもありますのでご連絡しました〉

「了解いたしました」

電話を切った途端、額に脂汗が浮かんだ。胸のポケットチーフを取り、すぐさま拭った。

「暑いですか？　エアコンの温度を下げましょうか？」

ミラー越しに運転手が言った。

「いや、なんでもない。まっすぐ家に向かってください」

あの男は心配性だと言ったが、それはこちらに対する暗黙の圧力だ。慎重を期し、備えを万全にせよとの指示なのだ。スマホの通話履歴画面を出し、担当の部下、そして損保の役員の番号を探した。

「少し電話します。長くなるようでしたら、自宅の周りを走って時間を潰してください」

間瀬は運転手に指示を与えると、すぐに部下の番号に触れた。

8

贈収賄事件の捜査が佳境を迎えている。樫山が伊藤とともにススキノを訪ねてから数日が過ち、今晩は栗田が終業後に上京する公算が高い。

明日早朝にも道警は栗田に対して、警視庁がマークしている贈賄側企業関係者に対する任意聴取との同時着手を決行する。そんな方向性が、警視庁との間で確認された。

会議終了後、樫山は伊藤を捜査班に組み込むよう特捜班キャップの冬木に申し出たが、時期尚早だとあっさり却下された。

課長席に戻り、各種の決裁資料に目を通し、淡々と処理を続けた。贈収賄事件に関しては、現場のベテランたちに任せておけば間違いは起こらない。

道警内では、刑事部長と本部長に事件捜査に関わっている旨だけを報告している。万が一、栗田に情報が抜けることを避けるためだ。本庁の警備畑出身の大島本部長は詳細を知りたがったが、保秘を盾にこれを拒んだ。

ここ数日の段取りを振り返り、情報漏れや捜査上の不備がないことを頭の中で確認し、刑事部内の予算、そして有給休暇に関する書類に認印を押した。

管理職特有の単調な作業を続けていると、否が応でも昨晩の出来事が蘇る。

国交省の技官を務めていた稲垣が発したキサダという言葉は、霞が関の官僚用語だ。

かつて警察庁に入庁して間もない頃、官房で見習いをした。この際、樫山は法案作成の補助要員を務めた。

犯罪収益移転防止に関する法律の一部を改正する作業だった。法案を内閣法制局に提出する前段階で、樫山はなんども先輩とともに読み合わせをした。

その際、官僚独特のチェックを行う。法案が国会に提出された際、誤字脱字は絶対に許されない。そのため、幾重にも検証する。大臣が国会で法案の趣旨説明を行う際の慣用句となっている〈次に掲げる……〉を読み合わせする際は、〈ジにケイげる〉と独特な字解をする。

この法則を稲垣が発したという〈キサダ〉に当てはめてみる。〈キサダ〉は、霞が関では規定を意味する。〈キテイ〉と読む単語には、〈規定〉〈規程〉などがある。同じような意味合いだが、規程は〈キホド〉となり、明確に区別される。

国交省で法案作成にも携わった経験のある稲垣ならば、店のママが直接聞いた〈キサダ〉とは規定のことであり、電話の相手も〈キサダ〉すなわち規定を理解する人間ということになる。

技官として北海道に出張していた稲垣は、規定の意味、いや、隠語である〈キサダ〉を理解する人間とトラブルになり、そして雑居ビルの階段から突き落とされたのかもしれない。

昨夜、ススキノの居酒屋で北海道新報の木下は、稲垣が八雲町にいた理由を明かしてくれた。樫山が思いもよらなかったことで、かつ稲垣本来の職務に非常に密接に関連していた。

居酒屋で木下が取り出したタブレットには、道南エリアの地図が表示されていた。普通の地図と違うのは、北海道新幹線の延伸工事の見取り図が重なっていた点だ。

樫山は目の前にあるノートパソコンに、昨夜見た見取り図を表示した。木下が見せてくれたのは、北海道新報の関連ニュースに使用されたイラストだ。八雲町、森町など樫山が訪れたエリアは、内陸側、山間《やまあい》のエリアで工事中を示す点線が描かれていた。つまり、樫山が降車した新函館北斗駅は仮の終着駅であり、その先には札幌へと続く延伸区間があるのだ。

新報の見取り図は、噴火湾沿いにある森町、そして川田の牧場がある八雲町が点線で描かれていた。その先は長万部、倶知安《くっちゃん》、小樽、そして終着の札幌だ。

稲垣がそのエリアを頻繁に訪れていた謎が、あっという間に氷解した。

樫山は北海道に来た直後に記したメモや写真ファイルをノートパソコンに表示した。新函館北斗駅、森町、八雲町……いくつものキーワードが画面の中にある。

噴火湾沿いの国道五号線、あるいは野田生駅の周囲には大型のダンプカーや大型建機を積載したトレーラーが多数走っていた。

森町の食堂の駐車場も同様で、建設作業員や運転手と思しき人たちが多数いた。

改めて新函館北斗駅で撮ったスナップを見返すと、北海道新幹線開業六年の文字の隣に、札幌延伸工事についての記述があった。

なぜこんな単純なことを見落としていたのか。自らの洞察力の欠如を嘆く。

殺しの線が濃厚な事件でも単純な事故としてそのままスルーしてしまえば、自分の経歴に傷がつくことはない。だが、事故ではなく、事件だという有力な手がかりを自らの手で得てしまった。

刑事部の大部屋を見渡す。二課の向こう側にある一課では、課長が若手捜査員と打ち合わせをしている。目下、一課は平穏だ。だが、仮に樫山が声を上げれば、再捜査となり、本部の一課が後始末を強いられる。同じフロアで余計な軋轢《あつれき》を生むのは確実だ。

一課長は、現場の叩き上げで、藻岩《もいわ》山のクマとのあだ名がある。恰幅の良い体に坊主頭、低い声。地取《じど》りの鬼と呼ばれた名刑事に、素人の見立てを伝え、かつ所轄署のミスを指摘するのは相当な労力を要する。

スナックのママの証言のみでは、あの刑事を説得することは不可能だ。樫山は強く首を振り、ノートパソコンを睨んだ。

まずやるべきことは、樫山が見落としていた点の補強だ。稲垣が携わっていたであろう延伸工事関係の資料をネット上でかき集める。

真っ先にヒットしたのが札幌市の公式発表だった。

新函館北斗と札幌間で進められている北海道新幹線の延伸工事について、当初の開業時期より五年早まり、二〇三〇年度末を目指すことになったという。短縮の背景には冬季五輪の札幌招致の動きと関連しているとも囁《ささや》かれている。

樫山は五年の部分を凝視した。プロジェクトが五年も早まるとなれば、役人の仕事は苛烈を極める。人員の配置、予算の配分はもとより、必要な機材選定など従前の計画を根本的に見直さざるを得ない。

ネット上の公式発表はわずか六行にすぎないが、担当する役人はたまったものではない。残業に次ぐ残業は必至だろう。まして、新幹線は国家単位の一兆円規模のプロジェクトであり、警察庁の予算規模、関わる人の数とは比較にならない。

稲垣が謎の電話の相手に怒鳴った〈規定〉とは、五年の工期短縮に関連するものではないのか。整備新幹線を所管する中央官庁の技官として、五年を巡るなんらかのトラブル解決のため、稲垣が北海道を訪れていたのだ。

「課長、そろそろお時間です」

ノートパソコンの画面を睨んでいると、突然伊藤が声を発した。

「え、そんな時間？」

樫山は慌てて腕時計を見た。たしかにアポイントの三〇分前だ。

「そろそろＪＥ北海道本社へ」

伊藤が発した社名に、樫山は肩を強張らせた。

9

「本当に眺めの良い場所ですね」

ＪＥ北海道の社長、そして総務担当の専務の肩越しに広がる札幌の街並みを見て、樫山は言った。

札幌の市街地を縦横に区切る表通りの向こう側には、たくさんの緑を蓄えた大通公園の姿も見える。大学時代に上ったテレビ塔とは違った景色で、高層マンションや新しい商業ビルがこの街に増えたことを改めて知ることになった。その旨を話すと、眼前のＪＥ北の幹部二人が相好を崩した。

「失礼ですが、樫山さんの出身大学は？」

「東大の法学部です」

問いかけに答えると、社長と専務が同時に笑った。

「我々も東大です。経済学部ですが」

社長が笑みを浮かべた。全国津々浦々、同窓生はあちこちにいる。その大半が国の出先機関、あるいは地方公共団体、そして地方の有力企業の幹部だ。

「二人ともJE東日本の出身ですが、組織改編とともにこちらの担当になり、いつの間にかこんなポジションに祭り上げられました」

社長が自嘲気味に言った。この間、樫山は高校の社会科で習った旧国営鉄道・日本鉄道、通称・日鉄の民営化を思い浮かべた。一九八七年、時の総理の行政改革の掛け声の下、日鉄や国営通信会社が民営化された。

日鉄はJE東日本、東海、西日本、四国、九州、北海道の六社に分割民営化された。樫山が幼少の頃で、もちろん記憶にはない。

「私は最後の日鉄入社組、専務は東日本プロパーの二期生です」

樫山の意を察したように、社長が言った。

「なるほど……」

わざと曖昧な返答をすると、社長が頭を下げた。

「北海道に来て一〇年になります。この間、道警の皆さんには大変お世話になりました」

社長は郊外路線で踏切事故が起きた際、警察官が速やかに処理対応の補助についてくれたことをあげた。

「なるほど、私が行ったことのない道東やオホーツク方面は自然が厳しい一帯ですものね」

樫山は鞄から愛用の鉄道地図帳を取り出した。

「鉄道がお好きなのですね」

「ええ、軽い鉄ちゃんです」

樫山は、鉄道地図帳をパラパラめくりながら蛍光ペンで塗り終えた箇所を二人に見せた。

「こうして乗車済みのところをマークしていくのが好きです」

軽口を叩くと、二人の幹部が笑った。腹の底からの笑いではない。所詮、好きで鉄道に乗る趣味人と、鉄道やその関連事業で多数の従業員を雇い、社会的な責任を負っている立場では、自《おの》ずと物言いや態度が変わるということなのだ。

専務がさりげなく腕時計を見始めた。樫山に与えられた挨拶という古い慣習の持ち時間は一五分だ。幹部二人に直当たりする機を逃すのか。心の中で自分を叱咤《しった》した。

「札幌赴任の直前には、こんな駅にも降りたんですよ」

突然切り出すと、目の前の幹部たちの表情が固まった。二人の視線の先には、ピンク色の蛍光塗料でマークされた野田生駅がある。社長と専務は無言を貫いている。

「稲垣さんも相当な鉄道マニアでしたよね」

樫山が畳み掛けると、専務がようやく口を開いた。

「稲垣さん、とは?」

「国交省技官の稲垣さんです」

二人はそれぞれが樫山の顔を直視したまま肩を強張らせた。

「技官ですから、新幹線工事に絡んでこちらにはなんどもいらっしゃっていたんですよね？」

樫山が畳み掛けると、専務がようやく口を開いた。

「あの、稲垣さんですよね」

「ええ、先日ススキノで亡くなった稲垣さんです」

専務が小さく息を吸い込み、社長の顔を見た。専務の視線を感じたのか、社長が我に返ったように頷いた。

「樫山さんのお知り合いですか？」

「直接の面識はありません。ただ、共通の友人が何人かおりまして。それに鉄道好きという点もあって、人伝《ひとづて》に知っていました」

社長と専務が顔を見合わせた。無言だが、互いに視線でなにかを話している。

「すみません、突然のご指摘で少し驚いております」

社長が小声で告げた。

「彼の死がなにか？」

樫山は構わず切り込み続けた。かつてコンビを組んだ警視庁のベテラン警部補の教えだ。取調室では、被疑者ではなく警察官が主役だ。主導権を握り、捜査で得た情報をぶつけ、反応を見る。警察官が狼狽《うろた》えていては、相手に舐められる。

「技官として大変優秀な方でした。我々もショックが大きく、心理的な痛手があったばかりでしたので。ねえ、社長」

専務の言葉に少し遅れて、社長がうん、と短く答えた。目の前の二人は明確にクロだ。なにかを隠している。畑違いの捜査二課長に唐突に話を振られ、面食らったのだろう。

「東京の友人が発起人となって、稲垣さんを偲《しの》ぶ会を開催予定です。お手数ですが、御社内で関わりの深かった方々をご紹介いただけませんでしょうか？」

樫山は狼狽《ろうばい》の度合いが酷《ひど》い社長に向かって言った。

「ああ、そうですか……」

社長は樫山ではなく、専務の顔を見ている。傍目《はため》にも気の毒なほど心中が揺らいでいるのがわかる。

「樫山さん、そのお話はまた改めて」

専務がしきりに左手の腕時計を気にしている。

「なるべく早く会を開きたいと思っております」

「承知しました」

専務が額に浮き出た汗をハンカチで拭い、言った。

「それでは、お時間をいただきまして、ありがとうございました」

樫山は一方的に告げると、ソファから立ち上がった。上の位置から、二人の幹部を見下ろす。依然として社長の驚きは収まらないようで、まともに樫山を見ようともしない。

失礼と告げ、樫山は足早に役員応接室を後にした。

「お疲れさまです」

地下駐車場に降りると、伊藤がグレーのセダンの前で待っていた。

「随分早いですね」

「先方が忙しいみたいだから、気を利かせて早めに切り上げたの」

「そうですか。どうぞ」

伊藤が後部ドアを開けた。いつになっても慣れないが、仕事と割り切って後部座席に乗り込む。

素早く運転席に回った伊藤がミラー越しに口を開いた。

「次は道庁の主要部署に挨拶ですが、少し時間がありますね」

樫山は腕時計に目を落とした。アポとアポの間は、時間の余裕を持って設定した。JE北海道のトップ二人の様子に接し、稲垣の死は、事件だという確信が強まった。あの狼狽え方は尋常ではなかった。

北海道新幹線の延伸工事に絡み、技官の稲垣がなにごとかJE北海道に苦言を呈したのではないか。

「課長、少しお疲れの様子です。よろしければ、気晴らしに市内の名所、例えば円山公園や動物園をご案内しましょうか?」

腕時計から顔を上げ、伊藤を見る。自分の顔はそんなに疲れて見えるのか。それとも眉間に深いシワができていたのか。樫山は気を張っていたのを解くように息を吐いた。

「お気遣いありがとう。でも、今度にするわ。どこか喫茶店にでも」

ミラー越しに見える伊藤は心配顔だ。

「了解しました」

「色々と面倒なことが起きそうなの。まあ、私の取り越し苦労かもしれないけど」

「なにかあれば、本職をいつでも使ってください」

「わかったわ。でもそんなときが来たら……」

樫山は慌てて言葉を飲み込んだ。さらに稲垣殺害の証拠を集めるため、樫山が動いたとしたら。道警はJE北と全面対決することになる。

「それより、喫茶店の前に、北海道建設部にも寄ってもらえるかな」

「建設部ですか？」

「ちょっと調べたいことがあるの」

空き時間がある限り、疑問点を潰す。道庁の他の部に行っても、所詮はお客様扱いされ、世間話をして終わりだ。そんなことより、一人の人間の命がどうやって失われたのか。その真相を探る方が意義は大きい。道警の広報課長が告げた〈建設部の人間が身元確認した〉ということの裏付けを取る。

「道庁幹部との時間はどうしましょう？」

「いざとなったら、パスするわ。どうせ大した中身はないんだから」

自分でも驚くほど強い口調で言った。

10

ＪＥ北や道庁建設部を訪ねた翌日、道警本部に出勤するやいなや、特捜班キャップの冬木に会議室へと案内された。贈収賄事件の捜査がいよいよ大詰めを迎えているとの報告を受けた。今朝、行確班から、栗田がキャリーバッグを携え出勤した、との一報が入ったのだ。

〈今日の午後を半休にする、もしくは勤務後夕方の便で移動するか。いずれにせよ、上京のタイミングがかなり迫っています〉

冬木の表情がいつになく真剣だった。知能犯捜査のベテランでも大きな事件の前では緊張する。当たり前のことだが、今回は警視庁との合同捜査だ。現場の刑事たちを束ねる立場のキャップは、一人一人の行動に細心の注意を払わねばならず、そのプレッシャーが顔に出ている。

冬木の目を見つめ返し、責任を取る、存分にやってほしいと樫山は告げた。あとは現場捜査員たちの判断に一任すると告げ、樫山は課長席に戻った。

着手が近いことは、五階の大きな刑事部屋では極秘扱いになっている。隣り合う一課や三課に情報が漏れた場合、悪意はなくともこれが栗田、あるいは贈賄側に伝播《でんぱ》するリスクがあるからだ。潰せるリスクは全部潰すのが知能犯捜査の鉄則だ。

課長席の前にいる冬木に目をやる。いつもと同じように、冬木は上がってきた報告書に目を通し、ときに表計算ソフトに目を凝らしている。

樫山は手元に視線を落とし、こめかみを強く押した。自分がやれることは残されていない。

課長席に残り、上京したあとの栗田の動向、捜査員たちの一挙手一投足に関して報告を受け、最終的に任意同行を求めよとゴーサインを出す。腕時計に目をやると、午前八時五分だった。これから二〇時間近く緊張を強いられる。

時計からノートパソコンに視線を移す。道警内部、そして警察庁から大量の連絡事項がメールで届いている。

一つ一つ用件を片付け、返信する。この間、不意に昨日JE北海道本社のあとに訪れた北海道建設部の殺風景な事務所の光景が頭をよぎった。

伊藤が案内してくれたのは、道警本部に近いグレーのビルだ。伊藤が受付で樫山の来訪を告げると、対応に当たってくれた職員が戸惑っていた。

アポ無し、しかもキャリア警官の訪問……自分が同じ立場だったら迷惑に思うだろう。四、五分簡素な応接室で待たされたあと、建設部の名入りの作業ジャンパーを羽織った中年男性が現れた。広報担当だった。

樫山が稲垣の一件を話し、身元確認してくれた職員を教えてほしいと告げると、広報担当は露骨に顔をしかめた。

〈そんな話は初耳です。国交省の担当者が来道しても必ずしもこちらを訪れるわけではないので〉

話を聞く間、樫山は素早く応接室をチェックした。道路や河川整備、住宅政策に関するファイルやポスターがあった。しかし、稲垣が担当した鉄道に関するものは皆無で、その旨を話すと担当の男性が首を振った。

〈鉄道局の人はこちらではなく、ＪＥ北海道さんとのお付き合いが多いでしょう。こちらにはめったに来られませんよ〉

話し合いは平行線をたどった。樫山は身元確認した職員を探してほしい旨を念押しし、建設部を後にした。

稲垣の転落死は矛盾だらけだ。ネジが外された形跡のある蝶番、〈キサダを変える〉という故人の怒鳴り声、そして道警よりも先に国交省が転落を知っていた件。本省に第一報を入れたという建設部では、そんな話は知らないという。

もう一度、警視庁のベテラン検視官に連絡して助言を仰ぐべきか。いや、常久警視にこれ以上の迷惑をかけるわけにはいかない。常久は鑑識課幹部となったが、地方公務員であり、樫山とは立場が違う。他所の案件に触りたくないというのは、トラブルを回避したいと思う警官のもっともな感情だ。

「課長！」

冬木の隣席にいる女性捜査員が声を上げ、樫山は我に返った。

「課長、お電話です」

視線でありがとうと伝え、樫山は慌てて受話器をつかんだ。建設部が当該の人物を探し出したのかもしれない。

「お待たせしました。樫山です」

〈おはようございます〉

昨日面会した建設部の担当者からではなかった。

〈小堀です〉

聞き覚えのある声で、樫山は姿勢をただした。

「こちらから連絡しようと思っていました」

〈そんなに構えないでください。万事うまくいっています〉

優しい声音で切り出したあと、小堀が言葉を継いだ。

〈ところで、道警の幹部連には会いましたか？〉

「もちろんです」

〈どうでした？〉

樫山は受話器を掌《てのひら》で覆い、声のトーンを落とした。

「事なかれ主義で、悪い意味で警察官僚の典型みたいな人たちばかりです」

電話口で、小堀がクスリと笑ったのがわかった。直接仕事で関わったことは今までなかったが、小堀は他の先輩キャリアよりも話がしやすい。

〈私のように現場仕事に張り付くのか、それとも彼らのように、自らの都合の悪いことに目を瞑《つぶ》り、偉くなるか。選ぶのは樫山さん自身です〉

「そんなつもりは……」

そう言って樫山は口を噤んだ。冬木には神輿を一緒に担ぐと宣言した。だが、小堀のように出世を諦めたわけではない。

〈今のあなたは宙ぶらりんだ。私としては、奴らと同じようなスタンスで臨むのが得策だと思います。あなたは海外大使館も経験し、これから警察組織全体を俯瞰《ふかん》する立場にある。変な意

地は捨てた方がいいでしょう〉

「ご忠告ありがとうございます。私なりに、自分の立ち位置を決めていきたいと思います」

偽らざる本音だった。

〈無理強いするつもりはないし、あなたを洗脳するつもりもありません〉

穏やかな小堀の言葉には、重い説得力があった。樫山は思い切って切り出した。

「あの、もう少しよろしいでしょうか？」

〈もちろん。どうぞ〉

「現在、我々が手がけている案件ではないのですが」

〈私でよければうかがいましょう〉

「先日、札幌出張中の国交省技官が亡くなりました」

電話口で少しだけ間が空いたあと、小堀が言った。

〈どうぞ、先を続けて〉

「所轄署が単純な事故死として処理しました」

樫山はさらに声のトーンを落とし、風俗ビルの特徴を話した。

「いわくつきのビルなのに、検視官も呼んでいませんでした。ほかにも不自然なことが多くて」

樫山が告げると、小堀の深いため息が聞こえた。

〈かつて警視庁刑事部長が政治家案件に忖度《そんたく》した結果、所轄が執行直前だった逮捕状を取り下げたことがありました。当の本人は政治家の覚えもめでたく大出世し、近い将来長官か警視総監です〉

穏やかだった小堀の口調が少し変わった。言葉の端々にトゲがある。

その一件なら、樫山も知っている。首相官邸に食い込んだある民間企業関係者を巡るトラブルだ。一般女性との間で問題を起こした関係者は官邸に泣きつき、当時の刑事部長が事件を強引に揉み消した。所轄署の案件だったことから樫山は詳細を知り得なかったが、結局関係者は守られ、女性は切り捨てられたのだろう。

〈昭和の時代まで遡れば、政家案件《マルセイ》で検視官の見立てがひっくり返ったケースは多々あると聞いています〉

「それは道警でも起こり得る話でしょうか？」

〈ない話ではないでしょうね〉

小さく咳払いしたあと、小堀が話を続けた。

〈樫山さんが興味を抱いている案件、もしかするとパンドラの箱かもしれません。陰謀論は大嫌いですが、実際に自分自身がマルセイにからめとられましたからね〉

小堀はさらりと告げたが、その言葉には重みがある。

「その不正なり、悪巧みなりを阻止するのが我々警察官僚の役目なのではないでしょうか？」

〈樫山さん、私がどういう仕事をしたか、わかりますか？〉

樫山が返答に困っていると、小堀が告げた。

〈誰もが知る大手電機メーカーの粉飾決算の元凶を暴きかけたところで、官邸から待ったがかかりました。私の場合、クビにはならず同期トップの出世をしました。しかし、どうにも納得ができず、次の異動では現在のポストを強く希望しました。下手に刺激すれば、またぞろ古く

て腐臭を放つパンドラの箱が開きかねない。そう恐れた上層部は私の希望通りにしてくれました〉

小堀が笑った。だが、樫山にとって笑える話ではない。

〈挙句、私はずっと現場に張り付いている。ついには課長とも年次がほとんど変わらない理事官になってしまった〉

官僚の世界は、能力のあるなしにかかわらず、入庁年次が人事の基準となる。小堀の上司となっている警視庁の二課長は、定例人事でポストに就いた。そこにいわくつきの後輩がいたら、たまらないだろう。

〈いずれにせよ、樫山さんが迂闊《うかつ》に動くのは危険かもしれません。なぜそんなに気になるのですか？〉

「事故死したとされる場所と、被害者の鑑が極めて薄いのです。まして、そんな場所に行きそうにもない人です」

〈北海道出張中、ＪＥ北海道に接待されたのかもしれませんよ。中央の人間、技官という専門家の立場であれば、地方の人間にとっては大事なお客だ。接待していてもおかしくない。本人もハメを外したかったかもしれないし〉

樫山は首を振った。

「個人的に現場へ行き、聞き込みしました。そうしたら〈キサダ〉という言葉が引っかかってきました」

樫山はススキノの連れ出しスナックのママの証言を伝えた。

〈ほう、規定ですか〉

小さな声で反応したあと、小堀が言った。

〈それで、道警の見立てをひっくり返すのですか？〉

小堀の放った直球が樫山の胸を射貫《いぬ》いた。

「自分としてもまだ結論は出ていません」

〈その一件、今後のあなたの人生を左右することになるかもしれません。判断は慎重に。このことは他言しませんので安心してください〉

「我々の事件に影響が出るようなことは決してありません」

〈そうしてくださるとありがたい。それでは〉

樫山が礼を言うと電話が切れた。

樫山は椅子の背に体を預け、天井を見上げた。

稲垣の一件を深掘りすれば、確実に道警内で居場所を失う。自らの信条を守り出世を諦めた小堀の話を聞いたばかりなだけに、その思いはさらに強くなる。しかし、自らの信念を曲げるのは絶対に嫌だ。静まり返った課内で、樫山は腕を組んだ。

11

専用車の中で読めなかったビジネス誌の特集を間瀬がチェックしていると、先ほど玉露を出したばかりの秘書から内線が入った。

〈JE北海道から急ぎのお電話です〉

ハンズフリーボタンを押すと、日頃落ち着き払っている秘書が慌てた様子で告げた。始業まであと三〇分もある。間瀬はすぐさまボタンを切り替えた。

〈おはようございます。朝早くから失礼いたします〉

今回の問題が生じてから、なんどか専務とは電話でやりとりした。幾分、声が強張っているように感じられた。

「どうされましたか?」

間瀬は努めて穏やかに尋ねた。スピーカーフォンから咳払いの音が響く。

〈昨日、女性警官が弊社に参りました〉

「どんな用件でしたか?」

〈キャリアの異動挨拶だと思っておりましたら、突然彼の名前を出されまして……〉

専務は狼狽気味だ。昨日の何時だったかは知らないが、時間が経っている。内部でどうするか話し合ったのだろう。

「それで、どうされたのですか?」

〈お亡くなりになったことに対し、真摯《しんし》に残念だという気持ちを持っていると伝えました〉

「その警官は怪しみませんでしたか?」

〈あの……わかりません。唐突に切り出されたので、我々も少し驚きました〉

間瀬は懸命に舌打ちを堪えた。あの一件が起きてから、シミュレーションを重ねたではないか。これだから地方の鉄道会社は困る。

「とにかく落ち着いて対応してください。彼はあくまで不幸な転落事故に遭遇し、運悪く亡くなった。それ以上でもそれ以下でもありません」

〈はい……〉

依然として、電話口の専務は動揺している。

「その女性キャリアですが、警察という組織に所属している以上、さらなる調べなどできるはずがありません」

間瀬はなんども関係者間で擦り合わせた事柄を思い起こし、口を開いた。

「その女性キャリアが再訪した、あるいは周辺を調べている。些細《ささい》なことでも構いません。情報があれば逐次お知らせください」

専務の返答を聞く前に、間瀬はスピーカーフォンをオフにした。同時に、鼻から息を吐いた。怒りが湧き上がる。

間瀬は背広からスマートフォンを取り出し、連絡先のアプリを開いた。非常時以外に使いたくはなかったが、この一件はどうしても知らせておかねばならない。

目的の番号を探し出すと、間瀬は通話ボタンに触れた。何度目かの呼び出し音が鳴ったあと、先方が電話口に出た。

「間瀬でございます。例の一件についてご報告があります」

〈それはありがたい。どうぞ、このままお話しください〉

目的の男が低い声で告げた。間瀬は先程の電話の中身をかいつまんで話した。

「いかがいたしましょう？」

〈こちらで善処します。警戒を怠らぬようお願いします〉
男は低い声で言い、電話を切った。

12

札幌中心部にあるタワー型の本部庁舎を出た樫山は、のどかな住宅街に立つ白壁の道警琴似庁舎に移動した。三階建て庁舎の二階に特殊詐欺捜査チームが駐在している。専従班が詰めるフロアの奥に目立たない会議室があり、樫山は冬木ら特捜班の主要メンバー、そして運転手の伊藤とともに移ってきた。

刑事部のフロアでは、会議室を使ったとしても人目が気になる。保秘を徹底する意味合いだ。琴似庁舎に移動してきた直後、冬木や行確班の読み通り、収賄側の栗田が動いた。

午後一時過ぎに勤務先の道立病院局を出ると、栗田はキャリーバッグを携え、札幌駅から新千歳空港行きの快速に乗った。

その後は大手航空会社のカウンターでチェックインを済ませ、待合ロビーへと移動した。飛行機は定刻に離陸し、約一時間半後羽田空港に降り立った。栗田は到着ロビーでキャリーバッグをピックアップすると、そのままタクシー乗り場へ急いだ。警視庁捜査二課が端緒をつかんで以降行確を続けたが、上京後の行動パターンは同じだった。

タクシーは首都高の中央環状線の山手トンネルを通過し、西新宿にある老舗ホテルへ吸い込まれた。

チェックインから三時間半後、栗田は歌舞伎町にあるホストクラブへ直行した。樫山は腕時計に目をやった。時刻は既に午後一〇時半を回っている。眦《まなじり》を下げ、シャンパンコールに酔っているのかもしれない。

樫山は、壁に設置された大きなスクリーンに目を凝らし、歌舞伎町の様子を窺った。ホストクラブの真向かいにある駐車場に警視庁のミニバンが停車し、中から望遠レンズで店を映し出している。ミニバンのフロントガラス越しに、酔客が幾人も行き交う。

〈店の裏口、出入りなし〉

会議机に置かれたスピーカーから、警視庁捜査員の声が響いた。万が一、栗田が裏口から退店し、行方をくらますことを考慮し、人員が配置されている。

〈水も漏らさぬようにお願いします〉

同じスピーカーから、今度は小堀理事官の声が聞こえた。警視庁の墨田分室に陣取った小堀らの指揮班、そして札幌・琴似の庁舎はインターネット回線でつながっている。樫山の目の前にあるスクリーンは四分割され、栗田のほかに贈賄側三名の被疑者の動向を追うリアルタイム映像も表示中だ。

小堀によれば、以前は携帯電話での連携作業だったが、ネット回線の大容量化に伴い、動画のリアルタイム視聴も可能になった。当然、行確時の動画データは全て保存され、公判時の有力な証拠となる。

〈各班、異常ないか？〉

小堀の呼びかけに、道警行確班も含めて異常なし、との声がスピーカーから響いた。

「おい、伊藤」

ノートに行確の様子をメモしていた伊藤に、冬木が呼びかけた。

「なんでしょうか？」

「課長と細かい詰めの話をする。ウォッチを続けろ。なにか異常があればすぐに知らせてくれ」

「了解です」

伊藤が頷いたのを合図に、樫山は冬木とともに会議室の隅へと移動した。椅子に座るなり、冬木がメモ帳を開き、ページをめくった。

「栗田はクラブ・インフィニティに入店しました。ちなみに店名は無限という意味です。客から際限なく金を巻き上げるつもりでしょうか」

にこりともせず、冬木が言った。

「栗田の入店時間は午後九時三分です。九時からは深夜料金が適用されますので、一時間あたりの料金は三万円です。それにＶＩＰルームを使用したらもっと費用は嵩《かさ》みます」

「そんなに？」

「あくまで木戸銭《きどせん》にすぎません。ビールは一杯一〇〇〇円、お目当てのホストがおねだりして一本一〇万円単位のワインやシャンパン、ブランデーを空ける。それにヘルプの人員にも振る舞えば、一時間あたりで二〇万〜三〇万円の金があっという間に溶けます」

樫山は会議室のスクリーンに目をやった。捜査車両のフロントガラス越しに、淡いパステル調のネオンが輝いている。

「では、最終確認です。収賄の立件目安となる月収の三倍は楽々とクリアしております。当然、時効についても収賄、贈賄双方に問題ありません。ホスト遊びが始まったのが二カ月半前ですから」

「よくこれだけ短期間で使いましたね」

栗田は他人から不正に得た金で豪遊している。羨ましいという感情は一切湧かないが、なぜこれほどまで入れ込んだのか。栗田本人の生活は質素でつましい。だからこそ男たちにもてなされることに喜びを覚えたのか。樫山には理解不能で、身柄拘束後に直接本人に問うてみたい。

「警視庁によれば、贈賄側についても関係する企業の担当者をフルで行確しているほか、各企業に植え付けた特別協力者たちにより、贈った現金の総額が浮かび上がってきました」

冬木が手元の手帳をめくる。

「医療用品卸の大手、関連品のメーカーら三社合計で一五〇〇万円となります。身柄を取ったあとに精査すれば、確実にこの金額は膨らみます」

「職務権限は大丈夫ですね？」

樫山は冬木に念を押した。職務権限とは、役人がどの程度まで自分の裁量で物品を調達可能で、また、その選定にどこまで権限を有しているかを見定めることだ。影響力が低ければ、検事が立件に難色を示す。無理に逮捕しても起訴できないとして突っぱねられてしまうのだ。冬木がゆっくりと頷き、口を開いた。

「道庁の特別協力者によれば、栗田の職場の上長は一年ごとに交代しています。細かく、かつ専門的な病院関連の備品に関する知識を持つ者は他になく、ほぼ全てを栗田が仕切っていたことが判明しています」

「なるほど」

「目下、納入業者の帳簿、それに道庁側の資料を入手するよう手配を進めています」

冬木、そして警視庁サイドの調べに抜かりはない。

「わかりました。まもなく贈賄、収賄側に同時着手ということですね」

冬木がゆっくりと頷く。

「警視庁の担当とも連絡を密にしています。栗田が歌舞伎町のホストクラブから出てきたことを確認します。翌日の早朝に西新宿のホテルで任意同行をかけます」

寝起きのタイミングを急襲するのは、吸い出しの常套《じょうとう》手段だ。当然、行確班は栗田が部屋に入ったことを確認し、寝ずに出入りを監視する。

「同じタイミングで警視庁側が贈賄側企業担当者たちの自宅を訪れ、吸い出しを実行します」

「よろしくお願いします」

水も漏らさぬ布陣が整っている。

「地味なセクションでも大きな額のカネが動くのが役所です。道庁にガサをかければ、我々道警の存在意義も強く誇示することができます」

冬木が低い声で言った。同じことをかつて警視庁捜査二課に在籍していた警部に聞いたことがある。警視庁は予算を都庁に握られている。このため、この警部は都庁職員の不正を暴き出すことに執念を燃やしていた。職員、それも幹部職を摘発できれば、予算権者は警視庁の言い分を丸呑《まるの》みする。いや、いかにそうさせるかが知能犯担当刑事の腕の見せ所なのだ。

「それでは、打ち合わせはこのあたりで」

冬木が立ち上がった。

「少し休憩しましょう」

樫山は冬木と連れ立ってスクリーン前の机に戻った。待てと指示された番犬のように、伊藤が食い入るように行確班のリアルタイム動画を見ている。

「異常ないか？」

「ありません！」

突然冬木に声をかけられ驚いたのか、伊藤が立ち上がって大声で言った。

「それだからおまえは現場に出せないんだよ」

「すみません」

たしかに冬木の言う通りだった。行確相手との距離を詰めている際、今の伊藤のようなリアクションを取れば、捜査全てが頓挫するリスクがある。

「当分見習いかな」

樫山が軽口を叩くと、伊藤が肩を落とし、ため息を吐いた。

「以後気をつけるように」

樫山が言うと、伊藤が敬礼した。

「それも現場ではアウトだ」

冬木が伊藤の太い腕を拳で小突いた。

「さあ、監視の続きだ」

冬木が腰を下ろすと、伊藤も隣に座った。

樫山は二人に気づかれぬよう、安堵の息を吐いた。道警本部に着任早々、結果を出せる。不意に小堀理事官の言葉が耳の奥で響いた。

〈あなたは海外大使館も経験し、これから警察組織全体を俯瞰する立場にある。変な意地は捨てた方がいいでしょう〉

今回の贈収賄事件で逮捕、起訴、そして公判へと進めば、小堀の言う通り樫山の評価は上がるだろう。

樫山は鞄からタブレットを取り出し、自身が記したメモのファイルを開いた。ここ数年、道警本部の捜査二課は選挙違反の摘発程度で大きな事件を手がけていない。

今回の事件は、一人の地味な職員に業務を任せきりにした道庁の管理体制の甘さが背景にある。また、道庁の弱点を巧みに衝いてきた民間業者の狡猾《こうかつ》さも見逃せない。

従来、大型の公共工事に絡んだ土木関連の贈収賄は多いが、少子高齢化を背景にした医療系の摘発は全国でも珍しい。

今後、全国各地の知能犯捜査担当たちが、今回の事件を雛形《ひながた》に内偵捜査を進めるのは間違いない。

捜査が終結したあと自分はどうするのだ。稲垣の一件を放り出し、警察庁幹部の顔色を見ながら生きていくのか。

「課長、腹減っていませんか?」

突然、冬木が言った。

「ええ、ペコペコです」

今は事件に集中しろ。樫山は自らに強く言い聞かせ、立ち上がった。

13

ススキノの中心部の交差点で樫山は冬木、伊藤と連れ立ってタクシーを降りた。交差点の住所表示を見ると〈南5西3〉となっていた。

雑居ビルが密集するエリアで、周囲には酔客が多い。地下鉄の駅へ急ぐサラリーマンのほか、泥酔した大学生のグループもあちこちにいる。東京にいる頃は、酔客を疎ましく思っていたが、新たな赴任地ではどこか微笑ましく感じる。

時刻は午後一一時を回った。琴似庁舎の会議室に警視庁との連携役、そしてモニターを監視する人員数名を残してきた。今のところ異常を知らせる連絡はない。

「なんのお店ですか?」

早足で歩く冬木に尋ねた。

「ラーメンです。かまいませんよね」

「もちろん、札幌に来てから未だ味噌《みそ》ラーメンを食べていません」

樫山が言うと、冬木と伊藤が顔を見合わせた。

「課長、我々はそんな頻繁に味噌ラーメンを食べないんです」

「たしかこの近所にラーメン横丁があるはずですよ」

樫山の言葉に冬木が肩をすくめた。伊藤が歩道横にある黄色い看板を指した。〈ラーメン横丁〉の文字がある。

「ここはもっぱら観光客用でしてね。我々はほとんど足を向けません。課長がどうしてもと仰るなら……」

冬木の顔が一瞬曇った。

「とんでもない。地元民のおすすめが一番ですから」

「味は保証しますよ」

冬木が大袈裟に胸を叩いてみせた。タクシーを降りてから二分ほど歩いた。有名なラーメン横丁を通り過ぎると、すぐに伊藤が雑居ビルのドアを開けた。どこにも暖簾や幟旗《のぼりばた》はない。入り口周辺には居酒屋やスナックの看板が貼り付けてある。

「こちらですよ」

ビルの一階、通路の中程で冬木が足を止め、赤い看板を指した。

「飲み屋のスタッフ、それに我々が仕事終わりによく立ち寄る店です。朝五時まで営業してくれるのは本当に助かります」

赤い看板の横には〈深月《しんげつ》〉の暖簾が見えた。

「おばんです」

冬木が暖簾をくぐる。伊藤の大きな背中を追い、樫山も店に入った。黒いバンダナ、赤いエプロンを着けた背の高いスタッフが、視線で空いている席へと促した。

L字形のカウンターの内側に厨房があり、席は七席しかない。二席が埋まっており、冬木は空いている狭いカウンター席の奥に進み、樫山と伊藤はそのあとに続いた。

冬木はビールを二本オーダーし、カウンターにあるタンブラーを取り、樫山の前に置いた。

「少しくらいならかまわないでしょう」

先日の顔合わせ会で訪れた板蕎麦の店では、杓子定規《しゃくしじょうぎ》すぎたかもしれない。明日以降、捜査は多忙を極める。冬木も最後に緊張をほぐしたいのだ。

樫山が自分の前にあるグラスを持ち上げると、冬木がビールを注ぎ始めた。

「すみません」

慌てて瓶を冬木から取り上げ、酌をする。その後は伊藤の分もビールを注いだ。

「それでは成功を祈って」

小声で樫山が言うと、両脇の捜査員二人が静かにグラスを合わせた。

「注文は?」

カウンターの中にいる店員がぶっきらぼうに言った。

「塩しょうが三つ」

「はいよ」

店員が手際良く丼を並べ始めた。

「塩しょうがってなんですか?」

「塩ラーメンにすったしょうがのトッピングです。塩ダレとの相性が抜群でしてね。冬場だと体の芯から温まる。夏場はスタミナ回復。まあ一年中ですね」

冬木が言った途端、樫山の右隣で伊藤が苦笑した。

「なんだ、伊藤」

「なんでもありません」

日頃厳しい態度で部下に接する冬木の口調が柔らかい。冬木はビールを手酌で注ぎ、すぐにグラスを空にした。

「もう少しいきますよね？」

樫山が言うと、少しだけ頬を酒で染めた冬木が頷いた。樫山はビールの追加をオーダーした。

「ご注文ですが、しょうがが切れそうで、少しお時間いただきます」

樫山にビールを差し出した店員が言い、大きなしょうがの塊をすり始めた。

「大丈夫ですよ」

瓶を受け取ると、樫山は冬木の空いたグラスにビールを注ぎ足した。

「今まで冬木さんはどのような商談を担当されたのですか？」

カウンターの中にいる店主や先に来ていた客らは樫山たちに興味を示していない。だが、ススキノのど真ん中で自ら警察官だと名乗ることは避けた。捜査を商談に置き換えて尋ねると、冬木が口を開いた。

「北海道らしく、道路関係が多いですね」

樫山が首を傾げると、冬木が柔和な笑みを浮かべた。

「道路が長くて広い分だけ、修繕の機会が多くなります。大雪が降って除雪車が走れば、アスファルトが剝げたり、最悪の場合凹《へこ》んだりします」

「そうか、それで」

冬木が声を落とし、話し始めた。

「道が主管する道道、市町村の管轄する市道など、一年中どこかで補修工事があります。工事を発注する者がいれば、この仕事を取りたいと考える業者が増えます」

「入札情報を事前に？」

「その通りです。街の居酒屋で、あるいはスナックで情報が飛び交います。当然、工事が実施される前に官報に情報が掲載されるので、その段階から担当する主事やら課長なんかをウォッチし始めるのです」

「タレコミも？」

「多方面からありますよ。役所の中では常に出世争いがある。ライバルを蹴落とすための密告、あるいはなんであの会社ばかり落札するんだと妬んだ別企業から告発文みたいなものが届くこともあります」

「なるほど、たしかにご当地らしい商談ですね」

商談の部分に力を込めると、冬木が笑った。

「北海道らしく、泥臭いネタばかりですよ」

北国は景気の冷え込みが癒えず、公共工事に依存する企業と人が多い。そうなれば必然的に不正行為が蔓延《はびこ》る。その段階で知能犯捜査係が睨みを利かす意味合いは大きい。

「泥臭いといえば、こんなこともやったなあ」

冬木が言った。

「ある地方建設事務所の幹部を何日も行確したときです」

「どんなエピソードですか？」

樫山が興味を示すと、冬木が言葉を継いだ。

「これ、課長に言ってもいいのかな？」

自嘲気味に冬木が言った直後、樫山は身を乗り出した。

「ぜひ」

「ある地方でのことです」

冬木によれば、道央の都市で大規模な道路整備計画が発表された直後、役人側からタレコミがあったという。

「威張った担当局長が袖の下をもらって入札情報を流しているという典型的なヤツでした」

冬木ら道警捜査二課の選《よ》りすぐり刑事たちと、所轄署の担当者がチームを組み、局長の行動パターンを洗い、ある居酒屋を頻繁に利用していることが判明したという。

「出張で来ている営業マンを装い、毎晩店に行きました。それで店側に信用を作り、局長の来店日をつかみました」

「それから？」

「襖《ふすま》で仕切られた座敷席で、局長の部屋の隣を予約しました。あとは聴診器ですよ」

「お医者様が使う聴診器？」

「ええ、文字通り、壁耳です。入札情報を漏らしたタイミングを全て聞き取り、メモにしました」

「すごい……」

「課長ならこの行為をどう思いますか？」

「詳細は聞かないことにします」

「それならいいや」

冬木が上機嫌になった。

「身柄を取ったあと、局長は頑《かたく》なに漏洩を否定しました。そこで三日目の取り調べ時に、この座敷での会話の詳細を再現しました。局長の釣りの話、出身地の食堂やら雑談も正確に」

「どうなりました?」

「完落ちですよ。俺たちはなんでも知っているんだ、そうやって相手の心をへし折ることが肝心です」

樫山は大きく頷き、口を開いた。

「今度は少しだけ、地元の話をうかがってもいいですか?」

捜査で張り詰めた時間が長く続いた。東京の行確班からは至急報は入らない。稲垣の件が胸の奥に引っかかっていた樫山は、思い切って話を振った。

「先日、JE北海道に行ったんです。でも、ちょっと雰囲気が他の大手企業と違う感じがしました」

ビールを少しだけ舐めた冬木が眉根を寄せた。

「内地のJEと違って、北海道は客を運ぶための鉄道ではないですからね」

鉄道地図帳の路線図を塗りつぶすのが唯一の趣味といえる樫山だが、北海道の鉄道の歴史には明るくはない。

「道内の多くの路線は、そもそも殖産最優先で敷設されました。石炭ですよ。夕張《ゆうばり》、美唄《びばい》など道内各地の炭鉱、それに十勝地方の農産物の運搬、それに室蘭の鉄とか」

頭の中に北海道の地図を浮かべた。樫山は地名とそれぞれの産業を頭の中で結びつけた。

「貨物輸送目的で鉄道が敷かれたあと、次第に開拓が進み、都市と都市を結ぶ路線ができましたが、あくまでも物資を運ぶのが優先でした」

樫山はタブレットをカウンターに置き、専用ペンで冬木の話をメモし始めた。右隣をうかがうと、伊藤が神妙な面持ちでビールをちびちびと飲んでいた。

「おやっさん、二人いいかな?」

突然、赤い暖簾をかきわけ、若い二人組が店に飛び込んできた。白いシャツに黒い蝶ネクタイの若者だ。

「いいけど、ちょっと時間もらうよ。それに先のお客さんがいる」

「そうかあ、どうする?」

二人は顔を見合わせ、思案顔だ。

「店の休憩時間があと二〇分しかないんだよ。今日は忙しくてろくに飯食う時間がなかったんだ」

冬木がグラスをカウンターに置き、二人を睨んだ。昔気質《むかしかたぎ》の刑事が怒鳴りつけるのか。樫山が肩を強張らせると、冬木が口を開いた。

「この子たちに先に食わしてやって」

「いいの?」

「ああ」

冬木はグラスにビールを注いだ。

「ありがとうございます」

席に着いた二人が冬木の方に頭を下げた。

「そういえば、内地と違うのは組合の方もですよね？」

今まで黙っていた伊藤が口を開いた。

「そうだな」

低い声で言った冬木が、先にラーメンを食べていた二人組に目をやった。中年男性の二人で、背広を着ている。二人の襟元には、食品会社のロゴ入りバッジが樫山の席からも確認できた。狭い店の中で、冬木はいつも周囲を気にしているのだ。

「御用組合と、急進的というか極左的な組合間のごたごたが昔から続いていましてね。それに、先代、先々代と二人の社長が相次いで自死した異様な経緯もあります」

「組合問題が背景に？」

「詳しいことは本部の公安担当あたりに聞いていただければ。とにかく、極左組合が常に御用組合を攻撃していましてね。職場での嫌がらせは年中行事で、冠婚葬祭にまで組合員の所属が関係してきます」

冬木は中学時代の同級生がＪＥ北海道に就職したと明かした。同級生は御用組合所属だが、職場の上長がもう一つの組合所属で、ろくに口をきかないこともあるという。このほか、冠婚葬祭に出席する際も、当事者がどちらにいるかを勘案することもある。

「職場でろくにコミュニケーションを取らないから、保線関係の事故も多発しますし、あらゆるところに組合問題が顔を出すんです」

古いニュース映像で戦後の労働争議に関するドキュメンタリーを見たことを思い出した。アジ看板が工場のあちこちに設置され、経営者が吊るし上げを食う内容だった。

「今時そんなことが？」

「ですから、ＪＥ北は特殊なんですよ。我が社も不祥事続きで人様のことは言えませんが、あそこは伏魔殿《ふくまでん》のようなところがある」

伏魔殿……突然、時代劇のタイトルのような言葉が飛び出した。

「組合の他にも、廃線問題も厄介でしてね」

廃線という言葉に樫山は思わず反応した。大学のサークルで、廃線専門のオタクがいた。たしかに彼は頻繁に北海道を訪れ、廃線間際の列車や駅舎を熱心にファインダーにおさめていた。

「鉄道会社なのに、積極的に廃線にしたがっている不思議な会社です」

「分割民営化後、東日本と東海、西日本は採算が取れていますが、他は青息吐息ですよね」

樫山が言うと、冬木が頷いた。

ＪＥ九州は不動産開発事業などで収益を確保することに成功、株式公開するに至ったが、四国、そして北海道は未だに国からの補助金を毎年交付されている。

「ですから、函館本線やら辛うじて採算が取れている路線以外、北はほとんどの路線をやめたがっています。住民の足ならばバスで充分ですし、人口減少で利用客もいない。しかしＪＥ貨物の輸送網は残さないといけないし、組合もうるさいから、そう簡単に廃線にはできない。八方塞がりなんですよ」

冬木の顔が曇った。

「鉄道天動説という言葉をご存知ですか?」

「いえ」

「利用者の数が少なかろうが、赤字だろうが、とにかく鉄道が敷かれていなければならないという考えです。日本人は自動車やバスではなく、鉄道こそ地域社会の礎《いしずえ》になるという信仰を持っているんですよ」

「なるほど、選挙対策やらに使われている側面もありますからね」

「ところで、なぜそれほど北に関心を?」

冬木の問いかけに、樫山は戸惑った。

「一応、予備知識として。先日、挨拶に行った際、なにも知らずに行ったもので、先方に失礼だったかもしれない、そんな反省からです」

「現在の社長はまともかもしれませんが、根本問題はなにも解決していません」

冬木が淡々と告げた。道民の間では、冬木が指摘した事柄は共通認識になっているのだ。

不意に、稲垣の丸顔が頭をよぎった。

ススキノで命を落とした稲垣は、国交省の人間として、JE北に苦言を呈しに来たのか。しかし、稲垣は政策を担うキャリアではなく、技術を担当する技官だ。

JE北海道の幹部二人は、稲垣の名を聞き、明らかに動揺した。

稲垣が煙たかったのか。しかし、役所の上層部に圧力をかければ、技官の一人くらいは更《こう》迭《てつ》できるはずだ。さまざまな思いが浮かぶが、どうもしっくりこない。

「はい、お待ちどお」

樫山がカウンターの木目を睨んでいると、頭上から店員の低い声が響いた。

「もう、腹減って死にそうです」

伊藤が呟いた。

「器が熱いから気をつけて」

店員が樫山の目の前に白い丼を置いた。

「うわっ、綺麗」

澄んだスープ、そしてナルト、メンマ、麩《ふ》、小さめのチャーシューがスープに浮かんでいる。丼の中央、チャーシューの横にすりおろされたばかりのしょうががある。

「食べてくださいよ」

冬木がれんげで勢いよくスープを啜《すす》り始めた。樫山もスープを口に運んだ。

スープの温度はかなり高いが、不快ではない。骨や野菜から取ったスープはキレがよく、しょうがのすっきりとした風味が鼻に抜けた。黄色いちぢれ麺も口に運ぶ。スープをほどよくまとい、するすると喉を通って行く。

「美味《おい》しい」

樫山が声を上げると、冬木が笑みを浮かべた。

「ススキノで飲んだあと、仕上げに食べるのが最高なんです。今回の商談が終わったら、また来ましょう」

冬木の穏やかな口調は変わらないが、商談と告げた両目は醒めていた。

「ぜひ」

樫山は短く答えると、懸命に麺を食べ続けた。

「ああ、美味しかった！」

樫山が感嘆の声を上げ、暖簾をくぐったときだった。ジャケットの中でスマホが振動した。取り出して画面を見ると、引っ越し業者だ。この日、会議中になんども着信があったことを思い出し、樫山は通話ボタンを押した。

「ご迷惑おかけしました。すぐに日程をお知らせします」

引っ越し荷物の第二弾をいつ運び込むかの相談だった。すぐとは答えたものの、目処《めど》は立っていない。その旨を冬木に伝えた。

「ああ、いつになったら落ち着くかしら」

札幌に着任して以降、ほとんど自宅マンションで体を休めていない。湯船に浸《つ》かっておらず、いつもシャワーだけだ。着替えの入った段ボールを開けたものの、ろくに片付けも、洗濯すらしていない。

「明日の朝までは、行確のみです。課長、失礼ながらお部屋の片付けもなさっていないでしょう？」

「正直に自供しますけど、その通りです」

「緊急事態が発生すれば、必ず連絡します。一旦、新しい部屋で体を休め、片付けをしてください」

「でも……」

「歴代課長の何人かは、引っ越し時の荷物をそのまま次の異動まで開けなかったくらいです。それでは仕事に差し支えますよ」

「その通りですね。では、お言葉に甘えて」

樫山が答えた直後、冬木が伊藤に目をやった。樫山は強く首を振った。

「このところ、一人になる時間が一切ありませんでした。道はわかっているので、自宅まで歩いていきます」

「わかりました。もし道がわからなくなったら、いつでも連絡をください」

樫山はスマホの地図アプリを起動させた。自宅マンションの住所を入力し、検索をかける。

画面に赤いルートが表示された。

「ね、大丈夫ですから」

「それでは我々は琴似に戻ります。おやすみなさい」

冬木と伊藤がタクシーを止め、乗り込んだ。樫山は二人の後ろ姿をずっと見守った。

第三章
保安

1

「着きました。すぐに会議室へお願いします」

シフトレバーをパーキングに入れた直後、伊藤がミラー越しに言った。

「ありがとう」

目元を擦《こす》ったあと、樫山は腕時計に目をやった。午前六時一五分だ。車両を降りて琴似庁舎を見上げると、二階奥の方向から、かすかに光が漏れていた。

一時間前、伊藤からの電話で目を覚ました。昨夜は、北海道新幹線に関する記事を検索し続けた。中島公園が薄らと明るくなる頃、キッチンカウンターの上で突っ伏すように眠りに落ちた。

樫山は急ぎ足で二階奥の会議室に向かい、ドアを開けた。車両を駐車場に入れていた伊藤がいつの間にか追いつき、樫山の真後ろにいた。

「おはようございます」

半分だけ灯《あか》りがついた会議室に冬木の後ろ姿が見えた。

「朝早くから恐縮です。少し異変がありましてね」

冬木は壁にかけられたスクリーンを指した。

「いつもと行動パターンが違うと警視庁側から連絡が入りました」

冬木はスクリーン内で分割された右端の監視映像を顎で指した。薄暗い住宅街にある低層マンションで、贈賄側の一人が住んでいる。品川区の高級住宅地とされるエリアだ。

「警視庁の行確班はここ一〇日ずっと近隣の駐車場で張っていました」

冬木によれば、この被疑者は毎朝六時五〇分前後に茶色のトイプードルとともに自宅を出て、近隣を散歩するという。

「今朝は高校生の息子が犬と一緒に出てきました」

たまたまではないのか……樫山は喉元まで出かかった言葉を飲み込んだ。

「警視庁の担当がおかしいと思った直後、マンション前に迎車のタクシーが停まりました」

たしかに、エントランスの後方にハザードランプを灯した黒いタクシーが停車中で、後部座席の近くには姿勢を正した運転手が控えている。樫山が目を凝らした直後、スクリーン脇の小さなスピーカーからくぐもった声が響いた。

背広姿の捜査員が運転手に近づいていた。

〈予約した田所だけど……〉

〈いえ、違うお車です。こちらは……〉

スピーカーから漏れてきた運転手の声は贈賄側の一人の名をはっきりと告げ、羽田空港までの定額サービスだと言った。男は周囲の異変を感じ、東京から離れようと考えたのかもしれない。

〈総員、注意〉

スピーカーから別の声が響いた。警視庁の小堀理事官だ。

〈午前七時半の着手予定、前倒しにする。午前七時だ〉

小堀の声に対し、あちこちから了解と低い声が応じる。樫山の傍らで冬木も応答し、西新宿のホテルで張っている道警のメンバーも次々と答えた。

スピーカーから聞こえる各捜査員たちの声に耳をそばだてていると、冬木が無言でクリップボードを樫山の前に差し出した。中身は、昨晩の栗田の行確記録だ。

〈歌舞伎町のホストクラブに三時間滞在、いつも指名している一磨《かずま》をVIPルームに呼んだ模様〉

〈午前一時過ぎに西新宿のホテルに戻り、以降一度も部屋から出ず〉

VIPルームで飲食すれば目の玉が飛び出るような料金がかかったに違いない。栗田の酒量がどの程度かは不明だが、長時間飲み続けてホテルに帰れば、深い眠りに落ちているはずだ。

〈西新宿から冬木さんへ〉

再度スピーカーから捜査員の声が聞こえた。栗田担当の道警捜査員だ。

〈贈賄側と同時にこちらも着手ですか？〉

問いかけを聞いた冬木が樫山に目を向けた。もちろんだと頷くと、冬木がパソコンにあるマイクに口を近づけた。

「小堀理事官の指示と同時に着手」

〈了解〉

冬木の横顔が徐々に険しくなっていく。同時に、三箇所で待機する警視庁の捜査員たちから相次いで連絡が入る。樫山は自分の掌を見た。じわじわと汗が浮かんでくるような気がする。現場にはいないが、小堀とともに責任者という役目を負っている。捜査員たちの一挙手一投足、任意同行に向けての捜査員の出来不出来がすべて自分の肩にのしかかってくる。

〈こちら品川〉

行確対象の異変をいち早く伝えた捜査員の声が会議室に響く。

〈夫人がいつもより早くゴミ出し〉

〈対象が出張に行くので食事の支度を前倒しした可能性大〉

品川の捜査員の声がやや上ずっている。

〈先ほどの指示時間よりも前倒しして着手する可能性も考慮せよ〉

小堀が全体に指示すると、冬木が樫山の顔を見た。即座に頷き返す。

「道警、異存なし」

冬木がマイクに告げた直後だった。目の前のスクリーンに、スーツ姿の男がキャリーバッグを携えてエントランスから出てきた。画面を注視したと同時だ。

〈総員着手せよ〉

小堀の声がスピーカーを震わせた。

「西新宿、着手」

冬木が矢継ぎ早に指示を飛ばす。

樫山がスクリーンに注目していると、タクシーに乗り込む直前の被疑者を三名の捜査員が取り囲んだ。

画面越しに捜査員の声は聞こえないが、驚いた被疑者の顔に向け、警視庁の捜査員の一人が警察手帳を提示した。ほぼ同時に飛び出した別の捜査員がタクシーを帰らせた。

〈品川、完了〉

取り囲まれた被疑者が項垂《うなだ》れていた。樫山はスクリーンの別の画面に目をやった。分割された画面の中央に、一戸建ての家と玄関を開ける捜査員の姿があった。目を凝らしていると、夫人らしき女性の姿がある。捜査員は淡々と事情を話している。

一番左側の画面では、制服姿の女子高生がマンションのドアを開けていた。捜査員がややとまどっている様子が見てとれた。

「こういう場面は難しい。私なら子どもを親から離して、任意同行を求めます」

冬木が言った直後、画面に女性捜査員が登場し、女子高生を戸外へと導いた。

「子どもに罪はありません。どういう事件であれ、親が連れて行かれるところを絶対に見せるべきではない」

「なるほど」

樫山が感心した直後、もう一つの画面がスクリーンに現れた。西新宿のホテル、道警のメンバーが映した画像だ。扉が大写しになり、ドアを叩く女性捜査員がなんどか声を上げた。

「出てこい」

低い声で冬木が言うと、鍵を内側から開ける鈍い音が響き、栗田が顔を見せた。深夜のホスト遊びにもかかわらず、二日酔いどころか顔つきは引き締まっている。

「速やかに容疑事実を伝えろ」

冬木が言うと、画面の中にいる女性捜査員が頷いた。

〈贈賄側、全員を任意同行。道警はどうですか?〉

小堀の声がスピーカーから聞こえた直後、樫山は冬木席のマイクをつかんだ。

「こちら側も成功です」

ようやく事態を把握したのだろう。画面の中の栗田が目を見開いていた。

2

午後一時近くになり、ようやく冬木の顔から緊張の色が消えた。相当な場数を踏んできたベテランでさえ、合同捜査という大舞台に神経を擦り減らしていた。そんな冬木の強張った心の波が樫山にも伝わり、肩に力が入っていた。

琴似庁舎の会議室、カーテンの隙間から日が差し込み、会議室の空気がゆっくり暖まった。樫山は両手を天井に突き上げ、体を伸ばした。連日の睡眠不足に加え、一斉吸い出しの現場を見守ったことで、背骨が音を立てて軋みそうなほど疲れた。

「課長、お電話です」

警電の受話器を取った伊藤が言った。樫山は近くの机にある警電の受話器を取り上げた。

〈小堀です。今、お時間大丈夫ですか？〉

「もちろんです。聴取の様子はどうですか？」

樫山が言うと、小堀が快活な声で答えた。

〈今回の吸い出し、三人とも相当面食らったようです。今のところ、贈賄側三名は供述を渋っています。しかし、ナンバー知能の精鋭たちです。首尾は完璧です〉

小堀は徹夜で行確班に付き合っていたはずだが、電話越しに聞く声に疲れた様子はなかった。

「完璧とは？」

知能犯捜査のベテラン指揮官に教えを請うまたとない機会だ。知らないことは徹底的に聞く。実地で学ぶ絶好のチャンスを逃す手はない。

〈それぞれの被疑者に対しては、任意同行を求められた者全員が同時に取調室に入れられたことを伝えてあります〉

小堀が同時の部分に力を込めた。被疑者を別々の取調室に入れるのは吸い出しの鉄則であり、警察がずっと張り付いていたことに心底驚かせる効果がある。

任意同行を求められた三名は、それぞれが医療関連用品の大手企業に勤務している。持ち家があり、家族もいる。会社の業績を上向かせるため懸命に働いた自負を持っているはずだ。そんな彼らが突然、身柄を拘束された。無機質な取調室に放り込まれ、自分の仕事へのプライドが粉々に砕けた。

逮捕されれば、メディアを通じて全国に名前が知られる。そんな自分を果たして会社が守ってくれるか否か。子どもたちが学校でいじめに遭うのではないか……三名ともに、現在は様々な思いや考えが頭の中を駆け巡り、状況を把握できていない可能性もある。

任意同行から五、六時間というタイミングは心理的に混乱の極みにある。

〈三つの取調室には頻繁に若手捜査員が出入りしています〉

小堀の声が弾んだ。

「なぜですか？」

〈取調官の警部補たちに耳打ちさせるのが狙いです〉

「囚人のジレンマですね」

〈ええ、単に昼食の出前はなににするか問い合わせているだけですが、三人ともに、誰かが自供し始めるのではないかと疑心暗鬼です〉

囚人のジレンマとは、否認を続ける複数の容疑者を別々の場所に拘束したケースを例に語られる、心理学的概念だ。本来なら全員が黙秘を続けた場合に最も全体の利益が大きくなるはずだが、他者が全容を自供すれば、己の犯罪が全て暴かれてしまう。最初に真相を話してしまえば、少しは心証がよくなるかもしれない。そのように考えて、つい相互非協力に陥ってしまうことを指す。身柄を拘束され、動揺が収まらない犯罪者に対して、ベテラン捜査員はあの手この手を繰り出す。今回の場合、贈賄側だけでも被疑者は三名だ。心理的な揺れは、二人組の場合よりさらに大きくなる。

警視庁側の内偵によれば、三社はそれぞれ談合めいた会合をなんども開き、自社製品の納入実績が突出しないよう協議していた。それだけに、誰かが自供すれば、自らの立場がなくなることを熟知しているのだ。

〈一応、今日明日中には供述調書を作って、三名全員にハンコを押させるつもりです。その後、検事と相談しつつ、逮捕状の請求、執行となります〉

悪巧みが成功したいたずらっ子のように、小堀が笑った。

「栗田の様子はいかがですか?」

咳払いしたあと、樫山は切り出した。

贈賄側とは対照的に、道警のベテラン警部補は苦戦を強いられていると三時間前に冬木へ報告が入った。その後の進展が気になった。

〈お聞きおよびかと思いますが、こちらは予想外でした。未だ完黙です〉

今までの声音とは裏腹に、小堀がため息を吐いた。

収賄側の栗田は、今までの人生で一度も警察の世話になったことがない。手練手管を駆使して相手を落としてきた歴戦の営業マンたちの贈賄側と比べ、取り調べに対する耐性はないと樫山と小堀は考えてきた。それだけに、取調室で一言も話さない栗田の態度が気にかかっていた。

〈道警さんのご苦労により、栗田に関する状況証拠は完璧に揃っていますし、自供するのは時間の問題でしょう。目下、道警のベテランが取調室にいて揺さぶりをかけています〉

「あの、一つ提案なのですが」

〈なんですか?〉

昼前から、冬木と打ち合わせを続けてきた。小堀の言うように、栗田も遠からず落ちるだろう。だが、万が一、完黙を貫かれるという事態も想定しておいたほうがよい。冬木とはそう結論づけていた。

「こちらから特捜班キャップの冬木を派遣してもよろしいですか？」

自分の名前に反応した冬木が樫山を見た。

〈もちろんです。栗田のメイン担当は道警さんですからね〉

「それから、私も上京します」

樫山が言った直後、少しだけ間が空いた。

〈私に異存はありません。あなたが責任を持って行動してくださることを信じています。ではまた〉

小堀が電話を切った。

被疑者の身柄を取った以上、課長の職務は上がってくる報告に耳を傾け、供述調書の中身をチェックする程度だ。

冬木に栗田の取り調べを監督してもらえば、樫山自身は時間ができる。この間、稲垣の一件で関係者を当たってみたい。

樫山は全てを言葉に置き換えなかったが、小堀は上京の本当の意図を一瞬で理解してくれた。

小堀の言う通りで、責任を持って行動、すなわち捜査を行う時間ができるのだ。

樫山はバッグからタブレットを引っ張り出すと、稲垣関係のファイルを繰り始めた。

3

幹部と若手職員の意見交換会議を終え、間瀬が自席に戻った直後だった。背広を脱ぎ、机近くのハンガーにかけると、ポケットの中でスマホが鈍い音を立てて振動した。画面を見ると、発信者の名前が表示されていた。

「間瀬です」

〈恐れ入ります。お時間よろしいでしょうか?〉

耳元で掠《かす》れた男の声が響く。以前丸の内の本社まで出向いた大手損保の取締役営業部長だ。

「次の会議まで三〇分ほどあります。どんな御用でしょう?」

世間話を始めようとする部長を遮り、間瀬は言った。

〈失礼いたしました。吉報が届きましたのでお知らせをと思いまして〉

「なんのことですか?」

間瀬は舌打ちを堪えた。役所時代から、無駄を省くことに注力してきた。対面であれ電話であれ、結論から先に告げればロスが減る。相手が接待をしてくれようが、酒を贈ってくれようが、仕事の流儀を曲げるつもりはない。

〈弊社顧問の一人に警視庁刑事部にいた人間がおります。彼によれば、先ほど警視庁捜査二課と北海道警捜査二課の合同チームが贈収賄事件の被疑者に対して一斉に任意同行をかけ、現在、警視庁の取調室で事情聴取が進んでおります〉

営業部長の声が心なしか弾んでいた。だが、要領を得ない。

「それがなにか私に関係でも?」

間瀬はわざと声のトーンを変えた。二、三回の接待で馴《な》れ馴《な》れしい態度を取ってもらっては困る。そんな心持ちを声にこめた。

〈失礼いたしました。例のススキノの件と密接に関わってきますので〉

電話口の掠れ声を聞き、それを早く言えと心の中で声を荒らげた。

〈ススキノの件に興味を示した道警捜査二課の新任キャリア課長が担当です〉

営業部長の声を聞き、少し意外な気がした。

「そうですか、ススキノの件は御社も情報共有の範囲になっているわけですね」

〈こちらからご連絡するようなことではありませんでしたが、ススキノの件に関して間瀬さんがご心配をされているのではないかと思いまして〉

営業部長は今後の付き合いを最優先に考え、ご注進におよんだわけだ。

「つまり、その新任課長は事件にかかりきりで、こちらの一件には手が回らない、そういう意味ですね？」

間瀬が答えた途端、営業部長の荒い鼻息が電話越しに聞こえた。

〈その通りです。お役に立てることであれば、なんでもお申しつけください〉

無下に断るわけにはいかない。先方の狙いは、間瀬の組織が払い続ける巨額の保険料収入だが、それを得るためには手段を選ばない。愛想のいい営業部長の声音は、雄弁にその本質を語っていた。

「ご連絡ありがとうございます」

ご注進の電話を切ろうとした瞬間、あの男の顔が間瀬の頭をよぎった。

「部長、もしや、今回お知らせいただいた贈収賄事件についてですが、あのお方もご存知なのでしょうか？」

〈もちろんご存知です。日本中にご自分の耳を配置されているお方ですので〉

耳と言った直後、営業部長が薄気味悪い笑い声を立てた。

「なるほど。たしかに全国ですね。それでは」

あの男はいたる所に耳を配置している。そして間瀬自身はあの男の側に立っている。反対側にいたら、今目の前に広がる横浜港の雄大な眺望も一生見ることはなかった。スマホを机に置き、間瀬は改めて港の景色に見入った。

4

琴似庁舎を発った覆面車両は、老舗旅館前のゲートから道警本部地下の駐車場に滑り込んだ。

樫山は冬木、伊藤とともにエレベーターに乗った。

「会見の首尾は大丈夫ですか？」

左隣の冬木が軽口を叩いた。

「事実を淡々と説明するだけです」

贈収賄事件の被疑者四名に対し、二時間前に逮捕状を執行した。小堀が言った通り、贈賄側は一人が崩れたあと、残りの二人もあっさりと自供した。

樫山が冬木とともにモニター越しに見ていた男が最初に犯行を認めた。小堀によれば、息子に顔向けできるのかとベテラン警部補に突《つつ》かれ、男は泣き崩れたという。その数分後、男は三社でシェアの調整をしつつ、道庁に食い込んでいった旨を明かした。あとの二人はその詳細な情報を突きつけられ、観念した。

一方、栗田は完黙を貫いた。三人が自供し、その事実関係を告げられてもその姿勢が揺らぐことはなかった。

小堀、そして冬木も栗田が思った以上に頑なだったことに驚いたが、捜査を通じて調べ上げた接待の様子、そして金を溶かした詳細な記録も揃っている以上、贈収賄事件の全容はほぼ解明されていると言っていい。

事前の打ち合わせ通り、警視庁、北海道警ともに午後五時から同時に会見を開き、事件の概要、合同捜査の中身について説明する段取りだ。

警視庁、道警ともに捜査二課長が記者対応し、テレビは夜のニュース、新聞は明日の朝刊に記事が載る。

「事前に嗅ぎつけたメディアはいませんでしたね」

「冬木さんや小堀理事官が保秘を徹底した成果です」

樫山が答えたとき、エレベーターの扉が開いた。

道警本部広報課を通じ、記者クラブに緊急会見の予告をした。

樫山は腕時計に目をやった。今は午後四時一五分、会見までのわずかな時間で広報課長と打ち合わせを行う。今回は警視庁とも発表内容の詰めを行い、明かしてもよい話、公判対策として明かさない情報の詳細なすり合わせも済んでいた。

「広報課のスタッフがお待ちです」

スマホに連絡が入ったのか、伊藤が言うと、背後から足音が迫ってきた。反射的に振り向くと、眉間に皺を寄せた北海道新報の木下が迫ってきた。伊藤が素早く樫山の前に立ち、両手を広げた。

「樫山課長、ちょっと時間ください」

「またおまえか」

しかし、木下は身を乗り出し、樫山に迫ってくる。

「いい加減にしろよ」

冬木の肩と木下の肩がぶつかった。

「会見でどこまで明かすんですか?」

木下の口調は初めて会ったときと同様に尖っていた。

「今はノーコメントです」

淡々と告げ、樫山は体の向きを変えた。冬木と伊藤が木下を睨みながら歩き始めた。

「目くらましですか?」

木下が発した鋭い言葉が樫山の背中に刺さった。足を止めざるを得ない。

「どういう意味?」

樫山は振り返り、木下を睨んだ。

「蓋をした一件を隠すために、別の事件を持ち出して大々的に成果を見せつける作戦だ。違いますか?」

木下が一気にまくしたてた。

「おまえ、いい加減にしろよ」

冬木が肩をつかむが、木下は一切動じる気配がない。

「記者発表までお待ちください」

短く告げると、樫山は広報課に向かった。


広報課長が記者クラブの幹事社と打ち合わせに出ていたため、樫山は冬木とともにパイプ椅子に座った。伊藤は門番のように二人の脇に立ち、周囲を見回していた。

「跳ねっ返りの記者を止められず、失礼しました。ところで、蓋をした一件ってなんですかね？」

「さあ」

樫山は小さな声で応じた。木下が贈収賄事件のことを嗅ぎつけ、取材に動いていたとしても不思議ではない。だが、なぜあれほど怒っていたのか。

「課長、あの……」

収賄側の栗田のことを木下は知っていたのか。それとも東京支社にいる同僚から贈収賄の全体像を聞いていたのか。今回の一件をスッパ抜いた在京のメディアはない。だが、木下が収賄側から全体像を手繰り寄せていたらどうか。

「課長、聞いていますか」

冬木が顔をしかめた。

「はい、大丈夫です」

「東京出張の件ですが、私とあと二、三人行きます」

「私も行っていいですよね」

樫山は唾を飲み込んだあと、言葉を継いだ。

「警視庁の小堀理事官と直接やりとりしたいことがいくつかあって」

「検事との交渉、それに公判対策の話もあるでしょう。よろしくお願いします」

「では、一両日中に」

樫山が答えたとき、広報課長が小走りで戻ってきた。樫山は資料の詰まったファイルを取り出し、広報課長の前に座った。


「他に質問はありませんか?」

道警会議室の入り口近くで広報課長が声をあげた。樫山の目の前には、約二〇名の記者、そしてテレビ局のカメラクルー、新聞社のカメラマンたちがいる。

「では、これにて会見を終わります」

広報課長が言った直後、数人の記者が樫山の前に進み出た。

「ごめんなさい、ぶら下がり取材には応じません。聞きたいことがあれば、会見の時間内にお願いします」

マイクを通して樫山が言うと、地元テレビ局の腕章を付けた若い記者が顔をしかめた。衆人環視の場ではなく、廊下を移動中に尋ねるのがぶら下がりだ。しかし、検事が起訴するまでの間、明かせない事情はたくさんある。どんな角度の問いかけにもとぼける自信はあるが、万が一の事態は避けたい。

「夜回りもご遠慮ください。お互い時間の無駄になることはやめましょう」

そう言うと、樫山はマイクの前に置いた報道向け資料をまとめ始めた。すると、会見場の一番後ろの方向から大きな咳払いが聞こえた。

顔を上げると、三脚からカメラを下ろすテレビ局スタッフの横に、真面目な顔の木下がいた。樫山が顎を引くと、木下が頷いた。

木下は視線を樫山に向けたまま、スマホをなんどか振っている。

数秒後だった。樫山のスマホの画面にメッセージが届いた。

〈サシで時間もらえませんか〉

会見前の怒りはなんだったのか。蓋をした一件と吐いた木下の真意を知りたい。

〈OK〉

樫山は短い返信を書き、送信ボタンに触れた。

5

午後七時半過ぎに道警本部前でタクシーを拾うと、木下に指定された中央バス札幌ターミナルへ向かった。

会見後、広報課に数件の問い合わせが入った。広報課長では処理し切れぬ取材内容をチェックし、可能な限り対応するうちに時間が過ぎた。スマホの地図アプリで見ると、ターミナルは道警本部から東に一キロほどの距離だが、迷わずタクシーを使った。

タクシーを降りると、大型のバスが頻繁に広大な敷地に出入りしているのが見えた。〈旭川〉〈富良野〉〈室蘭〉……それぞれのバスの電光表示には道内各地の行先が表示されていた。バスは一から九まである乗り場に吸い込まれ、そして学生や勤め人らしき人々を積み込み、整然と出ていく。

頭の中で北海道の路線図を広げてみる。札幌から旭川までは約一四〇キロ、富良野は約一一五キロだ。東京駅から吉祥寺《きちじょうじ》、あるいは浦安あたりまでのような感覚で行先表示がされているが、東京から樫山の実家の宇都宮まで約一二〇キロだと考えると、北海道がいかに広いかがよくわかる。

重い扉を開け、待合室に足を踏み入れる。空港やフェリー乗り場と同じように、無機質なベンチがずらりと並び、学生が行先表示をチェックし、疲れ切ったサラリーマンが腕を組み、俯いて仮眠を取っている。

所々照明のランプが切れているせいか、待合室はどこかうらぶれた雰囲気がある。幼い頃、父と観《み》た古い邦画のワンシーンに放り込まれたような錯覚にとらわれる。

樫山はバッグからスマホを取り出し、木下からのメッセージを再確認する。指定されたのは、待合フロアがある一階ではなく、地下一階の食堂街だ。バスの切符売り場や観光案内のブース、飲料の自動販売機脇を抜けると、地下に続く階段を見つけた。

薄暗い階段を降りると、やはり古い映画で観たような場所が視界に入った。左側には中華料理屋、右側はおでん屋があり、その奥には洋食屋の看板が見えた。

地方の百貨店の食堂街のような趣きがある。それぞれの店の前には年季の入った食品サンプルが置かれたり、地元紙やタウン誌に掲載された店の記事が貼られたりしている。顔を赤らめたサラリーマン三人組が樫山の脇を通った。仕事終わりに庶民的な店で軽く一杯やったのだろう。北海道特有の語尾が濁る地元言葉を交わしながら、男たちは樫山が降りてきた階段へ向かった。

樫山はさらに歩を進め、洋食屋の前で足を止めた。警視庁との連絡に追われ、その後は会見の準備で昼食を摂りそこねた。目の前には、〈十勝風オムライス〉〈ヒレカツ定食〉〈スパゲティナポリタン〉と看板料理の写真が掲示されている。腕時計に目をやると、すでに待ち合わせ時間を一分過ぎていた。強く首を振り、さらに奥へと向かう。

地下の食堂街の突き当たりには喫煙コーナーがあり、地上でタバコを禁じられたサラリーマンたちがもうもうと煙を吐き出していた。

ハンカチで口元を覆う直前、わずかだが出汁《だし》の香りが鼻腔を刺激した。振り向くと、〈手打ち蕎麦処《どころ》　絣《かすり》〉の暖簾、そして有名な俳人が蕎麦を詠んだ句が額装されていた。手元のスマホのメッセージ欄にも同じ名前がある。

店へ歩き出そうとしたとき、背後から肩を叩かれた。振り向くと、木下がいた。木下は顎で暖簾を指し、さっさと店に入った。

「いらっしゃい、毎度」

女将が木下に声をかけた。樫山も後に続いた。かけ蕎麦、そしてざる蕎麦を手繰る四人の先客の背後を抜けて木下は店の奥に歩き、外から死角になるカウンター席の隅に腰掛けた。樫山もその隣に座った。

「ビール二本、それから冷酒を」

木下がぶっきらぼうにオーダーすると、先ほどの女将が頷いた。ここは木下が頻繁にネタ元と会う場所なのだろう。

「はいよ、先に全部渡しとくよ」

女将がビールと冷酒のボトル、そしてタンブラーと猪口を二名分置き、忙しなく厨房の奥へと戻った。

木下は二つのタンブラーにビールを注ぐと、一つを樫山の前に差し出した。

「蓋をした一件って、どういうことなの？　あんな場所で、しかも部下がいる前で」

樫山は切り出した。だが、木下は平然とビールを飲み干し、手酌でタンブラーを満たした。

「道警があんなデカい汚職やるなんて、どうせ警視庁からのお土産でしょう？」

「ノーコメントよ」

「樫山課長が唐突に異動してきたのも、このサンズイをやるためだったんでしょう？」

嫌味ったらしく言う木下を睨みつけ、樫山は首を振った。

「違います。以前、木下さんが指摘した通り、前任者が突然休職したから異動してきた。サンズイについては、私が警視庁にいた頃から内偵が続いていた」

木下がタンブラーをカウンターに置き、樫山の目を睨んだ。

「それより蓋をしたってどういう意味なの。ちゃんと答えて」

樫山はビールを一気に飲み干した。

「樫山さんが味方なのか、それとも敵なのかによって、これから話すことは違ってきます」

エレベーターホールで会ったとき、そしてこの店の前で顔を合わせたとき、木下の目には敵意がこもっていた。だが、今は少し違う。なにか思い詰めたような色が浮かんでいた。目の前のやり手記者は、自分を試しているのかもしれない。樫山も手酌でビールをタンブラーに注いだ。

このまま木下との裏取引めいた密会を続けていたら、警察組織全体を敵に回す事態に発展するかもしれない。

贈収賄事件捜査を成功させ、官僚としてのポイントは格段に上がった。だが、稲垣の一件はどうするのだ。自ら納得するまで調べ、仮に組織の不正があったらそれを糾《ただ》すのが自分の主義ではないのか。

タンブラーのビールを見つめるが、答えは出ない。

「俺の問いかけに即答できないようなら、樫山さんを味方だと思えない」

「私だって、自分の人生がかかっている。そんなことを言われても、即座に答えられるわけがないわ」

本心が口を衝いて出た。

「私は官僚であり、道警本部の捜査二課長よ。出世欲もあるし、ポストが上がってからやるべき仕事もあるの」

樫山が言うと、木下が眉根を寄せた。いったい、木下は稲垣の一件に関してどこまで取材を進めているのか。

「新課長は随分と堅い人だと聞きました。つまり、金に関してはクリーンな人だと道警のあちこちで話題になっています」

「たしかに、道警内部では異質な存在かもしれない」

樫山が答えた直後、木下の表情が引き締まった。

「逮捕された栗田さんもお金に関しては変な話は一切聞かない人だった」

「それは表向きの話。裏表のない人間なんていない。こちらはしっかり内偵を続け、その上で多数の証拠を押さえたから逮捕したの」

「そうかな……」

樫山の話を遮ると、木下は足元に置いたバッグからタブレットを取り出し、何度か画面に触れた。

「これ、読んでください」

木下が差し出した画面には、彼の署名がある新聞記事があった。目を凝らすと、〈札幌のこども食堂、多くの協賛得る〉の見出しがある。その横には、笑みを浮かべてスパゲティやカレーを食べる数人の子ども、それを見守る優しげな眼差しが見える。記事の末尾には木下の名前があった。

「これ、栗田さんですよ」

木下が画面中のバンダナを被った女を指した。樫山は画面を凝視した。取調室で表情一つ変えず、無言で道警捜査員と対峙した女ではなく、満面の笑みをたたえた女が写っている。メガネ越しの両目は輝き、子どもたちを慈愛に満ちた眼差しで見ている。

「彼女は以前、福祉関係の部局に長く勤務していました」

「そうなんだ……」

「役所の仕事が終わってから、無償でこども食堂を手伝うような人でした。こう見えても駆け出し時代は福祉方面の記事をよくやっていてね。彼女の実直な受け答えはよく覚えてますよ」

樫山は戸惑った。一通り栗田の生い立ちや道庁に入ってからの経歴に目を通していたはずだが、贈収賄ばかりに意識が集中し、福祉関連のキャリアには気づかなかった。

ホストに湯水のごとく金を注いだ女と、手弁当でこども食堂の手伝いをする女。とても同一人物とは思えない。だがこのまま一人で考えを巡らせても埒《らち》が明かない。樫山は思い切って口を開いた。

「木下さんが言う道警が蓋をした事件、そして今回のサンズイに関係があるのかしら?」

木下は顔を歪め、首を振った。

「例の転落事故には不審な点が多すぎる。そこにきて、この大型経済事件です。あまりにもタイミングがよすぎる。摘発の責任者に直当たりすれば、その辺りの感触がつかめると思いました」

「なぜ、そこまで道警を追い詰めたいの?」

「生き残りだからですよ」

「どういう意味?」

「昔、うちの新聞は道警の裏金問題やスキャンダルを叩きまくりました」

「ええ、本庁で今も語り草になっているわ」

「その後をご存知ですか?」

「いえ、知らないわ」

「道警に逆襲されました。殺人事件の被害者にまつわるほんの小さな事実確認のミスを道警が発見し、遺族に情報を流して抗議させた。そこを端緒に編集幹部を責め立て、謝罪文を掲載する騒ぎに発展しました」

樫山は顔をしかめた。警察庁、あるいは地方警察にとってメディアは鬱陶《うっとう》しい存在であることは間違いない。だが、外部からの監視がなければ組織は必ず内部から腐っていく。かつて、全国各地で警官の不正や組織内の陰湿な暴力がまかり通っていた頃、本庁の高官が密かに信頼している記者に情報を流し、社会問題化させることで組織改革のきっかけを作ったことがあると先輩官僚から聞いたことがある。

「それ以降、道警に対して及び腰になり、不正を追及した先輩たちは露骨な取材妨害を受けました。その後、取材班は解散、次々とフリーになり、あるいは他社に転職しました。駆け出し記者時代、彼らに鍛えられた俺が新報を立て直します」

樫山は頷いた。木下と初めて会った際、警察取材ではなく、事件を取材していると強調した背後には、記者としての強い矜持《きょうじ》があったのだ。

「それで、道警が蓋をした例の事件、取材は進んでいるの？」

樫山が揺れているように、木下もまだ確証となる取材結果を得ていないのだ。事実、目の前の木下の表情が曇った。

「実は、八雲町に稲垣氏が立ち寄ったことは確認できましたが、それ以降の足取りがつかめていないのです」

「へえ、そうなんだ」

樫山は平静を装いながら、言った。亡くなった稲垣は国交省の技官であり、北海道に来る際は必ず新幹線の延伸工事に関わっていたはずだ。

「今後、取材で新事実が出てきたら？」

「もちろん書きます。当然、稲垣さんの死をぞんざいに扱った道警の不手際を徹底的に叩きます」

「道警の不手際は偶然？　それとも意図したものかしら？」

突然、木下が身を乗り出した。

「なにか知っているんですか？」

「だから、私は二課長よ。所轄が処理した事件をとやかく言う立場にないの」

明確に嘘を言った。未だ逡巡《しゅんじゅん》している。敏腕記者に本心を探られぬよう、樫山はわざと厨房に目を向けた。だが、木下の取材力、そして強いポリシーは稲垣の一件を解き明かす有力な味方になり得る。

「できるだけ、あなたの力になりたいと思っています」

「本気ですか？」

「ただし、まだ私には材料が少なすぎる。道警が本当に腐っていると信じるに足る材料が欲しいわ」

「わかりました。本気なんですね？」

木下の両目が鈍く光った。

「以前、東京出張した際、役所で仕入れた情報です。稲垣さんが札幌で亡くなって三、四日経ったころ、彼が勤務していた鉄道局の内部で偉い人たちが慌てていた、そんな話をある筋から聞きました」

やはり木下の取材は深い。すでに東京、それも霞が関にまで情報網を広げていた。

「なぜ？」

樫山は平静を装って尋ねた。

「他にも稲垣さんがなにかファイルを残していた、そんな話が局内で囁かれ、〝稲垣ファイル〟と呼ばれていたそうです」

ファイルという言葉が樫山の耳を刺激した。

「俺の手札は見せましたよ」

「まだそれだけでは判断できないわ」

樫山は低い声で言った。だが、心の中がざわつき始めた。

「協力するかどうかはもう少し考えるわ。明日も早いので、私はこれで失礼する」

財布から五千円札を取り出してカウンターに置くと、樫山は木下の顔を直視しないまま店を後にした。

6

羽田空港から小堀理事官が用意してくれた覆面車両に乗り、樫山は桜田門の警視庁本部に到着した。

一足先に上京した冬木ら道警二課のメンバーを追い、樫山も東京に着いた。つい最近まで毎日通勤していた警視庁本部ビルのシルエットを仰ぎ見た直後、その姿がどこか他所の家のように思えた。それだけ道警の仕事に集中したのだ。

地下の駐車場からエレベーターで二課の大部屋がある四階へ向かう。今までトータルで七、八年この本部ビルで勤務してきたが、あまり馴染《なじ》みのないフロアだ。エレベーターを降り、大部屋へ到着すると、樫山は息を殺した。

一課のある大部屋は、常に多くの捜査員が出入りする。ときには我の強い捜査員同士が怒鳴り合うこともあるが、二課は雰囲気が全く違う。空気が乾き、頰を鋭い剃刀で切られるように凍《い》てついている。

「こんにちは」

庶務係の前で声を出すと、冷たい視線が一斉に集まるのがわかった。道警二課のベテラン、冬木も醒めた目つきをしているが、警視庁本部に集められた精鋭たちはもっときつい。二課は一課と同様に三〇〇名を超える捜査員が所属する。

二課全般の庶務や情報収集を行う第一から、第五までの知能犯捜査係が存在する。立川の分室、その他の分室にも特殊詐欺専門のチームがある。

「いらっしゃい」

知った顔を探していると、突然一人の細身のスーツの男が樫山に歩み寄ってきた。

「道警の樫山二課長ですよね？」

「はい」

「やっぱりそうだ。第三知能犯の清野《せいの》です」

「よろしくお願いします」

冬木のカウンターパートとなっていた現場の筆頭責任者、清野卓《すぐる》警部だ。飄々《ひょうひょう》とした風貌だが、スーツの着こなしと手入れの行き届いたプレーントゥの革靴が似合っている。金にまつわる犯罪を扱い、ときに金持ちを取り調べる機会が多いことから、警視庁本部二課の捜査員は相手に舐められぬようスーツに金をかけるのだと聞いたことがある。

「小堀さんから、今回の一番の功労者は清野さんだとうかがいました」

「それは、これです」

清野が唇の前でわざとらしく人差し指を立てた。その直後、大部屋に足を踏み入れたときより数段強い視線を全身に感じた。清野は歌舞伎役者が見得を切るように周囲を見回し、言った。

「このフロアは本部の中でも一番の競争社会でしてね。ネズミを捕らないネコは容赦なく切り捨てられます」

清野の言葉に、そこかしこから舌打ちの音が響いた。道警と違い、本部の二課は身内同士の競争に加え、東京地検特捜部とも競合することが多い。

「歌舞伎町に畑が？」

樫山は小声で尋ねた。小堀によれば、栗田のような垢抜《あかぬ》けない人物が頻繁に、そしてこの不景気の中で大金を溶かしたことが警視庁の捜査員の耳に入り、それが結果的に今回の摘発につながったのだ。

「まあ、あちこちに」

清野がわざとらしく肩をすくめてみせた。

「それより、樫山課長は小堀理事官との打ち合わせのために上京されたんですよね」

「ええ」

「目的の人はあそこです」

清野が窓際にある幹部用のデスクを指す。細い指の先には、眉根を寄せてノートパソコンと向き合う小柄な男性の姿があった。

きつい視線と舌打ちが交互に繰り返される中、樫山は捜査員たちのデスクを抜け、窓際の管理職席に足を向けた。

「こんにちは」

執務机の横で言うと、小柄な男がノートパソコンから顔を上げた。

「いらっしゃい。いや、おかえりなさいかな」

「いらっしゃいにしてください。まだ異動したばかりですから」

「まあ、座って」

小堀が理事官席横にあるパイプ椅子を勧めた。樫山は鞄を脇に置き、腰掛けた。

「このたびはありがとうございました」

「お互いに連携がうまくいったのです。端緒はあの人です」

小堀の視線をたどると、やはり清野に向けられていた。

「合同捜査はコンビネーションがキモです。史上最高にうまくいったと思っています」

小堀が周囲に目をやった。

「お客様がいらっしゃったのに、雰囲気が悪くて申し訳ない。内心おもしろくないと思っている人たちが多いから」

清野のいる班とは対照的に、他の係は空気が淀《よど》んでいるように見えた。

「さて、樫山さんが札幌から移動している間のことをフォローしておきますね」

小堀は声のトーンを落とし、話し始めた。贈賄側三名の供述がほぼ完璧に取れた上、検事との打ち合わせもうまくいっているという。

「その後、栗田はどうですか？」

樫山の問いに、小堀の顔が曇る。

「依然、完黙です。贈賄側三人が完全自供した、それに浪費した数字の大半、裏付けは取れている、そう伝えましたけどね」

「それでも自供しなかった？」

小堀は頷くと、

「容疑を否認するわけでもなく、弁護士を呼ぶわけでもないので、こちらも対応を決めかねてます」

と明かした。

「なにかが引っかかります。私が会っても構いませんか？」

「もちろん。一緒に行きましょう」

小堀に促され、樫山は本部二階にある取調室に向かった。

取調室に入った樫山は、扉を背にした側の椅子に腰掛けた。小堀は補助椅子に座る。二、三分待っていると、ノックの音が響き、女性警察官に誘導された栗田が入ってきた。樫山は立ち上がり、艶のない栗田の髪、そして土気色の顔を見た。栗田は終始俯き、視線を合わせようとしない。

「検事調べはどうでしたか？」

栗田が真正面の席に座った直後、樫山は声をかけた。だが、反応はない。午前中に栗田は検察庁へ送られ、地検の検事の事情聴取を受けていた。小堀によれば、こちらでも完全黙秘を貫き、検事が閉口していたという。

「北海道警刑事部捜査二課長の樫山順子です」

樫山は身分証を机に置いた。やはり栗田の反応はない。どんな捜査員、そして検事にさえ口を開かぬ以上、初対面の樫山に心を開いてくれるはずはない。

「本来取り調べをする立場にありませんが、一つだけ教えてほしいことがあったので、特別に会いにきました」

依然、栗田は頭を垂れたままだ。

「単刀直入にお尋ねします。北海道庁では児童福祉関連の仕事で実績を作り、その後は病院、医療と道民のために尽くしたあなたが、なぜ袖の下をもらおうと思ったのですか？」

児童福祉と言った途端、栗田がゆっくりと顔を上げた。虚《うつ》ろな視線で樫山を見始めた。背後の補助席で、小堀が身を乗り出したのがわかった。木下記者は、こども食堂の取材などを通じて栗田と接点があった。栗田が袖の下をもらうとは信じられないと不満げだった。

「私は、あなたと似ているかもしれません。地味で独身。人付き合いもあまり上手ではありません」

栗田が唇を嚙んだ。今まで感情らしい感情を表に出さなかった女に初めて異変が生じた。かつてコンビを組んだベテラン警部補の言葉が頭をよぎった。相手に心の揺れが見えたら躊躇なく切り込め。

「どうしてホストにのめり込んだのですか？」

栗田が強く首を振った。

「なにか理由があるんでしょう？　教えてもらえませんか？」

樫山が迫ると、栗田の両目に涙が溜まっていく。

「なぜ泣くの？　後ろめたいから？　それとも他に理由があるの？」

樫山が強い口調で迫った直後だった。栗田が両手を強く机に叩きつけた。

「あんたになにがわかるのよ！」

樫山の背後で、小堀が立ち上がった。ほぼ同時に栗田を取調室に連れてきた女性警官が机の脇に駆け寄った。

「すみません、これ以上は」

女性警官は、部屋の天井から吊り下げられた監視カメラを見た。

「わかりました。また今度話をさせてください」

樫山が言うと、もう一度、栗田が力一杯机を叩いた。

「出ましょう」

小堀が樫山の肩をつかんだ。

「はい」

樫山は小堀の後に続き、取調室の扉に向かった。背後から栗田の荒い息づかいが聞こえる。

「栗田は今まで一切感情を表に出しませんでした。病院局以前の経歴についてあなたが触れてから彼女の様子が一変しました。我々、それに道警の取調官は当たり前のことだと思って触れませんでした。なにか心当たりはありますか？」

一瞬だが、木下の顔が頭をよぎった。だが、小堀に明かせる話ではない。

「地元紙の過去記事を調べたら、彼女のことについて書かれたものがありました。こども食堂の運営に関わっているとのことで、ホスト通いするような姿とは少しちぐはぐに思えて」

樫山が言うと、小堀が頷いた。

「なるほど、なにかその辺りに特殊な事情が潜んでいるかもしれませんね。いずれにせよ、彼女を逮捕しました。なんども金品を受け取っているので、再逮捕、送検の繰り返しでしばらくはこちらにいてもらいます。その間にまた彼女の取り調べをしましょう」

小堀は自分に言い聞かせるように告げた。やはり小堀も小さな棘《とげ》のようなものを発見したのだ。先輩指揮官が言う通り、栗田の身柄はこちら側にある。逃げも隠れもできないし、証拠隠滅も不可能だ。だが、なぜ栗田は激昂《げっこう》したのか。樫山は本心をつかめずにいた。

7

「それでは失礼します。なにかあればいつでも連絡を」

樫山は警視庁本部四階の大部屋を後にすると、急ぎ一階に降り、タクシーを拾った。

大部屋を出る際、小堀だけが小さく樫山に頷いてみせた。樫山がなにをしようとしているのか、小堀だけが知っている。同時に、四名を逮捕した贈収賄事件に迷惑をかけるのはやめてくれ、と、どこか不安の色をたたえた両目が雄弁に語っていた。

亡くなった稲垣の年老いた母は、新宿区内の都営住宅に住んでいる。

タクシーが内堀通りから靖国《やすくに》通りへ入り、都心を西方向に走り続ける。札幌の歓楽街で転落死した息子の遺体を、母親はどんな気持ちで迎え入れたのか。独身の樫山にその悲しみの重みと痛みの度合いを測る術はない。

「どの辺りで停めましょうか？」

運転手がルームミラー越しに言った。樫山は周囲を見回した。車両は大久保通りを走り、大きな総合病院の脇を走り抜けた。

「たしか地場のスーパーの本店があるので、その辺りで」

樫山はスマホの地図アプリを見ながら答えた。都内に一〇年以上暮らしたが、未だに地名と方向が一致しない。

「はい、着きました」

明治通りとの交差点近く、緑色のスーパーの看板が見えたところで運転手はハザードを灯《とも》して停車した。

「あの、富丘団地はどちらでしょう？」

「あそこですよ」

運転手が右側を指した。生協の店舗の奥に巨大なコンクリートのシルエットが見えた。

大久保通りを渡り、生協横の通路を通り抜けると、十二階建ての富丘団地三三号棟の全容が見えた。一階には生花店や古い喫茶店、クリーニング店など地域に密着した店舗が入っている。

〈富丘団地三三号棟一〇一四号室〉

スマホのメモ欄には稲垣の母が住む部屋番号が記されている。樫山は団地の商店街の脇を通り、時折通路にある集合ポストを見た。一〇は十階、一四は同階の部屋番だとわかるが、一つ目の通路にあるポストには該当するものがなかった。

二つ目の通路も同様で、樫山はさらに一階商店街の縁に沿って歩いた。ラーメン屋と自転車修理店の間にある三つ目の通路に入り、もう一度ポストをチェックしていると、背後に人の気配があった。振り向くと、パステルグリーンのウインドブレーカーを羽織った男性、その前には車椅子に乗った老女がいた。

「どこかお探しですか？」

「ええ」

樫山が男の胸元を見ると、名札に〈石井〉の名前があった。

「稲垣さんのお宅を探しています」

樫山が答えた途端、石井という男が車椅子の老女に目を向け、言った。

「ちょうどよかった。今、午前の診察からご帰宅されるところです」

「え、こちらが稲垣秀子《ひでこ》さんでいらっしゃいますか？」

「そうです。お知り合いですか？」

「ちょっと事情が……」

樫山が言い淀むと、石井という男が老女、稲垣秀子の耳元で、お客さんです、と伝えた。

「そうですか。どちら様？」

老女がゆっくりと口を開き、樫山を見上げた。どこか虚ろな視線だ。

「失礼しました。私、こういう者です」

車椅子の稲垣の視線に合わせるため、樫山は膝を折った。その上で身分証を目の前に掲げた。

「警察です。息子さんのことでお話をうかがいに参りました」

どこかぼんやりとしていた秀子の表情が徐々に変わった。眦《まなじり》が切れ上がり、たるんでいた頬に張りが出た。同時に秀子が両手を伸ばし、樫山の肩をしっかりとつかんだ。

「転落事故なんかじゃない、達郎は誰かに殺されたんです！」

予想外に大きな声が樫山の両耳の奥に刺さった。

8

富丘団地三三号棟の一〇一四号室で、樫山は男性ヘルパーの石井が稲垣の母を甲斐甲斐《かいがい》しく介助する姿を見続けた。

関節痛が悪化している稲垣秀子は七三歳で樫山の母親と同世代だ。しかし、日当たりの悪い部屋で一人暮らしを続け、介護施設以外はほとんど外に出ていないからか、年齢よりずっと老け込んで見えた。友人が多く、頻繁に食事や旅行に出かける自分の母親とは随分と様子が違う。ヘルパーの石井との会話を聞いていると、なんども同じ話をしている。認知症の気配があるようだ。

部屋は六畳間と四畳半の寝室、三畳ほどのキッチンスペースがあるだけの簡素なつくりだ。昭和の時代、高度成長期に建てられたというマンモス都営団地は、行き交う住民の大半が高齢者だった。

「足は痛くない？」

石井が両足の脛《すね》を優しくさすったあと、秀子はゆっくりと車椅子を降り、小さな座椅子に腰掛けた。

「お茶を出さなきゃ」

秀子が腰を浮かしかけると、樫山は強く固辞した。代わりに、団地脇の自販機で買った緑茶のボトルを座卓に載せた。

「明日は午前一〇時にお迎えにきます」

「はい」

施設の名入りノートで秀子は石井とサービスの確認を始めた。

古い簞笥《たんす》やテレビ台には多くの額装された写真が並んでいる。目を凝らすと、旧型車マニアが涎を垂らしそうなレアな車両の写真がいくつもあった。樫山は興味がなかったが、廃線を走っていた機関車や客車の鉄道車両の前で、得意げに子どもがピースサインをしていた。黄色い安全帽を被った小学生時代の稲垣だ。

今度は簞笥と反対側の戸棚に視線を向ける。こちらも、小さな額に入った写真がいくつも並んでいる。地方の私鉄車両、それに終点の駅舎の前には必ず笑顔の稲垣がいる。小学生、中学生、そして大学生と思しき写真まで飾られている。今度は、小さな液晶テレビの前に目をやる。そこには一つだけ、先ほどまでとは趣の違う写真があった。サッカーのユニフォームを着た少年時代の稲垣だ。

「それでは、失礼します」

「いつもありがとう」

折り畳みの車椅子を簞笥の脇に置き、石井が帰り支度を始めた。

「稲垣さん、無理しないでね」

石井という男の目は、樫山を向いている。長時間、老女を縛り付けるなと存外に強い視線が物を言っていた。石井が静かに扉を閉めた。

「御焼香させていただいても構いませんか？」

樫山は四畳半の部屋の隅にある小さな仏壇と、白い箱を見た。

「ありがとうございます」

座椅子に座ったまま、稲垣がなんども頭を下げた。中腰のまま、敷居をまたいで樫山は仏壇の前に進み出た。白い箱の前には、フェイスノートと同じ笑顔の稲垣の写真がある。樫山は線香を上げ、合掌した。

「ありがとうございました。やっとご挨拶できました」

体の向きを変え、先ほどと同じように中腰で秀子の前に戻る。

「先ほどはごめんなさいねえ、突然大きな声を出しちゃって」

樫山が座り直した途端、秀子が切り出した。

「こちらこそ、逆に驚かせてしまったようで失礼しました。でも、なぜ私が来たことで反応されたのですか？」

樫山の問いかけに、秀子がベストのポケットから小さなハンカチを取り出し、目元を拭い始めた。

「北海道の警察の説明に納得がいかなくて。警察手帳を見せられたから、ああ、やっぱり調べなおしてくれるんだって思ったの」

「ご期待に沿えない可能性が現時点では大きいです。ごめんなさい」

樫山は両膝に手を添え、頭を下げた。

「あの子は下戸というより、体質的に一切酒を受け付けない。アレルギーがあって、無理に摂取するとショック症状が出ることもあるの。それにふしだらな場所に行くような子ではない。

道警の説明には納得できないの」

樫山は秀子の顔を見つめ、ゆっくりと頷いた。意識と言葉ははっきりしている。これなら続けられそうだ。

「今日うかがったのは警察官としてではなく、かつて少しだけご縁があったから、どうしても御焼香したかったのです」

中央日報の記者から聞いた清掃ボランティアの話を告げた。平気で嘘をつき続ける自分に腹が立った。だが、官僚の立場を捨てきれない以上、それは全部自分の責任だ。

「あなたもあの子があんな場所に行く人間じゃないってわかるでしょう」

そう言うと、秀子は座椅子の向きを変え、傍のラックから封筒を取り出した。樫山の視線の中に、〈北海道新報〉の文字が見えた。

「北海道の新聞社の木下さんという記者さんが送ってくれました」

秀子が封を開け、中身を取り出した。目の前のテーブルには、樫山も訪れたススキノの路地裏の現場写真、それに手書きの手紙があった。

「木下さんは一回、ここにも来てくれました」

「そうですか……」

相槌を打つふりをしながら、樫山は驚いた。

記者の取材と刑事の捜査は似ていると何人かのベテラン刑事に聞いたことがある。なんども事件現場に赴き、関係者の話を丹念に聞く。互いに持ち駒を相手に明かすことはないが、真犯人と真実を追うという最終地点は一緒だ。

「木下さんは、あの子が転落した場所のこと、それにあの子の性格や仕事について丁寧に聞いてくださって。私の話や他の人からの証言で、あれは絶対に事故でなく、事件、それも殺人の可能性があるからずっと調べると言ってくれたの」

「なるほど」

「そこにあなたが来てくださった」

秀子が強く洟をすすった。

「ご期待に沿えなくてすみません」

もう一度、本心ではない言葉を吐いた。

「自分で言うのもおかしな話ですが、警察は一度こうだと結論を出したら、それを覆すことはほとんどありません。数ある役所の中で最も硬直的な組織です」

「そうなの……」

秀子が肩を落とした。自己嫌悪の度合いがさらに強くなるが、樫山は言葉を継いだ。

「あの、少し拝見してもよろしいですか?」

樫山はテレビの前にあるサッカーのユニフォーム姿の写真を指した。

「どうぞ手に取ってみて」

腕を伸ばし、小さな写真立てを手に取る。目を凝らすと、稲垣は〈アサヒカワ南FC〉の文字が入ったジャージを着ていた。その隣には、ジャージの上下を着た無骨な男性がいる。

「こちら、写真を撮ってもかまいませんか?」

「ええ、お好きなように」

樫山はスマホを取り出し、カメラを向けた。

「この人は恩人の倉田宗吉《くらたそうきち》さん」

秀子が少しだけ顎を動かした。裏面を見ろ、というサインだ。

〈北装電設の倉田さんと旭川で〉

消えかけたマジックインキで書かれたメモがあった。樫山は目線で断り、裏面も写真におさめた。

「どんなご関係の方ですか？」

恐る恐る切り出すと、もう一度秀子が目元をハンカチで拭った。

「私は今でいうシングルマザーでね」

秀子が淡々と話し始めた。

「息子が五歳の頃、日鉄関連業者の保線作業員だった亭主が仕事中に重機に挟まれ、事故死したの」

樫山は四畳半の小さな仏壇を見た。たしかに白い箱の後ろには稲垣とその父、二つの位牌《いはい》がある。

「会社から十分な補償を得られず、私たちはお金に困ってねえ」

秀子によれば、見かねた夫の知人の紹介で全国の鉄道工事現場に小間物や食事を提供する会社に就職したという。

「昔は新設路線とか複線化とか様々な工事現場があってね。現場には、必ず作業員向けのプレハブの宿舎が建てられた。私と息子は現場から現場を転々とする生活を始めたの」

秀子の口から東海、中国、そして東北や北海道の地名が次々に飛び出した。短いときで半年、長いときで三年程度、工事現場近くのプレハブで、親子二人は暮らしたという。この間、息子は何度も転校を余儀なくされ、難儀な思いをさせたと秀子が涙ぐんだ。

「その過程でこの倉田さんと出会った？」

「旭川近郊の大規模保線工事の現場でした」

旭川駅はJE北海道の函館本線の終着駅であり、宗谷本線と富良野線の起点となる道央のターミナル駅だ。亡くなった稲垣と北海道を結ぶ新たな線が浮上した。樫山は平静を装いながら、話を聞き続けた。

「倉田さんは電設工事のベテラン職人さんで、毎日食堂にご飯を食べに来てくれた。そこで息子と出会いました」

秀子が涙声で告げた。

「私が夫を鉄道関係の事故で亡くしたと知った倉田さんは、それは親身に相談に乗ってくれるようになったんですよ」

「それで息子さんも？」

「ええ。人見知りで引っ込み思案だった息子は、転校するたびにいじめに遭いました。そんな息子を見かねた倉田さんが、旭川のサッカーチームに誘ってくれて、それ以降息子は見違えるようにたくましくなりました」

「倉田さんとは今も交流が？」

稲垣が強く首を振った。

「一月半前に亡くなりました」

「ご病気ですか？」

「いえ、詳しいことは知りません。ただ、最後に息子が来たときに亡くなったことを教えられただけで」

耳の奥に、小さな棘が刺さったような気がした。

「あの温厚な息子が今までに見たことのないほど怒っていました」

「なぜですか？」

「よくわかりません。ただ、仕事上のことなので中身は言えないとだけ」

樫山はテーブルの上にあるスマホを引き寄せ、秀子に見えないようにフリック入力でメモした。

久々に母親のもとを訪れた稲垣は、なぜ怒りをあらわにしたのか。警察と同様、国交省など他の役所にも守秘義務がある。たとえ家族であっても、近所の茶飲み話で漏れてしまう恐れがあるからだ。とはいえ倉田という人物は母子にとって大切な恩人だ。その死の中身を明かしてもいいのではないか。樫山は入力したばかりのメモを睨んだ。

「あっ、そういえば」

突然、秀子が声をあげた。

「どうされました？」

「息子が帰宅したとき、パソコンをさわっていました」

「パソコン？」

「一年前に買ってくれたパソコン、私はほとんど使えないの」

「パソコンはこちらに？」

樫山の問いかけに秀子が強く首を振った。

「この頃、物忘れがひどくなったので、周囲の勧めで安心できる場所に預けています」

「どこに？」

「ごめんなさい、息子が人に言うなと。でも、すぐ近くにあります」

稲垣の母が申し訳なさそうに言った。亡くなった稲垣は、なぜ実家のパソコンをさわっていたのか。樫山は小さな六畳間で考えを巡らせた。

9

富丘団地脇でタクシーを拾い、樫山は新宿歌舞伎町の区役所通り沿いにあるバッティングセンターへ向かうよう指示した。東京に来たからには、やれることをやっておきたい。わずかな時間も惜しい。

警視庁捜査一課の管理官時代、事件解決後の打ち上げでなんどか歌舞伎町の居酒屋に繰り出したことはあるが、積極的に出かけたい街ではなかった。捜査でなければ、今も同じ気持ちだ。

樫山はぼんやりと明治通りを行き交う車を眺めた。亡くなった稲垣の母のもとに、北海道新報の木下が訪れていた。

当たってわかったのは、優秀な国交省の技官はやはり殺されたのだということだ。そしてもう一つ、倉田宗吉という人物の存在が浮かび上がった。バッグからスマホを取り出し、撮影した写真を見返す。口を真一文字に結び、少し緊張した面持ちの稲垣、その横にいる胸板の厚い男が倉田だ。

母親によれば、この男と出会ってサッカーを始め、稲垣は変わったという。稲垣が命を落とすほんの少し前、倉田も亡くなった。二人が死んだタイミングが近い。そして稲垣は実家のパソコンで作業していた。

タクシーは明治通りの右折レーンに入り、職安通りを西に向け走っている。樫山はスマホの画面をインターネットに切り替えた。画面には〈クラブ・インフィニティ〉のホームページがある。

店長、幹部候補、幹部補佐など様々な肩書きと顔写真が並ぶ。一〇名ほどのホストの顔写真の中から〈一磨〉を探し、タップする。金髪、一重で目つきの鋭い青年が現れた。年齢は二〇歳、出身地は北海道とある。前職は派遣社員、アルバイトと簡単なプロフィールがある。

一磨こと斎藤和也《さいとうかずや》は、栗田が多額の金銭を溶かしたホストだ。栗田が逮捕されたあと、斎藤は警視庁の捜査員に任意同行を求められ、今は取調室で事情聴取を受けている。栗田に貢がれたこと自体は犯罪に当たらないが、ホストクラブで使った金、そして一磨の遊興費に献金がどの程度割かれたのかを最終確認するためだ。

一磨は栗田が金を使ったことを認めているが、どういう経緯で指名を受けたかについては証言を拒んでいるという。

「この辺でいいですか?」

運転手がミラー越しに言い、ハザードランプを灯した。窓の外を見ると、派手なネオンサインと大きなネットで囲われた鉄の骨組みが見えた。

「降ります」

降車すると、金属バットが球を弾く乾いた音がバッティングセンターのネットの中から響いた。樫山は地図アプリを起動し、目的地を探す。

タクシーを降りた地点から区役所通りを南下する。二〇メートルほど歩いたとき、アプリが右折するよう矢印を点滅させた。コインパーキングの角を曲がると、あと三〇メートルほどだと音声案内がスマホから響いた。

樫山は周囲を見回した。コインパーキングには、工具を満載したバンが二台、その隣にはアメリカ製のオープンカー、その横にはマットグレー塗装のドイツ製クーペがある。作業着を着た青年がバンの扉を開け、工具箱をチェックする横で、髪を銀色に染めたホストらしき青年がクーペ脇で、大声で電話している。

歌舞伎町は様々な職種、人種が集うごった煮のような街だ。樫山の隣をホストと腕を組んだ少女が通りすぎた。見た目はかなり若い。未成年かもしれない。栗田をはじめ、今の少女もだが、なぜ女性はホストに入れあげるのか。樫山には理解できない。

ゆっくりと歩みを進めていくと、右側のビルの側面に金髪、緑色の髪の男たちの巨大ポスターが貼られている。ビルを見上げたあと、スマホのアプリを見ると、〈目的地到着〉の文字が表示された。

樫山は恐る恐る薄暗い雑居ビルのエントランスに入り、エレベーターに乗り込んだ。一磨の勤務先〈クラブ・インフィニティ〉は三階だ。ボタンを押すと、ゆっくりとエレベーターが上昇を始めた。外壁の派手なポスターとは裏腹に、エレベーターは狭く、内壁には所々煙草の火を押しつけた痕跡がある。そして微かなアルコール臭、それにアンモニアの臭いも残っていた。不快な軋み音を立てながら、エレベーターが三階で止まった。ホールに出ると、目的のクラブは右側との表示があった。エントランス同様薄暗いフロアを進む。

「すみません」

クラブはドアが開けられ、中から掃除機の音が聞こえた。

「あの、すみません」

ドアを叩きながら、声のトーンをあげると掃除機の音が止《や》んだ。

「開店前ですけど」

ボサボサの金髪、異様な細身の青年が樫山の前に現れた。グレーのスウェットの上下、足元はサンダル履きだ。

「店長を呼んでいただけますか？」

「だから、まだ営業前だってば」

細身の青年が面倒くさそうに答えた直後、樫山はジャケットから身分証を取り出し、青年の目の前に掲げた。

「まじかよ」

青年が顔を歪めた。

「店長はどこ？」

「ちょっと待ってください」

青年は掃除機のホースをフロアに置き、小走りで店の奥に消えた。後ろ姿を見送ったあと、樫山は薄暗い店内を見回した。

黒い壁に囲まれた真っ赤なソファが店内に広がる。一方床は大理石を模したタイルが敷き詰められている。

赤いソファの前には小さなスツールがある。太客をもてなすホストを補助するため、ヘルプの若手がつくのだろう。ソファとソファを区切る透明のパーティションがいくつも並んでいる。本来なら個室のように客と客を隔てるパーティションのはずだが、わざと透明にすることで、隣の客がどのくらい酒をオーダーしているかわかるようにしているのだ。

店の中央には大きな丸テーブルがあり、その脇にはシャンパングラスを入れたプラスチックのケースが重ねてある。高額なシャンパンを入れた客が、タワー状に積まれたグラスの最上部から液体を注ぐのだろう。グラスの数だけ金が溶けるシステムだ。

丸テーブルの上には、シャンデリアがある。黄金色の液体をより淫靡《いんび》に見せるための仕掛けは抜かりがない。

もう一度、樫山は店内を見回した。栗田はどの席でシャンパンのボトルを開け、ホストたちにちやほやされたのか。客とホストのいないがらんとした空間では、今ひとつイメージが湧かない。

「お待たせしました」

ヘアオイルで髪をオールバックに撫でつけた青年が現れた。身なりは先ほどのスウェット青年よりきちんとしているが、年齢は二〇代半ばくらいか。客ではないと判断したのか、態度が横柄な気がする。樫山は店長の顔の前に身分証を提示した。

「一磨なら警視庁に引っ張られたよ。そちらの方がよく知っているでしょうけど」

怪訝な顔で店長が言った。

「追加で調べたいので、履歴書を見せてもらえますか？」

樫山が言った途端、店長が首を振った。

「そんなものはありませんよ。見た目がそれなりに良くて、少し田舎っぽい子なんで、特定の客に受けると思って即採用。この業界、そんなもんですから」

店長とは思えぬ軽薄さに嫌悪感がこみ上がってきたが、樫山は堪えた。

「なぜ、あの女性が一磨くんにハマったの？　理由を教えてもらいたいの」

「知らないっすよ」

店長が肩をすくめた。

「俺は店長という立場上、金を落としてくれる方は大歓迎、ハマる理由なんてなんでもいいんで」

不貞腐《ふてくさ》れているように見えるが、店長の言葉に嘘はなさそうだ。

「仕事で疲れて癒しを求めてくる人、恋人に振られて寂しい人、メンヘラでこちらの言いなりに金を使ってくれる人。客はそれぞれですから、いちいち詮索していたら商売になりませんよ」

店長はさらりと告げた。暖簾に腕押しではないが、これ以上栗田がハマった理由を尋ねても埒が明かない。

「一磨くんの東京での住まいはどこですか？」

「店が借り上げている寮ですけど」

面倒くさそうに言うと、店長はスウェット上下の青年に目を向けた。

「おまえ、一磨と同室だよな」

ぶっきらぼうに言うと、スウェットの青年が小さく頷いた。

「お部屋を見せてもらえないかな」

「ちょっと待ってくださいよ。それも捜査ですか？　令状はあるの？」

店長が顔をしかめた。日頃、新宿署の生活安全課とやりとりしているのだろう。店長は令状の部分に力を込めた。

「必要なら、すぐにも裁判所に人を走らせ、令状を取りますけど」

低い声で告げた直後、樫山は視線をフロア中央のテーブル、そしてその横にあるシャンパングラスの入った箱に向けた。次いで、急ぎ足でシャンパングラスの箱に向かい、中を覗いた。

「毎晩、どのくらいのボトルが空くのかしら。仕入れ値はいくらで、売値はもっと膨らんでいるわよね。きちんと税務申告しているのかしら？」

樫山の言葉に店長が再び顔をしかめた。

「俺は雇われの店長だから、詳しいこと知らないっすよ」

樫山はスマホのアドレス帳を開き、店長に向けた。

「国税庁に後輩がいるの。ちょっと問い合わせしてもいいかな？　国税の後輩はキャリアだから、彼が命令すれば地元の税務署担当者がすぐに来るわよ」

樫山がわざと無機質な言い方をすると、店長が露骨に舌打ちした。

「掃除は俺がやっておくから、部屋を見せてやれ」

店長はフロアに転がった掃除機のホースを手に取ると、顎で出口を指した。


スウェットの青年に案内され、樫山は歌舞伎町から職安通りに出た。ホストクラブが借り上げている賃貸マンションは新宿七丁目にあるという。職安通りを東に進み、巨大な分譲マンションの角で左に逸《そ》れた。

「こっちです」

タワーマンションから小路を一〇〇メートルほど進んだところに、三階建ての古い鉄筋コンクリートのマンションが見えた。

一階はコインランドリーになっていて、入り口付近には折り畳み自転車や原付バイクが無造作に置かれている。青年はコインランドリーの前を通り過ぎ、外階段を上った。

「俺らの部屋はここ」

パンツのポケットから鍵を取り出し、青年が言った。二階には五部屋あり、青年は真ん中で止まった。

「悪いわね、すぐに済むから」

青年に頭を下げ、樫山は重い鉄のドアの内側を見た。三和土《たたき》にはスニーカーや爪先が尖った革靴が乱雑に放置されている。靴の他にもビニール傘や折り畳み傘もあり、文字通り足の踏み場がない状態だ。

「適当に靴脱いでください」

青年はシリコン製のサンダルを脱ぎ、部屋に上がった。

玄関横のキッチンには、インスタント食品の残骸や空いたペットボトル、そして漫画雑誌が散乱している。

「間取りは？」

「二ＬＤＫです」

「ここに何人住んでいるの？」

「今は五、六人ですかね」

「はっきり決まっていないの？」

「帰ってこない奴もいますしね」

青年は投げやりな口調で言った。

「ホストのランクが上がると、ここを出るんでしょう？　有名な漫画で読んだ気がする」

地方から上京した若者がホストになり、様々な試練を経てナンバーワンになるストーリーだった。あの漫画にも合宿所のようなアパートが描かれていた。

「昔はそういう人もいましたけど、今はなかなか稼げないから。それって漫画の中のおとぎ話ですよ」

青年は感情のこもらない声で答えた。

「それで一磨くんのスペースは？」

「こっちです」

青年は散らかったリビングのスペースを抜け、曇りガラスの引き戸を開けた。目の前には六畳ほどのフローリングの部屋があるが、極端に暗い。二段ベッドが二台、四人分あるため、窓の明かりを遮っているのだ。

「びっくりしました？　稼げないホストはこんなところで息を殺して生きてんですよ」

吐き捨てるように青年が言った。

樫山は周囲に目を凝らした。

「一磨くんは稼いでいたんじゃないの？」

「普段はぜんぜん。おばさんが来た時だけＶＩＰルームに呼ばれてたけど、どのくらいボトル空けてたかはよくわからないよ」

ベッドの縁《へり》には安物のスーツやシワだらけのワイシャツ、それにクリーニング店の針金ハンガーが無造作に吊るされている。

「一磨くんのベッドは？」

「ここ」

青年が樫山の左側にあるベッドの上段を指した。

「ありがとう。少しだけ見せてもらうわ」

樫山は木製の階段に手をかけ、ゆっくりと上った。下の段から安物の香水の匂いが鼻を刺激した。加えて、男性の汗の臭いもきつい。呼吸を堪えながら体を上の段に引き上げると、一磨のスペースは予想外に整っていた。

タオルケットと毛布がきちんと畳まれ、枕カバーも清潔だ。枕の横には整髪料と櫛《くし》がプラスチックの箱に収まっている。キッチンやリビングのスペースには、長い髪が付着したままのドライヤーやブラシが放置されていたが、一磨はきちんと片付けるタイプらしい。シャツやパンツなど衣類も小さなキャリーバッグに収められているようだ。栗田に何本ものシャンパンを開けさせていたのなら、歩合給は上がっていたはず。なぜ一磨はこのマンションに居続けたのか。

「あなたは一磨くんと仲がいいの？」

「別に、普通っすよ」

「そうなの」

感情が一切こもっていない。樫山はベッドの上段の縁につかまったまま、さらに周囲を見回した。東京のガイドブック、週刊漫画誌が二冊あるほか、空の紙袋が丁寧に畳まれていた。小樽の蒲鉾屋のロゴが印字されている。樫山からの贈り物だろうか。蒲鉾屋で手土産を購入していたという捜査情報に接した際、樫山は東京のホストがそんなものを喜ぶのかと疑問に思ったが、一磨が北海道出身なら頷ける。

「そろそろいいっすか？　店長からいつ戻るのかってメッセージ入ったんすけど」

「ごめんね、すぐに済むから」

下にいる青年に顔を向けたとき、視界の隅に小さな写真が入った。キャリーバッグの左横にあるのは、小さな写真プリントだ。

「ちょっと待って」

樫山はジャケットからスマホを取り出すと、カメラレンズの横にある小さなライトを灯した。

「あっ……」

LEDの光の先にある写真を凝視し、樫山は息を呑んだ。

10

地下鉄の東新宿駅付近でタクシーを拾うと、樫山は警視庁本部へ急ぎ戻った。本部の正面玄関からそのまま二階の取調室が並ぶフロアへと向かう。目的の取調室を見つけると、樫山は躊躇せずにドアをノックした。

「失礼します。道警本部の樫山です」

取調室の補助席にいた警視庁捜査二課の若手刑事が立ち上がり、敬礼した。

「樫山課長、なにか?」

部屋の中央の机にいた同じく二課の警部補が立ち上がり、怪訝な顔で樫山を見た。

「今の調べの中身は?」

樫山はそう言って机を見た。部屋の奥側の席には、腕組みして天井を見上げる一磨がいる。

机の上には警部補が使う小型のノートパソコンがあり、その横には伝票のような紙が束になっている。

「栗田が店で使った金の集計作業中です」

クラブ・インフィニティから任意提出させた売り上げデータと、栗田の使った金を突き合わせているのだろう。栗田担当の一磨がいつ、どんなボトルを開けさせたか、そしてヘルプのホストたちに与えたドリンクの内訳など、当事者でなければわからない売り上げの詳細を徹底的に洗っているのだ。

「少しだけ、二人にしてもらってもいいですか？」

樫山が切り出すと、警部補が眉根を寄せた。

「すぐに終わりますので。よろしくお願いします」

樫山は頭を下げた。

「ええ、わかりました。彼は被疑者ではないので」

警部補は樫山より年長だが、素直に言うことを聞いてくれた。警部補は補助席の若手刑事を伴い、部屋から出て行った。

「あの……」

様子を見ていたのだろう。一磨が不安げな顔で言った。

「私は道警の人間です。少し教えて欲しいことがあるの」

道警と言った途端、一磨が肩を強張らせた。

樫山はジャケットからスマホを取り出し、写真ファイルの中から一枚を選び、画面に表示させた。

「いきなりで悪いけど、この人は誰？」

「えっ」

前置きなしで行動に出て正解だった。一磨が両目を見開いたまま固まった。

「知っているのね？」

一磨が唇を嚙み、下を向いた。

「知らないはずはないと思うけど」

一磨が顔を上げ、口を開いた。

「今回の事件となにか関係があるんですか？」

「その可能性を調べています。答えなさい」

気圧《けお》されたのか、一磨が肩をすぼめた。

「は、はい……」

「誰ですか？」

「倉田さんです」

一磨の口からあっさりと名前が出た。

「あなたとはどういう関係ですか？」

「昔所属していたサッカーチームのヘッドコーチです」

「どこのチームですか？」

「旭川です」

「いつごろ所属していたの？」

「地元にいるころ、一〇年以上前からです。高校に入ってからは、コーチの手伝いもやっていました」

そう言うと、一磨が俯いた。

稲垣の母の住居で見た倉田の写真が、今回の贈収賄事件関係者とつながった。どういうことか。頭の整理がつかない。だが、さらに先へと進まねばならない。樫山はさらに問いかけた。

「なぜチームに入ったの?」

俯いたままの一磨が首を振った。肩がわずかに震えている。

「大事なことなの。答えて」

もう一度、強い口調で押す。すると一磨がゆっくりと顔を上げた。

「俺、五年前まで児童養護施設に入っていました。生まれは小樽ですけど、あちこち転々としたあと、旭川の施設に行きました」

一磨の両目が心なしか充血しているように見えた。樫山は小さく頷き、先を話すよう促した。

「刑事さんは知らないと思うけど、内部では結構酷いいじめや体罰があって、俺、なんどか脱走した。倉田さんのチームは貧困でサッカーを続けられない子どもや、家庭に問題のある子どもを支援しながら活動しているんだ。俺はそこのお世話になっていて……」

児童養護施設という言葉を聞き、地味な女の顔が頭に浮かんだ。贈収賄事件の当事者の一人、栗田は道立病院局に勤務する以前は、児童福祉関連の部局にいた。北海道新報の木下によれば、勤務後にボランティアでこども食堂の手伝いもしていた。

「施設で栗田さんと知り合ったの?」

不安げな眼差しを樫山に向け、一磨が頷く。

「なぜ、栗田さんに貢がせたの? あなたのことを心配していた人じゃないの」

知らず知らずのうちに、樫山は机に両手をつき、身を乗り出していた。対面する一磨が体を後ろに反らせたのを見て、樫山は慌てて椅子に座り直した。

「今は答えられません。ごめんなさい」

「なぜ答えられないの？」

樫山は拳を握りしめ、尋ねた。

「俺だけのことじゃないから、絶対に話せない」

そう言った直後、一磨は俯き、口を真一文字に結んだ。

現在、一磨は任意の聴取中だ。これ以上追及して、贈収賄事件の捜査に支障をきたすのはまずい。

もう一度、一磨を睨んだ。正面の若い男は、おどおどした表情で樫山の表情をうかがってい

る。なにかを隠しているのは明白だが、今は一旦退くときだ。

一磨は参考人であり、身柄を拘束しているわけではない。樫山がこれ以上追及すれば姿を隠

す恐れもある。樫山はスマホを手に取り、亡くなった稲垣の写真を画面に表示した。

「この人はどう？　知っている人かな？」

一磨が恐る恐る画面を覗き込むが、首を振った。

「知らない人です」

恐れの色は瞳に浮かんでいるが、嘘をついている様子はない。転校を繰り返し、いじめ被害

に遭っていた稲垣、そして目の前の一磨は児童養護施設にいた。二人を結ぶのはサッカーチー

ムのコーチで、倉田宗吉という男だ。

木下記者が道警の怠慢として樫山に質《ただ》したのが稲垣の転落事故だった。そして今回の贈収賄

事件だ。全く関係ないはずの二つの事件は意図せざるところでつながっているのか。

「あの……」

一磨が腕時計を見ながら言った。

「すぐに終わるわ。まだホストを続けるの？」

「そのつもりです。これしか生きていく術がないから」

ため息混じりに一磨が言った。生い立ちは知らないが、児童養護施設にいたというのであれば、帰る家、そして頼る家族がいない可能性がある。

「いきなりで悪かったわね。贈収賄事件の捜査には、きちんと協力してね。あなたが正直に話してくれないと、栗田さんにもっと迷惑がかかるわ」

樫山が栗田の名を告げると、再度一磨が肩を強張らせた。樫山は席を立ち、取調室の扉を開けた。警視庁の捜査員二人が眉根を寄せ、待っていた。

「お時間ありがとうございました」

二人に頭を下げたあと、樫山は長い廊下を歩いた。

〈俺だけのことじゃないから〉

樫山の耳殻の奥で、一磨の言葉が響き続けた。

11

四階に上がり、捜査二課の白いドアを開けると、小堀が腕組みして待ち構えていた。取調官を務めていた警部補から連絡が入っていたのだろう。

「ホストくんになにかありましたか？」

樫山が頭を下げると、小堀が自席へと誘導した。

「事前に言ってくだされればよかったのに」

理事官席に座るなり、小堀が小声で言った。

「すみません、少しびっくりすることがあったので」

「中身を話してください」

「はい」

理事官席の横にあるパイプ椅子に腰掛け、樫山は深呼吸した。小堀は明らかに不快感を示している。キャリアの先輩、そして今回の贈収賄事件では共同の責任者だ。被疑者ではないとはいえ、いきなり他人が担当する事情聴取に割り込むなど、本来はやってはならぬことだ。

「例の気になっている一件と今回の汚職にダブるところが出てきました」

樫山の言葉に小堀の表情が変わった。

「我々の事件に影響が出るのでしょうか?」

「現状、その可能性は低いと思います」

「なにがあったのですか?」

小堀が樫山を睨んでいる。樫山はもう一度息を整え、切り出した。

「収賄側の栗田は、現在の病院局に勤務する前は福祉関連の部局に勤務していました」

「それがどう関係するのですか?」

小堀の声のトーンが下がる。怒りと苛立ちを抑え込むために、懸命に自分を押し殺している。

だが、樫山の性分として、納得のいかないことはとことん調べなければ気が済まない。稲垣の一件を調べていることを黙認してくれている小堀だが、自分の中で感じた違和感は説明しておかねばならない。

「ホストの一磨は、かつて道内の児童養護施設にいました」

「もしや、栗田とは以前からの知り合いなのですか？」

樫山はゆっくりと頷いた。

「栗田からの証言は取れておりませんが、一磨がその点をはっきり認めました。あとで録画したデータを見ていただければわかります」

「そうですか……」

小堀が腕を組み、天井に視線を向けた。

「それに、気になることを言いました。俺だけのことじゃないから、絶対に話せないと。こちらもデータに残っています」

「ちょっと待ってください」

天井に目を向けたまま、小堀が言った。その後は、視線を固定させたまま、ぶつぶつと独り言を繰り返し、ようやく樫山に顔を向けた。

「つまり、こういう相関図があるのですね。ホストくんは厳しい幼少期を過ごし、その過程で福祉関係部局担当者の栗田と出会った。その後、何年かしてどこかで再会した。ホストくんの売り上げを助けるために、栗田は悪事に手を染め、遊興費を捻出した」

「そうかもしれません。ただ、そうなると、俺だけのことじゃないから、という証言がどうも合致しないような気がします」

小堀が低い声で唸った。

「樫山さん、世知辛いことを言っても構いませんか？」

「どうぞ」

「栗田が出入り業者から多額の袖の下をもらい、それを歌舞伎町のホストに貢いだ。栗田は完黙ですが、贈賄側はその事実を認めています」

「ええ、その通りです」

「現在、地検と綿密に打ち合わせを行い、公判対策も進めています」

小堀が一つ一つ、嚙んで含めるように言った。樫山は素早く小堀の真意を悟った。

「栗田と一磨の古い付き合いは問題の外であり、精査する必要はない、そういう意味でしょうか」

「理解が早くて助かります。もちろん、樫山さんが抱いている懸念は理解しています。ただ……」

「事件の全体像を見て動け、そういうことですね？」

「はい」

小堀が口を真一文字に結んだ。

「もう一つ、気になることがあります」

「なんですか？」

小堀の眉間に深いシワが現れた。

「私が個人的に調べている道警の一件です」

小堀がため息を吐いた。

「どうぞ、続けて」

「亡くなった国交省の技官、それに今回の一磨くんには共通の知人がいました。偶然かもしれませんが、なにか気になって。今回の事件を壊すつもりは毛頭ありません」

樫山が言いかけたとき、背後でドアが開く大きな音が響いた。同時に、静まり返った二課の大部屋に野太い声が響きわたった。

「失礼します！　北海道警捜査二課巡査長の伊藤であります！」

小堀、そして樫山は声の方向に目をやった。大部屋にいるナンバー知能の捜査員たちも一斉に伊藤を見ている。当の伊藤は、大きなキャリーケースを脇に置き、姿勢をただして敬礼している。呆気《あっけ》に取られた樫山は我に返り、伊藤のもとに駆け寄った。

「どうしたの？」

「刑事部長の命令で、課長の身の回りのお世話をするようにと」

「私は子どもじゃないのよ」

樫山が言った途端、大部屋のそこかしこから失笑が漏れた。なぜ笑われているのか、伊藤は理解できないようだ。

「しかし部長命令なので」

伊藤が声を萎《しぼ》ませた。すると、警視庁の清野と打ち合わせ中だった冬木が駆け寄り、言った。

「まあ課長、鞄持ちということで使ってください。部長の指示に従っただけですから、伊藤に悪気はありません」

樫山は懸命に舌打ちを堪えた。

「言いすぎたわ。ごめんなさい。でも、少し東京で調べたいことがあるの」

「ぜひお手伝いさせてください」

警視庁捜査二課の面々は、関心を無くしたのか各々の仕事に戻っている。所詮他所者のことだ、多くの刑事たちの表情がそう言っていた。樫山を見下ろす伊藤の目は真剣だった。

「わかったわ。なにかあれば連絡します」

根負けした。肩をすくめてみせると、伊藤の目が生き生きと輝いた。

「くれぐれも暴走はしないでください」

樫山の脇を通り抜ける際、小堀が小声で言った。

「はい」

樫山は辛うじて返答した。だが、いかに先輩の助言があっても、胸の奥に湧いた疑念は消えなかった。

第四章
検知

1

午後八時半過ぎだった。四階にある大部屋奥の小会議室から出ると、大半の捜査員は姿を消していた。課長室の在室ランプが消えているので、部下の刑事たちも気兼ねなく帰れるのだろう。もっとも、第三知能犯係に大きな獲物を持っていかれた他班の捜査員たちは、次なる標的を探すため、あちこちに散っているのかもしれない。

第三知能犯係はほぼ全員が居残っている。責任者の小堀が理事官席に陣取り、清野警部ら主要メンバー五、六人が自席で調書の修正や贈収賄の金額集計など細かい作業に追われていた。

小堀に目配せしたあと、樫山は小さな会議室へと足を向けた。

ジャケットを脱ぎ、椅子の背にかける。その後樫山はバッグからタブレットを取り出し、机の上に置いた。両腕を天井に向け突き上げ、体の凝りをほぐす。

樫山はタブレットのメモ欄を開き、写真ファイルから稲垣の母親の部屋にあったツーショット写真、そして一磨と倉田のツーショットをコピーし、貼り付けた。

ホストの一磨は児童養護施設にいる頃、所属のサッカーチームで倉田に出会った。稲垣もいじめに遭っていた頃にサッカーを通じて知り合う。しかし、一磨は稲垣を知らないと証言した。だが、倉田という人物を通じてなんらかの関連があってもおかしくはない。

樫山は自身のメモファイルを遡った。すると、稲垣の母親の部屋で撮影した〈北装電設〉の文字が目に入った。

樫山がメモファイルをインターネットの検索ページに変え、〈北装電設〉と打ち込んだ直後だった。小さな会議室のドアをノックする音が耳に届いた。

「どうぞ」

樫山が答えた直後、ドアが開き、伊藤が顔を出した。

「課長、お戻りになってからずっと根を詰めていらっしゃいます。なにかお手伝いすることはありませんか?」

疲れた体にじわりと沁みる優しい声音だった。しかし、稲垣の死に関する調べはまだ一人でやらねばならない。樫山は首を振った。

「必要ないわ。伊藤さんこそ、ホテルか警視庁の仮眠所に行ってかまわないから」

今度は伊藤が首を振った。

「食事はどうされました?」

「お腹は少し減っているけど、大丈夫よ」

「庁内でなにかテイクアウトでもどうですか?」

伊藤の声音が優しく聞こえた。心底気遣ってくれているのだ。

「伊藤さんは夕食を食べたの？」

「先ほど冬木キャップや警視庁の方々と数寄屋橋の中華屋さんで食べましたけど、いくらでもお付き合いできますよ」

伊藤がわざとらしく腹をさすってみせた。

「それじゃあ、テイクアウトをお願いしてもいいかな。おにぎりかサンドイッチがあれば結構よ」

「了解です。武道場横にレストランがあるらしいので、行ってきます」

伊藤はそう言って会議室を後にした。

伊藤は清野警部の部下にでも〈カフェレストラン・クール〉の存在を聞いたのだろう。講堂と武道場と同じフロアに官公庁向け外食企業が運営する食堂がある。ミートソーススパゲッティとカツカレーの盛り合わせ、特盛定食が有名なほか、簡単なオードブルの盛り合わせも提供する。捜査一課の管理官時代は、班ごとの打ち上げで重宝した店だ。

伊藤のさりげないフォローが身に沁みた。空腹の度合いが増したのはたしかで、先ほどからメモ作りが捗《はかど》っていない。

ため息を吐いたあと、もう一度メモファイルを見返し、〈北装電設〉という名前を凝視した。

インターネットで検索すると、この企業は札幌市の高級住宅街に隣接するエリアに本社を構えている。ネットに掲載された住所をメモにコピーしたとき、ドアをノックする音が聞こえた。

「はい、どうぞ」

「ゲットしてきました」

子どものように息を弾ませた伊藤がいた。

「随分早いのね」

「こんな時間なので、割引品ばかりになってしまいましたが」

会議室に入るなり、伊藤が買い物袋を机に置いた。

「構わないわよ」

伊藤は袋からカツサンドとコロッケパン、それに小サイズのオードブルの盛り合わせを並べた。

「お茶も買ってきました」

袋の底から緑茶と烏龍茶のペットボトルも取り出し、伊藤は樫山の前に差し出した。

「ありがとう。助かるわ」

「喜んでいただけて嬉しいです」

伊藤が笑みを浮かべたあと、机に置いたタブレットに目をやった。

「一つ協力してもらえる?」

樫山が告げると、伊藤が大きく頷いた。

「この会社を調べ、それで元従業員のこの人のことを調べてほしいの」

樫山はメモ帳から一枚紙を引きちぎり、ボールペンで〈北装電設〉、〈倉田宗吉〉と書き、伊藤に差し出した。

「今回の汚職に関係があるのでしょうか?」

太い指で紙をはさんだ直後、伊藤が言った。

「そうかもしれないし、違うかもしれない。でも、私なりに調べを尽くしたいの。本筋の捜査をやっている冬木キャップらの手を煩わせたくないから」

「わかりました。いくらでも使ってください」

メモを畳むと、伊藤が胸を張った。

「まだ海のものとも山のものともわからない。でもこういう細かい調べの積み重ねが大きな成果につながるの」

樫山が言った途端、伊藤がドアノブに手をかけた。

「ノートパソコンを取ってきます」

会社の概要がわかれば、札幌に戻ったときの聞き込みに活かせる。樫山は再びタブレットのメモ欄に目を落とした。

2

首都高川崎線で浮島エリアを通過する際、周囲の巨大な工場群の夜景が見えた。間瀬は専用ハイヤーから見える巨大コンビナートの姿が気に入っている。

大学を卒業してから四〇年近く満員の通勤電車に揺られ、東京の城東エリアにある自宅から霞が関まで通った。能力のない上司に下げたくない頭を下げ、官僚としてのプライドを捨ててまで有力な政治家に尽くしてきた。力のある上役に尻尾を振り続け、ようやく今のポストを得た。

満員電車からコンビナートを見上げるのと、こうして高架を独り占めしながら、美しい夜景を見下ろすのでは天と地ほどの差がある。職務とは裏腹に、鉄道には露《つゆ》ほども関心がない。

「このままご自宅でよろしいですか?」

運転手の声で間瀬は我に返った。車窓から外の景色を見ると、いくつものジャンクションを通過したあとで、都心環状線から最寄りのインターチェンジがある七号線に専用車が差し掛かろうとしていた。

「今日はどこにも寄る必要はありません。久々に自宅でゆっくり過ごします」

間瀬が鷹揚《おうよう》に告げると、運転手が頷いた。

「かしこまりました。あと少しの間、どうかお寛《くつろ》ぎください」

「ありがとう」

大学時代の同期で何人か同じようなポストを手に入れた仲間がいる。ただし、そのうちの数人は秘書や運転手に横柄な態度を取り、周囲から疎んじられているらしい。自分はそんなヘマはしない。大らかな人物だと周囲に評判が広がることで、次のポスト選びが有利になるからだ。民間企業、あるいは政府の関連外郭団体にじわりと評価が伝わることで、監査役や社外取締役など楽に金が入ってくる職を得られるのに、なぜ退官直後にいばり散らすのか、間瀬にはその心情が理解できない。

つぎはぎだらけで路面状況が極めて悪い首都高だが、この専用車の乗り心地は特筆ものだ。さすがに国産最高級をうたうセダンだ。

間瀬がゆっくりと脚を組み替えたとき、スーツのポケットでスマホが鈍い音を立てて振動した。取り出してみると、モニターにあの男の名前が表示された。間瀬は間髪を容れずに通話ボタンに触れた。状況を察したのか、運転手が車内ＢＧＭの音量を下げた。

「間瀬でございます」

〈今、お話ししてもよろしいですか？〉

「もちろんです。どんなご用件でしょうか」

相手に悟られぬよう、間瀬は密かに唾を飲み込んだ。

〈北の本社を訪れた例の女性キャリアの件です〉

男の声に少しだけ棘があるような気がした。

「はい、いかがしましたか？」

〈我々が当初予想した以上に動きが速いです〉

「と、おっしゃいますと？」

声を聞いた途端に感じた違和感は正しかった。

〈女性キャリアは現在、上京中なのですが、次々と関係者に会っています〉

「しかし、キャリアは捜査に関しては素人なのではありませんか？」

〈当初、私もそう考えていました。ただ、一つだけ見落としがありました〉

隙のないあの男が、見落としたと言った。間瀬は、思わず息を吞んだ。

〈北海道新報の社会部にしつこい記者がいます。相当あちこちに取材をかけており、万が一、女性キャリアと連携などされたらたまりません〉

「対処法はありますか」

〈それはあなたが考えることではありません。こちらで動きます〉

「ありがとうございます。でも、記者は別として、キャリアのことは考えすぎではありませんか？」

男を安心させるために言うと、電話口で小さなため息が聞こえた。

〈違います。すでに女性キャリアは彼の存在にたどり着いたとの報告がありました〉

「まさか、あの男の処理については完璧に段取りが済んでおります」

〈我々は水も漏らさぬ態勢と考えていました。しかし、近い将来、あなたにたどり着くかもしれません。その気配があればお知らせします〉

「わかりました」

間瀬が答えた直後、電話が一方的に切れた。気配を察知したのか、運転手がBGMの音量を元に戻した。後部座席の後方に設置された欧州の高級スピーカーから、モーツァルトのバイオリン協奏曲が流れ始めた。優美な旋律がレクイエムのような陰鬱《いんうつ》な響きに変わった。

「ラジオのニュース番組をお願いします」

「かしこまりました」

穏やかな言葉遣いを意識したものの、自分の声が普段よりも格段に強張り、かつてないほど苛立っているのがわかった。

3

「パンにソースが染みて、美味しかったわ」

伊藤がテイクアウトしてきたカツサンドを食べ終え、樫山は礼を言った。

「喜んでいただいてなによりです」

伊藤はノートパソコンの画面を睨んだまま、言った。仕事を与えられたことがよほど励みになったのか、伊藤はずっとキーボードを叩き続けている。

「失礼、お邪魔しますよ」

小さな会議室のドアをノックする音が響いた直後、冬木が顔を出した。

「どうぞ、入ってください」

樫山が冬木を見ると、小脇に青い表紙のファイルを抱えていた。

「どうされました？」

「四名の取り調べについて、報告に上がりました」

「ありがとうございます。お座りください」

樫山はテイクアウトの包みをポリ袋に入れ、小さな机の上にスペースを確保した。冬木が向かいの椅子に座る。

「贈賄側三名、警視庁が内偵して得た情報がこちらになります」

冬木が表計算ソフトから印刷したページを樫山に向けた。細かい数字をチェックすると、贈答品や航空運賃、飲食代等々の贈賄側が提供した金の流れがわかる。そのほか、領収書などが添付された書類があった。警視庁の担当捜査員らは、供述の裏付けを取るため、会社側の資料や領収書の写しを仔細《しさい》に突き合わせたのだ。

「贈賄側の三名は、毎回の供述調書にも素直に署名捺印を行っています。一方、栗田は依然黙秘です。どうも解せない」

冬木が腕を組んだ。

「なぜ解せないのですか?」

「三名が綺麗に自供して、その事実を突きつければほとんどの容疑者は落ちます。ここまで完黙を貫く人間は初めてです」

「なぜ彼女はそこまで頑なに?」

「わかりません。ただし気になる点があります」

そう言うと冬木がファイルのページをめくった。

「目下集計中ではありますが、贈賄側三社が渡した金の総額は約二五〇〇万円になります。こちらは贈賄側の容疑者らが認めています」

冬木の太い指が一覧表の上を走る。樫山が目を凝らすと、末尾の〈合計〉の部分に二五〇〇万円に近い細かい数字が書き込んである。

「しかし、我々が調べた額との間に大きな差がありまして」

「どういうことですか?」

「ホストクラブに落とした金、そしてホストたちに同伴やアフターで気前よく振る舞った金は一五〇〇万円でした。それ以外の約一〇〇〇〇万円が行方不明です」

行方不明という物騒な言葉に樫山は眉を寄せた。

「その点について栗田は説明しないわけですね？」

「完全黙秘です」

冬木の言葉を聞いた直後、取調室で激昂した栗田の顔を思い出した。同時に、俺だけのことじゃないと口を閉ざしたホストの一磨の顔も頭をよぎった。

「少し待ってください」

樫山は席を立つと、伊藤の傍らにあったノートパソコンを手に取り、冬木の前に戻った。そして小堀との打ち合わせに使おうと考えていた動画ファイルを起動した。

「なにかあるんですか？」

冬木が心配げな顔で言った。

「ホストの一磨に私が事情聴取した際の画像です。少し気になることがあったので、数時間前に会いました」

冬木に説明しながら樫山はパソコンの動画画面の操作を続けた。パソコンの型が古いのか、それともファイルが重いのか。思ったように早送りができない。なんどかキーボードを叩き、樫山はようやく気になった箇所を見つけ出し、少し手前のやりとりから再生する。

〈俺だけのことじゃないから、絶対に話せない〉

怪訝な顔の冬木に対し、どうしても気になったのだと告げた。

「すみません、このことはまだお知らせしていませんでした」

「うーん」

動画を見ながら冬木が唸った。

「これは気になりますね」

「彼に話を聞いたのは……」

画面を食い入るように見つめる冬木に言いかけ、樫山は慌てて口を閉ざした。

「どうされました？」

「いえ、なんでもありません」

冬木は太い指で器用にキーボードを操り、一磨と樫山の聴取の様子を凝視している。部屋の隅にいる伊藤に目をやると、懸命にパソコンのキーボードを叩いている。おそらくネットで検索をかけているのだ。

「いずれにせよ、栗田をもう少し調べてみます。受け取った金額に大きな開きがあれば、検事に突っ込まれます。課長、このことを小堀理事官に伝えましたか？」

「少しだけ」

冬木が安堵の息を吐いた。同じ捜査チームとはいえ、冬木にとって小堀は雲の上の存在なのだ。

「それでは、課長から詳しくお伝えください。私は清野警部と贈賄側の金額について、もう一度チェックしてみます」

動画ファイルを閉じると、冬木が席を立った。パソコンを手前に引き寄せながら、樫山はため息を吐いた。

樫山は捜査資料のファイルを取り出し、栗田の行動確認、それに伴う支出をまとめた項目を見つけた。

旅費、宿泊費、ホスト代金……たしかに数日前までに道警側が推計した合計金額は一五〇〇万円に近い金額となっている。贈賄側が全面自供した額よりも一〇〇〇万円も少ない。

もう一度、一磨に事情聴取すべきなのか。いや、再度出しゃばれば、今度こそ小堀に叱責される。それどころか、合同捜査チーム全体の士気にかかわるかもしれない。

落ち着け、樫山は強く自分に言い聞かせた。次々に新たな要素が浮かび上がり、樫山を混乱させる。どれを最優先に調べるべきか、深呼吸して心を落ち着かせる。だが普段よりも心拍数が上がっているのがわかる。

樫山が天井を見上げたとき、部屋の隅から規則正しいキーボードの打鍵音《だけんおん》が響いているのに気づいた。目下やるべきことは、倉田を調べ、贈収賄事件に結びつく可能性があるか否かを探ることだ。樫山はパソコンの画面を直視している伊藤に目をやった。

「伊藤さん、なにかわかった？」

「はい。ある程度ですけど」

伊藤が素早くキーボードを叩き続ける。樫山は立ち上がり、伊藤の傍らに足を向けた。

ノートパソコンの画面には、北装電設のホームページが表示されている。

「札幌に本社がある鉄道建設専門の電気設備会社です。従業員は一五〇名、年間売り上げは五〇億円程度から多いときで一〇〇億円前後、お得意先はＪＥ北海道、それにＪＥ東日本です」

伊藤がホームページを切り替えた。

「北海道新幹線の延伸工事で業績を急拡大させていますね」

「倉田さんという人物に関しては？」

「いえ、なにも出ていません」

伊藤がホームページをスクロールした。画面には先代創業者の顔写真、そして現社長だという中年男の顔写真、背景には広大な北海道の風景写真がある。

「このほかには？」

「最近はブラック企業の内部情報を専門に告発するサイトとかがありまして、調べてみたのですが、この企業に関する口コミは掲示板にありませんでした。また、道内各地域の新聞の過去記事にも当たりましたが、該当なしです」

「わかりました」

短時間にもかかわらず、伊藤は樫山が知りたいと思っていた事柄の要点を押さえていた。

「運転手のほかにも手伝ってくれるかな」

「もちろんです。ただ、キャップが……」

「冬木さんには私から頼みます」

樫山が言うと伊藤が目を輝かせた。

「札幌に戻ったら、この会社のことをもっと調べるわ」

「お任せください」

伊藤が胸を張った。

「私はまだ調べ物があるから、伊藤さんは引き揚げてもいいわよ」

「しかし……」

「札幌に戻ったらこき使うからね」

樫山が軽口を叩くも、伊藤の顔は真剣だった。

「それではお言葉に甘えて」

ノートパソコンを畳むと、伊藤が敬礼して会議室を出ていった。樫山は椅子から立ち上がった。

4

伊藤が会議室を出てから五分ほど経過したとき、ノックの音が樫山の耳に響いた。

「どうぞ」

「失礼」

猫背気味の小堀が顔を出した。

「お呼び立てしてすみません」

樫山が立ち上がって頭を下げると、小堀が首を振った。

「私の席ではなにかと問題がありそうですからね。構いませんよ」

伊藤が去った直後、備え付けの警電で小堀に来てほしいと樫山から申し入れた。声の調子で中身を悟った小堀が駆けつけた。

前置きもなしに、樫山は先ほど冬木に見せた動画を小堀にもチェックしてもらった。

冬木と同様に小堀も小さく唸ったあと、腕を組んだ。

「そうですか。一〇〇〇万円の差額については、栗田を完落ちさせれば使途が判明して埋められるものと考えていました。でも、このホストくんの様子をみると、我々の予想とは違うようですね」

小堀は早口で告げると、再度一磨の聴取動画を再生し始めた。

〈俺だけのことじゃないから、絶対に話せない〉

一磨が存外に強い口調で告げたことを確認すると、小堀が動画を止めた。

「一〇〇〇万円で札幌に中古マンションを買う、あるいは両親の家のリフォーム代金に充てた、そんな中身を予想していたのですが、これはなにか隠している？」

小堀が単刀直入に切り込んできた。目の前にいる小柄な男は、先輩官僚であり、今回の事件の共同責任者だ。それにもまして、樫山のスタンドプレーを黙認してくれた。信頼関係を維持するためにも、本当のことを話さねばならない。

「冬木キャップにはまだ明かしていませんが、例のススキノの転落事故を調べていたら、亡くなった国交省技官とこのホストに共通する人物が浮かび上がりました」

樫山は机に置いたスマホを取り上げ、写真ファイルを繰った。目的の倉田の写真を二枚、それぞれ小堀に提示した。

「ススキノで亡くなった技官とホストは、倉田氏と北海道のサッカークラブでつながっていました」

「技官の転落事故と本件がリンクする可能性が高まったのですか？」

「まだわかりません。ただ、調べてみる価値はあると思います。転落事故については、道警の初動ミスの公算が高まっていると判断しています」

「そうですか」

小堀が腕を組み、天井を見上げた。

「出すぎたまねをしてすみません」

「あやまる必要はありません。あなたは道警のミス、そしてその転落死と本件につながる可能性のある重大な事柄を発見した。そこは事実ですし、動かせないでしょう。ただ……」

天井を睨んだまま小堀が言葉尻を濁した。言いたいことはわかっている。樫山は言葉を継いだ。

「現時点では、まだ表に出せないと考えます」

「その通りですね。ススキノの転落死が今回の贈収賄に絡んでいるのであれば、道警のメンツは丸潰れになる。異動直後のあなたは今後一年程度、針の筵《むしろ》に座ることになります。いや、別の部署に急遽《きゅうきょ》異動という事態も十分あり得ます」

「私もそう思います。ですので、今しばらく私に基礎捜査を任せてもらえませんか」

「しかし、あなたはれっきとした道警捜査二課長だ。贈収賄の被疑者全員の身柄を確保していますし、逮捕容疑自体に一切の曇りはありません。私が望むのは、一〇〇〇万円のギャップを埋めるための捜査です」

「そうですね」

小堀は指揮官として懸命にバランスを取ろうと試みている。以前、政治家案件の捜査に踏み込みすぎ、意図せざる異動を余儀なくされた先輩だけに、樫山の心の内も十分に理解してくれているのがわかる。

「最悪の場合、一〇〇〇万円の差額分を贈賄側から減額して……いや、だめだ。検事が納得しない。仮に検事がその条件を飲んでも、公判で栗田が証言したら、事件そのものの信憑性《しんぴょうせい》が揺らぐ」

腕組みしたまま、小堀がぶつぶつと自らの考えを口にした。

「ご迷惑はおかけしません。ですので、私は一旦札幌に帰り、気になる人物の背後を洗ってきます」

「しかし、あなた一人では無理がある」

「ウチの伊藤、かなり使える若手です。元々運転手として配属されました。二人コンビで動いても怪しまれません」

樫山が告げると、小堀がため息を吐いた。

「くれぐれも無茶はしないでください。冬木キャップには言いにくいことでも、私には必ず伝えてください。贈収賄をきちんと公判に持ち込み、全員の有罪を勝ち取るためです」

「了解しました」

小堀が樫山を睨んでいた。

一応、総指揮官の了解は得た。あとは短期間で着実に結果を出すしかない。贈賄と収賄に差額が出たままでは事件全体が潰れてしまう恐れがある。

栗田がどこまで完黙を貫くか未知数な状態なだけに、小堀も手詰まり状態を解消するため、樫山に賭けたのかもしれない。

5

朝一番の便で札幌に戻った樫山は、中島公園沿いのマンションに立ち寄り、素早く着替えを済ませ、衣類を洗濯機に放り込んだ。

警視庁管内の留置施設にいる栗田は、冬木らベテランらがなんど顔を合わせても完黙を貫いているという。

贈賄側三社分を一件ずつ逮捕したため、勾留期間はたっぷりと残されているが、固い貝殻のように押し黙ったままというのは気にかかる。そしてたった一言、口を開いたのは樫山の聴取時だけだ。

洗濯をする間も、栗田の様子、そして一磨の頑なな態度が気になった。しかし、新たな課題が目の前にある以上、二人のことだけに意識をとられるわけにはいかなかった。

タブレットには様々なデータが集まってきた。大学時代の友人で、現在はメガバンクに勤務する同級生に頼み、信用情報会社から北装電設のデータを送ってもらった。

専門会社のデータマンのリポートによれば、同社の経営に問題はなく、創業者である先代から次男の現社長へのバトンタッチも順調に行われ、多数の職人を擁する専門家集団だという。

同社が仕事で使用する機材等々のリース代金の支払い、取引銀行との間にも問題はない。地方都市にある優良な中小企業の典型例との答えが寄せられていた。

一方、自分でも倉田を道警二課の庶務に照会して前歴リストに載っていないか確認したが、該当なしとの連絡を受けた。洗濯機が乾燥運転になっているのを確認し、樫山は急いで自宅マンションを飛び出した。

タクシーで道警本部に乗り付け、二課の自席へと急いだ。部屋に入るなり、伊藤が待ち受けていた。

「札幌に戻ってすぐ、道警本部のデータベースを当たりました」

樫山は頷いた。本部のシステムには、セキュリティ面の配慮からインターネット経由でアクセスできない仕組みになっている。職員番号を打ち込む認証作業が必要なため、伊藤が真っ先に当たったのだ。

「それで、なにか出たの？」

「八雲署が遺族に書類を出していました」

「八雲署が？」

捜査二課長に着任する直前、樫山が訪ねた道南の地名が唐突に飛び出した。

伊藤が道警の名入り封筒を樫山の目の前に差し出した。封を開け、取り出してみると予想外の文字が視界に入った。

「こちらになります」

〈死体検案書〉

樫山は警視庁捜査一課時代になんども目にした書式を睨んだ。対象者の欄には〈倉田宗吉〉の名前、そして検視結果として〈突然死〉と記してある。

「事件、それとも事故なの？」

樫山が言うと、伊藤が首を振る。

「この検視結果以外、なにも情報がないのです。事件ならば添付資料、あるいは注意書きが必ずあるはずです」

樫山は二課の庶務係に設置された専用端末にかけより、検索をかけた。だが、伊藤が言った通り、検視結果以外の情報はゼロだ。樫山は伊藤と顔を見合わせた。

「どういうこと？」

「わかりません」

死亡診断書は、自宅や病院で人が亡くなった際に医師が発行する証明書であり、一般にも広く知られている。

一方、死体検案書は突然死など死因が明確でない場合に発行される。医師に依頼して検視を行い、書類を発行するのだ。事故死や突然死、自殺の場合は警察医や監察医による検視が必要となる。Ａ３サイズで死亡届の用紙と一体となり、右側は死亡診断書（死体検案書）、左側は死亡届になっているのが一般的だ。これを地元の役所に提出することで火葬許可証が発行される。

目の前の書類から考えるに、倉田は自宅や病院以外で亡くなり、警察医、あるいは監察医が死亡を確認してから死体検案書が発行され、道警のデータベースに記載されたのだ。

樫山は近くにあった警電の受話器を取り上げ、八雲署刑事課の番号にかけた。すぐに電話はつながったが、若手の職員が出たあと、しばらく待たされた。

〈はい、お待たせしました。刑事課長の……〉

電話口に間の抜けた声が響いた。樫山は書類が作成された日時、そして倉田の名前を告げた。

「どういう状況だったのでしょうか？」

〈少しお待ちください〉

相手の口調が少し苛立っているように感じたが、この際、相手の都合など考えている余裕はない。

〈お待たせしました〉

「お願いします」

〈その倉田さんですがね、国道五号を同僚が運転するバンで工事現場へと移動中、急に胸を押さえて苦しみ出したので車を停め、慌てて救急車を呼んだそうです〉

刑事課長はメモを棒読みした。

〈この間、同乗者が心臓マッサージを施しました。救急車は一五分後に現場に到着、この段階ですでに心肺停止。蘇生措置を施すもダメだったようです。救急隊員が当署に連絡し、当署から函館の指定医に依頼して死体検案書を作成しました〉

「事件性は？」

〈ないですね。指定医によれば心筋梗塞による心停止です。これでよろしいですか？〉

「ありがとうございました」

樫山は電話を切った。

所轄署が正式に指定医を呼び、検死した。事件性はない、刑事課長はそう言ったが、胸の奥に小さな棘が刺さった感覚は消えなかった。

6

伊藤の運転で道警本部を発つと、樫山は専用車の車窓から周囲を見回した。これから訪ねる北装電設の本社は札幌市内の外れにある。

「事件の処理が終わったら、円山公園でバーベキューでもいかがですか？」

専用車は真っ直《まっす》ぐで幅の広い道路を南西方向へと走る。

「いいわね。やっぱりラムを焼くの？」

「ラム派が多数ですが、本職はエゾシカを入手できます」

「シカ？」

「専門の猟師が適切に処理した肉はウマいですよ。ただし、獣臭でカラスが大量に集まってしまうのが難点ですが」

伊藤がミラー越しに軽口を叩いた。車は円山公園の近くに差し掛かった。公園内にある動物園の案内板も目に入った。

贈収賄事件の処理が全て終わった頃、札幌は本格的な初夏の訪れとなっているはずだ。緑が一際濃い公園でバーベキューに興じたら、さぞ楽しいだろう。だが、その頃までに稲垣の死の真相をつかめているのだろうか。仮に稲垣の死が殺人だった場合、道警は一大スキャンダルにまみれる。

「あと少しです」

交差点の信号が赤から青に変わった瞬間、伊藤が言った。円山公園まであと数百メートルの地点で伊藤が車を右折させた。低層マンションが続く通りを走り、突き当たりを左折すると、濃いブルーに塗られたガルバリウム鋼板の建物が見えた。モダンな造りで、一見しただけでは電設会社には見えない。デザイナー集団の仕事場のような雰囲気だった。

「ご連絡いただきましてから、少し調べておりました。弊社の倉田のことですね」

白い応接セットの向こう側で、グレーの作業着を羽織った総務部長が言った。樫山は口を閉ざし、伊藤を見た。事前の打ち合わせで、伊藤が聞き役にまわり、樫山は会社の様子をつぶさに観察すると決めていた。

「詳細は申し上げられませんが、他の重要事件と関連するかどうか、基礎捜査を行っています」

「倉田がなにか悪いことでも？」

眉根を寄せた総務部長が心配げに言った。

「捜査上の機密事項で申し上げられません。ご了承ください。今日は亡くなった倉田さんの人となりについてお聞かせください」

「先代の社長時代から弊社の中心業務、電設工事を支えてくれたスペシャリストです」

「なにかトラブルを抱えておられたとか、人に恨まれるようなことはありませんでしたか？」

伊藤が矢継ぎ早に質問を重ねたが、対面する総務部長は強く首を振った。

「工事現場は荒っぽい人間が多いですが、倉田は常にリーダーとして、他の業者の職人さんたちの面倒見もよく、人望が厚い人でした」

「ちなみに、どのエリアでお仕事を？」

伊藤は尋ね続ける。

「道内はもとより、弊社が請け負った東北地域の工事にも頻繁に出かけていました」

樫山はタブレット端末を膝の上に置き、総務部長の言葉をメモし続けた。今のところ会社側がなにかを隠匿しているような気配はない。

ただ、訪ねてきてからずっと総務部長に落ち着きがないようにも思える。

「八雲署によれば、倉田さんは突然死されました。なにか心当たりはありますか？」

伊藤の問いに総務部長が首を振った。

「鉄道工事、とくに弊社が担当する電設工事は過酷な現場が多いです。健康でないと務まりません。倉田にしても、仕事休みには、子どもたちと一緒にサッカーで駆け回るような人でした。還暦を目の前にしても、現役のサッカー選手のような体型で、いまだに突然死が信じられません」

総務部長が作業着のポケットからハンカチを取り出し、目元を拭った。伊藤が口を開いた。

「部長さんは倉田さんと一緒に仕事をされたのですか？」

「いえ、私は営業が長く、現場で倉田に会ったのは数回しかありません。ただ、宿舎で食事をするときなど若い職人たちに慕われ、良きリーダーだった姿は鮮明に覚えております」

もう一度、総務部長が涙を拭った。倉田の死を悼む態度に不自然な点はない。会社ぐるみでなにかを隠そうとしているのではなさそうだ。伊藤が樫山に顔を向けた。若き相棒も同じ感覚を得ているようだ。樫山が頷き返すと、伊藤が口を開いた。

「現場車両に同乗されていた方に話をうかがいたいのですが」

伊藤の問いかけに、総務部長が肩を強張らせた。樫山は部長の姿勢、そして手や足の動きに注目した。大きく息を吸い込んだあと、部長が口を開いた。

「ご存知かもしれませんが、建設現場は正社員がほとんどおりません。話によりますと倉田が亡くなった際に同乗していたのは皆、日雇い労働者の面々でして、今はどこにいるのかわかりません」

今まで目元を拭っていたハンカチで、部長は口元を覆った。

「派遣会社に問い合わせをしてもらえませんか?」

「あちこちの現場を渡り歩く人が多いので、うまくいくかはわかりませんが……」

口元を隠したまま部長が言った。

「御社の一番のお得意先はどちらになりますか?」

樫山は唐突に切り出した。目の前にいる部長が眉根を寄せた。

「JE北海道さん、そしてJE東日本さん、それに全国の鉄道事業者です。それがなにか?」

樫山はスマホを取り出し、写真ファイルから二枚選んで部長の前に差し出した。

「この方をご存知ありませんか?」

部長がスマホを覗き込んだあと、わずかだが息を呑んだのがわかった。一旦離していたハンカチを再び口元に当て、首を傾げた。今、部長の手元にあるのは稲垣の写真だ。部長を凝視していると一瞬、目が泳いだ。部長は天井近くに視線を走らせたのち、口を開いた。

「いえ、存じません」

樫山はスマホを取り上げ、ホストの一磨の写真を提示した。

「知らない人です」

依然として部長は口元を隠している。稲垣に関しては嘘をついているのは明白だが、一磨については本当に知らない様子だ。

「わかりました。ご協力、ありがとうございました」

樫山が立ち上がると、伊藤が念を押した。

「倉田さんの同乗者について、できるだけ早い段階で情報をご提供ください」

背の高い伊藤が部長を見下ろし、威圧するように告げた。

7

ＪＥ札幌駅近くのＪＥ北海道本社を出た専用車は、道警本部を目指して混み始めた夕方の道路を西へ向かった。樫山は後部座席で腕組みを続け、会ったばかりの会社幹部の顔を思い起こした。

「やはり、ＪＥ北の反応も不自然でしたね」

ミラー越しに伊藤が顔をしかめた。

「そうね」

円山にある北装電設の総務部長、そして先ほど会ったＪＥ北の専務の顔が頭をよぎる。ＪＥ北では、樫山が聞き手になった。

時候の挨拶もそこそこに樫山は北装電設の倉田について切り出した。向かいに座っていた専務の顔がひきつり、不自然に咳払いを始めた。

北装電設と同じで、ＪＥ北の幹部の反応も倉田のことを知っているというサインに他ならなかった。

〈ススキノで転落死した稲垣さんと倉田さんは、ＪＥ北の業務とどのような関係があったのでしょうか？〉

稲垣の死については、前回ＪＥ北を訪れた際に反応を確かめていた。社長と専務の表情が強張ったことを鮮明に記憶していた。樫山が前置きもなしに倉田の名を加えたことで、専務が激しく反応していた。

〈詳しいことは現場の者に確認する必要があります。少し時間をください〉

〈少しとはどの程度？　何時間ですか？　それとも何日？　あるいは数カ月？〉

〈早急に、一両日中にはお知らせいたします〉

樫山が畳みかけると、専務は総務や現場責任者らに連絡を取ると確約した。直後、秘書が専務にメモを差し入れた。

〈キコウが？〉

驚いた顔の専務が秘書に言った。秘書が頷くと専務は逃げるように応接室を後にした。稲垣、そして倉田の名前に動揺した専務だったが、緊急案件らしいキコウという言葉にも鋭く反応した。

「課長の迫力がすごかったです」

「そうかな」

後部座席から日が陰り始めた街並みを見つめ、樫山は曖昧に応じた。自分の使命はなにか。札幌に着任してからずっと考えてきた。

なにかと問題が多いとされる北海道警に配属された。組織内の金の流れを綺麗にするため、身銭を切って部下たちと接し、道警内では珍しい堅物と見られていると北海道新報の木下が教えてくれた。金の次は、組織の緩みがあれば是正したいと考えていたところに、稲垣の不審死を知ることになった。

〈くれぐれも無茶はしないでください〉

小堀理事官の忠告を思い出す。贈収賄事件については、四名の当事者たちを逮捕し、すでに身柄を拘束している。検事調べも同時並行で進み、あとは金額について詰めの裏付けを残すのみだ。事件を壊されたくないという小堀の気持ちは理解できる。

「課長、なにかあれば遠慮なく仕事を振ってください」

「うん」

樫山は曖昧に頷き、考え込んだ。大食いで運転手以外に使い道がないかと思われた新しい部下は、立派な相棒となっている。従順かつ育ちざかりの刑事に対しては、そろそろ全容を明かすべきではないのか。

「伊藤さん、運転しながら聞いてもらえるかな」

樫山が言うとミラー越しに伊藤が頷いた。

「今回の警視庁との事案の全容は理解している?」

「もちろんです。戦力にはなっていませんが、自分なりに調書をチェックさせてもらい、取り調べ担当の先輩方から話を聞いています」

伊藤が栗田のこと、そして袖の下を使った業者たちのことを話した。栗田が樫山にだけ反応を見せたことや一〇〇〇万円の使途不明金が出ていることこそ話さなかったが、伊藤の理解力は十分に合格点に達していた。

「今回、私がなにを調べているかわかる?」

「あの……」

伊藤が口籠もった。

「保秘のなんたるかは知っているわよね」

「もちろんです」

「今回の贈収賄事件だけど、ホストの一磨を事情聴取したら、ススキノで転落死した稲垣氏との共通項が出てきたの」

「そうですか。それで課長は……」

ミラーに映る伊藤の眉根が寄った。

「それでそのつながりを調べに北装電設、それにJE北に行ったら、先ほどの反応だったわけ」

「本職のような下っ端に事情を明かしてくださり、ありがとうございます。できることはなんでもやります、指示してください」

「JE北の専務が言ったキコウってなにかしら?」

ずっと頭の隅にあった疑問を樫山は口にした。

「わかりません。本職も気になっておりました。天気の気候、船の寄港、雑誌に文章を寄稿したとか……」

「そうよね、あまり思いつかないわよね。でも専務はかなり慌てていた。きっとなにかあるのよ」

樫山はスマホのメモ欄に〈キコウ〉と書き加えた。

「それで、亡くなった倉田さんのお宅は旭川だったわね」

「そうです」

「行ってみる必要があるわね。ホストの一磨のことも調べたいし、栗田の足取りも気になる。どこでどう彼らが関係したのか、きっちり調べるわ」

「ぜひお供させてください」

「お供じゃなくて、あなたは十分、戦力です」

「ありがとうございます。実は、倉田さんのご自宅は調べておきました。あとはご遺族、あるいは、ゆかりのある人を探して話を聞きましょう」

心なしか、伊藤の声が弾んでいた。

「道警全体が揺れるような結果が出てくるかもしれないし、私の考えすぎかもしれない。それでもついてきてくれる？」

「もちろんです」

口元を引き締め、伊藤が答えた。ミラー越しだったが、樫山は若き相棒の顔が頼もしく見えた。

8

札幌に戻ってから樫山は慌ただしい一日を過ごした。

帰宅した中島公園脇のマンションで、樫山は浅い眠りに苦しんだ。この短期間で会った人物の顔が頭に浮かび、疑念ばかり深まって睡眠を阻害し続けた。

午前三時半にスマホで在京紙や公共放送のニュースの見出しを確認し、担当する贈収賄事件について憶測記事や利害関係者から不当捜査との声が出ていないことを見定めて、無理矢理体を横にした。

長旅と捜査の疲れが体を蝕《むしば》んでいるが、意識が遠のきそうになると、倉田や稲垣の死についての謎が頭をよぎる。サイドテーブルのスマホを見ると、午前五時半だった。寝るのを諦め、樫山はベッドを抜け出し、公園に面したカーテンを開けた。

東京より北海道の方が日の出は早い。公園の街路樹脇にはジョギングや散歩を楽しむ人たちの姿が見えた。

樫山は一、二分ほど公園を眺めた。世間はいたって平穏であり、多くの市民がごく普通に暮らしている。所々に残雪が見えるが、この一週間でその量はかなり減った。

スマホを見ると、不在着信の履歴が残っていた。郷里・宇都宮の母だった。うたた寝している時、つい五分ほど前だ。母は早起きで、なにかしら思いついた瞬間に電話をかける悪癖がある。無視しようか考えたが、父や親戚になにか起こったのかもしれない。母の番号をタッチすると、即座に返答があった。

〈おはよう〉

「なにかあったの？」

〈父さんがまた釣りに行くって。今日は一緒に買い物に行く約束していたのに〉

母の不機嫌な声を聞き、拍子抜けした。母にとっては、買い物は一大イベントだ。宇都宮中心部の百貨店にでも行くつもりだったのだろう。

「私にどうしろっていうの？」

〈父さんの携帯に連絡して。もういい加減にしてって〉

いい加減にしろと言いたいのはこちらだ。だが、母にその旨を告げれば、今度は母と自分の喧嘩になってしまう。

「今度言っておく。とりあえず切るね」

一方的に告げ、通話を打ち切った。依然、目の前に広がる公園の景色は平和そのものだ。朝の美しい景色に別れを告げ、配達されたばかりの朝刊を取りに階下の玄関に向かった。

地元ブロック紙の北海道新報だ。紙版を購読しているのはネット版で割愛されてしまいがちな地元の囲み記事やグルメ情報を見たいからだ。

瞼《まぶた》を擦りながら、一面トップ記事に目をやった。〈道新選挙動向〉と題された企画記事で、一年後に任期満了となる道議会選挙の動静が載っていた。一面の左肩に目を向けた途端、見出しに釘付《くぎづ》けとなった。

〈官僚のススキノ不審死、弁護士らが再捜査求め署名活動を開始〉

文末を見ると、〈社会部　木下康介〉の署名があった。樫山は目を見開き、文面を追った。

〈ススキノの雑居ビルで転落死した国交省技官の稲垣……〉

清掃ボランティアで一緒だった西北大法学部出身の弁護士が中心となり、同窓生である稲垣の不審死の再捜査を道警に求めるべく署名活動を開始した。また記事横に掲載された写真には、気難しそうな弁護士がススキノの現場に立つ姿が写っていた。

樫山はさらに目を凝らした。

西北大同窓生のほか、国交省の有志らから既に一〇〇筆の署名が集まっているという。警察が動かねば、動かせばよいという発想だ。記者と弁護士という組み合わせは想像していなかった。

弁護士の名前をチェックしたあと、スマホで経歴を検索した。大手弁護士事務所の名前がヒットした。その中に弁護士の顔写真と経歴のほか、刑事事件に定評があると紹介されていた。

実地の捜査に関しては素人の樫山が地取りしただけで〈下戸〉〈死亡現場との鑑の薄さ〉〈キサダ〉など不審な点が続々と浮かび上がった。刑事専門の弁護士ならば、助手なども動員して徹底的に調べを進めるはずだ。

樫山は検索画面をメッセージアプリに切り替え、木下に短い伝言を送った。送信した直後、早速木下が反応した。

〈随分早起きですね〉

樫山は直接会いたい旨を打ち込んだ。

〈こちらもそう思っていました。では、ランチはここで……〉

木下が矢継ぎ早に情報を送ってきた。樫山はランチ時間を自身の日程表に書き込んだ。

「こちらでよろしいですか？」

タクシーの運転手が〈南3西7〉の交差点脇で車を停めた。樫山はスマホの地図アプリで目的地が近いことを確認した。

「ありがとうございます」

道警本部で午前中の会議に出席し、報告書類をまとめた。その後、樫山は慌てて流しのタクシーをつかまえ、古いアーケード街の狸小路《たぬきこうじ》に向かった。

伊藤が送ると申し出たが、断った。伊藤を捜査に巻き込むことは決めたが、さすがに北海道新報の木下と会うことは隠しておきたかった。

タクシーを降りると、樫山は〈狸小路7丁目〉とプレートが付いた古いアーケードを見上げた。同じアーケード街でも一丁目から六丁目までは新しい囲いがあるが、ここ七丁目だけはどこか煤けた昭和の雰囲気が残っている。以前木下と訪れた中央バス札幌ターミナルと同様で、古い札幌の面影を体現したような一角だ。

アーケードを進むと、アプリの赤いピンが徐々に近づいてきた。サフォーク羊専門店の看板の前まで来ると、樫山は足を止めた。

スマホの画面のピンが現在地と一致した。店の木の扉を開けると、もうもうとした煙が樫山を包み込んだ。普通の焼肉店とは少し違う。草の香りがほのかに煙の匂いに溶け込んでいる。ブロックを組んだバーベキュー台で赤身肉を焼く客が多い。木下の姿を探すと、一番奥の席で右手を挙げていた。

「珍しいお店ですね」

席に着くなり、樫山は尋ねた。

「道民はあまり外でジンギスカンを食べないと言いましたが、ここは例外。旭川のずっと北にある一大産地の希少な肉を出してくれます」

木下がテーブルにあるランチメニューを手渡してくれた。

「せっかくだからジンギスカン定食をいただきたいけど、午後も会議があるので、煙は遠慮します。木下さんはなにを？」

「それならラム肉がたっぷり入ったデミグラス丼がオススメです」

「それじゃあ、私はオススメを」

樫山が言うと、木下が店員を呼び、デミグラス丼を二つオーダーした。店員の後ろ姿を見送ったあと、樫山は周囲を見回した。道警関係者はいない。念のため声を潜め、切り出した。

「随分思い切った記事でしたね」

木下が肩をすくめた。

「簡単なことですよ。俺も西北大出身で、同級生のツテで弁護士に情報を出していました。いや、焚《た》き付けたといった方が正確かな」

マッチポンプという言葉が喉元まで這い上がってきたが、我慢した。元はと言えば、札幌中央署の杜撰《ずさん》な事件処理が発端であり、これを疑問に思った木下は、記者として当然の問題提起をしただけだ。

「木下さん、稲垣さんのお母様に会ったんですね」

「富丘団地は西北大学の近くで、土地鑑がありましたし、事件の重要な関係者です。記者なら必ず会いますよ」

「どんなお話を？」

「警察が再捜査なんてするはずがないから、絶対に力になる、そう伝えました」

木下の言葉を聞き、樫山はため息を吐いた。

「どうされました？」

「いえ、私も同じことをお母様にお伝えしたんです。たくさんある役所の中でも、警察は一番硬直的な組織であることは間違いないから」

「皮肉なもんですね」

「ええ」

未だに煮え切らない態度の自分に腹が立った。官僚の立場から踏みとどまるのか。それとも目の前の木下に協力するのか。

「道警の様子はどうでした？」

道警本部の記者クラブが記事を出す際、正式なコメントを求めたと木下が言った。記事の末尾にも〈事故処理は適正に行われた〉と広報の声明が載っていた。だが、実際の感触が知りたいのだろう。

「広報は大変だったみたい。課長が詰め寄る記者たちと口論していたわ」

「そうですか」

四時間前、樫山は本部に出勤した。自席に赴く直前、広報課の脇を通り過ぎた。在京の大手メディアのほか、道内のテレビ局記者が広報課長に詰め寄っていた。

「材料を持っていない他の新聞やテレビがどう後追いしてくるか。実は既に数社が弁護士に接触しています。夕刊や昼のニュースで追いかけてくるのか、無視するのかでそれぞれのメディアの立ち位置がわかります」

立ち位置の部分に木下が力を込めた。かつて木下は、警察を取材しているのではなく、事件を調べていると断言した。発表を鵜呑《うの》みにするメディアが多ければ樫山のような警察官僚は助かる。だが、樫山自身が首を傾げるようなことが起こっている以上、メディアによる浄化作用に頼らざるを得ない。

「以前、道警の裏金問題を叩いたチームの使い走りだったことはお話ししましたよね」

木下が声を潜めた。

「ウチの社内には、依然として道警べったりの編集幹部がいます。今回の報道についても、相当な横槍《よこやり》が入りました」

「やっぱり」

どんな組織にも長い物には巻かれろと主張し、コバンザメのように立ち回る幹部は存在する。マスコミといえど一民間企業だ。木下も気苦労が絶えないようだ。

「樫山課長の立場なら、道警幹部の様子もご存知ですよね」

「ええ」

記者と広報スタッフが荒い言葉でやりとりしていたのとは裏腹に、樫山が会った幹部たちは冷静そのものだった。

刑事部長、本部長とそれぞれ短時間面会したが、贈収賄事件捜査をねぎらう言葉をかけられただけで、稲垣の一件は話題にも上らなかった。その旨を話すと、木下の目つきが変わった。

「舐めてやがる。絶対にギャフンと言わせてやりますよ」

「近く続報がある？」

「ノーコメントと言いたいところですが、もちろんやりますよ」

木下の言葉を聞き、樫山は息を吐いた。

「私は道警本部の人間であり、ひいては警察組織全体を管理する立場です。こうして会っているのがよくないことだとわかっているけど……」

偽らざる本音がこぼれ落ちた。

「手抜き捜査には憤りを感じているんでしょう？」

木下が前のめりになった。

「私が直接木下さんに協力することはありません。でも、あの一件はあまりにも杜撰だった。その点に憤っているのは事実です」

「だったら……」

さらに顔を近づけてくる木下の前に、樫山は右手を出した。

「現場捜査員のようなスキルはないけど、基礎捜査くらいできる。稲垣さんの件は、少し調べたけど、やっぱり単純な転落死で片付けてよい事件ではない、そう考えています」

「それ、道警幹部ってことで次の記事に使っていいですか？」

明らかに木下の鼻息が荒くなった。樫山は強く首を振った。

「以前申し上げた通り、録音なし、メモもダメ、どういう形であれ引用はNGという条件で会っています」

「やっぱりダメか。まあ、次の記事をいつ出すかは未定ですが、一つ面白い言葉を入れますよ」

そう言うと木下がテーブル下から取材ノートを取り出し、勢いよくページをめくり始めた。

9

「ここに、〈キサダ〉という言葉があります」

ノートの一点を指し、木下が言った。右肩上がりの文字でたしかにそう書いてある。樫山は肩を強張らせた。

「その様子だと、樫山課長もつかんでいましたね?」

「ええ……」

「〈キサダ〉とは、官僚用語で規定を表す、そうですよね?」

木下の両目が強い光を発した。脂の乗った記者の追及にこれ以上とぼけることはできない。渋々頷いた。

「その話はどこで?」

樫山が問いかけると、木下が眉根を寄せた。

「樫山課長こそ、どちらでキサダという言葉を?」

やはり木下をかわすのは無理だ。

「ススキノの現場になったビルのスナックの関係者よ」

スナックのママから聞いた点は伏せて答えると、木下が満足げに頷いた。

「俺もそうです。あの店のホステスから聞きました。では新情報を一つ。あのビルですけど、問題のフロアは全部テナントが入れ替わりましたよ」

「えっ」

「なんらかの圧力が働いた、周辺の店を取材した俺の感じではそうです」

所轄の札幌中央署にいた伊藤が言った通り、あのビルには違法な風俗営業を行う店がいくつかある。伊藤が同署に連絡を入れたはずなのに、摘発の情報には接していない。木下が言った圧力という言葉に異様な重みがある。

「知らなかった……」

「いかがわしい連れ出しスナックでしたけど、道警が摘発したという事実はありません。誰かが金を払って立ち退かせた、そんな見立てもできます」

木下が取材ノートをめくりながら言った。木下は東京の稲垣の母を訪ねて証言を得るなど、徹底して足で稼ぐタイプの記者だ。あの風変わりな雑居ビルにしても、不動産業者や別のスナック関係者らから情報を得ている公算が高い。

「稲垣さんの怒りの原因はなんだったのかしら?」

樫山が切り出すと、今まで自信に満ちていた木下の表情が曇った。

「今、そこを調べています」

樫山は頷いた。木下と自分はまだ事件の核心に迫っていないのだ。

「ただ、稲垣さんの職務、そして北海道出張中ということから考えるに、延伸工事に関するなにかだと思っています」

小声で告げたあと、木下が急に周囲を見回し始めた。正午過ぎとなり、世間一般のランチ時間だ。このラム専門店にも先ほどからひっきりなしに客が入ってくる。オーダーしたデミグラス丼はまだ届いていないが、食事の前にできるだけ木下から情報を仕入れたい。

「どうしました?」

依然木下が店内をチェックしている。トレイを持った店のスタッフを目で追っているのではない、なにかを警戒している。

「すみません。ちょっと誰かに見られているかもしれないと思いましてね」

「私は警察官ですよ。監察の視線を気にすべきは私です」

木下と会う際は、伊藤にも知らせていない。万が一、監察室にでも情報が抜けるのを防ぐためだ。

「いや、真面目な話ですよ。以前、道警のスキャンダルを報じた際も、警備系の人たちに先輩たちが監視されていました」

「ほかに心当たりは?」

「もう一つ、JE北の先鋭的というか、極左の組合ですよ」

木下が唾棄《だき》するように言った直後、冬木がラーメン屋で告げた言葉が頭をよぎった。

〈あそこは伏魔殿のようなところがある〉

「そうか、道警の公安担当の人たちが常に気にしているようね」

短く言ったあと、樫山は言葉を飲み込んだ。稲垣の恩人も同じエリアで亡くなった。八雲署が発行した死体検案書の件、そして工事現場に向かう間、バンの中で突然死したという報告には不可解な点が多かった。木下が言う先鋭的な組合のメンバーが絡んでいたらどうか。

樫山自身、警備公安の実務経験はない。だが、警察庁で順調に出世するには警備や公安のスキルを上げるのが早道だということは知っている。刑事畑を中心に歩んできた樫山には想像すらできない問題が稲垣、そして倉田の死に絡んでいるとしたら。

「樫山課長、なにかあるんですか？」

口を噤《つぐ》んでいると、木下が顔を覗き込んできた。

「なんでもありません。それより、もっと情報が揃ったら、続報を出すの？」

「もちろん。それに弁護士も優秀ですし、さらに証拠を掘り起こすでしょう」

「署名を提出するにあたり、弁護士の先生は当然、道警の刑事部長か本部長には会っているんでしょう？」

「余裕しゃくしゃくだったようです。ああいう不遜な態度を取られると、弁護士も記者も燃えます。樫山課長もぜひ力を貸してください。もちろん、あなたのことは弁護士にも完全秘匿します」

「ええ、できるだけ協力します。ただ……」

樫山は言葉尻を濁した。まだ踏ん切りがつかない。しかもまだ明かせないこともある。

「なにか新事実を握っているんですか？」

「あるともないとも言えません。ただ、警察官僚である以上、組織の怠慢や手抜きは絶対に許せない。しかし、怠慢の根源、それに事件の全容をつかまない限り、動きが取れない。これは嘘でも保身でもない。信じてほしいの」

樫山の言葉に木下が頷いたとき、湯気を上げるデミグラス丼をトレイに載せた女性スタッフがテーブル席に着いた。

10

ランチから本部に戻ると、樫山は警視庁にいる冬木に電話した。メールでも取り調べの様子は伝わっているが、直に声を聞き、進捗度合いを知りたかった。

「栗田の様子はいかがですか？」

樫山が切り出すと、警電の向こうで冬木がため息を吐いた。

〈依然栗田は完黙です。贈賄側が淡々と、真摯に取り調べに応じているのとは対照的です〉

冬木の口調にどこか焦りを感じる。贈賄側は警視庁が担当し、順調に調べが進んでいるのに、道警の担当である収賄側の栗田が頑なな態度を崩さないからだ。

〈例の一〇〇〇万円の不足分ですが、頑として喋りません〉

栗田を突き崩すための明確な材料は揃っていないが、このまま冬木を憔悴させるのは忍びない。樫山は思い切って口を開いた。

「差額の件、まだ未確定な要素ばかりでお話ししていないことがあります」

〈どういうことですか？〉

珍しく冬木が苛立った声音で言った。それだけ疲労が蓄積しているのだ。樫山は言葉を継いだ。

「今まで本筋の捜査の邪魔になるかと考えてお知らせしていませんでした。申し訳ありません」

〈どういうことでしょう？〉

「栗田が金を注ぎ込んだホストの一磨は、私が少し別件で調べている件と接点があるかもしれません」

〈本当ですか？〉

冬木が低い声で唸った。樫山は小堀理事官に説明済みであり、もう少し調べが進んで成果が出た段階で冬木に話すつもりだったのだと改めて詫びた。

〈理事官もご存知ということは、検察対策も考えてという意味ですね〉

「そうです。私も検事と調整したいのですが、今回は理事官の専権事項なので」

普通の現場捜査員ならば、なぜ黙っていたのだと怒鳴りだしてもおかしくない。だが、検事という言葉を出した直後、冬木は全てを悟ってくれた。東京地検の担当検事が事件を食った、すなわち被疑者四名を起訴した以上、贈収賄の金の流れはとことん調べる。もちろん、贈賄側と収賄側で一〇〇〇万円もの差額があれば、検事は烈火のごとく怒り、事件全体が潰れてしまうことさえ起こりうる。

「捜査の素人が調べて少し気になっている点です。冬木キャップの手を煩わすわけにはいかないので、伊藤さんと一緒に調べてもいいですか？」

〈伊藤で大丈夫でしょうか？〉

「彼は優秀です」

〈わかりました。私は当分、栗田の取り調べを監督せねばならず、身動きがとれません。なにか手がかりがあれば、ぜひ情報を提供してください〉

「即座に連絡を入れます」

年長の部下の健康を気遣ったあと、樫山は電話を切った。

もう一度、頭を整理するため、樫山は自席の椅子に寄りかかり、天井を見上げた。差額の鍵を握っているのが、ホストの一磨で、栗田が金を溶かした相手だ。一磨が取調室で言った〈俺だけのことじゃない〉とはなにを意味するのか。

もう一つの鍵は、一磨のベッドにあった倉田の写真だ。倉田は道南の国道沿いで心筋梗塞で亡くなった。そして倉田のことを一磨だけでなく、国交省技官の稲垣が慕っていたのは偶然なのか。

「やっぱり旭川か」

天井を見上げたまま、樫山は呟いた。同時に両手で頰を張り、姿勢を正した。ノートパソコンを引き寄せると、本部長、刑事部長宛にメールを打ち始めた。

〈贈収賄事件捜査の一環として、短期間本部を空けます。警視庁の捜査員、出張中の部下たちとは適宜適切に連携する予定です。緊急の案件があれば携帯電話に連絡を〉

樫山は送信ボタンを押した。

このままいけば、木下が先に真相に辿り着くかもしれない。その前に、なんとしても警察官僚として事件の全容をとらえたいとの気持ちが強くなった。

樫山はパソコンのメール画面を凝視した。有力弁護士と地元紙がタッグを組んで署名活動まで展開しているのに、本部長や刑事部長には全く危機感がない。

実際、北海道新報の記事は東京の本庁幹部も承知しているはずだ。なぜ内部調査の指示が霞が関から飛んでこないのか。メール画面を見つめるほど苛立ちが強まっていく。

外部の弁護士に恥を暴露される前に、警察官僚として先にミスを是正し、組織を再生させねばならない。その思いを改めて嚙み締めると、樫山はノートパソコンを閉じた。樫山は右手を挙げた。

「伊藤さん！」

樫山が部下の名を呼ぶと、課の隅で新聞を読んでいた伊藤が勢いよく立ち上がった。

11

札幌駅の八番線ホームに上った直後から、樫山は周囲をなんども見回した。大学生の頃、同じホームに立ち、全道各地につながる列車に乗り込んだが、今は感覚が全く違う。立ち食い蕎麦店から濃い目の出汁の香りが漂い、鼻腔を刺激した。

目の前にいた回送列車が走り始めた。駅の構内から警笛の音がひっきりなしに聞こえた。ディーゼル車特有の音色で、この音を聞くたびに北海道にいるのだと実感する。

手元の指定券と頭上から吊るされたカラフルな停車位置の看板を見ながら、樫山は歩き続けた。

〈特急かむい〉〈特急スズラン〉〈特急らいらっく〉〈特急そうや〉〈特急トカチ〉……。頭上の案内板には道内主要都市行きの案内がある。旅行ならば分厚い時刻表と照らし合わせながら口元が緩んでしまうが、今日は違う。

看板をチェックしていると、先ほどとは違う車両がホームに滑り込んだ。

「これですね」

伊藤が車体の案内表示を見て言った。ほどなくして客車が停まった。樫山は眼前の客車に目を凝らすとスプリングコートのポケットからスマホを取り出し、写真を撮り始めた。

「どうされました?」

伊藤が顔を上げ、言った。

「だって、ボロボロの客車や機関車が多いから」

旭川行きの特急を待っている間に、他の道内主要駅に向かう列車がなんども目の前から発車した。車体のそこかしこに錆《さび》が浮いている客車、運転席の窓の下に凹みのある機関車など無傷の列車の方が少ない気がした。

「猛烈な地吹雪の中を走ったりしますからね」

「直さないの? 東京ではこんな車両にお目にかかることはないわ」

「JE北は金がありませんから」

伊藤が平然と言った。もちろん、塗装が剝げ、車体に凹みがあることはJE北の職員は百も承知だろう。乗客も見慣れているかもしれない。だが、企業としてそのイメージを受け入れてよいのか。

「北海道の鉄道の大半がディーゼル車です。内地の電車に比べ車体が格段に重いので、線路も傷みます」

「そうよね」

「函館本線など数少ない路線を除けば、JE北は採算の取れない路線が多い。少しでも金をケチりたいから、多少の凹みや傷があっても、走行に問題がない車両はほったらかしにされるんでしょう」

札幌駅のホームには、多くの乗降客がいる。ミラーレスカメラで古い車両を撮るマニアの姿はちらほら見かけるが、樫山のように傷や凹みを撮影する者は皆無だ。

ススキノのラーメン屋で冬木がレクしてくれた事柄を思い起こす。JE北海道は分割当初から赤字路線ばかりで、経営環境は常に厳しい。目の前の車両だけでなく、隣やさらに向こう側に停車する車両のほとんどに傷がある。これらの生々しい痕跡こそがJE北の実情なのだと改めて納得した。


ホームに着いてから約一〇分後、清掃を終えた特急車両のドアが開いた。

道内一の札幌と二位の規模を誇る旭川を結ぶ路線だが、昼下がりの車両はスーツ姿の乗客が一五人ほどだ。これが夕方や朝方なら満員近くになるのかもしれない。チケットを片手に伊藤が先を歩く。樫山も席を探しながら通路を進んだ。

伊藤の体の脇から見ると、サラリーマンたちが次々に乗り込み、手慣れた様子でバッグを棚に収納していた。

「ご乗車ありがとうございます」

伊藤の肩越しに少し間の抜けた声が聞こえた。伊藤の背中から空いた座席の方向に首を出すと、制帽を斜めに被り、ネクタイを緩めた車掌がいた。

「なんか態度悪いわね」

伊藤にだけ聞こえるよう小声で告げた。その途端、伊藤の肩が強張った。

「ええ」

伊藤が答えた直後だった。早足で進んできた車掌がわざと伊藤に肩をぶつけた。

「ちょっと、失礼じゃないですか」

通路は一人分しかない。普通であれば、車掌が空いた席に体を移し、乗客を通すはずだし、樫山が知る限り全ての車掌がそうしてきた。だが、今回は違う。胸元の名札を見ると〈村本《むらもと》〉とある。

「ふんっ」

車掌がわざとらしく伊藤に視線を合わせ、挑発的に言った。同時に、鼻歌を唄い出した。

「なんなの？」

伊藤が体をよじり、車掌を通した。依然として車掌は攻撃的な目つきで伊藤を睨み、鼻歌を唄っていた。なんの曲かはわからないが、どこか牧歌的なメロディーで、母校東大の古い寮歌のような響きがあった。

「課長、失礼しました」

「なぜ伊藤さんが謝るの？」

「とりあえず、こちらへ」

伊藤が指定券と指定席の番号を照合し、樫山を窓際の席に案内した。次いで伊藤はてきぱきと樫山と自分のバッグを棚に押し上げた。

「あの車掌、例の極左組合のメンバーかもしれません」

「えっ……」

「内地と違い、先鋭的な組合の活動は生きています」

「それにしてもなぜ伊藤さんにだけあんな態度を？」

「想像ですが、奴ら、道警職員の名簿を持っているという話を聞いたことがあります」

「極左の組合にとって、警察は天敵か。でも、なぜ私には敵意を見せなかったの？」

「赴任されてからまだ日が浅いからかと。我々は早めにホームに到着しました。誰か組合のメンバーが連絡したのかもしれません」

苦々しい顔つきで伊藤が言った。

「警乗連絡はしていないわよね」

「もちろんです。だからこそ、極左の連中の方が警戒したのかもしれません」

極左、連中という荒い言葉に樫山は反応した。

「少し聞いてもらえるかな」

「なんでしょう？」

席に腰を下ろした樫山は、隣に座った伊藤の顔を凝視した。

「稲垣さんの死に、組合、もしくは背後にいる極左の母体が関わっていたらどうかしら？」

「あり得ますね」

伊藤が声を潜めた。

「例の組合は、サボタージュ行為が頻繁に起こり、これが事故につながったケースさえあります。生真面目な稲垣さんが手抜き案件を強く是正するよう指導したとしたら……」

伊藤の表情が険しくなった。内地では過去の遺物となった労働争議は、北海道では現実問題としてＪＥ北海道本体を苦悩させている。そこに国交省技官の稲垣が苦言を呈した、あるいはなんらかの問題を是正するよう強く迫ったとしたら。

「ちょっと、本部の警備課長に問い合わせしてくるわね。あの車掌が組合のメンバーだったら、ヒットするはずよ。これは糸口になるかもしれない」

自らに言い聞かせると、樫山は脚を座席側に折り曲げた伊藤の前をすり抜け、デッキへと向かい、電話をかけた。


「警備課長はすぐに反応してくれたわ。本部に帰ったらリストと照合してくれるみたい」

「そうですか」

「いくらなんでも、乗客に肩をぶつけるなんてあり得ない。もし、これが警官だと知ってのことなら、正式に抗議します」

「本職なら気にしていませんよ」

「いいえ、そういう問題じゃないの。組織としてＪＥ北に抗議します」

樫山がそう言った直後、特急列車がゆっくりと札幌駅を離れた。

12

札幌を発った特急は北の大都会のベッドタウンである江別を通過し、スピードを上げ続けた。

「本職は調べ物を続けますので、どうか景色をお楽しみください」

伊藤がノートパソコンを開いた。北装電設や倉田個人のことを調べるつもりなのだろう。パソコンの脇にワイファイの小型ルーターを置き、キーボードを叩き始めた。

雨の雫《しずく》跡がついた窓辺に肘を突き、樫山は車窓からの景色に見入った。線路沿いにはバイパスが走り、遠くには高速道路のシルエットが見える。どちらも大型のトラックやトレーラーのほか、業務用のミニバンが忙しなく行き交っている。

「本来なら車で移動したほうが便利なのですが、課長は鉄道旅がお好きだとおっしゃっていたので」

キーボードを叩きながら、伊藤がぽつりと言った。特急を使えば旭川まで約一時間半で到着する。道央高速を使っても旭川まで約二時間かかるが、関係者の居住先などを訪れることを考えれば、捜査車両の方が動きやすい。

「JE北海道の現状を肌で感じたくて」

「了解しています」

伊藤が淡々と答えた。

樫山は腰を浮かし、改めて車両の中を見回した。乗っているのはスーツ姿のサラリーマンばかりだ。ＪＥ北の数少ない黒字路線であっても、他のＪＥ各社とは様子が違う。例えば、都内の主要路線の座席はほぼ埋まっていて、吊り革につかまっている人も多い。

人口が圧倒的に少ないという違いはあるが、ＪＥ北の黒字路線は他のＪＥに比べ格段に空いていると言わざるを得ない。もう一度、線路沿いを走るバイパスに目をやる。業務用車両のほか、小型セダンや軽自動車など近隣住民の車も多い。

腰を浮かせていると、突然、車両が揺れた。慌てて前の席をつかむと、伊藤が苦笑いしていた。

「こちらの路線はカーブが多いので、気をつけてください」

伊藤がそう言ったあと、車両が軋む不快な音が耳に入った。

「それにしても、軋みがひどくない？」

「カーブでは遠心力が働きますから」

伊藤が肩をすくめながら続ける。

「今時期ですと、雪が溶けたあとで、枕木とか傷んでいるタイミングなんで尚更でしょう」

「大丈夫なの？」

「どういう意味ですか？」

「以前、脱線事故や保線絡みの事故が相次いだじゃない」

「一〇〇％ではありませんが、ここは函館本線ですから、一応ちゃんと保線管理していると思いますよ」

「それって、赤字路線だと違うってこと？」

「詳しいことはわかりませんが、組合の問題やら人員不足でメンテナンスが疎《おろそ》かになって、それが事故の遠因になった、そんな記事を新報で読みました」

「なるほど……」

技官の稲垣は、鉄道の安全対策のプロだ。鉄道マニアという顔のほかに、事業者を指導監督する立場となった稲垣は、この揺れ続け、軋み音を立てる車両をどう思ったのか。

腰を下ろすと、樫山は再び車窓から風景を見つめた。郊外のバイパスと並行して車両が進むが、やがて緑色の牧草地が見え始めた。北海道らしい風景だ。だが、以前のように素直に景色を楽しむ気になれない。

「あっ」

通過した駅の近くに巨大な雪の塊が見えた。小山のように積み上がり、ところどころ汚れで黒くなっている。

「雪捨て場ですね」

「捨てる？」

樫山が訊き返すと、伊藤が頷いた。

「岩見沢とか、滝川、旭川に至るエリアは道内屈指の豪雪地帯です。町内の雪かきで集まった雪を駅近くや郊外の空き地にまとめて積んでおくんです」

「そんなに降るの？」

「企業や町内会で金を出して建築業者に雪かきしてもらい、これをまとめて雪捨て場に持っていくようなケースもあります。町内会ごとに毎年数万から数十万円かかることもあります」

「そんなにお金がかかるんだ」

「冬の燃料代のほかに雪捨て料金がばかになりません。鉄道に関しても、列車、線路、枕木と全て内地の数倍傷みます」

「すごい。よく知っているのね」

樫山が驚くと、伊藤が顔を赤らめた。

「基本的に道から出ていないからです。道民なら誰でも知っていることばかりです」

照れているのか、伊藤が視線を逸らした。樫山はわざと伊藤の顔を凝視した。

「そういえば、伊藤さんの生い立ちを知らないわ。どこで生まれたの？」

「いたって平凡です。旭川近くの小さな町で生まれました。道内各地を転勤する建機メーカー勤務のサラリーマンの長男でして、小中は転校ばかりでした」

「へえ、そうなんだ」

「高校は江別の普通高校です。そこで柔道に目覚め、道内では少しばかり名が知られるようになったんです。といっても全国レベルでは活躍できませんでしたけど。卒業後、道警の採用試験を受けました。柔道は就職に有利でしたね」

「柔道、剣道はよく聞くわね。函館はホットドッグがおいしかったけど、旭川はなにがオススメ？」

「詳しくないんです。量があれば満足ですから。強いて言えば、ラーメンでしょうか」

「仕事が一段落したらご馳走するわ」

「いっぱい食いますよ」

「加減してね。安月給だから」

樫山が軽口を叩き、伊藤が口元に笑みを浮かべた直後、列車が岩見沢駅に停車した。ホームを見ると、がっしりした体格の農馬が鉄のソリをひくモニュメントがある。

「すごい、昔はあれで開拓をしていたの？」

「そうです。道民の祖先は皆開拓民ですから」

「競馬場で見るサラブレッドとは随分違うわね」

「あれがリアルな道産子《どさんこ》です。か細い体と脚では、北海道で生きていけません」

北海道の牧場に嫁いだ同級生川田の言葉が頭をよぎった。厳しい自然と戦いながら入植者たちは懸命に自分の生きる場所を切り拓《ひら》いてきた。だからこそ、北海道独自のルールが生まれ、やがてこれに弊害が出るようになった。今回の旭川行きでは、どんな歪みを見ることになるのか。懸命に足を踏ん張る道産子像を見ながら、樫山は考えた。

13

「この辺りだね」

老年の運転手がコンクリート造りの低層団地の端でタクシーを停めた。

旭川駅に着いてすぐ、広大な駅前広場に驚いた。学生時代に旅行した中国やロシアのターミナル駅のように広く、サッカー場か野球場がそのまま入ってしまいそうな土地だった。周囲は近代的な駅ビルやホテルが立ち並び、整然とバスターミナルが設置され、タクシー乗り場もすぐに見つけることができた。

タクシーに乗って駅前広場を出ると、今度は打って変わって昭和的な街並みが続いた。札幌よりも古い造りの商店や雑居ビルが多く、地元の清酒メーカーの大きな看板もいくつか目にした。

市街地を出ると、今度は真っ平らなエリアが続いた。いかにも北海道といった風情で、住宅地の間を走る道幅も広く、川田が言った〈車幅感覚がない〉という言葉が納得できた。

「この辺りはあまりタクシー来ないよ。最寄りの永山駅も遠いしね。帰りの足が必要だったら、ここに電話すればいいわ」

樫山が料金を払って領収書を受け取ると、老運転手が名刺を差し出した。

「わかりました。電話するかもしれません」

伊藤がタクシーの外に出て、樫山が頭を打たぬようドアの縁に手をかざしてくれた。

「よろしくね」

「ありがとう」

「さあ、行きましょう」

大きめの鞄を襷掛《たすきが》けにして、右手に住所のメモを持った伊藤が言った。

「同じような建物が連なっているけど、大丈夫？」

方向音痴の樫山にとって、団地は迷路と一緒だ。

「大丈夫ですよ。目星はついていますから」

伊藤が先を行く。大きな背中を追いつつ、樫山は歩を進めた。低層団地の入り口近くに集会所があり、ちょうど婦人会の寄り合いが開かれていた。窓際を通ると、カラオケ大会を開催中のようで、こぶしを利かせた演歌が聴こえた。入り口近くには〈カラオケ練習会〉と手書きの札がかかっていた。

伊藤の後につき、さらに団地の奥へと歩いていく。

「あそこですね」

伊藤が〈15〉の看板を指した。一五号棟という意味なのだろう。白いペンキが塗られた低層団地で、どこの建物の壁にも小さなひび割れがあり、雨がつたい落ちたシミがついている。鉄道と同じで、厳しい暴風雪に耐えてきたのだとわかる。

伊藤が歩くピッチを速めた。樫山は小走りになったが、なんとか若い相棒の後を追う。伊藤が三段の階段を上がり、外廊下を進み始めた。部屋番号を見ると、〈１５０１〉から順に増えていく。

「こちらですね」

伊藤が〈１５０６〉の前で足を止め、樫山の顔を見た。

「アポ無しですが、大丈夫ですよね？」

伊藤は心配顔だった。

「行くしかないわね。会えるまで帰らないつもりだから」

樫山が言うと、伊藤が頷き、ドア横の電力会社のメーターに目をやった。

「どうしたの？」

「在宅されていますね」

「私があいさつするわ」

樫山は〈倉田〉の表札横にある呼び鈴を押した。古いブザー音が響いたあと、部屋の内側から足音が近づいてくるのがわかった。

「どなた?」

女の声だ。少し掠れている。

「突然すみません。北海道警の樫山と申します」

樫山は身分証を取り出し、ドアの覗き穴に向けた。

「別に警察に用はありませんけど」

ドア越しの声がわずかに怒っているように聞こえた。

「ご焼香をさせていただきたいと思いまして」

樫山は懇願口調で言った。すると、ドアがわずかに開き、怪訝な顔の老婦人が樫山を睨んでいた。

「道警って、主人のことですか?」

夫人は眉間に皺を寄せている。

「もうご葬儀を済まされているのは存じております。少しだけお話もいいですか」

樫山は深々と頭を下げた。横にいる伊藤も慌てて大きな体を折り曲げた。

「パートに行くので、手短にお願いします」

夫人の口調はきついままだ。

「ありがとうございます。それでは、失礼いたします」

樫山は夫人の後に続き、三和土《たたき》で靴を脱いだ。後方から伊藤が続く。

小さな玄関脇には四畳半ほどのダイニングキッチンのスペースがあり、小さなテーブルが置かれていた。夫人はこのスペースを横切り、奥へと向かった。

奥の部屋は和室で、六畳ほどの大きさだ。キッチンのテーブルには北海道新報が畳んで置かれていた。和室も座布団が積まれ、小さな卓袱台《ちゃぶだい》の上には茶器があり、いずれも綺麗に磨かれていた。壁には、サッカー関係の感謝状やペナントが貼られている。

「こちらです」

夫人がぶっきらぼうに窓際の小さな仏壇を指した。

「失礼します」

仏壇には白い布に包まれた箱、そしてサッカーのユニフォーム姿の男性、笑顔の倉田の遺影がある。

樫山は箱の前に置かれた線香を手に取り、蠟燭《ろうそく》で火を灯した。左後方には伊藤が座り、頭を垂らしている。焼香を行い、手を合わせる。瞼を開けると、笑顔の倉田が今にも話しかけてきそうな錯覚にとらわれた。この人懐こい笑みで、心に傷を負っていた稲垣、そして一磨を温かく包み込んだのだ。

「いい写真ですね」

思わず樫山はそう口にした。

「サッカーが生きがいでしたから」

今まで不機嫌そうだった夫人の声音が変わった。樫山が振り返ると、夫人は卓袱台で茶を淹《い》れていた。急須を持つ右手が微かに震え、どこか怯《おび》えているような表情もうかがえる。

「お茶をどうぞ」

伏し目がちに夫人が言った。

「突然押しかけて申し訳ありません。すぐにおいとましますので、いくつかお話を聞かせてください」

樫山は卓袱台の前に進み出て、思い切って切り出した。夫人がこくりと頷く。

「ご主人は心筋梗塞だったとか。以前から心臓に持病があったのですか?」

樫山の問いかけに、夫人がぎこちなく頷く。

「サッカーのコーチをなさっていて、子どもたちと一緒に走り回っておられたと聞きました。心臓にご負担はなかったのでしょうか?」

北装電設の人間から聞いた話をぶつけた。以前から心臓に疾患があれば、広いピッチを走ることは相当な負担だったはずだ。

「あの、そろそろパートに行く時間が迫っているので」

夫人は質問に答えない。いや、頑なに下を向き、目を合わせない。答えられない理由があるのだろうか。

樫山はジャケットからスマホを取り出した。なんどか画面をタップし、写真ファイルを開いて夫人に向けた。

「こちらを見ていただけますか?」

樫山が告げると、夫人がゆっくりと顔を上げ、スマホに視線を向けた。

「あっ……」

夫人が小さく声をあげた。今、樫山のスマホに表示されているのは稲垣の写真だ。

「こちらは？」

画面をスワイプしたのち、樫山は尋ねた。今度は一磨の一枚だ。夫人が呆気に取られたように画面に見入っている。

「ご存知の方々でしょうか？」

樫山は画面を向けたまま訊いた。すると、夫人が視線を畳に落とし、強く首を振った。

「知らない人たちです」

樫山は伊藤と顔を見合わせた。

「これは捜査上、大変重要な事柄です。もう一度お尋ねしますが、この二人の男性をご存知でしょうか？」

もう一度、夫人が首を振る。

「もう帰ってください」

唸り声に近いトーンで夫人が言った。

「もしかして、ＪＥ北の労組となにかあったのですか？」

伊藤が尋ねた直後だった。夫人がいきなり顔を上げた。

「帰って！」

樫山は伊藤の袖を強く引き、言った。

「わかりました。突然押しかけて申し訳ありませんでした。なにかありましたら、こちらにご連絡をください」

樫山はスマホホルダーから名刺を取り出し、畳の上に置いた。

「なにもありませんから。もう来ないでください」

夫人の声が震えていた。

「失礼いたします」

夫人に深く頭を下げたあと、樫山は腰を上げた。

14

「ちょっと休憩しようか」

倉田の部屋を出て、樫山は伊藤とともに一三号棟の脇にいた。小さな公園があり、ブランコの側にベンチが見えた。

「ええ、そうしましょう」

伊藤がベンチの表面を手で払ったあと、樫山に席を勧めてくれた。

「どう思った？」

樫山が切り出すと、伊藤が首を振った。

「隠していますね」

「そうよね、奥さん、あっ、って言ったもの」

稲垣の写真を見た瞬間、夫人は目を見開き、そう言った。突然のことで動揺したのかもしれないが、最初のリアクションは素に近かった。

「ホストのことにしても、彼女は驚いていたと思います」

「うん」

倉田は、仕事ができる職人という顔のほか、サッカークラブを運営し、コーチとしても熱心に子どもたちを教えていた。それは単なるスポーツの指導に留まらず、人間教育や社会支援と呼ぶべきものだった。稲垣の母によれば、いじめに遭っていた息子を熱心に誘ってくれたという。児童養護施設にいたという一磨にしても、憐《あわ》れみのような感情ではなく、自然と他の子どもたちと溶け込むように指導していたに違いない。

「もしかすると、あの部屋で二人は飯を食わせてもらっていたかもしれませんね」

伊藤がぽつりと言ったとき、樫山の目の前を二人の子どもが通り過ぎた。

「ちょっと伊藤さん」

伊藤が子どもたちに目を向けた。

「サッカーのユニフォームを着ているわ」

樫山が言うと伊藤が立ち上がり、子どもたちに声をかけた。

「君たち、これから練習なのかい？」

優しい声音に二人が足を止めた。

「そうだけど」

二人が振り向いたとき、青いユニフォームの胸の部分に〈アサヒカワ南ＦＣ〉の文字が見えた。

「あっちの広場でやるんだ」

一人の子どもが団地の外側を指した。

子どもたちに案内され、団地の外側にある公園の一角に足を向けた。総勢一五名の子どもたちがドリブルやリフティングの練習に明け暮れている。子どもたちを優しい眼差しで見つめる中年男性のコーチもお揃いの青いジャージを着ていた。

中年男性がホイッスルを鳴らすと、子どもたちがボールを置き、整理運動を始めた。

「話を聞いてみましょう」

樫山が言うと、伊藤が頷いた。

「すみません、ちょっといいですか？」

子どもたち向けのアドバイスを終えたコーチに伊藤が声をかけた。

「ああ、あんたたち、さっきから見てたよね」

「ええ、伺いたいことがあって」

伊藤が警察の身分証を提示した。樫山は会釈したあとに身分証を見せた。

「倉田さんのことについて、お話を聞かせてもらえませんか？」

樫山が言った途端、コーチの顔つきが変わった。


「おいでくださって、感謝しております」

「なんもなんも、気にしないで」

旭川駅から一〇分ほどの居酒屋で、樫山と伊藤はコーチの滝沢優吾《たきざわゆうご》と小上がり席で向き合った。

滝沢は地元の衣料品店の専務で、家業を部下に任せて週に三度の割合で子どもたちにサッカーを教えているのだと明かした。

「仕事放り出して、サッカーばかりって、嫁にいつも怒られていて」

そう言うと滝沢はうまそうにビールのジョッキを空けた。

「それで、倉田さんのことだっけ？」

追加の地酒をオーダーすると、滝沢が切り出した。

「この二人をご存知でしょうか？」

樫山は、倉田夫人に見せたものと同じ写真を滝沢に向けた。

「ああ、懐かしい顔だね。稲垣と斎藤だ」

「国交省の稲垣さん、そして斎藤さんは、ホストになった一磨くんですね？」

樫山が尋ねると、滝沢が頷いた。

「店でなんて名乗っているかは知らんけど、斎藤に間違いないよ」

樫山は伊藤と顔を見合わせ、頷いた。

「倉田さんは、心臓に持病がおありだったのでしょうか？」

樫山は切り出した。

「いや、倉田さんに声をかけられてコーチとなって二〇年以上になるけど、そんな話は聞いたことないな」

「そうですか」

「なに、これって、事件なの?」

滝沢が眉根を寄せ、言った。

「いえ、違います。別の捜査に関連して、少し確認しているだけですから」

「びっくりしたよな、倉田さんが心筋梗塞だなんて。そんな気配は全くなかったし、八雲に仕事に出る前は、いつものように子どもたちとランニングして、一緒にプレーしてたから。ただ、健康には問題はないけど、クラブの財政面には頭を抱えていてね。俺は雇われの身だからよくは知らないけど、コロナ禍以降、けっこう苦しくてね。倉田さんはクラブ経営もしていてかなり持ち出しをしていたようなんだ。最近は子ども支援のNPOなんかに協力を求めていた最中の死だった」

滝沢が天井を見つめた。

「ご葬儀には行かれましたか?」

「もちろん。でも、亡くなってから日にちが経ったからって、死に顔には会えんかった。これは心残りでね」

滝沢が洟をすすった。樫山はテーブルの下にスマホを移動させ、滝沢の話をメモし始めた。

たった今、滝沢は死に顔に会えなかったと言った。

「なんでも、搬送に時間がかかるからって、函館で火葬したんだと」

「そうなんですか」

平静を装って返事をしたが、テーブルの下では激しく指が動く。心筋梗塞と医師に見立てられたのならば、なぜ即座に旭川まで搬送しなかったのか。

「なにかご事情を聞いていらっしゃいますか？」

「俺も奥さんに聞いたのさ。でも、工事関係者が全部やってくれたから、奥さんはそう言うだけでね」

伊藤が視線を送ってきた。若い相棒も異変を察知したのだ。

「ご葬儀の様子はいかがでしたか？」

「地元で顔の広い人だったから、たくさん参列したよ。おそらく二、三〇〇人くらいかな」

「人望が厚かったんですね」

「長年サッカーのコーチやっていたから、ＯＢたちがたくさん来たね。クラブは社会貢献の側面があったことは知ってるでしょ？　倉田さんのおかげで非行に走らなくなったと感謝するクラブ出身者はたくさんいるんだよ」

「仕事関係の方はどうでした？」

樫山はさらに切り込んだ。

「俺は詳しいことはよくわからんけど……そうだ、これがあったんだ」

滝沢が手を打ち、テーブルに置いた自分のスマホを取り上げた。

「葬儀のあとに集合写真を撮ったんだわ」

滝沢が画面を何度かタップし、樫山に向けた。樫山の親友の川田の祖父もそうだったが、北海道では葬儀のあとに集合写真を撮り、親族や参列者に配る風習が一部で残っている。これは、会葬御礼の品物とともに渡された記念の集合写真をスマホで接写したものだと滝沢が明かした。

「そうそう、稲垣も斎藤も顔を出していた」

集合写真には一〇〇名超の参列者が並んでいた。画面を拡大表示させ、滝沢が手を止めた。樫山は画面に目を凝らした。たしかに丸顔の稲垣が写っていた。

樫山は全体写真の右端に所在なさげにたたずむ青年をみつけた。画面を拡大表示すると、ダーク系のジャケット、ノーネクタイの青年で、見覚えのある横顔だった。ホストの一磨だ。やはり一磨は倉田夫人と面識があった。樫山が旭川を訪れた際、夫人は明らかに嘘をついたのだ。

そして一磨の横に、喪服姿の栗田がいた。栗田の表情からは憔悴《しょうすい》が窺える。

葬儀には贈収賄と転落事故、両事件のキーマンが揃っていたことになる。

「あの、こちらの写真をご提供いただくことは可能でしょうか?」

「もちろん、お役に立つのであればいくらでも」

滝沢が再び画面に触れた。すると、黒い喪服に身を包んだ男たちの一群が目に入った。

「チームの関係者じゃないね。どうやらJE北の組合の人たちもいたみたいだから、彼らじゃないかな」

「組合、例の極左系ですね」

伊藤が身を乗り出し、言った。

「倉田さんの教え子でJEに入ったやつもいたんだけど、そんなことを言っていた。色々とJE北は組合問題が複雑らしいね」

滝沢が困惑の色を浮かべた。樫山は自身のスマホに組合関係者参列と打ち込んだ。

「それに、その教え子が言っていたんだけど、相当偉い人たちも来ていたみたいだね」

「偉い人とは、例えばJE北の役員とか?」

「詳しいことは知らんけど、キコウの人が来ているって、言ってたな」

「キコウとは？」

「JE北よりも上の組織、鉄道建設機構だって後輩は言っていたよ」

「鉄道建設機構ですね？」

「ああ。一介の職人の葬儀なのに、そんな偉い人たちが来るのかって驚いていたね」

「あとで、その教え子を紹介してくれませんか」

「ああ、もちろんだ」

鉄道建設機構、キコウと打ち込みながら、樫山は自らの指が震え始めたのを感じた。

15

札幌駅近くにある老舗ホテルのラウンジで、樫山はカップを手に取り、濃い目のコーヒーを口に運んだ。

旭川で倉田のコーチ仲間だった滝沢から話を聞いた。やはり、稲垣と一磨を知らないという夫人の証言は嘘だったことが判明し、誰かによって口止めをされている公算が高まった。

滝沢と別れてホテルに戻り、警視庁の小堀に連絡を入れた。極左系の組合が事件の背後にいる可能性を指摘し、道警本部の担当者と協議する旨を明かすと、意外な提案をされた。

小堀はかつて警察庁で短期間だけ警備公安の仕事に携わったという。刑事畑と全く違う世界に居心地の悪さを感じたと吐露した。

小堀はさらに話を続けた。警備公安部門は短期間だと割り切ったことで、キャリア形成の一環として左翼、特に極左関連に強みを持つベテランライターと信頼関係を築いたという。

〈道警本部の担当者に話を振る前に、ライターから事情のわかる人を紹介してもらいましょう〉

電話口で小堀が低い声で告げた。道警本部ならば専門の捜査員が何人もいる。そちらの方がより詳しい話を聞けるのではないかと問い返したが、小堀は色良い返答をしなかった。

〈こんな言い方をしたら変ですが、警備公安部門は自らの組織運営のために都合の良い話を作ってしまうことがあります。それを防ぐ意味でも、まずは私が信頼している人間を頼りませんか〉

直後、樫山の頭の中に道警の担当幹部たちの顔が浮かんだ。公安警察という響きはどこかスパイ映画のようなイメージが漂うが、実際の幹部たちはごく普通の国家公務員と地方公務員で、地味なスーツと七三分けの中年男性ばかりだ。

着任の挨拶に出向いたときも、女性が直面する苦労があるだろうが一生懸命働いてほしいと、ごく当たり前の助言をもらった。彼らが組織の利益優先で話を捻《ね》じ曲げてしまうのか疑問だったが、ひとまずは共同捜査の指揮官の指示に従った。

「彼のようです」

樫山がコーヒーカップをソーサーに置いたとき、ラウンジの入り口にジャケットとチノパン姿の男が見えた。地味な印象の中年男性で、中学校の社会科教諭のような雰囲気だ。伊藤が立ち上がり、軽く頭を下げると、中年の男が歩み寄ってきた。

「はじめまして、河野《こうの》修三《しゅうぞう》と申します」

ソファ席に着くと、河野が名刺を出した。かつてＪＥ北に在籍していたが転職し、現在は札幌市内の食品卸会社の運搬業務に係る主任だという。樫山と伊藤はそれぞれ警察の身分証を提示し、JE北の組合問題について、捜査上の観点からいくつか話を聞きたいと説明した。

「ライターさんから、その旨は聞いています。具体的にはどんなことでしょうか？」

河野が周囲を見回し、声のトーンを落とした。

「私はかつてその組合に在籍していましてね。あまりに前時代的、そして硬直的な組織運営に嫌気が差し、JE北自体を辞めてしまいました」

「今もなにか問題があるのですか？」

樫山が尋ねると、河野が小さく頷いた。

「ヤメ組合員は、裏切り者扱いされます。それに札幌は知り合いが多いので……」

「色々とご事情があるなか、ご協力に感謝します。早速ですが……」

樫山はテーブルに置いたタブレットを手に取った。昨夜、滝沢から送ってもらった集合写真のデータをタブレットに落とし込んできた。

「こちらをご覧いただけませんか」

樫山は集合写真を拡大し、ゆっくりスクロールした。河野が食い入るように画面を見つめた。

「ああ、この二人は組合員、しかも旭川管区の幹部ですね」

河野が画面の中の喪服姿の男性二人を指した。樫山は伊藤と顔を見合わせ、視線を交わした。

「しかし、不思議だな」

河野が首を傾げた。

「どうしました？」

「他の組合員の結婚式や忘年会の類いに参加するのは、私がいた組織ではご法度でした。しかし、葬儀は別です」

写真を凝視したまま、河野が言った。

「お弔いですからね。そこはさすがに組合が違ってもきちんと対応していました。このご葬儀に参列しているのは、組合の総務を担うメンバーたちです」

河野が二人の名前、所属先の駅名を告げた。傍らの伊藤がそれぞれをメモしている。

「それで疑問とは何でしょう？」

樫山が尋ねると、河野が顔を上げた。

「どういう経緯かはわかりませんが、組合の幹部が外部の方の葬儀に出かけるのは珍しいですね。おそらく、亡くなった方のご尽力が大きく、組合としても無視するわけにはいかなかったのでしょう」

「つまり、儀礼的な要素が強いという意味ですか」

「いくら先鋭的な組合とはいえ、外部の方々を攻撃的に扱うようなことはありません」

河野が淡々と言った。

「あの、こんな見方はできませんか？」

樫山は、仮定の話だとした上で、切り出した。

「この亡くなった方を、組合が敵視していたとか、邪魔になったとかは考えられませんか？」

「考えすぎですよ。いくら極左とはいえ、外部の方にそんな危害を加えるようなことはしませんし、昭和の過激派組織ではないので、そんなスキルもありません」

「しかし、先代、先々代のＪＥ北社長は組合問題に悩んだ挙句、自ら命を絶たれましたよ」

メモを取る手を止め、伊藤が言った。

「その件は別次元ですよ。敵対する経営側トップですから、それは舌鋒《ぜっぽう》鋭く追及するようなことがあったのでしょう。この職人さんとは話が違いますし、ましてそんなリスクのある行動をして、自らの存続を危うくするようなことは考えられません」

河野が樫山の目を見据え、言い切った。

樫山はこぼれ落ちそうになるため息を堪えた。伊藤に肩をぶつけた車掌の顔を見て以降、組合を意識しすぎていたのかもしれない。

河野とはホテルで別れ、次に駅から一〇分ほどの距離にある喫茶店に向かった。待ちあわせの少し前に到着したが、すでに相手は待っていた。

クラブのコーチだった滝沢から、中澤《なかざわ》というクラブ出身者を紹介してもらっていた。中澤は、シングルマザー家庭に生まれ、少年時代は苦労が絶えなかったという。学童クラブで暇を持てあましていたところ、倉田に声をかけられた。サッカーに情熱を注ぎ始めてからは道を誤ることなく地元の大学に進学し、その後、ＪＥ北への就職が決まった。現在七年目で、本社の企画部に在籍しているという。

中澤は挨拶もそこそこに前のめりになった。

「倉田さんのためになるなら、何でも話しますよ」

樫山は、さっそく滝沢から転送してもらった集合写真を見せた。

「彼らは組合関係者？」

「いや、違いますね。組合はこっちです」

と言って、逆側にいた男たちを拡大させた。喪服姿は一緒だが、どことなく労働者風の顔つきだった。さきほどの集団を再びフォーカスすると、

「彼らはキコウの人間ですよ」

「キコウとは、鉄道建設機構のことですか？」

樫山が告げると、中澤が頷いた。昨夜、旭川で滝沢が機構の件に触れ、樫山の心の中にさざ波が立った。一昨日、ＪＥ北海道本社を訪れた際、面談を事実上打ち切られた。先方に急ぎの連絡が入ったとのことだった。秘書が差し出したメモを見て専務は思わず〈キコウ〉と言っていた。

樫山は記憶のページをめくった。

鉄道建設機構とは、旧日本鉄道整備公団と旧運輸施設建設事業団が統合された比較的新しい組織だ。

「私もまさかキコウの方々が旭川に来るなんて思ってもみませんでしたよ。ＪＥ北の連中の間でも話題になっていて、保険会社の方も一緒だったと聞きました。倉田夫人に補償の話をしにきたそうですが、それにしてもナンバー２の立場にある方までいらっしゃるとはね」

「えっ、ナンバー２？」

「はい、でも、あの人はこの集合写真には写っていないなぁ。さすがに遠慮したんでしょうかね」

中澤はスマホで鉄道建設機構のホームページを検索している。

「この人ですね」

中澤が自分のスマホを樫山に向けた。そこには鉄道関連のセレモニーに出席する中年男性の姿があった。

「間瀬忠良、鉄道建設機構の理事長代理です」

中澤が淡々と言った。

樫山は画面に目を凝らした。白髪を七三で分け、穏やかな笑みを浮かべている。ブルーのスーツにグレーのネクタイ、一重の瞼で色白。典型的な官僚の顔つきだ。

〈昭和六四年四月、運輸省入省。令和元年七月、国土交通省大臣官房審議官。令和二年四月、鉄道建設機構理事長代理就任〉

ホームページから見つけた経歴欄に目をやる。財務や外務、経済産業省と比べれば、旧運輸省は地味な中央官庁だ。しかし、大臣官房審議官という事務次官一歩手前のポストまで歴任したとなれば、役所内で申し分ない実力者とみなされていたはずだ。

「なぜこんな高官が、一介の職人の葬儀に出ていたんでしょうか？」

樫山の横で画面を睨んでいた伊藤が口を開いた。

「詳しいことはわからないけど、機構はＪＥ北をはじめ、全国の鉄道会社が絶対頭の上がらない組織よね」

樫山は言った。以前、警察庁の大臣官房に在籍していた頃、主要官庁と結びつきの強い特殊法人や団体のことを調べたことがあった。警察庁の有力ＯＢの再就職先を探すという名目だった。

その際、天下りの実態を調べているうちに、国交省と縁の深い団体がいくつもあることに気づいた。

「日本中の鉄道建設、施設の保守管理を全面的に管轄する組織。特に新幹線の路線は各ＪＥに貸し付け、料金を徴収している。いわば全国の鉄道の大家的な存在です」

樫山は記憶をたどりながら中澤と伊藤に言った。

「機構の主要ポストは国交省鉄道局の偉い人や、局長が天下る。一般にはあまり知られていないけど、ゲームでいえばラスボス的な存在なの」

樫山は話し続けた。

「理事長代理って、どれだけ偉いかはわかりませんが、ご遺族に弔意を示し、補償の話をするために旭川まで行くものでしょうか？」

顔をしかめた伊藤が言った。

「それが最大の鍵、調べるわよ」

樫山は自分のスマホに鉄道建設機構のホームページを呼び出し、間瀬が写り込む写真を保存した。

16

組織の中期経営計画策定に係る会議に出席したあと、間瀬は専用室に戻った。新たに経営メンバーに選出された中堅職員が思いのほか熱弁したため、会議は予定を一五分もオーバーした。

中期や長期の戦略など、生え抜きの企画担当者に任せておけばいいのだ。顔を合わせた幹部たちは、あと二、三年のうちに大半が入れ替わる。間瀬自身も他に良い条件が出された組織にいつでも移る。

力んだところで、この国の大枠は変わらないし、長年の間に幾重にも積み重なった利権構造を転換することなど絶対に不可能だ。いや、変えてはならない。

背広を脱ぎ、横浜港を一望できる窓辺で背伸びをしたときだった。机の上に置いたスマホが鈍い音を立てて振動した。朝一番の会議を終え、ようやく新聞に目を通そうと思った矢先の電話に、間瀬は舌打ちした。机に歩み寄り、液晶画面を覗き込んだ瞬間、慌てて通話ボタンに触れた。

「お待たせいたしました。間瀬でございます」

〈急ぎの用件です〉

電話口にあの男の声が響いた。

〈一両日中に例のキャリア警官があなたに接触します〉

「どうやって私の存在を突き止めたのでしょうか？」

〈私も知らされたばかりです。詳細は追って報告しますが、旭川で色々と調べたようです〉

「冷静に対処します。お知らせいただき、ありがとうございました」

間瀬が最後まで言い終えぬうちに、あの男が電話を切った。スマホを握る左手にじわりと汗が滲んだ。

キャリア警官ゆえ、平場の捜査には慣れていない。当初話を聞いたときはそう感じた。相手は自分と同じキャリアであり、法案作りの下準備や国会対応、あるいは他省庁との折衝に長けていても、事件の内側を掘り起こす能力は皆無だと油断していた。だが、折に触れて報告が入るたび、徐々に間合いを詰められた。そして今の電話だ。

間瀬はスマホを机に置き、ハンカチで掌の汗を拭う。ゆっくりと椅子に腰を下ろし、目の前にある大ぶりなバインダーノートを取り、ページをめくった。

過去一年分のスケジュールを記したメモがある。急ぎ、一月半前の記述のページを開く。

一月半前、ＪＥ北海道の総務担当者から連絡を受け、急遽真冬の旭川を訪れた……メモ欄には、羽田発旭川行きの国内線の便数、そしてプレミアムシートの座席番号も記されていた。

秘書が組んだスケジュール表には、自分で加えたメモがある。空港からは、ＪＥ北が用意したハイヤーに乗り、旭川市郊外にある団地の集会場へと足を向けた。普段使っている専用車とは違い、あちこちに泥撥ねのシミがついた古いセダンで、乗り心地が悪かった。

想定以上に遺族が怒っている、そんな情報がもたらされたのが旭川に行った表向きの動機だ。関係機関の重責を担う幹部として、精一杯の弔意を示す。しかし、それだけならわざわざ自ら足を運ぶ必要はない。本当の目的は、多額の補償を条件に、遺族の口を封じるためだった。交渉は損保の担当者が進めることになっていたが、彼らだけでは異例の額となる本件の決済ができない。そこで鉄道側の責任者の同行も求められたのだ。

ページをめくろうとした際、ふと手を止めた。東京から旭川、そして復路についてもキャリア警官は調べ上げたのか。間瀬はもう一度、スケジュール表に目を落とした。

あの男が死んだのは、自分のせいではない。まして、それに怒った国交省の後輩についても無関係だ。すべてはこの国のシステムがそうさせたのだ。疑われる要素などない。だが、道義的な責任は免れまい。刑事を舐めては、墓穴を掘る。

スケジュール表を凝視したまま、間瀬は強く首を振った。

やはり旭川行きをなかったことにすることは不可能だ。キャリア警官はいずれ目の前に現れる。スケジュールのページを閉じると、間瀬はメモのページの付箋に手をかけた。〈旭川〉の付箋に指を添え、ページを繰る。

該当ページには〈突然死〉〈心筋梗塞〉とのメモがある。その横には、道警八雲署が事件性なしと正式に書類を出した、との記述が見つかった。手筈《てはず》は完璧だ。いくらキャリア警官であろうと、自分の所属する組織が正式に発布した書類を簡単に覆すことなどできない。それは元役人である自分が知っている。

机に置いた万年筆を手に取ると、間瀬は該当ページの空きスペースに文字を刻み始めた。

〈難工事が続いたトンネル作業で功労があった職人の死は、JE北だけでなく、工事を発注した機構の理事長をはじめ、役所の局長らが心痛している。当人は、若い頃に青函トンネルの工事にも関わった。北海道の鉄道建設に多大なる貢献があったことを、すべての関係機関が労《ねぎら》い、その死に哀悼の意を表す〉

一気に万年筆を走らせると、間瀬は自分で記した文言を暗唱し始めた。

17

道警本部の自席に戻ると、樫山はノートパソコンを起動させ、インターネットの検索画面を開いた。検索欄に〈鉄道建設機構〉と入力し、エンターキーを押した。

ネットの百科事典に組織の沿革が掲載されていたほか、歴代の役員名簿が次々にヒットした。樫山は目を凝らし、機構の公式サイトにアクセスした。

役員らの項目に続き、リンクが貼られているのが目に入った。機構が設立した運輸政策研究所というシンクタンクのページを樫山はクリックした。

〈整備新幹線の効果〉

日本地図の上に、路線図が引かれていた。東北や北陸、九州や北海道など整備新幹線として延伸された路線の利用者数が着実に増え、それぞれの沿線都市への移動時間が大幅に短縮された上、各地での観光客やビジネス利用者が増えているとそれぞれグラフ付きで解説されていた。

〈便利な新幹線〉

次のページには、延伸された路線の途中駅で駅前開発が加速し、近隣住民が高速鉄道に気軽にアクセスし、他の地域と活発に行き来していると利用者の増加をグラフ化した説明も付与されていた。

〈貢献する新幹線〉

樫山がページを繰ると、新しく敷設された新幹線路線の各地域において、観光客が増加し、沿線住民が地域活性化を実感していることに触れていた。さらに次のページを見た。

〈新幹線の未来〉

再度、日本地図が目の前に現れた。開業済みの路線が青色で描かれている。東京から新函館北斗、東京から新潟、東京から金沢、東京から博多を経て鹿児島中央まで青い実線が続く。

樫山は地図に目を凝らした。金沢から敦賀《つるが》、長崎から武雄《たけお》温泉までが赤い点線で描画されている。そして北方向をみると、新函館北斗から長万部、新小樽を経て札幌までも赤い点線だ。閲覧したページを見返し、樫山はため息を吐いた。

パソコン脇に置いたスマホを手に取り、写真ファイルを遡った。北海道警に赴任する直前、新幹線で新函館北斗まで辿りついた。仙台で大半の客が降車し、盛岡から先はさらに客が減った。そして新青森で樫山以外の乗客がいなくなり、車両は貸し切りになった。スマホのファイルには、空っぽの座席、そしてガラガラの車両から写した陸奥湾、ほとんど人気《ひとけ》のない新函館北斗駅のコンコースや駅前の様子が鮮明に記録されていた。

鉄道建設機構は、国交省有力ＯＢの天下り先であり、間瀬をはじめ同省の幹部経験者が数多く重量級のポストに就いている。これは系列のシンクタンクによるお手盛りのリポートだ。新函館北斗以北を延伸しても、採算が取れるとは思えない。

国交省技官の稲垣はこうした構図を熟知していたはずで、なんらかのキサダ、つまり規定の政策、あるいは戦略について怒りを抱き、挙句これを邪魔者扱いする何者かに殺された。

母の証言によれば、生真面目な稲垣が怒ったのは、恩人である倉田の死を知ったからだ。稲垣は〈キサダを変える〉とススキノのスナックで電話の相手に叫んだ。倉田の死と規定がどのようにリンクするのか。

樫山は再びシンクタンクの日本地図を開き、赤い点線で描画された北海道新幹線の延伸工事区間を睨んだ。

マウスを使い、新函館北斗から北のエリアを拡大表示させる。稲垣も通っていたという森町の食堂脇に国道五号線が走り、その内陸側に延伸工事の現場がある。一帯は大半が山岳地帯で、トンネル工事があちこちで進んでいる。電設職人の倉田は、五号線脇で心筋梗塞により亡くなった。今回の真相は、この一帯に埋まっているのだ。

樫山はデスク上の警電に手を伸ばした。

〈そろそろ連絡があるころだと思っていました〉

電話口に小堀理事官のくぐもった声が響いた。

「ホストの一磨、そして国交省の稲垣さんが慕っていた倉田さんという職人さんの件です」

〈どうぞ〉

「倉田さんは心筋梗塞で亡くなり、郷里と遠く離れた函館で荼毘《だび》にふされました」

樫山は感情を排し、淡々と告げた。

〈続けてください〉

「ご葬儀はお住まいのある旭川で行われました。ＪＥ北関係者のほか、鉄道建設機構の幹部も列席していました」

〈幹部とは誰ですか？〉

「理事長代理の間瀬氏です」

〈間瀬さんですか〉

「はい」

冷静な小堀が間瀬の名前に反応した。

「彼をご存知ですか？」

〈面識はありませんが、国交省の次官候補だった幹部です。商売柄、霞が関の幹部の動向には常に目を光らせています〉

警視庁捜査二課は、常に贈収賄や横領など知能犯の動向を探っている。霞が関のキャリア幹部たちは、監督する民間企業との間で癒着が生まれやすい。高級官僚の職務権限で多額の金が動くからだ。小堀の口ぶりからすると、国交省だけでなく主要官庁の幹部はあらかた網羅しているようだ。

〈亡くなった倉田さんという方は、電設工事の職人さんでしたよね〉

「はい」

〈職人さんの葬儀に、次官候補まで上り詰めた人が参列しますかね。せいぜいで秘書が手書きの手紙を香典に添えるくらいでは？〉

「私もそう考えました」

〈なにか特別な事情があるのでしょう。直に当たるつもりですか？〉

「ええ、疑問に思ったことは全部潰さないと気が済まない性分です。それに、間瀬氏の存在が浮かび上がったことで、事は重大さを増したと考えています」

樫山が告げると、電話口でため息が聞こえた。

〈あなたは立派なキャリアです。あまり先走らないようにしてください〉

「わかりました。近いうちに上京します」

樫山はそう言って警電の受話器を置いた。

近いうちに鉄道建設機構を訪れ、間瀬に会わねばならない。主要官庁の幹部の動向に通じた小堀が驚くほど、間瀬の行動は不可解だった。もし樫山が押しかけて問い詰めたら、どんな反応をするのだろうか。

同じ官僚の目線で考えてみる。

間瀬は国交省の鉄道関連業務が長い役人だった。工事の関係で、倉田個人と付き合いがあった、あるいは現場で言葉を交わしたことがある……自分ならそんな言い訳をするだろう。大臣の国会答弁を用意したことのある役人であれば、ありとあらゆる説明を尽くし、追及をかわす術を知っている。

直接会う前に、なんとしてでも間瀬がどんな関与をしていたのかについて証拠が必要だ。樫山が手帳を取り出し、今までにメモを取ったページをめくり始めたときだった。デスクに置いたスマホが振動した。取り上げてみると、メッセージを受信している。

樫山は急ぎ中身をチェックした。木下からだった。

〈ご葬儀の件。裏取りしましたよ〉

懇意にしている記者に捜査情報を流して、世論を操ろうとする警察官僚や検察官は珍しくない。とくに政治家や官僚機構など巨大権力を相手にする際、捜査当局といえども、国民の後押しがないと捜査は立ちゆかなくなるからだ。これまで樫山は、木下と付き合いつつも、メディ

ア と捜査機関が守るべき一線は越えないように留意してきた。

しかし、孤立無援の樫山にとって、木下は数少ない味方だ。権力に対する木下の姿勢はブレがない。今回の一件では、樫山と同じ目標を木下は持っている。

倉田の葬儀の集合写真を渡し、当日出席していたという鉄道建設機構の間瀬の行動を探ってもらっていた。

さっそく電話をかけると、興奮ぎみの木下の声が耳に迫ってきた。

〈間瀬は、随分と怪しげな行動をとっていましたね。お焼香のあと、夫人に長い話をしていたそうで。夫人は目にハンカチを当て、頷いていたそうですよ〉

「どうしてわかったの？」

〈いや当日、極左の連中が葬儀に来るという情報が流れたから、公安の連中が張り込んでいたんですよ。彼らにしては日常業務の一環です。ネタ元は明かせませんが、まあ樫山さんと同じカイシャの人間です。ときどき情報をやりとりしているんで〉

木下の取材網は自らの足元に、しかも秘密主義の警備公安の人間にまで及んでいた。

〈夫人と孫娘に、深々と頭を下げる白髪男性がいて、なにやら深刻そうな話をしていたので組合関係者かと思ったら、間瀬だったわけで〉

これは、間瀬を問い詰める際の突きネタになる。しかし、いくら木下が信用できるとはいえ、記者から得た情報をそのまま鵜呑みにすることはできない。間瀬自身は集合写真に写っていないため、物証に乏しい。

「なにか証拠はないのかしら？」

〈そう来ると思いましたよ。でも、樫山さん、わかってますよね、今回はボランティアとはいきませんよ〉

樫山はしばし逡巡したあと、告げた。

「了解」

電話がきれた。すぐに木下から二枚の写真が添付されたメールが送られてきた。そのうちの一枚をひらくと、そこには祭壇の前で焼香する栗田の姿が、そしてもう一枚をひらくと、ハンカチを目にあてる倉田夫人の耳元でなにやら囁いている間瀬の姿があった。ネタ元はあえて訊かないが、やはり公安なのだろう。

〈おまけがあります。写真の右側をよく見てください〉

唾を飲み込んで、樫山は画面を凝視した。見切れてはいるが、間瀬と夫人が話し込む様子を苦々しく睨む稲垣と思しき男性の姿があった。

すでに滝沢からもらった集合写真から、葬儀に栗田や一磨が出席していたことはわかっている。栗田、一磨、稲垣、間瀬……すべての点が繋がりつつある。

贈収賄事件と稲垣の死は完全にリンクしている。画面を見つめたまま、樫山は拳を握りしめた。

18

「この場所ですね」

カーナビの画面を見たあと、サイドブレーキを引いた伊藤が樫山に顔を向けた。

「うん」

樫山は助手席のドアを開け、国道五号線脇の路側帯に降りた。

手の中にあるスマホの地図アプリにも現在地を示す赤いピンが立っている。道幅の広い国道を大型のダンプカーや重機を積載したトレーラーが猛スピードで駆け抜ける。その度に道を覆っていた細かい砂や泥が周囲に舞い上がり、思わず口元を手で覆った。

「工事現場に向かう途中、突然胸を押さえて苦しみ出したので、ここに停めて救急車の出動を要請した……不自然ではありませんね」

車を降りた伊藤が周囲を見回して言った。路側帯の脇には背の低い草が生い茂り、その向こう側には駒ヶ岳の雄大なシルエットが見える。冬場はタイヤチェーンの着脱場にもなっているようで、路側帯は本州のものと比較しても相当に広い。現場に向かうバンの中で、誰かが苦しみ出したら、間違いなく誰もがこの路側帯に車を停めて介抱する。伊藤が言った通り、八雲署が発行した死体検案書に不自然な点はない。

「これからどうされますか？」

伊藤が不安げな顔で言った。

「泥臭いけど、一つ一つやるしかないわ」

樫山は自らの覚悟を試すように言った。

「具体的にはどうされますか？」

「少し考えさせて」

「はい……」

もう一度上京し、贈収賄事件の総仕上げを行う。そのためには、確たる証拠を上げるまで北海道で捜査しなければならない。その第一段階として、樫山が選んだのが北海道新幹線の延伸工事の現場を当たることだった。

稲垣が、〈キサダ〉こと〈規定〉のなにかを変えると叫んだ原因は、この路側帯で倉田が亡くなったからだ。いや、その死因に不信感を抱いたことも考えられる。

覆面車両から少しずつ離れ、樫山は路側帯を歩いた。依然として国道は上下線ともに多くの大型トラックが行き交っている。騒音とギアチェンジに伴って出る排ガス、そして猛スピードに伴う風に顔をしかめながら、樫山は歩き続けた。

「課長、どうされましたか」

路側帯の脇にあるベンチに腰掛けていると、伊藤が歩み寄ってきた。

「現場に行ってみたいの」

「現場はここでは？」

伊藤の言葉に、樫山は首を振った。

「延伸工事の現場よ」

「しかし、そういった場所には入構許可など手続きが必要なはずです」

伊藤が顔を曇らせた。

「もちろん、すんなり入れるとは思っていないわ。行けるところまで行ってみたいの。それでなんらかの手がかり、いや私自身が納得できる材料が出てくるまで、粘りたい」

「時間がかかるかもしれませんよ」

「いいわ。絶対に工事現場に答えが埋まっているはずなの」

一方的に告げると、樫山は覆面車両に向かって歩き出した。

広大な路側帯を発ち、国道五号を南下した。伊藤は黙ってハンドルを握り、時折カーナビの表示をチェックしていた。

樫山は周囲の風景を見続けた。親友の牧場を訪れたときも、五号線は大型車両が激しく行き交っていた。物流関係のトラックだけでなく、ダンプカーや重機を載せたトレーラーが多かったのは、新幹線の延伸工事が行われていたからだ。

初めて降り立った野田生駅にしても、小さな駅舎の隣には巨大な倉庫があり、地元の土建業者のスタッフが高圧洗浄機で建機を洗っていた。

他の大型車両に合わせる形で、伊藤が覆面車両の速度を上げる。助手席からスピードメーターに目をやると、時速七〇キロを超えていた。

「万が一白バイに追われても課長がいらっしゃるから安心です」

「そうね、今日は課長面《づら》するわ」

樫山が軽口を叩いた直後、前を走っていた大型ダンプが右折のウインカーを灯し、減速した。

「こちらが現場へ通じる道です」

カーナビを一瞥した伊藤が言った。ダンプと同じように、伊藤もウインカーを出し、右折車線に入った。

「前の車もおそらく工事現場に行くはずです」

「そのようね」

国道五号から幅の狭い片側一車線の側道へ入った。五号線よりさらに埃《ほこり》っぽく、泥や砂を満載した何台もの大型ダンプカーが対向車線を走っていた。

「トンネルを掘れば、大量の土砂が出ます。現場は近そうです」

埃を被ったフロントガラスにウォッシャー液を噴きかけ、伊藤がワイパーを動かした。鈍い音を立ててワイパーが動くと、白っぽい跡が樫山の前にできた。

視界が悪くなったフロントガラスから目を離し、樫山は助手席側の窓から外を見た。背丈の低い雑木林が連なり、その奥になだらかな丘陵地帯が見える。

「この辺りは海岸のエリアだけ標高が低くて、ずっとトンネル工事をしているようです」

カーナビの等高線を指し、伊藤が言った。

「盛岡から先はずっとトンネルだった気がする」

北海道新幹線に乗り、初めて新函館北斗駅へ向かった道中を思い起こした。盛岡から八戸、そして新青森に向かうとき、車窓の風景を楽しみにしていたが、新幹線はずっとトンネルを通過し続け、景色が見えたのはほんのわずかだった。

「青函トンネルに入る直前に陸奥湾が見えたわ。でも、北海道に入ってからはほとんど景色が見えなかった」

「用地買収とか様々な制約があったのだと思います」

ハンドルを握りながら、伊藤が言った。たしかにその通りだ。大学時代の飲み会で、法学部の先輩が上越新幹線や東北新幹線の建設にあたり、大物政治家が裏で利害調整したのだと言っていた。

「北海道も事情は一緒か」

「内地より人口が少ないですが、牧場やら工場やらありますから」

伊藤が小刻みにハンドルを動かし、言った。覆面車両は緩やかな左カーブに差し掛かった。前を行くダンプカーが何度もブレーキを踏んでいる。

「もうすぐそこですね」

カーナビに視線を向け、伊藤が言った。道はなだらかな下りのカーブを進む。いつの間にか、道路脇の雑木林が白樺《しらかば》に変わっていた。カーナビには橋が映り、そのたもと近くに工事現場を示すバツ印が点灯中だ。

伊藤に工事現場に行くと宣言したものの、あてがあるわけではなかった。伊藤の言う通り、入構証や現場監督の許可を得たわけではない。おそらく警備員に門前払いされるのがおちだ。だが、行かねばならない。もし倉田の死因が偽装されたのであれば、警察官は招かれざる客だ。いや、八雲署が死体検案書を発行した以上、警察組織も偽装の片棒を担いだことになる。

「あれですね」

ダンプに続いて細い橋を渡ったとき、伊藤が運転席側の窓から見える風景を指した。川沿いに砂利道の土手が続き、その先に緑色の鉄製ゲートが見える。

目の前を走るダンプの前にも、数台の大型車両がいる。もうもうと土煙を上げ、大型車がゲートに吸い込まれている。

「ダッシュボードに入構の許可証でも置いているのでしょう」

スピードを緩めることなく走り抜けるダンプの一団を見やり、伊藤が言った。

「とりあえずゲートまで行って」

「了解です」

伊藤がハンドルを右に切り、覆面車両は砂利道に入った。伊藤はまっすぐダンプのテールランプを見つめ、ハンドルを握っている。

「やっぱりダメですね」

前方のダンプがゲートを通過したあと、伊藤がブレーキを踏んだ。ヘルメットを被った警備員が赤色灯を勢いよく振り、停止を促した。

「北海道警本部です」

運転席の窓を開け、伊藤が警備員に言った。

「誰かとお約束ですか?」

警備員が怪訝な顔で伊藤と樫山を交互に見た。

「いえ、ありません。少し調べたいことがありまして」

樫山が言うと、警備員が首を振った。

「現場の保安責任者に問い合わせてみますね」

「いえ、結構です」

樫山は言った。保安責任者から所轄署に連絡がいけば、ことが面倒になる。まして、死因が偽装されていたのであれば、邪魔されるに決まっている。

「ゲートの外なら問題ありませんね?」

「ええ、いいですけど」

警備員が言うと、樫山は伊藤にUターンするよう指示した。

「お邪魔しました」

樫山は短く告げ、腕を組んだ。その直後、後方から凄《すさ》まじいクラクションが響いた。

「どきましょう」

サイドブレーキを解除すると、伊藤がハンドルを目一杯切った。ゲートの手前で乱暴にUターンした覆面車両は、土手の脇に停まった。

「どうします?」

「あれはなに?」

警備員たちが詰めているプレハブの建物の横に、大きな掲示板があった。

「あそこまで行って」

「了解です」

伊藤が覆面車両を掲示板の前まで動かした。樫山は助手席のドアを開け、掲示板の前に降り立った。

「これ、業者の名前なのね」

建築現場の足場のようなポールに緑色の大きな板が貼り付けてある。畳三枚ほどの大きさだろうか。ボードには白地に黒い文字で書かれた小さな看板が三〇枚ほど貼られていた。

樫山は掲示板の前に進み出た。

〈建設業の許可票〉

〈労災保険関係成立票〉

〈砂防指定地内制限行為許可標識〉

大きめの看板がある。都心のマンション建設現場に掲げられているものと似ている。

建設業の許可票の下には、東京に本社がある大手ゼネコンの名前があり、代表取締役の氏名のほか、監理技術者の氏名、一級土木施工管理技士という資格の名前も添付されていた。

「こんなにたくさんの業者がトンネル工事に携わっているんですね」

車から降り、樫山の横に立った伊藤が言った。

「ねえ、この中にあの会社があるんじゃないかしら」

「北装電設ですね」

伊藤が大手ゼネコンの看板の下にある一回り小さな看板に目を凝らし始めた。樫山も同じように看板の文字を追った。

〈柏原興業：特定建設業／土木・とび・石工〉

〈幾野水管工業：特定建設業／とび・水道設備〉

〈菅原特殊工務店：特定建設業／土工・鋼構造物〉

〈石川技術総研：建設コンサルタント業〉

それぞれの業者の詳細を見ると、国交省の許可のほか北海道や東北、全国各地の知事に営業許可を取っている旨が簡潔に記されていた。

「課長、これを」

伊藤が掲示板の左隅、一番下の小さな看板を指した。

〈北装電設：一般建設業／電気工事〉

倉田が勤めていた会社だ。本社は札幌市、そして専任技師の名前と第一種電気工事士との資格名が記されていた。

「どういう意味かしら」

許可票の下に、カップ酒が五つ、そして菊の花束が三つ手向けられていた。樫山は伊藤と顔を見合わせた。

「倉田さんは、ここの現場で亡くなった。だから仕事仲間たちがこうして……」

樫山が言った途端、伊藤がゲートに向けて走り出した。

「伊藤さん！」

樫山が大きな背中に叫んだとき、伊藤はゲートから出てくる大型ダンプの前に走り出た。ダンプがけたたましくクラクションを鳴らす。

「馬鹿野郎、死にてえのか！」

運転席の窓を開け、ヘルメットを被った中年の運転手が怒鳴り声を上げた。

「すみません！　道警です！」

伊藤が声を振り絞り、叫んだ。

「なんだよ、違反なんかしてねえぞ！」

ダンプの後ろに数台の車両が停まった。運転手の苛立ちがそのまま声音に反映された。

「北装電設の倉田さんという方をご存知ありませんか？」

「知らねえな。どいてくれよ」

もう一度クラクションを鳴らすと、伊藤が土手の方向に体を避けた。

「ちょっと伊藤さん！」

「一つ一つ、当たるんですよね？」

「そうだけど……」

「これだけの業者がいて、たくさんの人が工事に携わっているんです。絶対誰か倉田さんを知っていますよ」

そう言うと、伊藤が次のダンプの前に立ちはだかった。再度、周囲にけたたましいクラクションの音が鳴り響いた。

「なんだよ、検問か？」

次のダンプの運転手も伊藤に怒鳴った。

「すみません、道警です」

先ほどと同じように、伊藤が会社名と倉田の名を叫んだ。ゲートの内側には、たちまち五、六台のダンプや工事関係者を乗せたバンが列を作り始めた。

「道警です！　ご協力ください」

樫山も身分証を取り出し、次のダンプの前に走り出た。

19

「課長、これをお使いください」

ゲート前に立ってから四時間経過した。陽が西に傾き始めたころ、伊藤が覆面車両のトランクからウエットティッシュを見つけ、樫山に差し出した。

「それにしても、すごい埃ね」

樫山は手早く三枚を袋から抜き取ると、額や頬を拭った。いつも薄めのメイクだ。誰も自分の化粧など気にしていないことは承知している。樫山はファンデーションも一緒に落とした。伊藤の顔を見上げると、自分と同じように額や鼻の頭が変色していた。

「どうやら交代時間が近いみたいです。もっと人が出てきますよ」

ゲートに入る車が増加し始めていた。埃と砂を巻き上げながら猛スピードで現場へと急ぐバンやダンプが多い。

「さあ、まだやりますよ」

伊藤が表情を引き締めた。ゲートを出て一五メートルほどのところで、伊藤が赤色灯を掲げ、一台一台車両を停める。先頭の車を伊藤が担当し、樫山は二台目、そして三台目に声をかけ続けた。

声がけする際、警察の身分証のほか、倉田の顔写真をスマホに表示させ、かれこれ六〇人以上に尋ねた。だが、結果はゼロだ。誰もが倉田を知らないと言った。

それぞれの表情を観察し続けたが、嘘を言っているようには見えなかった。正確な人数は知り得ないが、数百、いや千人を超える工事関係者がトンネルを掘り、関連する業務に従事しているのだ。倉田を知らない人が多いのは当然かもしれない。

「えっ、本当ですか？」

使い終えたティッシュをコートのポケットにしまったとき、伊藤の素っ頓狂な声が耳に入った。

大きな背中の向こう側に、グレーのバンが見える。ボディには〈本多総業〉の文字が見える。

「課長！」

次いで伊藤が叫んだ。樫山は自然と小走りになった。

「ちょっと待ってろ。今、車寄せるから」

青いタオルで頭部を覆った髭面の男がミニバンをゆっくりと看板の先に移動させたあと、車から降りてきた。

「道警本部の樫山と申します」

樫山は身分証を中年の男に向けた。男が着ている作業ジャンパーには〈本多総業　丹部《たんべ》〉の刺繡がある。

「倉田さんのことを調べているんだって？」

丹部の口調は荒い。だが、目は優しげだ。

「この献花は倉田さんのために？」

樫山は許可票の下にある菊の花や、手向けられているカップ酒を指した。

「そうだよ。本当に気の毒だった」

「あの……倉田さんは心筋梗塞だったんですよね」

樫山は切り出した。

「あんた、なに言ってんの？」

「国道五号を走っていた際に急に苦しみ出したとうかがいました」

樫山が言うと、伊藤が怪訝な顔をした。まずは公式な死因を持ち出し、様子を見る。樫山はそう決めていた。

「違う。倉田さんは工事中に亡ぐなっだ」

微かに東北訛《なま》りのある言葉で、丹部が言った。

「どういうことですか？」

樫山が聞き返すと、丹部の眉根が寄った。

「倉田さんが、特殊な電設工事の職人だったことは知ってんのか？」

「ええ、北装電設のベテラン職人さんでしたよね」

樫山は掲示板の一番下にある北装電設の表示を見ながら言った。

「倉田さんは、高所作業車に乗っていた」

丹部がぽつりと言った。樫山は素早く手元のスマホで検索した。トラックの荷台に折り畳みのハシゴ状の器具が取り付けられ、高所まで人間を持ち上げる仕組みの車両だ。丹部に見せると、ゆっくり頷いた。

「倉田さんは本当に気の毒だった。あんなところに挟まれちまって」

丹部の両目が急に赤味を帯び始めた。樫山はネットの検索画面を閉じ、スマホの録音ボタンを押した。

「どういうことですか?」

樫山がさらに尋ねると、丹部が人差し指を、半円を描くように動かした。

「高所作業車の荷台に乗って、倉田さんは電源プラグの設置をしていた」

丹部は半円の上部近くに反対側の拳を近づけた。

「掘った側面に電灯を設置する工事ですか?」

伊藤が口を開いた。

「そうだ。トンネルは大きなシールドマシンで掘り進めていく。ある程度掘ったら、他の作業員が仕事をしやすいように電灯を設置する。倉田さんはその作業にあたっていだ。簡単に思えっけど、現場は地盤が崩れやすく、慎重な作業が求められていた」

そう言うと、丹部がいきなり洟をすすり始めた。

「あの日は、地上で作業する人間が普段と違った」

丹部が言ったあと、樫山は伊藤と顔を見合わせた。普段と違う……大規模なトンネル工事現場の近く、地響きのような音が響くこの場所でその言葉を聞くと、肩が強張った。

「トンネルの面と作業員のスペースを慎重に見比べながら、地上の要員は機械を操作する。だから、上にいる倉田さんと、下の人間は息の合ったコンビじゃなきゃならなかった」

ならなかった、丹部は過去形で告げた。

「つまり、下にいた不慣れなオペレーターが機械の操作を誤ったのですね?」

樫山は切り込んだ。

「そうだ。担当者がインフルエンザで急遽休んだそうで、代打で人材派遣会社から来た若い人間が担当したらしい。他にも現場は小さなトラブルが続出していて、何か大きな事故が起きそうな予兆はあったけどな」

樫山は手元のスマホを密かに見た。録音状態を示す赤いランプが灯っている。これは重大な証言だ。同時に、道警本部が嘘をついていた証拠に他ならない。スマホを握る手に力がこもっていく。

「代打のオペレーターが操作をミスった。地盤がわるいため、焦ってしまったのかもしんねえ。ゆっくり荷台を上げるべきタイミングで一気に……」

丹部が声を詰まらせた。

「それで倉田さんは荷台とトンネルの壁の間に挟まれてしまったのですね？」

樫山は訊いた。丹部が即座に頷いた。

「首を折り、頭部は半分潰された」

手元のランプは赤く光っている。

「本当ですか？」

伊藤が尋ねた。

「嘘言っても、彼が戻ってくるわけじゃねえからな」

「ベテランの欠員が出たのに、なぜ作業を強行したのでしょうか？」

樫山は思い切って一番の疑問をぶつけた。眼前の丹部の顔色が変わった。

「あんたたちは、バカなのか？」

丹部が怒声を発した。

「なにか気に障るようなことを申し上げたでしょうか？」

樫山が尋ねると、丹部のこめかみに血管が浮き出した。

「コウキが短くなったからだよ」

「コウキとは、工事期間の工期という意味でしょうか？」

丹部が頷いた。

「当初計画よりも五年も前倒しになったんだ。現場の安全対策よりも工期がなにより優先だ。だから俺たちは普段の現場よりも命懸けで働かなきゃならなくなった。ただでさえ現場はコンディションがよぐねえのに」

丹部の声に力がこもっていた。

「安全対策……」

丹部が発した言葉を、樫山は思わず復唱した。すると、脳裏に丸顔の男性が浮かんだ。

「他に事情を知っている方をご紹介いただけませんか？」

伊藤が丹部との間合いを詰めた。

「ああ、いるよ」

丹部が作業パンツのポケットからスマホを取り出し、画面をタップし始めた。伊藤が画面を覗き込み、連絡先をメモしていく。二人の様子を見ながら、樫山は考え続けた。

倉田はトンネル工事中の事故でほとんど即死状態だったという。それならば、遺族に対面させる前に函館で荼毘にふしたことも頷ける。

道警はなぜ調べなかったのか。鉄道のみならず、道路建設や大型の建築現場では事故のリスクが常について回る。事故が起きれば、捜査一課の特殊犯捜査係の事故担当が臨場し、業務上過失致死や致傷の疑いで捜査を開始する。なぜ一課の担当者が動かず、八雲署が偽の死体検案書を発行したのか。

〈キサダを変える〉

突然、頭蓋の奥で稲垣の声が響いたような気がした。五年も工期が短縮された……樫山自身、以前から知っていた事実だった。しかし、工期を優先させるあまり、安全対策が蔑《ないがし》ろにされていたとは想像すらしていなかった。

稲垣は鉄道保線工事中の事故で父を亡くし、苦労して成人した。そして国交省技官となり、鉄道工事に関する安全対策も担当していた。

全国を転々とする中で心を開いた恩人倉田が、工事に関わる事故で亡くなった。そしてその事実を関係者が隠蔽した。稲垣が怒るのは当然だ。

キサダ、つまり稲垣が言う規定とは、工期短縮によって安全対策がおろそかになっている現実を変えるという至極当たり前の考えだったのだ。

「ご協力ありがとうございます。もう少しお時間をいただけないでしょうか？」

樫山は丹部に告げた。

「ああ、いいよ。俺たちの命もかかっているからな」

丹部が頷いた。樫山は名刺を渡したあと、近隣の居酒屋や食堂をスマホで検索し始めた。

終章
置石

1

八雲町の北海道新幹線延伸工事の現場を訪れてから二日後、樫山は再度上京し、警視庁本部に入った。

本部四階の捜査二課に赴き、小堀と二人だけで向き合った。トンネル内の事故について丹部らから証言を得たほか、他の手がかりもつかんだ。やはり、愚直に現場に足を運び、証言と証拠を積み重ねることでしか捜査は前に進まないと痛感した。

樫山は旅行鞄に詰めた分厚いファイルを小さな机の上に置いた。真向かいの小堀が目を丸くした。このファイルの中には様々な情報が詰まり、贈収賄事件だけでなく、稲垣や倉田の死について、この国が重く、大きな蓋を被せたことを示す証拠が綴られている。小堀には重要な話があると告げ、対面での報告を強く希望した。

小柄な捜査指揮官を前に咳払いしたあと、樫山は切り出した。

「結論から申し上げます」

小堀が目で先を促すと同時に、樫山は言葉を継いだ。

「北海道新幹線の延伸工事、八雲町のトンネル掘削現場で重大な業務上過失致死事故が発生し、倉田という電気設備工事のベテラン職人が即死しました」

小堀が眉根を寄せた。倉田についての詳細はまだ明かしていない。ここは文書や自分の言葉で説明するよりも、重大な証言を直接聞いてもらう方が指揮官の理解を得やすい。ファイル横に置いたスマホを手に取ると、樫山は再生ボタンを押した。

〈首を折り、頭部は半分潰された〉

倉田を慕っていた丹部の肉声だ。

〈当初計画よりも五年も前倒しになったんだ。現場の安全対策よりも工期がなにより優先だ。だから俺たちは普段の現場よりも命懸けで働かなきゃならなくなった〉

函館の居酒屋に丹部を招き、さらに詳しい証言を得た。また丹部は倉田をよく知る関係者三名も帯同し、工事現場が凄まじいプレッシャーに晒《さら》されていたことを詳細に語ってくれた。

〈現場の誰かは知らないが、倉田さんが亡くなったことを国に知らせた人がいた〉

〈国交省の稲垣という技官が急遽現場入りし、怒り狂った〉

〈現場監督を呼び、JE北の安全管理責任者と担当役員も札幌から呼びつけた〉

スマホの停止ボタンを押し、樫山は小堀を見た。

「どうぞ、先を続けてください」

「稲垣さんは事故の原因究明と再発防止策が徹底されるまで、工事を中断するよう求めました。直接の原因は、倉田さんとペアを組んだ作業員のミスですが、その前から現場では小さなトラブルが続出していたという証言が多数得られました。稲垣さんは地質調査も含めた、一からの改善を模索していたそうです」

居酒屋での証言をすべてテキストに書き起こした。樫山はメモに目をやり、伝えた。

「技官として当たり前の要求をした稲垣さんでしたが、それが受け入れられなかったということですね？」

「そうです」

樫山が答えると、小堀が両手を後頭部に回し、会議室の天井を仰ぎ見た。直後、大きなため息が聞こえた。贈収賄事件と並行して樫山が調べていた国交省技官の不審死が、今大きな転換点に達した。

小堀は指揮官として事件全体の構図を描き直し、新たに加わった事象と対峙し、落とし所を探っている。

「本事故は道警本部捜査一課のＳＩＴが出動すべきところを、現場責任者、ＪＥ北海道、機構の三者が協議し、現場を封鎖しました。明確な法令違反であり、是正する必要があります」

樫山の説明に小堀が唸った。指揮官は樫山に視線を戻し、口を開いた。

「鉄道事故が起きた際、まずは鉄道事業者が現場を回復させ、警察の現場検証やその後の捜査は二の次になるケースが多いと聞きました。今回は死者が出ているんですよね？　警察はどう関わったのですか？」

上京直前、道警二課のベテラン巡査部長から遭遇した札幌郊外の人身事故の話を聞いた。まずはＪＥ北が現場に入り、警察は軌道回復を待ってから臨場したのだという。同じようなケースはいくつもあり、鉄道の路線では圧倒的にＪＥの力が強いのだとこのベテランが教えてくれた。詳細に調べれば、いくつも事案が出てくるだろう。

「倉田さんが工事中の事故で亡くなったことはれっきとした事実です。しかし、工期短縮という錦《にしき》の御旗《みはた》に真相開示が阻まれました。ＪＥ北や機構は道警本部と協議して所轄署に圧力をかけ、早めに死体検案書を発行して函館で火葬し、心筋梗塞による死だったという公式見解になった、これが私の見立てです」

「事故の原因は安全確認の軽視ということですね」

「ＪＥ北は延伸工事でトラブルが起きていることを組合に知られたくなかったのでしょう。また、現場の作業員は環境面の不安を訴えていました。事前の地質調査や人員配置などもおざなりだったのではないかと。組合が本気になれば、この事故を経営問題に発展させることもできる。それをＪＥ北が嫌がった」

「経営問題？」

「ええ、さらに勘ぐれば、経営問題となれば、社長人事に絡んだ中央政界にも余波は及ぶ。かつて半官半民だった鉄道会社は、国策と二人三脚の歩みを求められるため、政治家や官僚、様々な人脈が関わっています。今回、道警や機構が事態収拾に動いたのは、その上に天の声があったのではないかと。札幌に五輪を招致しようとしていた政治家や企業にとって北海道新幹線や、その乗り入れに絡んだ札幌駅の再開発事業は一日でも早く完遂したいプロジェクトだったとも聞いています」

小堀が息を呑む。

「他に報告事項はありますか?」

樫山は分厚いファイルのページを勢いよくめくった。樫山はコーチの滝沢や木下から入手した写真を小堀の前に置いた。

「JE北幹部のほか、機構の間瀬理事長代理も倉田さんの葬儀に参列しています」

「機構の実質ナンバー2が出向いたということは、遺族になんらかの補償をして、本当の死因に蓋をしたということですか?」

「その可能性が大です」

樫山は急ぎ、分厚いファイルのページをめくった。

「釈迦《しゃか》に説法ですが、夫人の銀行口座を洗いました」

伊藤に命じ、銀行口座の照会を行った。本来なら裁判所の令状が必要になるが、道警本部の捜査二課という名前を出した途端、旭川の地元信金の態度が変わり、任意の情報提供に応じてくれた。

「一億八千万円、大手損保から入金されています。通常の事故の際の補償より多い額です」

「口止めでしょうか?」

小堀が発した言葉で、樫山の脳裏に倉田夫人の顔が浮かんだ。強い口調で樫山と伊藤に部屋から出ていくよう言った夫人のこめかみには、いく筋も血管が浮き出していた。

「遺族の家で焼香をしてきました。その際の夫人の我々に対する拒否反応の強さを考えると、口止めという手法だったのかと」

「なるほど……」

短く発したあと、小堀が再度唸った。先ほどから小堀の頭の中で様々なシミュレーションが猛烈な速度で動いているのがわかる。

「今後、倉田さんの死亡事故に蓋をした勢力、たとえば、JE北や機構、そして政治家、それに加担した道警本部がどのような形で関わったか精緻に調べる必要があります」

樫山は力を込め、言った。眼前の小堀は視線で先を続けるよう促した。

「倉田さんの非業の死に怒った稲垣さんも殺されたと私はみています。誰がどのような形で指示し、彼を転落死させたのか。当初第一発見者は北海道建設部とされていましたが、それが嘘であることはわかっています。もっと詳細に調べないと」

樫山の話を聞きながら、小堀が腕組みを始めた。

「もし道警が隠蔽に加担したなら、証拠はとっくに消されていますよ」

小堀が鋭い目つきで言った。たしかにそうかもしれない。だが、木下記者と弁護士チームがすでに動いている。警察庁から強権的な再捜査命令を出し、糾さねばならない。しかし、その前にやることがある。

「ただ一つ、はっきりしているのは、安全対策をおろそかにしてまで北海道新幹線延伸工事を強行したJE北、機構、そしてそれに加担した道警本部の責任は重大であり、法に照らして直ちに是正しなければならないということです」

腕組みを解き、小堀が口を開いた。

「国交省は基幹統計でも集計ミスを放置し、甚大な影響を経済分野に及ぼしたばかりです。主力業務の一つである鉄道建設の現場でこんな事故が起き、かつこれが隠蔽されていたとなれば、大臣、次官の首が飛ぶだけでなく、組織そのものが存亡の危機に直面します」

樫山も同感だった。組織は大きくなればなるほど、小さなミスを巡って責任を押し付けあう。国交省の隠蔽に加担した道警、いや警察組織全体の信任も危うくなる。

「短期間でよく調べましたね。しかし、この件は、我々が手がけている贈収賄とは……」

小堀が指揮官としての言葉を口にしかけたとき、樫山は右手でこれを制した。

「贈収賄事件と今回の延伸工事の事故、そして稲垣さんの転落死には明確な関係があります」

樫山は再度ファイルを繰り、先ほどとは別の写真を小堀の前に差し出した。

「これは……」

小堀の表情が一変した。祭壇の前で焼香する栗田を写した一枚だ。

「栗田とこの件がどう関係するのですか？」

小堀の疑問はもっともだ。

「倉田さんの死亡事故が贈収賄事件を生んだのです」

「なんだって？」

日頃冷静な小堀の表情は明らかに動揺していた。今までの小堀は、贈収賄事件の全体像を壊さなければ樫山自身が抱く強いこだわりを否定することはなかった。どちらかといえば、道警本部の怠慢、不正を後々叩くことで、警察庁全体の綱紀粛正を図りたいと考えていたフシがある。だが、樫山の発した一言は、小堀の予想をはるかに超えるものだったようだ。

「直接倉田さんとの関係を栗田にぶつけ、そして例の一〇〇〇万円の差額を詰めて一気に前へ進むべきタイミングです」

「しかし、それは……」

依然頭の整理がついていないのだろう。小堀が口籠った。

「栗田はまだ喋っていないんですよね？」

「ええ、完黙が続いています。どうやるんですか？」

「私に考えがあります。突きネタを使います」

樫山が答えた直後、ファイルの横に置いていたノートパソコンがメールの着信を告げた。

2

メールに添付されたファイルを開くと、樫山は思わず拳を握りしめた。

「なにが届いたのですか？」

怪訝な顔で小堀が尋ねた。

「完黙の栗田を崩す突きネタが届きました」

キーボードを叩き、画面に現れた表計算ソフトの中にある細かい数字に目を凝らした。

「どこからのメールですか？」

「相棒の伊藤巡査長です。歌舞伎町に行かせていました」

画面から顔を上げると、小堀は首を傾げていた。

樫山はパソコンの画面を小堀に向けた。再度上京した直後から、伊藤を歌舞伎町に張り付かせた。所轄署で生活安全課の手伝いをしたことがあるという伊藤にホストクラブの売り上げと一磨に支払われた給与を調べ直すよう指示し、実際に相棒は着実な成果をもたらしてくれた。

「ここにあるデータが、例の一〇〇〇万円の差額です」

樫山が言った直後、小堀の顔色が変わった。

「説明してください」

鋭い目つきの小堀に頷き返し、樫山は口を開いた。

「ホストの売り上げは、高価なシャンパンやブランデーを何本客に空けさせるかにかかっています。本件のホストとは、参考人の一磨こと斎藤和也です。実は、伊藤巡査長に詳しく調べてもらっていました」

「先をお願いします」

「栗田は歌舞伎町のクラブ・インフィニティのＶＩＰルームで散財していたとのことですが、その豪遊を実際に見た同僚はいない。彼らがボトルを空ける際は、栗田と一磨の二人しかいなかったとの証言が得られました」

小堀が眉間に皺を寄せた。伊藤に対し、一磨の住居である借り上げマンションを教え、同居人のホストに事情を訊かせた。その際、警視庁と道警の捜査員が気づかなかった点が浮上し、さらにその中身を精査するうちに伊藤がカラクリに気づいたのだ。

「どういう意味ですか?」

「密室での接客なので、何本シャンパンが空いたかは外側からはわかりません」

小堀が困惑の表情を浮かべた。二課の事情聴取に対し、ホストの一磨は曖昧な答えに終始し、具体的な数字を得られなかったと冬木から聞かされていた。一度の接客で一〇〇万円、一五〇万円と丸い数字ばかりが捜査員たちの手元に残っていた。

「一磨の供述は具体性を欠いていたようですね」

「そうです。だから、差額を詰めるにしても、決め手に欠けていました。まして栗田は完黙のままですから」

小堀が肩をすくめた。

「答えはシンプルでした。実際はシャンパンを空けていないのに、一磨は複数本空けたことにしてカネを徴収していたんです。伊藤巡査長にボトル回収業者にあたってもらい、実際の本数も確認し、裏が取れています」

樫山は手元のパソコンの画面を表計算からプレゼン用のソフトに切り替えた。

「ホストクラブの給料は、完全歩合制なんですよ」

樫山は画面を小堀に向けつつ、プレゼンソフトを指した。

〈売り上げ（飲食代＋指名料など）×歩合率＝給料〉

「この歩合率のことをバックと呼びます。つまり、店からホストへのバックマージンという意味です」

ソフトに目を凝らしつつ、小堀が頷いた。

「インフィニティのバックは通常五〇％です。栗田はいつも高額のシャンパンやブランデーを注文するふりをしていました。一回の来店で栗田の注文が三〇〇万円なら、一磨の取り分は一五〇万円となります。しかし、実際にはボトルは空いておらず、消費したボトルの本数に合わせて帳簿を作ると、店の収支としては一磨が申告した売り上げより少なくなっていた。しかし一磨には彼が申告した通りの額が払われますから、空注文の分さらにマージンが増えるんです。クラブで単純に二五〇〇万円分注文するより、一磨に渡る金額が大きくなる」

「それでは、店側もそのインチキに気づくのでは？」

「雇われの店長が曲者《くせもの》でした。一磨の取り分からリベートをもらい、黙認していたようです。栗田が店に相当なお金を落としていたのは事実ですから、黙っていればよかったんです。ちなみに店長は伊藤巡査長の捜査が入ってから突然辞職し、行方をくらましました。現場では飛んだというらしいです」

樫山の説明に小堀が納得したように頷いた。

「さらに一磨の給料は栗田の売り上げとともに、スライド制で上がりました」

「売り上げ好調なホストの取り分が増えるという意味ですか？」

「はい、ですので五、六回目に栗田が来店したときの売り上げは、店の帳簿に残っている分よりも増えています」

「なるほど……」

「この架空売り上げの分を道警と警視庁担当者が集計した数値と照らし合わせれば、概ね一〇〇〇万円になります。要するに、栗田と一磨は共謀して売り上げの一部を除外し、その分を抜いて特定の目的に充てていたわけです」

小堀が低い声で唸った。

「わかりました。よく調べてくださいました。あとで担当の者にデータを渡してください」

「これで、検察官に突っ込まれる心配はありません」

樫山が言うと、小堀が口を開いた。

「検察官はもう一段突っ込んでくるでしょう。結局、一磨と栗田が隠していた一〇〇〇万円はなにに使われたのですか？」

予想していた通り、小堀が一番重要な点を突いてきた。

「サッカークラブへの寄付です。そのチームは勝ち負けではなく、スポーツを通じて恵まれない家庭の子どもたちの心身を育むことを目的としています。家庭状況によっては会費もとらず、スパイクやユニフォームも貸し出してました。ここからは一部私の推測が入っています。おそらく、コロナ禍でサッカークラブ運営が厳しくなった、あるいは地元公共団体からの助成が打ち切られたのかも」

樫山は再度青い表紙のファイルのページをめくり始めた。

「旭川で捜査していたとき、亡くなった倉田さんのコーチ仲間から重要な証言を得ました」

「どんな事柄ですか？」

「近年は、貧困から食に事欠くような子どもたちも増えていて、気に病んでいたとか。地元の社会支援ＮＰＯとの連携を模索していた」

樫山は滝沢の証言をメモしたページに目をやった。

「それで、児童福祉関連の仕事をしていた栗田と接触ができた、そういうことですね」

「ええ。目下、倉田さんと連携を考えていたＮＰＯにも捜査協力要請をかけています」

「なるほど……これで鉄道の延伸事故と今回の贈収賄がつながったわけですね。それでどうしますか？」

「まずは栗田にこの一連の資金の流れを説明させ、証言を確固たるものにします。取り調べの様子を検事もチェックすれば、贈収賄にさらなる闇が広がっていることを理解してもらえるでしょう」

「わかりました。取り調べの手配をしましょう」

小堀が大きく頷いた。樫山は分厚いファイルを閉じ、立ち上がった。

3

警視庁本部二階の取調室に樫山が入ると、栗田は肩をすぼめ、俯いていた。樫山の後に続いて部屋に入った伊藤は補助席に座った。

伊藤の肩越しに、樫山はガラス戸を一瞥した。小さなマジックミラー越しの別室には、先ほどまで一緒だった小堀がいる。まもなく東京地検の担当検事も加わるはずだ。

小堀によれば、検事は樫山が新たに突き止めた事実に大いに興味を示している。北海道庁と医療品関連メーカーの不正という事件のほかに、ＪＥ北海道や鉄道建設機構という大きな組織が絡んでいるとなれば、検事の鼻息が荒くなるのは当然だ。当初はごく普通の贈収賄だったが、今はこの国の暗部を照らす大きなスキャンダルに発展しつつある。

別室の指揮官の気配を確認したあと、樫山は栗田を見つめ、切り出した。

「ご無沙汰しています。道警本部の樫山です」

声をかけたが、栗田にほとんど反応はない。樫山は脇に抱えていた分厚い青表紙のファイルをわざと音を立てて机の上に置いた。驚いたのか、栗田が顔を上げ、樫山とファイルを交互に見比べた。

栗田の顔を睨んだ。栗田は不安げな顔つきでファイルを見ている。かつて一緒に捜査したベテラン警部補の取り調べ手法に倣《なら》った行動だ。

〈おまえのことをこれだけ調べた、ありとあらゆることを知っている〉

栗田に言い逃れを許さないという強い意思表示だった。

樫山はゆっくりとした動作でファイルを開き、倉田の写真を取り出して栗田の前へ置いた。

「この人を知っていますか？」

栗田が目を見開いた。道警の取調官の聴取には石のような態度を貫き通してきたが、今は明らかに動揺の色が濃い。唇を嚙んだ栗田は、強く首を振った。

「知らないという意味ですか？」

樫山が問いかけると、栗田が小さく頷いた。

「おかしいですね」

栗田の肩が強張った。

「本当に知らない人ですか？」

眼前の栗田が大きく首を縦に振った。

「あなたは知らない人のご葬儀にわざわざ札幌から旭川まで出かけるんですね」

ゆっくり告げたあと、樫山はファイルから写真を取り出し、栗田の前に置いた。倉田の遺影の前で焼香する栗田本人の写真だ。

倉田の写真を見たときと同様に、栗田がもう一度目を見開いた。次いで、探るような目つきで樫山を見上げ始めた。

「あなたがなぜ黙秘するのか、ずっと気にかけていました。だから徹底的に調べました」

どこか不安げだった栗田の瞳に敵意の色が浮かび始めた。

「あなたになにがわかるっていうの？」

前回、同じ場所で栗田は絶叫した。完黙を続けてきた栗田が感情を剝き出しにしたことで、なにか重大な事柄が事件の深い部分に沈んでいると樫山は考えてきた。今は低く、唸るような声音だ。栗田は自分を押し殺し、なにかを守っていた。樫山は左手で青い表紙のファイルに触れ、ゆっくりとページを繰り始めた。

「シャンパンの空注文とは考えましたね。しかもＶＩＰルームという他人の目のない場所で金を作るなんて、誰のアイディアですか？」

樫山は表計算ソフトのプリントを栗田の前に差し出した。先ほど小堀に説明したときと同じ手順で、一磨の給料の内訳、それに成績に応じてホストのサラリーが上がっていく仕組みを伝えた。

「なぜ黙っているの？」

樫山は栗田を挑発した。

「なぜこんな遠回りをしたの？」

俯いているが、栗田の顔が徐々に紅潮するのがわかった。唇を嚙み、耐えている。

「あなたは道立病院と取引のある医療品関連会社三社から合計二五〇〇万円の賄賂をもらい、

逮捕されました」

樫山はなんども道警や警視庁の取調官が告げた言葉を吐いた。

机の縁を睨んだまま、栗田は反応を見せない。

「そこまではあなたたちの目論《もくろ》み通りだったようね」

栗田は緊張の糸が張り詰めている。このまま樫山が圧をかけ続ければ、テンションが限界まで張ったラインは鋭い破裂音とともに切れる。

「旭川の児童養護施設の名簿を入手しました。五年前まで入所していた斎藤和也くんは上京し、ホストとして生計を立てていました」

樫山は札幌の部下に命じ、施設に正式に照会をかけた上で、顔写真付きの資料を入手した。

栗田の顔がさらに紅潮する。

「かつて熱心に支援した男の子が立派な青年に成長した。そんな彼に入れ上げる地味な独身女を演じ切った。そして袖の下を全部溶かしたようにみせかけた」

栗田がゆっくりと顔を上げた。唇を真一文字に結んでいる。

「いいわ。私が説明する」

樫山は栗田の目の前に置かれた倉田の写真を取り上げ、言った。

「すべては、新幹線延伸工事の現場で不慮の死を遂げた倉田さんから始まっていた」

栗田の両肩がかすかに震え始めた。

「長年、サッカーを通じて子どもの支援活動をしていた倉田さんは、道の福祉担当部局にいたあなたとも以前からつながりがあった」

樫山は北海道新報の木下記者が書いたこども食堂の記事を取り出し、机に置いた。

「あなたは旭川の子ども総合療育センターの主事だったとき、倉田さんに会っています」

樫山は北海道新報の過去記事を検索した。すると、総合療育センターに出張する形で、病児たちにサッカーをコーチする倉田や滝沢らの写真と記事がみつかった。屈託のない笑みを浮かべ、サッカーに興じる子どもたち。そして優しい眼差しで子どもたちを見守る倉田の姿がある。

「これでも、倉田さんを知らない人だって言いますか？」

栗田の両肩の震えが目に見えて大きくなった。

「続けます。倉田さんはサッカーの指導を通じ、いじめに遭っていた子どもも支援していました。そのうちの一人に稲垣さんという国交省の技官がいました」

樫山は栗田に視線を投げ続けた。どんな変化も見逃さない。

「稲垣さんは子どもの頃に鉄道の工事で父親を亡くした。だから、ことさら安全対策に力を入れて、仕事に励んでいた技官でした」

栗田が首を垂らし、小刻みに首を振り始めた。

「稲垣さんだけでなく、現場で倉田さんを慕っていた職人さん、ほかの工事関係者からの証言も集めました」

樫山は胸のポケットからスマホを取り出し、再生ボタンを押した。

〈首を折り、頭部は半分潰された〉

工事現場で出会った丹部の嗄《しゃが》れた声が取調室に響くと、栗田が両手で顔を覆った。

「倉田さんの事故を受け、稲垣さんは原因究明が済むまで工事を中断し、対策を徹底するよう求めましたが、受け入れられず、亡くなりました。いえ、殺されました」

樫山はススキノの細長いビルの写真をファイルから取り出し、栗田に向けた。

「至極まっとうな提案を行った技官が殺されるなんて、私は絶対に許しません。あなたの意見はどうですか？」

樫山は栗田を凝視した。激しく肩を揺らし、依然顔を覆っている。同時に洟をすすり始めた。

「倉田さんの遺志だったサッカークラブの維持のため、その財政難を救済するために、あなたは仕事を悪用し、資金を融通した」

栗田は洟をすすり続け、答えない。

「これは私の想像です。違っていたら指摘するなり、しっかり否定するなりしてください」

言葉を区切りながら、樫山は話し続けた。

「倉田さんの葬儀の席、あるいはその後にあなたは稲垣さん、そして斎藤和也くんと会合を持ち、地域の困窮する子どもたちを救おうとした彼の遺志を継ぐことを決めた」

核心に切り込んだ。

「ここも私の推測を含んでいます。倉田さんの死は工期短縮のプレッシャーが各所からかかり、結局蔑ろにされました。この点については、現場検証すらろくに実施しなかった道警本部にも責任の一端があります。今後、必ず組織の中で問題提起し、倉田さんの死を安全対策に活かすよう組織を改革することを約束します」

樫山は両手を机につき、頭を下げた。

「あの……」

栗田が小さく声を発した。

「私の言ったことで、なにか間違いがありましたか？」

「いえ、なんでもありません」

栗田は心を開いたのか。樫山は顔を上げ、声を発した栗田の顔を見つめたが、その真意はつかめない。

「本来ならば、倉田さんの遭遇した事故はいったん工事を止め、しっかりと検証して過失の有無を精査する必要がありました。その点について、国交省の稲垣さんはひときわ強く主張されたはずです。もしかしたら地質の調査なども命じたのかもしれません。倉田さんの事故は氷山の一角だと考えていたのでしょう」

樫山は栗田の目を見つめた。

「しかし、稲垣さんの主張は聞き入れられませんでした」

言葉を切り、樫山は再度栗田の顔を凝視した。

「稲垣さんは事故の真相を公にしようとして殺された、とあなたは考えた。だから悪事とわかっていても、せめて倉田さんのサッカーチームを存続させるため賄賂の受託を考え出したのではないですか？」

捜査に基づき、多数の証拠や証言を集め、事件の全体像を描いた。そして、今はその首謀者の一人と対峙している。もはや引き返すことはできない。ここで栗田を全面自供に持ち込まねば、亡くなった倉田や稲垣の死の真相究明、そしてなにより贈収賄事件全体の捜査が頓挫するリスクさえある。

樫山は補助席にいる伊藤を見た。年下の相棒は淡々とキーボードを叩き、樫山と栗田の言葉を記録している。そして伊藤の向こう側にある小さなマジックミラーには、小堀と検事が控えている。

「もう一度、お尋ねします」

そう言ったあと、樫山は咳払いし、ファイルのページをめくった。

「自らの告発が組織で黙殺されることを稲垣さんは予見していた。そして担当を外されるとも予期していたはずです。まさか殺されるとは思ってもいなかったでしょうけど」

樫山はもう一度メモに目をやり、声を出した。

「あなたは、稲垣さん亡きあと自分たちだけでも倉田さんの遺志を守ろうと、贈収賄を決行した。違いますか？」

樫山が一気に告げた途端、栗田が首を振り、口を開いた。

「なにも話したくありません」

栗田は再び肩を強張らせ、下を向いた。樫山の読みは当たった。いや、捜査で得た突きネタが正しかった。目の前の栗田の態度は雄弁に物語っている。

「仕方ありませんね」

顔が火照《ほて》る。まだやるべきことが残っている。このままであれば、栗田は再び口を閉ざし、倉田が遺《のこ》したプロジェクトを守るべく、たった一人で罪を被ってしまう。

「先ほどお話しした、ホストクラブの空注文で得た資金の流れです」

樫山が淡々と伝えると、栗田が小さく息を吐いた。前に聞いた話を蒸し返される。ならば黙秘して切り抜けよう。そんな安堵の色が瞳に浮かんだ。その直後、樫山は畳み掛けるように告げた。

「贈収賄で逮捕されることを、あなたはある程度予見していた。そうですよね？」

樫山の強い口調に、栗田が少しだけ体を後方に反らせた。

「だから、逮捕されてもお金を追及できないようなスキームを一磨くん、いや斎藤和也くんと共謀して作り上げたんですよね？　北海道から流れたお金が歌舞伎町でマネロンされて、再び旭川のサッカークラブに還流するなんて誰も想像しませんでした」

再度、栗田の顔が紅潮した。もう一段、押し込むチャンスだ。唾を飲み込んだあと、樫山は切り出した。

「ここ数日の取り調べの際、あなたは贈賄側からの資金提供と実際の差額一〇〇〇万円についてなにも話さなかった。いや、話せなかったのよね？」

栗田がまた洟をすすり始めた。

「贈収賄で逮捕されてまでも、あなたは倉田さんのサッカークラブを守りたかった。あなたは本来優しい人です。だから困っている子どもたちを、身を挺《てい》して守ろうと決めた。そして稲垣さんの死にも報いようとした」

栗田の小刻みに震える両肩と腕がその内面を語っている。

「これは立派な犯罪です。この後、和也くんを事情聴取したのち、逮捕して収賄の共犯として立件しなければなりません」

樫山が告げた瞬間だった。いきなり栗田が立ち上がった。

「それだけはやめて！」

取調室の中に、栗田の叫び声が反響した。文字通りの絶叫だった。補助席にいた伊藤が立ち上がり、机の前に進み出た。樫山は左手で伊藤を制した。

「今まで私が話したことを認めるから、和也くんには触るな、そういう意味ですか？」

栗田が両腕を机に振り下ろし、何度も叩いた。伊藤が制止しようと動きかけたが、樫山は首を振った。栗田の両目から涙がこぼれ落ち、机の上にある手の甲を濡《ぬ》らし始めた。

「全部私が考えたの。他の人を巻き込まないで！」

「今の言葉は録音録画されています。別の取調官や検事にも同じ話ができますか？」

樫山がハンカチを差し出すと、栗田が両目を拭い、言った。

「和也に罪はないの。彼は関係ないから！」

栗田の表情が一変した。ホストクラブで湯水のように金を使ったのは、自分を押し殺し、犯罪に手を染めてもなお、子どもたちを助けたいという気持ちが勝っていたからだ。

「残念ながら確約できません。もう少し調べを尽くさねばなりません。その際、斎藤和也くんの関与が悪質だと判断された場合は、逮捕勾留される可能性があります。あなたが素直に全容を話し、和也くんが止むに止まれずに協力したと認められればいいですが、そんな都合よく事は運びませんよ」

「全部話しますから、お願い！」

栗田がもう一度絶叫した。樫山は伊藤に目配せした。伊藤が頷き返し、手元のパソコンに視線を向けた。栗田の証言はすべて記録したという合図だ。

「少し休憩します」

短く言った後、マジックミラーを凝視しながら樫山は席を立った。

4

「ご苦労さまでした」

小さな会議室に樫山が戻るなり、一足先に二課へ帰っていた小堀が頭を下げた。

「先ほどの供述に沿う形で、今後は道警と警視庁の取調官が共同で栗田を調べます。よろしいですね？」

小堀の声が心なしか弾んでいるように聞こえた。

あまり褒められるやり方ではなかったが、一磨という切り札を使うことで栗田の心が大きく揺れた。

「もちろんです。今、伊藤巡査長が先ほどの取り調べの詳細をまとめています」

「既に担当者が録画をチェックしています。段取りはばっちりですよ」

小堀は安堵の息を吐き、言葉を継いだ。

「刑事部長、そして副総監には今回の事件の概要、そして新たに浮上した大きな疑惑について報告しました」

「反応はどうでしたか？」

樫山が身を乗り出すと、小堀が頷いた。

「担当検事がやる気になっている、そう付け加えたらがぜん乗ってきましたよ。当然、道警は批判を浴びますが、ＪＥ北海道や機構の強い指示があったと証明できれば、収支は合います」

道警が隠蔽に加担したという失点はあるが、それ以上に巨大な官庁とその天下り先を叩くメリットの方が大きいことを、小堀は官僚らしく収支と言い換えた。当然、警視庁上層部だけでなく、警察庁内部でも小堀は調整に動き出す。

「担当検事は、特捜部には絶対ネタを回さないと鼻息が荒かったですよ」

「それでは、次のステップとして一磨こと斎藤和也の事情聴取をやりましょう」

「彼は警視庁で担当しましょう。斎藤も共犯として立件するか、慎重に判断します。同時に、栗田との証言の整合性を取り、一〇〇〇万円の差額がどこに使われようとしていたのか、そしてその金は今どこにあるのかをきっちり調べます」

小堀が強い口調で言った。

単純な贈収賄事件が巨大官庁を巡る重大な隠蔽事件へと発展するのだ。小堀のような冷静な警察官僚も力んで当然だろう。

「最も大事なことは、このような贈収賄事件を彼女に引き起こさせた背景をしっかりと解明することです。ＪＥや機構にもメスを入れなければならない。つまり、延伸工事中の事故、それを糾そうとした技官をなぜ葬り去ったのか。そう仕向けた勢力を白日の下にさらすことが我々の仕事です」

小堀の声を聞きながら、樫山は拳を握り締めた。

「近いうちに機構の間瀬理事長代理と面会します」

「まだすべての証拠が集まったわけではありません。突っ走らないでください」

「軽いジャブです。延伸工事絡みの隠蔽には、彼ら機構からの強い指示があったのは間違いありません。首を洗って待つようあいさつしてきます」

樫山の言葉に小堀が苦笑したあと、咳払いした。

「検事から宿題を出されました」

「なんですか？」

「稲垣さんが転落した件、単に落ちたのではなく、殺されたということを証明するために、新たな証拠が欲しいそうです。私も同意見です」

小堀の発言に樫山は頷いた。

「心当たりがあります。必ず入手します」

「決め手があるのですか？」

「ええ」

樫山の頭の中で、国交省の建物のシルエットが浮かんだ。同省内では、稲垣がファイルを残したとの話が出ていた。そしてもう一人、稲垣の母が鍵を握っている。稲垣本人が買い与えたというパソコンだ。徹底して調べれば、その中にファイルが残っている公算が高いと考えた。

「失礼します」

ノックの音とともに、伊藤が会議室に顔を出した。

「どうしたの？」

樫山が尋ねると、伊藤が手にしていたスマホを差し出した。

「北海道新報のネット版の夕刊です」

樫山は画面を見た瞬間、息を呑んだ。

「面識のある記者ですか？」

記事の末尾にある〈社会部・木下康介〉の記述を指し、小堀が尋ねた。

「なんどか直撃取材されました。しつこいと定評のある記者です」

小堀といえども木下との接触を明かすわけにはいかない。樫山は当たり障りのない答えを返した。

〈ススキノ転落死に新局面　技官が告発準備か〉

画面の上部に刺激的な見出しが載っていた。

〈ススキノのビルで転落死した国交省技官の件について、複数の関係者から故人が重大な告発を準備していたとの証言が得られた。亡くなった稲垣技官は、北海道新幹線の延伸工事を担当する間、トンネル内で発生した重大な事故について調査を続けていた……〉

トンネル内で発生した重大な事故とは、電設工事職人の倉田の一件に他ならない。

〈本紙の取材では、重大事故を捜査する道警はもとより、JE北海道、そして鉄道建設機構は事故の存在そのものを公表していない。複数の関係者によれば、重大事故の隠蔽がさらなる事故につながると懸念した国交省の稲垣氏が、複数の工事関係者らから事情聴取し、これをリポートにまとめていた。ススキノ転落死の一件に関し、再捜査を求める弁護士グループは、この証言の詳細を調べ、転落死の背景に重大な過失案件があり、稲垣氏を何者かが殺害したとの疑いを強めている……〉

樫山とともに伊藤のスマホを凝視していた小堀が低く唸った。

「ちょっと失礼しますよ」

小堀は背広のポケットからスマホを取り出し、通話ボタンに触れた。

「緊急連絡です。近くにパソコンはありますか？」

スマホを耳に当て、小堀が話し始めた。

「北海道の新聞に抜かれるわけにはいきません。そちらも早めに調整をお願いします」

小堀は北海道新報、夕刊のネット記事と告げた。相手は地検の担当検事だろう。

〈わかってますよね〉

樫山の脳裏に木下の言葉が甦ってきた。樫山は、官僚が持つべき職業倫理を誰よりもわきまえていた。組織を守ることは、国家を守ることにも繫がる。その気持ちは今も変わりない。しかし組織に不正が蔓延《はびこ》っている場合はどうか。外圧を加えてでも、組織の浄化をはかるべきではないか。そんな思いに駆られ、樫山は捜査情報をリークしたのだ。

もちろん、自分が与えた情報だとは口が裂けても言えない。樫山は伊藤に目を向けた。

「例のホストクラブの表計算データだけど、警視庁の人と共同で正規の資料にして」

「了解しました」

伊藤は会議室を出て、冬木らが詰めているデスクに向け、歩き出した。

「横浜の機構本部では、くれぐれも暴走しないように」

電話を終えた小堀が短く言った。二人の後ろ姿を見送ったあと、樫山はスマホの通話履歴をたどり、木下の名前の上で画面をタップした。呼び出し音が二度鳴ったあと、木下が反応した。

〈夕刊を読んでいただいたようですね〉

「ええ。木下さんの記事は、こちら側でも話題になっています。でも、あれが最後よ。こんなことは二度と御免だわ」

〈道警本部が再捜査に乗り出すってことですか？〉

「まだわかりません。ただ、そのように動いていきたいと思っています。くどいようですが、このコメントは使ってもらっては困ります。それでは」

樫山は一方的に電話を切った。

樫山のリークによって再捜査が始まるなら、まさに狙い通りだろう。しかし、後味は悪かった。

5

大きなガラス戸から横浜港の景色を見渡していると、ノックの音が響いた。

「失礼いたします。間瀬です」

樫山が振り向くと、白髪頭の中肉中背の男が立っていた。髪を七三に分け、銀縁のメガネをかけている。スーツは地味なダークグレー、典型的な官僚スタイルだ。樫山が名刺を出すと、男も厚紙の一枚を差し出した。

〈鉄道建設機構　理事長代理　間瀬忠良〉

青と緑色のイラストロゴが入っている以外、無味乾燥な文字が並んでいた。

「どうぞおかけください」

勧められるまま、樫山は革張りの応接ソファに腰を下ろした。傍らには伊藤もいるが、間瀬とのやり取りはすべて樫山が主導する旨を言い含めてある。

「いきなり押しかけて申し訳ありません」

樫山が頭を下げると、間瀬が口を開いた。

「JE北海道の案件だとか？」

鷹揚な口調で間瀬が言った。

「ええ、具体的なことを申し上げずに出向き、恐縮しております」

「JE北は色々と経営が大変でしてね。それで、どのようなお尋ねでしょうか」

向かい合う一人がけソファの間瀬は穏やかに言った。

「こちらをご覧いただけますでしょうか」

樫山は足元に置いた鞄から分厚いファイルを取り出し、テーブルに載せた。取調室の栗田のときと同様、相手を威圧する狙いだ。

ゆっくりとページを繰り、クリップで留められていた写真プリントをテーブルに置き、間瀬の前に指で押し出した。

「このプリントに写っているのは、間瀬さんでしょうか？」

間瀬が写真を右手で取り上げ、左手でメガネを外した。間瀬は目を細めてプリントを見つめ、言った。

「私ですね。これがどうされました？」

プリントをテーブルに置き、間瀬が言った。落ち着き払っている。動揺するそぶりは一切ない。

「こちらは、旭川の葬儀の時の写真です。未亡人となにやら話しておられますね」

「もちろん覚えていますよ」

間瀬は口元に笑みを浮かべ、余裕すら感じられる。官僚はあらゆる角度から想定問答を作成する。その習性は天下り先でも生きている。

「北装電設の職人、倉田さんのご葬儀でした。ご参列された理由をお聞かせください」

「こういうことです」

間瀬は言葉を区切り、メガネを顔に戻した。

「倉田さんは青函トンネルをはじめ、北東北や北海道全域の鉄道建設工事に多大な貢献をされたベテラン職人さんでした。突然の心筋梗塞でお亡くなりになったとJE北の関係者から連絡を受けましてね」

「一職人のために、機構のナンバー2が参列されたのですか？」

樫山はわざと挑発した。間瀬は少し首を傾げたあと、言った。

「なにか私が悪いことでも？」

「私もキャリアです。現場の警察官が亡くなれば心が痛みます。しかし……」

樫山が言い終えぬうち、間瀬が右手を出して言葉を制した。

「なにか勘違いされておられるようですね。倉田さんは、数々の難工事に関わり、無事に工事を敢行された方です。こういう職人さん一人ひとりの努力が集まり、鉄道が敷設され、多くの利用者が利益を享受できるのです。我々機構としても、最大限の感謝の気持ち、そしてご夫人にお悔やみをお伝えしようと考えた次第です」

「なるほど、そうですか」

樫山はさらにファイルのページをめくり、道警本部の部下が入手したコピーを間瀬の前に差し出した。再びメガネを外すと、間瀬が紙に目を凝らした。

「倉田さんのご遺族に補償金が振り込まれています」

「そのようですね。損保からの入金データのようです」

「これは倉田さんご本人が加入されていたものではありません」

「それがなにか？」

「倉田さんは心筋梗塞ではなく、新幹線の延伸工事、トンネル工事中に事故で亡くなりました。工事期間中なので、JE北、そして機構から損保に働きかけがあり、通常よりも多い額が振り込まれたのではないですか？」

樫山の言葉に、間瀬が首を傾げた。

「少しお待ちいただけますか？」

そう言うと、間瀬が胸のポケットから手帳を取り出し、親指を舐めてからページをめくった。

「JE北絡みの案件とお聞きしていたので、事前に少しメモを整理していましてね」

ゆっくりとページを繰り、間瀬が手を止めた。

「ああ、これですね。JE北、それに倉田さんの勤務先だった北装電設から連絡をいただいておりました。彼は現場に赴く途中、バンの中で苦しみ出し、救急車を呼んだが間に合わなかった……それに地元の八雲署が死体検案書を発行されていますよ」

わずかだが、間瀬の片唇が上がった。

「八雲署の件は存じております。しかし、私はそれが嘘だったのではないか、そう考えて調べ直しています」

「道警内部の行き違いを私におっしゃられても、いかんともしがたい。それに振り込みについては損保さんにお尋ねください。管轄外のことでしてね」

もう一度、間瀬の片唇が上がった。

「では、話を変えます。国交省の技官、稲垣さんはご存知でしょうか？」

「大変優秀な後輩でした。札幌出張中に残念なことになりまして。彼が転落して亡くなったのはご存知ですよね？」

間瀬の両目が鈍く光った。鉄道建設機構が事件の黒幕であることは間違いない。腹の底から湧き上がる怒りを抑えつつ、樫山は言った。

「倉田さん、そして稲垣さんの死はつながっているのではないでしょうか？」

間瀬の顔を凝視するが、その表情は先ほどと変わらない。指先の細かな動き、肩や首筋も全く動かない。

「鉄道建設、安全管理対策のプロが相次いで亡くなったことは国家的な損失です。しかし、お二人が亡くなったことは、それぞれ別個の理由ではないのですか？」

間瀬が平然と言った。

「倉田さんは突然死、稲垣さんは転落死……お二人とも本当にそういうことだったのでしょうか？」

「なにをおっしゃっているのか、意味がわかりません。お二人ともに道警が正式にそう判断されたのですよね？」

樫山の挑発に間瀬は乗ってこない。

「そうでなかったら、どうなさいますか？」

もう一度、樫山はジャブを放った。間瀬は鷹揚な笑みを浮かべた。

「私は機構の理事長代理というお飾りのポストに就いているだけで、なんの権限もありません。なにか勘違いされておられるようですが、陰謀めいたことをれっきとしたキャリア警官が疑っていらっしゃるのなら、的外れですよ」

間瀬の両目は醒め切っていた。

「なるほど、よく理解いたしました。お時間いただきましてありがとうございました」

樫山はジャケットの内ポケットから小型のＩＣレコーダーを取り出し、わざとらしく録音停止ボタンを押した。

「なにか捜査にご協力できることがあれば、いつでもご連絡ください」

「もう一度お会いする際は、もう少し多人数でお邪魔するかもしれません」

「どういう意味でしょうか？」

「段ボール箱を多数抱えた部下たちを引き連れてくるかもしれない、そういう意味です」

樫山の言葉に、間瀬が肩をすくめた。口元には薄ら笑いが浮かんでいる。飛び掛かりたい衝動を抑えつつ、樫山は頭を下げて応接室を出た。

秘書に誘導されてエレベーターホールまで歩く間、樫山は拳を強く握りしめた。優秀なスタッフたち、そして関係機関を総動員して事件に蓋をしたつもりかもしれないが、引き下がるつもりはない。

「お車を呼びましょうか?」

秘書は丁寧な言葉で言った。

「いえ、鉄道で帰りますので、おかまいなく」

吐き捨てるように言うと、伊藤とともにエレベーターに乗り込んだ。樫山は唇を結び、次の一手を考えた。

栗田という生きた証人がいるほか、もう一つ切り札がある。早めに入手し、あの能面のような元官僚を追い詰めなければならない。

6

横浜から都内へ首都高で移動する間、樫山は目的地をカーナビに入力するよう伊藤に指示した。その後は後部座席で腕組みをしたまま、覆面車両に身を委ねた。

「着きました。こちらで大丈夫ですか?」

カーナビの画面と周囲の様子を見比べながら、伊藤が言った。

「この団地で間違いないわ。以前来たことがあるから」

そう言うと、樫山は自分でドアを開け、降車した。以前、稲垣の母と面会した新宿区の富丘団地だ。

「本職も行きます」

「ええ、お願いします」

樫山は細い二車線道路脇の歩道を進み、古い団地を見上げた。都心にある巨大な団地で、目的地は稲垣の母が住む三三号棟にある。

「随分大きいですね。北海道にもたくさん団地がありますが、こんな高層棟はありません」

樫山に追いついた伊藤が周囲を見回し、言った。樫山は昭和の高度経済成長期に造られた建物群だと簡単に説明したあと、団地に面した広場を進んだ。

衣料品店や金物店、クリーニング店が並ぶ古びた団地内商店街を歩く。すると、煤けた他の商店とは趣を異にする一角が目に入った。

〈ごめんなさい、息子が人に言うなと。でも、すぐ近くにあります〉

稲垣の母の言葉が頭の奥で反響した。

今、樫山の目の前には木製の看板がある。

〈団地の保健室〉

他の商店では錆びたシャッターや色褪せた庇《ひさし》が放置されているのに対し、綺麗な木目調の引き戸と窓には同色のブラインドがかかっている。一見すると、流行りのカフェのような見た目だ。入り口の周囲には花や観葉植物の鉢植えがいくつも並んでいる。

「ここがなにか?」

伊藤が首を傾げた。急ぎの用事があるとだけ言い、樫山は伊藤を動員していた。

駆けつけた富丘団地には、特徴がある。都内でも有数の大型団地は、高齢化率が五割近くとなり、その大半は、稲垣の母のような独居老人が占めている。このため、福祉関連事業を担うＮＰＯが団地の保健室という名の交流の場を作ったということを事前に調べていた。団地の住民が誰でもふらりと立ち寄ることができ、医療や介護の相談にのる。このほか、ひきこもりがちになる老人たちを会食などのイベントを通じて交流させ、孤独死を回避させるための見守り活動も展開している。

稲垣の母が住む部屋と同じ三三号棟だ。すぐ近くにあるという条件にも合致する。

「この場所には重要な宿題の解答があるの」

「宿題ですか？」

「ええ、検事が求めている重大な証拠のことよ」

樫山が答えると、伊藤が怪訝な顔をした。

「いずれわかるわ。今回の贈収賄事件の背景にあった大企業や国家ぐるみの犯罪が明らかになるの。ここには、それを裏付ける証拠がある」

「よくわかりませんが、お供します。なんなりとお申し付けください」

伊藤が表情を引き締めた。樫山は木目調の大きな引き戸を開けた。

「こんにちは。電話で連絡した樫山と申します」

引き戸から一歩内側に入ると、窓のブラインドの隙間から西陽が部屋に差し込んでいた。引き戸の左側は小上がりスペースで、青い畳が敷かれている。小さなちゃぶ台が三つ置かれ、老女が四人、緑茶を飲みながら話し込んでいた。右側は簡素な会議机があり、一人の白髪混じりの女性が立ち上がった。

「代表の秋田《あきた》です」

女性の胸元には顔写真入りの名札ホルダーがあった。

〈ＮＰＯ法人　団地の保健室富丘代表　秋田芳美《よしみ》〉

「突然すみません、北海道警察本部の樫山と申します」

樫山はジャケットから身分証を取り出し、秋田に見せた。秋田は、小さく頷いたあと、目の前の椅子を勧めた。

「早速で恐縮なのですが……」

樫山は、稲垣の母親からパソコンを預かっていないか尋ねた。

「ええ、預かっております。それがどうしたのですか？」

樫山は身を乗り出した。

「実は、現在担当している事件に関して、そのパソコンが重要な手がかりとなっている可能性が高いのです。一時的にご提供いただくわけにはいきませんでしょうか？」

樫山が切り出すと、秋田が顔を曇らせた。

「捜査に協力するのは当たり前のことだと考えております。しかし、あくまで個人の所有物で我々はお預かりしているだけなので、彼女の承諾なしには渡すことはできません」

秋田が生真面目な顔で言った。

「稲垣さんは現在、認知症の症状が進行しています。ご本人の明確な意思確認ができない以上、私としては警察に提供することはできかねます」

秋田ははっきりとした口調で言った。隣で伊藤が不安げな顔をしている。だが、無理と言われて引き返すわけにはいかない。樫山は口を開いた。

「今回担当する事件では、二人の命が失われたのです。そのうちの一人は、稲垣さんの息子さんです。彼らの無念を晴らすためにも、どうしてもパソコンが必要です」

樫山も明確に言った。倉田の死が原因で、稲垣も命を失った。その二人の死が、栗田という自らの意思に反した形で罪を犯す者を生んでしまったのだ。

「そう言われましても、それは警察の事情ですよね」

「わかりました。では、正式な書面があれば応じていただけますね？」

「書面とは？」

「裁判所が発行した捜索差押許可状です」

秋田に失礼と告げたあと、樫山はスマホを取り出し窓際で通話ボタンに触れた。小堀に事情を話すと、即座に部下に手配させると言った。

「秋田さん、あと二、三時間で捜索差押許可状が発付されます。これでご協力いただけますね？」

樫山の様子を見ていたのだろう。秋田が肩をすくめ、言った。

「わかりました。実は、以前にお預かり物を巡って、亡くなられた利用者のご遺族との間でトラブルがあったので」

「賢明なご判断かと思います」

樫山が言うと、秋田が小さく息を吐いた。

「トラブルになりそうもないですし、本当に捜査で必要だということは理解できました。少しお待ちいただけますか？」

そう言うと、秋田は椅子から立ち上がり、衝立《ついたて》の奥へと向かった。樫山は伊藤に顔を向け、安堵の息を吐いた。

「宿題の解答が見つかってなによりです。具体的にはどんな中身なのですか？」

「この前、八雲町のトンネル工事現場に行ったわよね」

「ええ、倉田さんが亡くなった件ですね」

「倉田さんが亡くなったことを知り、国交省の稲垣さんが怒った。そしてそれを本省に報告するために、あるいは外部に告発するために残したメモ、あるいはファイルが入っているはずなの。用心深い彼は会社や私用のパソコンでなく実家のパソコンで作業したのではないかと思って」

樫山が言うと、伊藤が深く頷いた。

「たしかに宿題の解答です。そんな現場に立ち会えるなんて不謹慎ですが少し興奮します」

伊藤の頬が薄らと赤らんだ。

「お待たせしました」

両手で薄いノートパソコンを持ち、秋田が戻ってきた。パソコンの背面カバーには古い特急列車のロゴが入ったステッカーが貼られている。

「どういう経緯でお預かりになられたのですか？」

「ここはお年寄りの憩いの場です。一月半ほど前、稲垣さんが来られて、息子さんからパソコンを買ってもらったけど家にあってもしょうがないからとお預けになって」

「なるほど」

「一応お預かりしましたが、もちろん中身は開いていません」

秋田が言った直後、樫山のスマホが鈍い音を立てて振動した。画面には小堀の名前と番号が表示されている。

「樫山です」

〈裁判所が機敏に動いてくれました。あと一時間ほどで二課の若手がそちらに令状を届けます〉

「ありがとうございました」

短く告げ、樫山は電話を切った。樫山は改めて机の上のパソコンを見た。

「どうぞ、電源を入れてください」

秋田に促され、樫山はカバーを開けた。キーボードの右上に丸い電源ボタンがあり、迷わず人差し指を添えた。すると、わずかな残量のバッテリーが反応し、ＯＳが立ち上がった。

「やっぱり……」

カラフルなＯＳのロゴが光ってシステムが起動した直後、パスワードを求めるメッセージが液晶画面に表示された。

「どうします？」

左横で不安げな顔をした伊藤が言った。

「ちょっと考えさせて」

なんどか間違ったパスワードを打ち込んでしまうと、パソコン本体がロックされてしまう恐れがある。

稲垣自身の誕生日、あるいは母親の誕生日や健康保険の番号……パスワードに設定しやすい事柄をいくつも想像してみる。

だが、以前フェイスノートのアカウントを乗っ取られて以降、樫山自身もパスワードを誕生日と生まれ故郷の郵便番号の組み合わせから、複雑なものに変更した。

命を狙われていた稲垣ならば、当然そのあたりも気を遣っていたはず。

「プロに任せるわ」

思わずそう口にしたあと、樫山は以前捜査一課で研修していた民間のＳＥから転職した専門捜査官の顔を思い出した。

現在、元ＳＥは警視庁本部の生活安全部機動サイバー捜査班にいる。スマホで携帯番号を探したあと、樫山は躊躇なく通話ボタンを押した。

7

「本日の予定はもうありません。お車を呼びましょうか？」

キャリア警官の突然の訪問のあと、間瀬は機構本部の人事異動に関する定例会議に出席し、専用室に戻った。秘書が冷やしたおしぼりと烏龍茶のボトルを執務机に置き、言った。

「あと少し書類の整理をしてから帰ります」

「承知いたしました」

秘書はおしぼりのトレイを回収したあと、在京紙の夕刊を入れ違いに置いた。

〈与党民政党の総裁選挙、大混戦の見通し＝保守派の現首相とリベラル派候補の勢力拮抗〉

大和《やまと》新聞の一面トップには、三日後に迫ったこの国のリーダーを選ぶ選挙情勢に関する分析記事が載っていた。

かれこれ一〇年近く民政党を牛耳っていた保守派勢力については、前首相やその周辺議員や親密企業への利益供与めいた事件が頻発し、最近とみに批判が高まっていた。これに対し、リベラル派の派閥や政策グループは反旗を翻した。地方議員や党員票が拮抗し、国会議員票の行方も読みづらい、近年まれにみる接戦が続いていると同紙の編集委員が分析していた。

間瀬は記事を一読し、息を吐いた。政治の志向に限らず、現役官僚のころは常に議員会館に足を運び、国会質問の要旨を取り、新たな政策の説明に出向いた。

わがままな議員に罵詈雑言《ばりぞうごん》を浴びせられ、秘書に塩を撒《ま》かれたことさえあった。だが、今は違う。選挙民の関心を引くため、どの議員も地元に利益誘導ができる鉄道路線開設や複線化、そして保守整備に関して向こうから頭を下げてくるのだ。与党総裁選でどんな結果が出ようとも、もはや政治家に頭を下げる必要などない。乱暴に新聞を机に置いた直後だった。

机にあるスマホが鈍い音を立てて振動した。モニターに男の名前が表示されている。条件反射のように間瀬は通話ボタンに触れた。

「間瀬でございます」

〈今、よろしいですか〉

明らかに苛立っていた。保守派の現首相とリベラル派が真っ向から争う政局も、彼の立場を微妙なものにしているのだろう。

「当方になにか落ち度でもありましたでしょうか？」

電話口であの男が咳払いした。

〈直撃を受けたようですね〉

「はい、二時間ほど前に訪問を受けましたが、首尾はうまくいったと思います」

〈俄然、あの女性キャリアをやる気にさせたようですね。あなたからお知らせいただいた通り、機構の代表として葬儀に出かけたのはまずかったかもしれませんな。どうやら北海道新報以外のメディアも取材に動きだしているようですから〉

「しかし、最大限のお詫びと補償の話を電話でするわけにもいきませんでした。特例でお金を出す以上、ご遺族との話し合いには裁量を持つ人間が現場にいてほしいと損保側から要請されていました。直接旭川に出向くことは、理事長経由で国交省やその他関係先に報告して了承を得たはずです」

慢心がなかったといえば、嘘になる。北海道まで足を延ばしたのは、損保側に自らの存在感を見せつけることで、あわよくば天下りも手中にしたいという思惑があったからだ。

だが、事後処理を何事もなく終えるよう発破をかけてきたのはこの男だ。背景には与党内の権力闘争が関わっていたのだろう。自らの事態収拾力と威信を周囲に見せつけ、保守、リベラルどちらの派閥が手中にしようとも、現在の立場をキープしたかったはずだ。だからこそ、北の大地で起きた小さな事故に、やりすぎとも思えるほど介入したのだ。

今さら梯子を外すようなことを言われても困る。間瀬は喉元まで這い上がってきた言葉を飲み込んだ。ここで感情を爆発させてしまえば、四〇年近く腰を低くして耐えてきたことでようやく得たキャリアをドブに捨てることになる。

〈北海道新報内部からの情報では、担当記者と弁護士チームが旭川に入って色々と調べていて、キャリア警官と同様に全容をつかみつつあるそうです〉

電話で顔は見えないが、蛇のような醒めた視線で言い放っているのは間違いない。

「しかし、私は単に弔問しただけです。あとは損害保険会社の処理の仕方かと」

〈我々の当初の読みではそうでした。警察だけならまだなんとかできますが、メディアは難しいですね〉

メディアという言葉が間瀬の耳殻の奥を鋭く刺激した。

〈週刊新時代も動いている、そんな情報もあります〉

保守派の前政権がメディア統制を強める中でも一切の忖度をしなかった週刊誌の名だ。

〈近い将来、あなたのことが紙誌面を賑わすことになるかもしれません〉

丁寧な言葉遣いだが、自分を見捨てると言ったに等しい。当人たちの指示で、あの一件に蓋をした。その後に起きた付随的な出来事についても、関係する部署が緊密に連携し合い、丸く収めたはずではないのか。自分は駒の一つとして、旭川に出向いただけだ。腹の底から怒りが湧いてきた。だが、間瀬は堪えた。

「万が一そうなったら？」

懸命に感情を押し殺し、間瀬は言った。

〈そうなる前に、身の処し方を考えてくださると助かります〉

普段の仕事と同じようなトーンで告げた。もう一度、今聞いたばかりの言葉を頭の中で再生する。迷惑をかける前に辞めろ。男は今、そう言い放ったのだ。

「それは辞任勧告ということでしょうか」

〈そこはご自身でお考えください〉

間瀬は拳を握りしめた。

〈切り捨てるわけではありません。適切な再就職先は用意しました〉

「本当ですか？」

あの男は飴《あめ》と鞭《むち》を使い分けると聞いたことがある。今回は鞭が先にきただけだ。

〈ある地方自治体の清掃局の監査役のポストです。近く正式に関係者から連絡を回します〉

「清掃局？」

〈ご不満があれば、それで結構です〉

一方的に電話を切られた。スマホを握っていた左手が震え出した。右手を添え、なんとかスマホを机に置いた。

左手の震えが止まらない。間瀬は右手で左の手首を強く握ったまま、専用室の窓辺へ向かった。眼下に横浜港のパノラマのような景色が広がる。ようやく手に入れた壮観な眺めがぼやけていく。両手を握りしめ、間瀬ははめ殺しの大きな窓を乱打した。

8

「重要な報告事項があります。なお、内容は厳重保秘で願います」

警視庁本部四階、捜査二課の会議室に小堀の声が響いた。小堀とともに幹部席に座る樫山は、警視庁と道警二課のメンバーを見回した。

警視庁の清野、道警の冬木ら今回の贈収賄事件の捜査で苦楽を共にした面々が小堀、そして樫山を鋭い視線で見つめる。小堀が真横に座る東京地検の担当検事に目配せする。検事は頷き、目で先を続けるよう指示した。

警視庁や道警本部の刑事部は頻繁に検事と意見交換し、ときに警察側が地検に赴く。だが、今回のように検事自らが会議に顔を出すのは珍しい。それだけ事態が切迫している上、中身が重要なのだと眉根を寄せた検事を見て感じた。

「では、一番大切な話を道警本部の樫山課長から」

小堀が感情を排した声で告げた。

樫山は立ち上がり、プリントアウトした資料を伊藤に渡した。伊藤は主要メンバーたちに薄いファイルを配り始めた。

冬木と清野が早速ページをめくり、書類を睨んだ。冬木は時折顔を上げ、樫山、そして小堀を見た。栗田が溶かした金のうち、一〇〇〇万円の行方と使途が判明していないという報告を得ながら、樫山は独自に調べを始めた。その後、ススキノで転落死した稲垣とのつながりまでが判明した。この経過については、小堀のみに伝え、冬木、そして清野らには情報を渡していなかった。

樫山、そして小堀が内密に動いていたのは、ベテラン捜査員たちはとっくに察知していたは

ずだ。だが、保秘が徹底され、かつ上司が秘密裏に動いているのは特殊な事情があると察した

捜査員たちはなにも口を挟まなかった。今、目の前にその報告が載っている。冬木が低い唸り

声を上げた。隣の清野は眉間にシワを寄せ、書類を睨み続ける。

「今回の贈収賄事件では、収賄側の栗田、そして三名の贈賄側企業担当者を逮捕し、まもなく

起訴という段階に至りました」

小堀が検事に目をやり、言った。検事は腕組みして、ゆっくりと頷いた。小堀が樫山に目配

せしながら、言葉を継いだ。

「今回の贈収賄事件の背後には、二つの事件が潜んでいました。しかも、巨大組織が絡んだ悪

質な隠蔽案件です。以降は樫山課長に説明してもらいます」

樫山は立ち上がり、捜査員たちを見回したあと、資料に目を落とした。

「今回の贈収賄事件は、警視庁捜査二課第三知能犯捜査係からの情報提供により、道の病院局

の女性が歌舞伎町で派手に遊んでいる、というステップから捜査が始まりました」

冬木らが一斉にページをめくる。

「その裏には別の二件の事故・事件がありました。一つ目は、北海道新幹線延伸工事中に起き

た死亡事故で、次にススキノで発生した国交省の技官の転落死です。概要は資料の二ページか

ら四ページにあります」

樫山は顔を上げ、清野を見た。いつもの清野は樫山に対して常に愛想笑いを浮かべているが、今は違う。口を真一文字に結び、資料を睨んでいた。

「警視庁捜査員の皆さんのご苦労と、道警チームの協力により、贈収賄事件は無事に解決しました。しかし、まだこの二件は解明されていません。詳しくは五ページの相関図をご覧ください。当初、二件を繋ぐ存在としてJE北の組合をマークしましたが、それは大きな誤りでした。真の黒幕は鉄道建設機構という……」

樫山は伊藤とともに急ぎ作成した資料の説明を続けた。

会議が始まってから一時間半が経過した。終始無言だった検事が絶対に他の事件も立件すると短く発言して、極秘の会議は終了した。警視庁、道警本部の担当捜査員たちは大部屋に戻り、会議室には樫山と小堀の二人だけになった。

「お疲れさまでした。この資料はここ一〇年で最大級のネタであり、一大スキャンダルです。これで二課は地検に大きな貸しを作ることができました」

小堀が樫山に頭を下げた。

「私の勝手な行動を小堀さんが許容してくださったからです」

「なにか掘り当てるかもと思っていましたが、ここまでとは正直想像していませんでした。トンネル工事の事故については、東京地検と札幌地検が近く合同でJE北や鉄道建設機構へ強制捜査に入ります」

会議が終わったあと、部屋を出ていく検事と小堀が立ち話をしていた。他の捜査員に聞こえぬよう小声で話し合っていたのは、このことだった。

倉田の死が正式に調べ直されることになれば、いずれ稲垣が遺したファイルにも確実に捜査の手が伸びる。二人の死は、もはや隠し立てできない。これで倉田、そして稲垣の墓前にきちんと報告ができる。稲垣の件で再捜査が始まれば、ススキノで彼を転落させた人物の存在もすぐに浮上するに違いない。いや、道警は名誉挽回《ばんかい》のために、必ず犯人を見つけ出す。道警は不正に手を貸したという汚点を残すことになるが、きっちりと再捜査で結果を出せば、汚名を雪《すす》ぐ余地はある。

「稲垣さんの転落の件についても、本庁経由で再捜査の指示が出ます。これだけの証拠が揃っている上に、メディアが必死に取材しています。ほおかむりしていれば傷口が広がるだけだ、そう本庁の上層部に進言しました」

樫山も小堀と同意見だ。

「ありがとうございます」

「いえ、そもそもは樫山さんの違和感が端緒です。あなたの執念がこうして真実を引き寄せたのです」

小堀の言葉を聞き、樫山は口元を覆った。不意に涙がこぼれ落ちそうになり、慌てて顔を天井に向けた。

9

目元を拭ったあと、樫山は机の上にある資料を手に取った。昨日、富丘団地のＮＰＯに預けられていたパソコンから発見したファイルが、隠蔽工作を暴き出す証拠となった。機動サイバー班の専門捜査官が他の仕事を放り出し、樫山の求めに応じてパソコンの中にあったファイルを見つけ出してくれたのだ。

〈＝ＫＩＳＡＤＡ＝〉

ファイル名を目にした直後から、樫山の心は大きく揺さぶられた。ススキノで稲垣が遺したキサダ、すなわち規定という言葉だったからだ。

工期短縮という既定路線により、作業員の安全管理が蔑ろにされた。政治主導で延伸工事が急ピッチで進められ、その過程で倉田が亡くなった。稲垣がたびたび発していたキサダを変えるという言葉は、人間の尊厳を守るための決意、そして怒りに満ちていた。

樫山はファイルのタイトルにあるキサダという文字を見つめた。ファイルの冒頭には、稲垣が綴った文章が載っていた。

〈一九七二年、昭和の高度成長期の最中に新幹線の新路線である新大阪・岡山間が開業した。同時期、当時の田巻《たまき》敏一《としかず》首相が日本刷新計画を発表した。これは首都圏と他地域、具体的には北日本や南九州の格差解消を目指すもので、その柱は全国九〇〇〇キロにわたる新幹線鉄道

網を建設することだった〉

ファイルを読み進めながら、樫山は歴史ドキュメンタリーで見た今太閤と名高い田巻元首相のダミ声を思い起こした。

コンピューター付きダンプカーと呼ばれた田巻は、中卒で様々な職業を経て青年期に土建業を創業。その後は地方議員から国会議員に転じ、当時史上最年少で与党民政党の幹事長を務め、主要閣僚を経て首相に昇り詰めた。

〈高速道路、航空路線の充実する以前であれば、主要都市を一体化させるための新幹線網整備は地域格差是正、産業振興に効果があったかもしれない。しかし、現状は全く違う〉

この記述を読んだ直後、樫山は空席でガラガラだった北海道新幹線の車両を思い起こした。また、木下が言ったように、北海道新幹線は空気を運んでいると揶揄されるほどで、素人目にも採算がとれているようには思えなかった。

〈この国で一番悪い仕組みは、一度決めたら中断はおろか、後戻りすることが一切許されないことだ〉

〈今から五〇年も前に決めたことが、規定路線として今も生きている。田巻元首相という戦後最強の覇王が作った轍《わだち》は、既得権益、利益誘導、集票の道具として新幹線を延長させ続ける〉

稲垣と同じ官僚として、身につまされる指摘だった。

毎年、霞が関の中央官庁は与党有力者や利権団体の圧力を巻き込み、財務省から予算をぶん取る。

事業や計画の見直し、テクノロジーの進歩で獲得した予算に余りが生じようとも、決して国庫に戻すことはない。年度末近くになると無駄な出張が増え、なんの役にもたたないセミナーの類いが開催されるのは、ひとえに予算消化という悪習が是正されないからだ。

　稲垣は、これが鉄道網整備にも当てはまると喝破《かっぱ》していた。国交省が管轄する鉄道事業は、警察庁の予算など比べ物にならないほど巨大なプロジェクトだ。兆円単位の金が投じられ、そこに利権が生まれる。採算性や他の競合事業とのバランスなどはそもそも考慮されていない。

〈北海道や九州のような整備新幹線は今後、採算がとれるかさらに怪しい。当該新幹線は一九九七年に高崎・長野間で開業して以降、鉄道建設機構が建設・施設を保有し、営業主体である各ＪＥに施設を貸し付ける上下分離方式を取っているが、貸与期間は三〇年間であり、期間が満了する二〇二七年以降の取り扱いは未定だ。つまり、採算が悪化したままであれば、機構への入金が滞る。いずれ、運賃の値上げ、あるいは税金投入などを通じて利用者や国民一人ひとりの負担の増加、もしくは廃線などの選択も視野に入ってこよう〉

　整備新幹線は、田巻元首相が五〇年も昔に打ち出した過去の政策に沿った計画に基づいている。現在のように空路や高速道路網が充実していない時期のプランを、今もこの国は推し進めようとしている。

〈日本刷新計画の中で、田巻元首相は、採算がとれずとも、鉄道事業を継続すべきだと指摘していたが、その考えが間違っていたのは、ＪＥ各社の前身である日鉄の最後をみても明らかだ。整備新幹線という規定路線を突き進む先にあるのは、未来の子どもたちへの負担増であり、無駄な事業の残骸、巨大なコンクリートの廃墟《はいきょ》という負の遺産だけである〉

　東京と北海道を結ぶのは、既存の航空路線で充分ではないのか。万が一空路が塞がれても、在来線や高速道路という手段が残っている。鉄道に思い入れのある樫山でさえ、北海道に赴任する際は飛行機を選ぼうとした。

稲垣が指摘したように、整備新幹線の路線貸与期間が終わったら、不採算の整備新幹線の命運はどうなるのか。

〈北海道新幹線の延伸工事については、すでに着工済みのため、私のような一介の技官がその成否をとやかく論評する立場にはない〉

〈ただし、一点だけどうしても許容できないのが、政治日程の関係で五年も工期が短縮された結果、現場で働く人間の安全対策が軽視されたことである。北海道新幹線だけでなく、金沢・敦賀間の北陸新幹線、武雄温泉・長崎間の西九州新幹線でも権力者の都合で工期が左右され、現場に皺寄せがいっている〉

〈北陸新幹線については、延伸工事の遅れで国交省から鉄道建設機構に対し、業務改善命令が実際に出されており、今後こうした政治的圧力が増すのは必至の情勢である〉

稲垣の怒りの熱量は、読み手の樫山を強く刺激し、さらに告発の先へと促した。

〈以下は、延伸工事のトンネル掘削現場で起きた事故の概要である。こうした事故を軽視し続ければ、さらなる事故を誘発するだけでなく、工事従事者の命を蔑ろにし、次の犠牲者を生むことになる。技官として絶対に見逃すことはできない〉

今、こうしてファイルを俯瞰的に見つめていても、稲垣の荒い息が聞こえてきそうだった。

樫山は、稲垣が関係者を通じて入手したという〈事故速報〉のページを凝視した。作成元はＪＥ北、提出先は鉄道建設機構である。

①分類：労働災害
②種別：構内作業事故
③死傷及び損害の程度及び内容：死亡
④発生場所（線名、駅間、工区、キロ程、構造物等）：北海道新幹線　新函館北斗・倶知安（仮称）間……
⑤死傷者の所属・年齢・性別・職業又は職名・経験年数及び入場月数：所属＝北装電設（一次協力会社）　年齢＝五九歳　性別＝男　職業＝電気工事士　経験年数＝四一年　入場月数＝三年五カ月

ファイルを発見し、この事故報告を最初に目にしたときもそうだったが、樫山は目眩《めまい》を覚えた。なぜこれだけ明確な記録が残っているのに、倉田の死が構外の国道脇、しかも心筋梗塞にすげ替えられたのか。延伸工事の工期短縮という凄まじいプレッシャーの結果ということだろう。

⑥事故の概況：被災者は切羽《きりは》の後方で照明設備の設置を天端付近にて高所作業車で行っていた↓天端付近で高所作業車のバケットが動かない状態が続いていたため、ＪＶ《ジョイント・ベンチャー》職員が確認したところ、バケット内で意識不明の被災者が倒れていた……

樫山が資料に見入っていると、小堀が口を開いた。

「そちらの事故については、検察の合同チームに任せましょう。いずれ、警視庁本部のＳＩＴ

が動員され、詳しい捜査を行ったのち、業務上過失致死で工事関係者がきっちり調べられます」

「検察が主導するということですか？」

「ええ。道警が意図的に隠蔽したのですから、検察が主体になるということです。現場検証のやり直しは、陣容が厚い警視庁のチームに派遣要請が来ることになりそうです」

「稲垣さんの再捜査はどうなるのでしょう？」

倉田の件は、きっちりと国家ぐるみの隠蔽工作が覆される。一方、非業の死を遂げた稲垣はどうなのか。北海道新報と弁護士チームはさらに追及を続けるだろう。

「もちろん、警察庁経由で再捜査が命じられます。工事関係者や反社を含め、稲垣さんを殺した犯人を挙げることになります。こちらについても検察とは協議ができています」

「なぜそこまで検察がやる気なのですか？」

「検察の動きが速いのは、こんな重大事故を見逃せないという理由のほかに、もう一つの要因があります」

「なぜですか？」

「これですよ」

小堀が背広からスマホを取り出し、画面をタップして樫山に向けた。

〈史上稀《まれ》にみる大接戦　民政党総裁選、読めぬ国会議員票の行方〉

政権を握る与党第一党、民政党のトップ選びに関する動静記事だ。

「北海道新幹線延伸工事をつつけば、政治案件がいくつも出てきそうです。そもそもＪＥ北の社長人事には官邸の意向が深く関わっています。官邸は鉄道行政にコミットしてきました。総裁選前のこのタイミングで新幹線を巡るスキャンダルが噴出するのは避けたいでしょう。官邸から横槍が入る前に、検察として正面突破したいようです」

「わかりました」

「保守派政権の下、検察はなんども煮え湯を飲まされた。だから、上層部は口利きし、捜査を妨害した可能性のある代議士も視野に入れて捜査を進める方針のようです。その端緒は紛れもなく樫山さんが作ったのです」

日頃、現場の管理ばかりに目を向けていたため、政治家の思惑には疎い。先に政治案件で不本意な人事異動を強いられた経験を持つ小堀だけに、その言葉には重みがある。

「しかし、一つの事故を覆い隠したいばかりに、捜査機関や政界を巻き込み次々とルールを逸脱した隠蔽工作が連鎖していった。嘘みたいです」

「人間というのは、小さな嘘を隠すために大きな悪事に手を染めるものなんです」

樫山は頷いた。

「では、私はもう一度、栗田の取り調べを行います」

「了解です。全部吐き出させてやってください」

短く告げると、小堀のスマホが着信音を鳴らした。牧歌的なメロディーのインストゥルメンタルの曲で、どこかで耳にした記憶がある。

「失礼」

小堀は通話ボタンに触れ、会議室の隅に移動して小声で話し始めた。

「残念ながら、今年も参加できません。みなさんによろしくお伝えください」

小堀が小さく頭を下げたあと、電話を切った。

「私にお気遣いは不要です」

「いえ、中高の同窓会の案内をもらっていたのですが、返事をしていなかったもので」

「失礼ですが、どちらの学校でしたか?」

「鹿児島ラ・マーレ学園です」

小堀は全国でも有数の難関中高一貫男子校の名を告げた。東大進学率の高さで毎年首都圏や関西の有名校と並び称される秀才の集まる学園で、樫山が卒業した地方の県立高校とは数段レベルが違う。

「あの……」

樫山は小堀のスマホを指し、言った。

「すごい愛校心ですね」

「おはずかしい。毎年同窓会の返事を忘れてしまうので、幹事から連絡が入ったらすぐに反応できるよう母校の校歌、ラ・マーレ讃歌を鳴らすようセットしていました」

小堀が肩をすくめた。

ここ数日は息を忘れるほど考え抜き、あちこち飛び回り、最終的に結果を出した。あとは稲垣が遺した記録を栗田に告げ、最終的な調べを終える。そうすれば、この国に溜まっていた膿を全部出し切ることができる。机に置いた資料を鞄に詰めると、樫山は深呼吸した。

10

警視庁本部で今後の捜査方針や地検の動向について、深夜まで小堀と打ち合わせを行った。その後、樫山は四谷三丁目駅近くのビジネスホテルに入り、コンビニで買った軽食を摂ってからベッドに体を横たえた。

浅い眠りに入ってから小一時間したとき、近くの四谷消防署からけたたましいサイレンを鳴らして救急車が出庫し、目を覚ました。

薄いカーテンから新宿通りを見ると、何台かのタクシーが行き交うだけだ。時刻は午前六時前で、もう一度ベッドに入るか、それともスマホで主要メディアのニュースをチェックしようか迷った直後だった。

ベッド脇のサイドテーブルに置いたスマホが鈍い音を立てて振動した。駆け寄って取り上げると、画面に木下の名前と番号が表示された。

「おはようございます」

樫山が言うと、電話口で木下の声が響いた。

〈起こしてしまいましたか?〉

「ちょうど起きたところだったから、大丈夫です」

〈少しお時間よろしいですか?〉

「短時間でしたら」

〈霞が関がなにやら騒がしくなりそう、そんな話を弁護士から聞きました。なにか起きているんですか？〉

木下は明らかに探りを入れている。

〈国交省と検察が動きそうという話も聞きました〉

樫山はそうなの、ととぼけたあと素早く考えを巡らせた。

木下と共同歩調を取る弁護士事務所からの情報だろう。当該事務所は準大手クラスだが、検事出身のいわゆるヤメ検弁護士も何人か所属していたはずだ。

「協力は前回でおしまいよ」

〈対面でないと、樫山課長がどんな顔で言っているのか判断がつきませんよ〉

木下が軽口を叩いた。ストレートに尋ねてもだめなら、柔らかい口調でという記者特有のスキルだ。

「話すことはありません。いえ、話せません……これで察してもらえますか？」

〈課長の今の言いぶりはアンフェアですよ〉

「稲垣さんの死は絶対に無駄にしません。これが、今私が言える最大限です」

樫山が答えると、電話口で少しだけ間が空いた。

〈それでは、道警は再捜査を始めるということですか？〉

「稲垣さんの死を無駄にしない。それだけ。ごめんなさい。以上です」

樫山は一方的に電話を切った。

これで大まかな絵図は察してくれたのではないか。木下と弁護士チームは、まだ稲垣の遺したファイルには辿り着いていない。木下の力を借りつつ真相に近づいていったのは事実だが、警察官僚として、メディアに先を越されることはどうしても避けたい。近々、道警が厳しい批判の嵐に遭遇するのは確実だが、世間の批判を受けてから構造改革しても意味がない。自ら膿を出し、身を切る姿勢を示す必要があるのだ。

スマホをサイドテーブルに置くと、シャワーを浴びるため小さなバスルームに向かった。

午前一〇時、警視庁本部二階の取調室で、樫山は栗田と三たび対峙した。勾留施設が充実している所轄署から移送されてきた栗田は、樫山の向かいの席にゆっくりと腰を下ろした。樫山は補助席にいる伊藤に目をやった。伊藤はノートパソコンに顔を向け、いつでも栗田の証言を記録できるよう準備している。

樫山は改めて栗田を見た。

両目から敵意の色が消えている。黙秘から解放された安堵感からだろう。軽く頭を下げたあと、樫山は切り出した。

「稲垣さんの死、それに倉田さんの死を無駄にはしません。あなたが身を挺して守ろうとしたサッカークラブも守ります」

樫山は足元のバッグから分厚いファイルを取り、机の上に置いた。前回、同じファイルを置いた際、栗田は不安げな顔を見せたが、今日は自然体で、肩や腕に力が入っているようにも見えない。

ファイルから何枚か書類を取り出し、机の上に並べた。栗田の目の前には、倉田の死のあと、稲垣が徹底して調べたトンネル工事現場構内の見取り図のほか、工事従事者のスケジュール表など、パソコンに残っていたデータの主だったものがあった。

「倉田さんが亡くなったのは、過酷すぎる現場のせいでした」

樫山が言うと、栗田がたちまち目を充血させ、嗚咽《おえつ》を漏らし始めた。前回の取り調べのとき、栗田は倉田と稲垣とのつながりを認めた。今、樫山に見せた反応は、三人の関係性をさらに強める証左だ。

「無念の死を遂げた倉田さん、そして、告発を妨害された上に殺されてしまった稲垣さんのことは、私が全責任をもって対処します」

樫山が言うと、栗田がゆっくりと頷いた。

「その前に、あなたがやったことを包み隠さず、話してください」

「はい……」

ゆっくりと栗田が顔を上げた。

「倉田さんのご葬儀のあとで和也、そして稲垣さんと旭川駅に近い喫茶店で話しました。和也とは支援を通じて顔見知りでしたが、稲垣さんと会うのは初めてでした」

樫山の背後で、伊藤がキーボードを叩き始めた。樫山は素知らぬ顔で相槌を打ったが、実は三人が喫茶店に寄ったことは捜査で調べ済みだった。防犯カメラの録画にも三人の姿は確認できる。しかし、今は栗田の自主性に任せ、話を引き出すことにした。

「倉田さんは不慮の事故で亡くなり、事故そのものがないことにされてしまったと稲垣さんが激怒されました。また稲垣さんや和也が、いかに倉田さんからサッカーを通じて人格を育成されていったのかを知るにつけ、私も何か手助けしたいと思うようになりました」

樫山は取調室のマジックミラーを見やった。鏡の向こう側には、小堀と担当検事が控えている。大量の証拠は揃った。今は事件の当事者の供述を再確認している。

「稲垣さんは、倉田さんの死の真相を世の中に告発するとおっしゃいました。しかし躊躇もありました。ご遺族の倉田夫人の協力が得られそうもなかったんです」

「どういうことですか？」

樫山は冷静に訊き返した。

「稲垣さんが倉田さんの死の真相を世間に公表すれば、倉田夫人への補償金や保険金が減額されてしまう恐れがあった。いや、夫人はそう脅しをかけられていたんです」

やはり、ＪＥ北海道や機構が損害保険会社に手を回していた。余裕しゃくしゃくといった雰囲気で樫山の対応をした間瀬の顔が浮かぶ。間瀬らは、遺族の頰を札束で叩くようなことをしていた。今回の証言があれば、間瀬を天下りの指定席から蹴落とすことができる。机の下で、樫山は密かに拳を握りしめた。

「ご遺族の協力を得ず、告発を進めるのは骨が折れます。倉田さんのケースに留まらず、労働環境の改善を求める関係者や専門家の声を多く集めることで、準備を進めていましたが、そうこうするうちに計画がＪＥ北に漏れてしまったようです。だから、稲垣さんは殺されてしまった。証拠はありませんが、私はＪＥ北や鉄道建設機構の意を受けた誰かによる犯行だと思っています」

樫山は息を吞んだ。

「私と和也は稲垣さんの遺志のためにも、なんとかサッカークラブを存続させようと心に誓いました。あのクラブは地域社会の子どもたちの受け皿です。しかし倉田さんの奥様が事業に難色を示されていて保険金をそこに充てるかわからなかった。そもそも告発への理解も得られていなかったですし」

「どうしてですか？」

「昔から倉田さんは家庭を顧みず、生活資金をサッカークラブに注ぎ込んでいたらしいのです。少なからぬ借金もあったようです。そこで自分たちでクラブの運営資金を作ろうと考えました」

生前の倉田に会ったことはない。だが、捜査を通じて知り得た倉田の人となりはわかる。たしかに、活動にのめり込むあまり、倉田の妻は切ない思いをしていたのかもしれない。旭川の家を訪ねた際の拒否反応の強さは、こうしたことも下地になっていたのだ。

「その後、実際に倉田夫人がサッカークラブにお金を出す気がないとわかって、業者から袖の下を？　つまり、贈収賄に手を染めたわけですね？」

「和也と相談しましたが、首謀したのは私です。たまたま中国富裕層のマネーロンダリングに関する新聞記事を読んだことがきっかけです。彼らがマカオに通うのは、ギャンブルでお金を溶かしたと見せかけて、実はお店側と通じて相応のバックをもらうためだという内容でした。歌舞伎町を選んだのはススキノだとさすがに顔がバレるから。ホスト通いの馬鹿な女を演じるのは、もちろん抵抗がありましたが……繰り返しますが、和也には罪はないんです」

一気に告げたあと、栗田が口元を手で覆った。本当に真実を話し、かつ斎藤和也を庇いたいという気持ちからだ。

「あなたは贈収賄で逮捕、起訴されました。今後は公判が待っています」

「理解しています」

「公判では、今話したことと同じ内容を証言してくださいますか？」

「はい」

「しかし、稲垣さんの件、倉田さんの件ではあなたは重要な証人です。今度は検察側の証人として証言できますか？」

「もちろんです」

樫山は密かに安堵の息を吐いた。樫山の脳裏に、旭川の風景、トンネル工事現場前の埃だらけのゲートなど、様々な風景が浮かんだ。

森町の食堂、北海道新報で読んだ小さな記事に感じた違和感……これを納得いくまで調べた結果、大きな成果が得られた。

二人の人間の尊厳を著しく傷つけた許し難い国家、そして大企業の傲慢《ごうまん》さを思い知った。樫山が執念深く調べなければ、二人の死は闇から闇へと葬り去られていた。

樫山は姿勢をただして栗田に向き合った。

「栗田さん、よく話してくださいました。感謝します」

「私も肩の荷が下りました。裁判でどういう判決が出るかはわかりませんが、裁きを受けたあとは、立場はどうあれ児童福祉の現場に戻ります」

「なにかお手伝いできることがあれば、声をかけてください」

樫山が本心から言った直後だった。

スマホにメッセージが届いた。木下からだった。急いでいるのか、文面が乱れている。

〈JE北に直撃準備。でも、何かおかしい。公安に情報が漏れてる？　いそぎ電話を〉

公安には木下のネタ元がいたはずだ。その男からの情報なのか。しかし、一体なぜ。樫山が木下に電話しようと思ったとき、背後のドアをノックする鈍い音が響いた。

11

初対面の背広姿の男がハンドルを握る車両は、警視庁本部の地下駐車場から内堀通りに出た。後部座席に小堀とともに座った樫山は、知らず知らずのうちに肩が強張っているのを感じた。助手席には、緊張した面持ちの伊藤が座っている。

車両はお堀を走ったあと、国会議事堂を右手に見ながら首都高沿いに左折した。

「あの……」

右隣に座る小堀に声をかけようとしたが、今まで見たこともない厳しい表情に接し、樫山は口を閉じた。

車はスピードを上げ、緩い坂を上っていく。今朝、警視庁本部に到着したときは晴天だったが、一転していた。今にも雨が降ってきそうなほど灰色の雲が空に蓋をしている。

取調室で栗田と向きあっていたとき、突然取り調べを中断するよう指示された。取調室のドアを開けると、浮かない顔の小堀が立っていた。

その後、付いてくるよう指示され、どこの所属かわからないグレーのセダンに乗車した。無線やナビの類いが装着されていないところをみると、警察車両ではない。もう一度、小堀に目をやる。指揮官は眉根を寄せ、目を閉じて腕組みしていた。

「どこへ行くんですか？」

「すぐに着きます」

車両は外務省上の交差点を過ぎ、首都高の霞が関料金所の脇を通り過ぎた。

「なにかあったんですか？」

「私もまだ事態をよく飲み込めていません」

小堀は目を閉じたままだ。眉間には深いシワが刻まれている。助手席の伊藤も振り返り、小堀と樫山の顔を交互に見ている。

車両は緩い坂を上り切り、内閣府の近くで右折した。運転手は能面のような表情で、なにも語らない。時折ルームミラー越しに樫山の顔を見るが、その顔からは真意をうかがい知ることはできない。

「もしや、官邸へ行くのですか？」

先輩や上司のお供で何度か通った道に、樫山は思わず反応した。

「急に呼び出しがかかりました」

指揮官は低く唸ったあと、言葉を継いだ。

「嫌な予感がします」

「今回も政治案件ということですか？」

「わかりません。ただ、政治家から圧力がかかるのは、どこからか情報が漏れたということです」

木下からのメッセージは隠したまま、

「警察や検察から漏れた可能性は？」

「ありません。道警、警視庁ともにこの案件を知っているのは数人レベルです。検察に至っては地検の担当検事が、今朝になって次席検事に情報をあげたくらいですから」

「では、なぜ？」

「まあ、話を聞いてみましょう」

小堀がそう言ったとき、車両が首相官邸の車寄せに着いた。車がゆっくりと停車した直後、助手席の伊藤が素早く降車し、運転席の後ろの席のドアを開けた。小堀が緩慢な動作で車を降りた。樫山は自分でドアを開けた。

「行きましょう」

小堀は先頭に立ち、守衛に身分証を提示した。話が通っていたのだろう。守衛が敬礼した。樫山は後ろにいる伊藤を見た。

「本職はどうしたらいいのでしょう？」

伊藤が不安げに言うと、先を行く小堀が口を開いた。

「付いて来てください。あなたも同行させるよう指示されましたから」

樫山は伊藤と顔を見合わせた。伊藤はさらに戸惑いの表情を見せた。樫山も理解できない。だが、小堀の後を追うしかない。

通用口を抜け、吹き抜けのホールとエレベーターに向かう通路に立ったときだった。壁際にいた若い記者たちが一斉に樫山らの周囲に集まってきた。

「どちらへ？　誰に会うんですか？」

樫山が口を開く暇もないほど次々に、一〇名ほどの記者たちがICレコーダーを突き出し、尋ね始めた。

「警察庁です。事務連絡」

ぶっきらぼうに小堀が言い、身分証を提示すると記者たちが一斉に退いた。小堀が扉の開いたエレベーターに乗り込んだ。樫山と伊藤も小堀の後から乗った。

「我々を呼び出したのはどなたですか？」

「雲の上の人です」

小堀が口を閉ざした。樫山は伊藤を見た。伊藤は肩を強張らせている。

「付いていくしかないわね」

樫山が思わず口にしたとき、エレベーターが止まった。

12

白い壁紙の応接室で、樫山は周囲を見回した。部屋は曇りガラスで廊下から目隠しされている。大きな窓からは、竹林の中庭が見える。室内の調度品は壁と同じ白系統で統一されている。壁には大きな現代画が額装されているだけで、他の装飾はない。どちらかと言えば無機質な調度品ばかりだ。

「気長に待ちましょう」

女性職員が出した緑茶を飲みながら、小堀が言った。部屋に入ってから、すでに一〇分ほど待たされている。時折、廊下を忙しげに歩く職員のシルエットが曇りガラス越しに見えるほかは、外部の様子がわからない。その分だけ、なぜこんな場所に呼ばれたのかと不安が募る。まして、小堀が車内で政治案件を匂わせたあとでもあり、樫山は焦《じ》れた。

「お待たせしましたね」

軽いノックの音が響いたあと、ドアが開いた。

「ご無沙汰しております」

小堀が立ち上がり、頭を下げた。樫山もほぼ同時に立ち上がり、頭を下げた。

「堅苦しい挨拶は抜きにしましょう」

そう言うと、応接室に呼び出した張本人が言った。

「官房副長官、ご無沙汰しています」

樫山は半月以上前に同じ建物の中で会った松田智洋官房副長官に言った。

「北海道はいかがですか？」

禿頭で長身の松田が体を曲げ、腰を下ろした。

「なんとか仕事をこなしております」

「さらなる活躍を期待していますよ」

松田がさらなる、の部分に力を込めた。

「あなたは二課長に就任した直後からめざましい活躍をされている。警察庁長官から聞いていました」

「恐れ入ります」

前回松田に会ったのは、先輩官僚のお供で官邸を訪れたときだった。ほんの二、三分の出来事だった。道警赴任直前のわずかな時間だったにもかかわらず、松田が自分のことを覚えていたのは驚きだった。

「御用向きはなんでしょうか？　お忙しいことと察しておりますので、本題をお願いします」

小堀が切り出した。松田は鷹揚な笑みを浮かべた。松田はスーツの襟を正したあと、小堀、そして樫山の順に顔を向けた。

「今回の贈収賄事件、贈賄、収賄側を一気に摘発したと聞きました。お見事でした。最近は贈賄側を協力者にして収賄側だけを挙げる案件が多かったから、お手柄です」

松田がゆっくりとした口調で告げた。

「ありがとうございます」

小堀が小さく頭を下げた。樫山も倣い、頭を下げた。だが、数多《あまた》ある犯罪摘発のことで、現場指揮官を呼び出すのか。樫山の胸に疑問が湧いたときだった。

「樫山警視、あなたは贈収賄事件の背後に、大きなスキャンダルがあることを突き止められたそうですね」

「はい。しかし、まだ……」

樫山が言い終えぬうちに、松田が右手で言葉を制した。

「北海道新幹線の延伸工事中に重大な死亡事故が発生した。そして、それを調べていた国交省の技官が不審死した。樫山警視は徹底的に調べた、そういうことでしたね」

「その通りです」

答えた直後、樫山は小堀を見た。小堀の眉間に深いシワが現れた。

「副長官、なぜその件をご存知なのですか？　未だオープンにしていない情報です。本庁と警視庁の上層部、そして地検の検事しか知らないはずです」

小堀が低い声で言った。松田の表情は笑っているように見えるが、両目は醒めている。

「私は官房副長官です。全国各地に私の耳になり、目となってくれる部下がいます」

口調は穏やかだが、松田の声は冷え切っていた。

「どういう意味でしょうか？」

小堀が訊き返した。

「この国で起きている事象のほとんどは、我々がカバーしています。つまり把握しているという意味です」

「では、樫山警視が突き止めた隠蔽事件をどう扱われるのでしょうか？」

今まで丁重だった小堀の言いぶりが変わった。

「ですから、私は樫山警視の働きぶりを評価していると申し上げました」

「それでしたら、わざわざ官邸に呼びつける必要はないかと思います。我々は今後やることが山積しています。まずは検察と入念な打ち合わせをする必要がありますので、これで失礼します」

小堀が強い調子で言うと、目の前にいる松田がゆっくりと首を振った。

「警察庁と警視庁、それに東京地検、札幌地検も動員して合同で打ち合わせをするという意味ですね？」

「その通りです」

「なぜご存知なのですか？」

樫山は思い切って言葉を口にした。

「先ほども申し上げた通り、私はこの国で起きている事象は常に把握しています」

わずかだが、薄ら笑いを浮かべた松田の口元が歪んだ。

「いずれにせよ、検察庁と緊密に連携して、重大な過失致死案件を前に進め、技官の不審死は再捜査ということになります」

焦れたように小堀が言った。だが、松田は動じる気配を見せない。

「小堀さん、あなたが非常に優秀な幹部警察官だということは重々承知しています。ですが、他の官庁の意思決定にまで口を挟むのは越権行為ではありませんか？」

「しかし、従前の打ち合わせで方向性は決まっております」

依然として松田と小堀の静かな闘いが続いている。樫山は自分の掌に汗が滲んでくるのを感じた。

13

「あまり時間がないので、結論から申し上げましょう」

松田が小堀、そして樫山を順に見た。

「延伸工事中の過失致死事件、そして技官の不審死に関しては、すでに北海道警察本部が適正に処理をした案件であるため、検察が動くことはありません。現場の言葉に言い換えれば、彼らが事件を食うことはないという意味です」

松田が発した言葉を受け、小堀が腰を浮かせた。

「担当検事によれば、次席から地検特捜部に話が行き、ゴーサインが出たという報告を受けています」

樫山は拳を握りしめた。

ここ数年、政治案件を巡る忖度が続き、捜査機関に対する国民の信頼が地に墜《お》ちた。倉田と稲垣の件は、国民の信頼を取り戻すためのまたとないチャンスであり、この機会を逃せば名誉挽回は永遠に果たせなくなる。

「警察と検察の連携が規定路線となっている、そう言いたいわけですね」

「その通りです」

いつの間にか、樫山も腰を浮かせ、松田に強い口調で言った。

「キサダを柔軟に見直す、これが仕事のできる官僚の本分です」

松田がキサダの部分に力を込めた。この言葉を聞いた瞬間、樫山の両腕が粟立《あわだ》った。亡くなった稲垣が生前強く主張してきたのが、延伸工事の安全対策強化だ。工期短縮という規定路線を見直し、生命を守れと言い続けてきた。工事の杜撰《ずさん》さを告発するリポートのタイトルもキサダだった。

「副長官自らキサダを口にされるなんて、皮肉ですか?」

樫山は尋ねた。

「ですから、私はありとあらゆる事象についてウォッチする権限を持ち、重要だと判断した事柄については精緻に情報を集めます。念を押しておきますが、検察が両件を起訴することはありません」

抑揚を排した声で松田が言った。

「そんなはずはありません!」

小堀が怒鳴り声を上げたときだった。小堀の背広のポケットのスマホが振動した。

「失礼しました」

小堀が言うと、松田が口元を歪め、笑った。

「おやおや、今回はしっかりと着信音を消していたのですね。いつもの校歌が流れるかと思っていたのですが」

「どういうことですか?」

「構いません。大事な連絡だと思います。電話に出てください」

「しかし……」

「ラ・マーレ学園の校歌。あなたは先輩や同級生たちからの連絡にはその着信音を使っておられる」

「なぜ、それをご存知なのですか?」

小堀が一瞬で顔色を失った。

「早く出てください。きっと大事な用件です」

松田の声に操られるように、小堀がぎこちなくポケットからスマホを取り出し、画面を直視した。

「失礼」

小堀は小さな声で告げると、通話ボタンをタップした。

「もしもし、小堀です……」

小堀は掌でスマホを覆い、話を聞いている。樫山は松田を見た。すると、眼前の官房副長官は含みのある笑みをたたえ、頷いた。

「なぜですか!」

突然、小堀が怒鳴った。向かい合う松田は小さく肩をすくめ、また口元を歪めて笑う。その両目は醒め切っている。樫山は背筋に悪寒を感じた。

「……失礼しました」

電話を切った小堀の声が沈んでいた。

「あなたのラ・マーレ学園の一〇期先輩からですね?」

「はい……東京地検特捜部の副部長でした」

ラ・マーレ学園出身で東大法学部、そして司法試験に合格した優秀な検事が小堀になにを告げたのか、容易に想像ができた。抗《あらが》っていた小堀が折れた、樫山の目にはそう映った。

「検察は検察なりの身の処し方があります。検察が動かぬ以上、警察がどうあがいても事態は前に進みません。それは元警察官僚だった私もよく理解しています」

松田がゆっくりと告げた。

「そんなのおかしいじゃないですか！」

樫山は自分でも驚くほど大きな声で言った。

「二人の人間が死んだのです。警察がその原因を解き明かし、然《しか》るべき方法で罪を問う。この基本的な事柄が否定されたら、法治国家ではありません！」

「仰ることはわかります。ただ、私と樫山警視とは置かれた立場が違います。私はこの国全体のバランスを見て、その時々に応じて判断を下し、関係機関と調整を行ってきました」

「どんな手段を使われたのかは存じませんが、法を逸脱してまでこの国のバランスとやらを保つことが重要なのですか？　私たちが納得できるはずないでしょう」

樫山が突っかかると、また松田の唇が歪んだ。

「樫山警視はまだお気づきでないようだ」

松田が突然、伊藤に目を向けた。樫山は松田、小堀、そして最後に伊藤を見た。今まで小堀の様子にばかり気を取られていた。居心地悪そうに座っていた伊藤の表情が変わっていた。妙に落ち着いている。樫山は伊藤を睨んだ。

「伊藤さん、まさか……」

伊藤は口を真一文字に結び、首を振った。

「伊藤警部補はあなたの指揮下の警官ではありませんよ」

松田が言った。

「今、警部補と仰いましたか？　彼は私の部下で巡査長です」

「違います。伊藤警部補は北海道警本部警備部公安第二課の精鋭で、捜査二課所属ではありません」

　松田が言ったと同時に、伊藤が樫山に頭を下げた。

「ご紹介の通り、本職は警備部の人間です」

　そう言うと、伊藤が胸のポケットから身分証を取り出し、樫山に提示した。たしかに制服を着た伊藤の顔写真の下に、所属と階級、警部補とある。

「どうして……どういうこと？」

　樫山は立ち上がった。伊藤は真顔で首を振った。

「上司から命じられた通り、本職は本来の仕事をしただけであります」

　伊藤も立ち上がった。だが、樫山の方には向かず、松田に対して体の正面を向け、敬礼した。

「ご苦労様でした」

　松田が穏やかな口調で伊藤を労うと、彼は去っていった。

「まさか、私が道警に赴任するときから監視を？」

「彼を責めないでください。あくまで彼は職務を全うしただけです。あなたは警視庁捜査一課時代、優秀なノンキャリ警部補に鍛えられた実績がありましたので、万が一のことを想定して、道警本部でも選りすぐりの公安捜査員を配置しました。彼が公安二課所属だということは、限られた者しか知りません。結果的に彼の投入は大正解でした」

「随分と汚い手を使うんですね」

　小堀が唸るように言った。

「汚いか綺麗かは問題ではありません。先ほども申し上げた通り、私の仕事は、犯罪をなくすことでも被害者を助けることでもなく、国家を救うことです」

松田の言葉を聞き、樫山は唇を嚙んだ。自分への監視は先輩官僚と前回官邸を訪れたときから始まっていたのだ。松田はあらゆる事態を想定していたということになる。

〈国家を救うこと〉とは、末端の警察官僚を徹底的にマークすることも含まれているのだ。先ほど木下が、情報が漏れていると警告していたのはこのことだった。

道警に異動してから、頭と足を使い、調べを続けた。幹部警察官という本分を超えてしまったかもしれないが、卑劣な隠蔽工作、そして偽装殺人めいた事件の真相にも近づいていた。だが、検察が動かないと決めた以上、さらなる手出しは不可能だ。諦めるのか。ここで松田に抗えば、官僚人生は確実に潰える。己の納得がいかないことに、屈服するのか。いや、まだすべての芽が摘まれたわけではない。

「我々の口と動きを封じても、メディアは真相に辿り着きますよ」

樫山は声を振り絞り、言った。木下記者と弁護士チームは稲垣の死に不信感を強め、取材と調査を続けている。

「彼らは着実に真実に接近しています。口封じは無理です」

樫山は松田の目を見据えた。

「そうでしょうか？」

松田がまた口元を歪めた。松田は背広のポケットからスマホを取り出し、何度か画面をタップした。

「もう取材は不可能だと思いますよ」

松田がスマホを応接テーブルに置いた。小堀と顔を見合わせたあと、樫山は画面を覗き込んだ。

〈北海道新報記者が現行犯逮捕　建造物不法侵入の疑い〉

大和新聞札幌総局発の記事の見出しが目に飛び込んできた。

「まさか……」

樫山は自分のスマホを取り出し、ニュースサイトに目をやった。

〈北海道新報の社会部記者が、JE北海道本社の役員専用フロアに無断で立ち入ったため、JE北は北海道警察に通報し、同記者は現行犯逮捕された。北海道新報は今回の件について……〉

樫山は画面を切り替え、通話履歴を表示した。いくつかの履歴をスクロールし、木下の名前を見つけ、タップした。だが、何度も呼び出し音が響くだけで、木下が出ることはなかった。

「木下という記者は随分鼻っ柱の強い人だったようですね。関係者入り口から社屋に潜入し、役員フロアにあがりこむや、一悶着あったそうです。彼は編集局から外され、配送部に転籍になるそうですよ。北海道新報は取材チームを解散させ、弁護士事務所とも袂《たもと》を分かつことを機関決定したとの報告が先ほど入りました」

松田が淡々と告げた。以前、木下は新報の社内に道警べったりの幹部社員がいると話していた。おそらくデスクや編集局の幹部のことだ。こうした人間と道警、そしてJE北が申し合わせれば、木下の身柄確保は容易《たやす》い。いや、罠《わな》をしかけたのだ。木下のような記者は、ダメと言われて引き下がることなどしない。JE北に押しかけ、取材をしようとした矢先に不意打ちを食らったのだ。

「何社か北海道新報の後追いをしたところがありましたが、今回の逮捕劇で腰が引けるはずです」

松田が言った。スピード違反の運転手を検挙した、とでも言いたげな軽いトーンだ。樫山自身、マスコミを好んだことはない。しかし、道警や警察全体のような膿が溜まりやすい組織にとって、外部からの監視は不可欠だ。そうした存在を簡単に排除する松田のやり方に、心底気味の悪さを感じた。

「それでは、我々は失礼します」

怒りを含んだ声音で小堀が言い、腰を上げた。樫山もこれに倣い、ソファから立ち上がった。

「お二人の上司たちから連絡があると思いますが、今伝えておきます。今回の贈収賄事件で齟《そ》齬《ご》が生じていた一〇〇〇万円の分、検察はなかったものとして処理するそうです」

座ったままの松田が言った。

「しかし……」

「もう話はついているのです。それとも私の指示に逆らいますか？」

今まで通り穏やかな言いぶりだが、有無を言わせぬ圧力を感じた。

「私が警察庁を辞めれば、自由の身ですよね？」

樫山は腹の底から湧き上がってきた言葉を松田にぶつけた。

「出処進退に関しては、私がどうこうできるものではありません。ただし、どうしても辞めると仰るのであれば、懲戒免職ということになります。再就職にはとても不利な経歴になりますよ」

松田はテーブルの上のスマホを取り上げ、何度か画面をタップして樫山に向けた。

「このような行為が度々あったのは、明確な守秘義務違反、国家公務員法違反行為ですからね」

画面を睨むと、ススキノや狸小路で木下と会っている写真が表示された。いつか木下が誰かに監視されていると言っていたが、その対象は自分だったのだ。おそらく、伊藤が秘匿撮影したものに違いない。

「私の行動が丸裸になっていたわけですね？」

樫山が言うと、松田が首を横に振った。

「樫山さんだけでなく、小堀理事官も同様です。万が一にも間違いが起こっては困りますからね」

小堀がため息を吐き、ソファに座り直した。小堀は樫山にも座るよう目で促した。

「聞き分けがいいお二人、そう判断してよろしいですか？」

松田が言った。樫山は強く唇を噛んだ。隣の小堀を見ると、目を真っ赤に充血させ、俯いていた。樫山以上に、小堀の心理的なダメージは大きい。前回の粉飾決算の捜査以来、二度目の屈服だ。

「小堀理事官、樫山課長。お二人にご希望のポストはありますか？」

駄々っ子を諭す優しい教員のような口振りで松田が言った。

「私は今のポストに満足しています。たとえ課長と年次が逆転しようとも、私は警視庁本部捜査二課理事官のままでお願いします」

掠れ気味の声で小堀が言った。

「何度へし折られても、どんな疑惑も掘り起こします」

そう言うと、小堀はソファの背に体を預け、腕組みした。

「樫山課長はいかがですか？」

万引きは見逃してやるから、大人しくしていろ……人徳のある警官のような声音だ。

「わかりません」

「どういう意味ですか？」

「この事件に蓋をすれば、私は一生後悔します」

樫山は正面の松田を睨んだ。

「この国の実務を束ねる私が下した判断に納得がいかないということでしょうか？」

「その通りです」

「ならば、退職願を書くほかありませんね」

「嫌です」

またしても、自分でも驚くほど大きな声が出た。樫山はもう一度松田の顔を睨み、言葉を継いだ。

「絶対に納得がいきません」

「将棋で言えば、もう詰んでいるのです。投了した方がいいですよ」

松田が薄ら笑いを浮かべて言った。

その通りだろう。もう逃げ道はないし、新たに攻め入っていくだけの材料もない。検察が事件を食わない以上、栗田だけが贈収賄の犯人として起訴され、裁きにあう。そんな理不尽なことは絶対に許せない。そもそも、倉田と稲垣の死を絶対に無駄にしないと宣言し、栗田の完全な自供を得たのだ。ここで屈すれば、栗田に対して申し開きができない。その上、亡くなった倉田と稲垣の墓前にも行けない。

「まさか副長官が稲垣さん殺害を命じたのですか？」

「樫山さんは面白いことを言いますね。そんなこと私がするはずないでしょう」

松田はまだ薄ら笑いを浮かべている。

「いずれにせよ、あなたは組織の人間なのです。正義やら法の解釈は時と場合により異なり、いくらでも結果は変えることができるのです。負けを認め、望むポストを手に入れてはいかがかと私は提案しているのです」

「絶対に嫌です！」

樫山は応接テーブルを両手で力一杯叩いた。

「それではどうされますか？」

松田は至って冷静に反応する。

「私が道警本部に着任する際、副長官は、北海道は大変なところだと仰っていましたね。たしかに道警のみならず、JE北海道も独自のルールで動いていました」

「そうでしょうね」

「全く休みもとれず、今日に至って、この事件が潰された。正直、精神的にもちません。しばらく通院して心身のコンディションを整えたいと思っています。休職させてください」

精一杯の抵抗だった。懲戒免職され、再就職に不利になろうとも構わない。アルバイトを掛け持ちして生活するくらいの気持ちはある。

　だが、辞してしまえば、今回の隠蔽工作を一生告発できなくなる。もとより、自分の信条に反したと後悔し続けて余生を送らねばならない。そんなことは絶対に嫌だ。さらに抵抗すれば、閑職に追いやられ、一生人事異動に怯えながら生きることになる。通院はブラフだが、精神的に参っているのは事実だ。一旦休職して頭を冷やし、打開策を練る。おそらく、伊藤の交代要員が常に監視してくるだろう。どんな方法があるかはわからないが、組織に身を置き、機会をうかがうのが一番の手段だ。

「わかりました。正式な届けは道警本部にお願いします」

　肩をすくめたあと、松田が立ち上がった。

「それでは、次の会議がありますので、失礼」

　松田は言い、出口に向けて歩き出した。隣の小堀は依然として腕組みをし、目を閉じている。怒りが頂点に達しているのは確かだ。だが、小堀は官僚として生き残る道を選んだ。

「絶対に諦めません！」

　樫山は松田の背中に、精一杯の言葉をぶつけた。歴代最強と呼ばれた内閣官房副長官は立ち止まることなく、応接室を後にした。

14

　応接室を出て、エレベーターのほうに歩くと、伊藤が樫山を待ち構えていた。そこで小堀と別れ、樫山は伊藤に詰め寄った。

「今さら何か用？」

「今だから言えますが、危うい場面もあったのです」

伊藤が神妙な顔で言った。だが、どこまでが本当の顔なのか。

「旭川に向かう特急の中で、車掌が本職に気づいてしまいました。持ち場を離脱するか悩みましたが、幸い課長はお気づきにならなかった」

「ラ・マーレ……」

樫山は無意識のうちに学校名を口にした。ほぼ同時に、後頭部に鈍い痛みを感じた。組合は組合で天敵となる公安について日々、情報収集している。車掌は伊藤が公安の人間だと気づいたのだろう。だからラ・マーレの校歌をわざと歌ってみせたのだ。

「実は本職もラ・マーレ出身です。ただし、兄弟校の函館のほうですが」

樫山には江別の普通高校出身だと言っていたが、発言は全くの嘘だった。

松田の計略にまんまとはまったことになる。樫山が北海道に赴任すれば、どこかのタイミングで稲垣の死を知るかもしれない。そうなれば、しつこい性格から調べを尽くし、やがて倉田の死にまで行き着くおそれがある。

贈収賄事件だけで事を収めれば、松田らが描いた絵に狂いは生じない。だが、その先まで踏み込んで調べることを予想し、一番身近なところに伊藤という優秀なスパイを送り込んだのだ。

「私の動きは逐一報告されていたのね」

伊藤は栗田の取り調べにも補助官として立ち会っていた。供述のメモを取りつつ、その内容を松田、いやその部下たちにリアルタイムで送っていた。だからこそ、地検の情報が官邸に届き、圧力をかけて潰したのだ。

「あっ」

考えを巡らすうち、樫山は思わず口にした。まずは登場からして妙だった。函館に寄り道していることを初めから知っていた。そして八雲町、森町から函館の本部に向かったときだ。空腹だと言う樫山に伊藤は、名物のホットドッグの話を持ち出した。部活動の遠征で函館に赴き、ホットドッグを知ったと言った。ラ・マーレ函館校に在学していたのであれば、地元の味として馴染んでいたのだろう。

また、ススキノの雑居ビルで捜査していたときの光景も頭に浮かんだ。伊藤は言葉巧みにスナックのママらから証言を引き出した。公安捜査員で潜入経験があれば、頷けるスキルだ。車掌の件、そしてホットドッグ、聞き込みのノウハウ等々、伊藤の正体に気づく機会はなんどもあった。だが、自分は誠実な部下として、あるいは弟分的な存在として伊藤を内側に入れ、そして肝心な情報を全て抜き取られていた。

だが、疑問も残る。樫山の動きを監視し、真相を暴くことを阻むのが任務であれば、伊藤の行動にはいくつも齟齬があった。中でも、とりわけ気になるものがある。

「伊藤さん、八雲署が発行した死体検案書、あれはあなたが掘り起こしたのよ」

伊藤が頷いた。不審な検案書がなければ、倉田の死の真相に近づくことはできなかった。あの検案書に嘘が書かれていたからこそ、樫山は事件の深層に沈んだ膿を見つけた。だが、伊藤は調べたが見つからなかったと言うこともできたはずだ。

「正直迷いましたよ。しかし、あの書類を見つけたことを正直に報告することで、課長は私を信じ切ってくれました」

伊藤が告げた。時には相手を利してでも、対象を騙《だま》す。それが公安のやり方だと樫山は納得した。

「伊藤さん、こんなことをして満足なの？　公安の人かもしれないけど、あなたはれっきとした警察官なの。危険を強いられ事故死した人、それを糾そうとした人を葬り去るのよ」

樫山は伊藤の前に進み出て、本人の顔を見上げた。

「課長、誤解されては困ります。本職は命令を着実に遂行したまでです。私は稲垣さんを死に追いやった人間の目星くらいはついています。そして先ほどあなたが言ったように捜査の邪魔をするどころか、アシストをしている。犯人逮捕に至らなかったのは、あなたの力不足でしかないと思います」

「そんなことを言っても……」

背の高い伊藤を見上げていなければ、悔し涙がこぼれ落ちそうだ。震える右手で思い切り頬を張ってやりたい。だが、伊藤の言い分も間違ってはいない。警察は上意下達が徹底した組織だ。本当の所属先を見抜けなかった樫山に瑕疵《かし》がある。そして伊藤の言うとおり、事件を解決できなかったのは自らの力不足でしかない。

「これも警察の仕事の一つです。それでは失礼します」

伊藤は敬礼し、立ち去った。松田に煮え湯を飲まされ、さらに伊藤に追い打ちをかけられた。警察という巨大機構で今後立ち回っていく自信はない。官邸の出口までの道がひたすら遠く感じられた。

15

官邸を訪れてから一〇日後、樫山は郷里の宇都宮に戻った。突然休職した旨を告げると、両親はなにも言わなかった。一度言い出したら絶対に退かない性格を両親は熟知していた。父親は好きなだけ休めとだけ言い、定年後の楽しみだというバス釣りに毎日出かけていた。必然的に専業主婦の母親と向き合うことになった。

「ねえ、ビールおかわりしてもいいかな」

「好きにしたら」

母親がため息を漏らした。

平日の正午前、実家から徒歩一〇分ほどにある、赤と白のストライプの庇《ひさし》が目印の老舗餃子屋に入った。厨房にいる店長とその妻は顔見知りだ。名物の薄いスープのラーメンをオーダーしたあと、食感の軽い焼き餃子を三人前オーダーした。

「こんなにダラダラしていてもいいのかね?」

小皿に辣油と酢を足しながら、母が言った。

「私がいなくても、仕事は回っているから大丈夫」

樫山は自分に言い聞かせた。

母は眉根を寄せたが、すぐにカウンターの奥にあるテレビに目をやった。ちょうど民放の情報番組がかかり、芸能人カップルの破局劇を面白おかしく伝えていた。その後、話題は、与党民政党の総裁選挙の結果に移った。母親のような雑多な情報を右から左に受け流す層には、格好の番組なのだ。

瓶ビールを追加し、小皿を見つめた。

あの日、官邸から戻ると、警察庁と警視庁の幹部が小堀と樫山を待ち受けていた。松田が言った通り、贈収賄事件だけを扱うよう厳命され、二人は渋々従った。捜査会議が開かれ、ことの顚末《てんまつ》を報告すると、そこかしこから舌打ちの音が響いた。警視庁の清野と道警の冬木が他の捜査員たちを睨みつけ、ことなきを得た。官僚人生で最悪の会議だった。

その後、栗田と向かい合い、詫びた。その途端、栗田は眦を吊り上げ、一言だけ樫山に告げた。

〈裏切り者！〉

その後、栗田は一言も口をきかず、取調室を後にした。

小堀によれば、栗田は松田らが画策した提案を飲み、サッカークラブの活動資金がきちんと担保されるのであれば、シナリオ通りに公判で証言し、刑に服すると確約したという。自治体からのクラブへの助成金を復活させるなど、松田ならいくらでもやりようがあるだろう。

後味の悪さは拭えなかった。だが、松田の言う通り、完全に詰んでしまったのは明白だ。栗田を裏切ったことは、己の信条を曲げたことと同じだ。納得のいかないまま休暇に入ったものの、打開策のあてはなく、ぐずぐずと事件を振り返っては自己嫌悪のループに陥る毎日だ。

栗田に会った翌日、一旦北海道に戻り、刑事部長に休職願を提出し、あっさり受理された。中島公園脇のマンションに立ち寄り、当座の着替えだけをキャリーケースに詰め、東京にとんぼ返りし、空港からそのまま実家に帰ってきた。

〈民政党の総裁選、すごかったですね〉

テレビからタレントMCの声が聞こえた。戦後最高の接戦となったとされる総裁選は、前首相の系譜に連なる現首相がわずかな票差でリベラル派候補に敗れた。これは現政権を陰で支えた松田からしても予想外の事態であったにちがいないが、もはや遠い世界の出来事に感じた。MCと政治評論家が今後の政局を占い始めたとき、目の前に新しい瓶ビールが届いた。

「順子ちゃん、仕事はいいの？」

「ちょっと疲れたから、有給消化なの」

「だったらいいけど、飲み過ぎないでね」

店長の妻が瓶を置き、慌ただしく新規客のオーダーを取りに行った。

「ねえ、結婚しないの？」

MCに興味を失った母がいきなり尋ねた。

「相手がいないわ。これればかりは仕方ない」

「だったら、お見合いは？」

「断固拒否。薦めてくるのはどうせ県庁の人とかでしょう？」

「まあね。あんた少し疲れているから、乗ってくると思ったのに」

「その手は食いませんよ」

そう言うと、樫山は手酌でタンブラーにビールを注いだ。その直後、伊藤の顔が浮かんだ。頼もしい相棒と思っていた部下は、監視役だった。しかも公安捜査で徹底的に鍛えられた演技に見事に騙された。部下、相棒という感情の他に、もし伊藤がパートナーだったらとの思いがわずかに芽生えていたのも事実だ。結局、人を見る目がなかった。こんな状態で見合いなどできるはずがない。その旨をやんわり告げようかと思ったが、母は再びテレビ画面に視線を向けていた。

「ねえねえ、今度の総理大臣ってどんな人なの？　会ったことある？」

画面を見たまま、母が言った。

「二、三回法案の趣旨説明で会ったけど、可もなく不可もなくって感じかな。ただ、今までみたいに強烈な右って感じではないわね」

「へえ、そうなの。あんたって、やっぱりお役人だね」

「なによ、仕事だもの」

四、五年前に次期首相となる人物の議員会館の事務所に行ったことがある。柔らかい物腰の政治家で、個性を前面に出すタイプではない。政策通との評判があるが、樫山らの説明にも適宜質問を入れ、納得してくれた。

この国のトップが代わっても、利害調整という名の横槍は必ず入る。あの穏やかな政治家が首相となって、この国の仕組みがどう変わるのか。いや、変わるはずはない。淡い期待を抱いても、今回のように梯子を外されるだけかもしれない。

樫山がタンブラーのビールを一口飲み、もう一度手酌したときだった。小皿の脇に置いたスマホが振動した。

〈今、話せますか？〉

小堀からショートメッセージが着信した。

「ちょっと電話してくるね」

「休みじゃないのかい？」

「大事な用事かも」

母親にそう言い残すと、樫山はテーブル席を離れ、店の外に出た。週末や祝日は行列となる店だが、今日は誰も紅白の庇の下にはいない。樫山は通話履歴をたどり、小堀の名前をタップした。

「樫山です。いかがされましたか？」

〈まだ公式発表されていませんが、二時間前にリニア新幹線の高架橋建設現場で作業員の死亡事故があったそうです〉

小堀の声が幾分うわずっているように感じた。だが、リニア新幹線と聞いても、今の樫山には響かなかった。

「それがどうされたのですか？」

自分でも驚くほど無機質な返答だった。

〈次期総理が強い関心を示されているそうです〉

「どういうことですか？」

〈先ほど、本庁の先輩から連絡がありました。次期総理が、例の一件に強い興味をお持ちだそうです〉

「しかし、あの一件は……」

〈永田町のパワーゲームの始まりです〉

小堀が興奮気味に言った。

〈次期総理は、保守派が強引に貫いてきた従来のやり方を一新したい、だから前政権が蓋をした事件にあえて手を入れる考えだそうです〉

「本当ですか？」

〈次期総理周辺から降りてきた話です。間違いありません〉

「それでは、検察も？」

〈体制を組み直していると先の担当検事から連絡がありました〉

「しかし官房副長官が彼のままでは、なにも変わらないのでは？」

〈そこについても情報があります。松田氏が用いてきた諜報機関のようなやり方について、次期総理は過去になんども煮え湯を飲まされてきたそうです〉

「たしかに……」

樫山の脳裏に松田の顔が浮かんだ。蛇のような醒め切った眼差しは、警備公安畑のあらゆる情報を吸い上げてきたからこそ出来上がったものだ。

〈次期総理は、過去に与党民政党の主要ポストにいたとき、松田氏に横槍を入れられ、法案を曲げられたそうです。だからこそ、今度の副長官は総務省、あるいは外務省の経験者から採用する方針だと聞きました〉

「それでは、松田氏は……」

〈実質的な馘首《かくしゅ》です。年齢的には勇退という形になるでしょうが、案外次期総理も骨がありま

すね〉

樫山は振り返り、店の中を見た。母親の肩越しに、新しいこの国のリーダーが演説しているのが見えた。過去一〇年近く続いてきた保守色の強い政治が様変わりしようとしている。その屋台骨を支えてきた松田官房副長官がクビになるということは、新しい政権が改革に本腰を入れるということと同義だ。

もう一度、この国の岩盤に穴を開けることが自分にできるのか。樫山はガラス戸越しにテレビ画面を凝視した。

〈どうされますか？〉

小堀の声で我に返った。

「すぐ東京に戻ります」

〈了解です〉

電話を切ると、樫山は慌ててテーブル席に体を向けた。その直後、再度スマホが反応した。即座に通話ボタンに触れると、元気な男の声が響いた。

〈久しぶりですね、樫山課長。いや、今は休職中でしたね〉

木下だった。

「逮捕されたあとはどうされていたの？」

〈結局不起訴で釈放されました。でも、社内の守旧派が巻き返してきたので、潮時だと考えて退社しました〉

「あなたには本当に申し訳ないと思っています。今はなにをなさっているの？」

〈フリーの報道記者として地元経済誌に道内のあれこれを書くことにしました。なあに、心配しないでください。少なからぬ同僚たちが俺への処分に異議を唱えていて、新聞幹部と捜査当局の癒着を糾弾する声があがっています。俺も辞めるまでの内幕はすべてネットに書くつもりです。幹部連中は今頃、大慌てでしょうね。そんなことより、衝撃のスクープがありますよ〉

新聞社に勤めていようが、フリーに転じようが、木下は生粋の記者だ。

木下の声が興奮からうわずっているのがわかる。

「銀座のホステスから旧知の新聞記者にタレコミが入ったんです。新聞では扱いきれないと、フリーの俺にネタが回ってきたんですよ。ある客が急に金回りが悪くなった挙げ句、売掛金の回収ができそうもない。コロナ禍で店自体潰れることになり、この客の話を売りたい、と。動機は不純ですが、ホステスが働いていた店は政財界の一流が集う有名店だったので、話を聞きに行くことにしました。それがまさにススキノ事件の関係者だったのです」

樫山は話の展開についていけず、聞き返した。

「だから、稲垣さんが転落した事故ですよ。客だった男が言うには、官邸の要人から事態収拾を命じられ、損保や警察まで巻き込んで、事件を隠蔽したと。しかし、結局、男は官邸から切られ、左遷されてしまった。お店のアフターで、深酒しながら夜通しホステスに官邸への恨み節を吐露したそうです。この男、誰だかわかりますよね？」

「まさか……」

「そう、間瀬です。いまは自治体の清掃局の監査役を務めているそうです。ホステスにじっくり話を聞いたあとは間瀬に直撃。ずいぶんと恨みを抱えているそうですから、再捜査の突破口が開けるかもしれません。そのときは樫山さん、あなたにバトンタッチしますよ」

樫山の脳裏に松田の皮肉めいた顔が浮かんだ。

「もちろんよ。やられたらやり返さないとね。続報お待ちしてます」

そう言って樫山は電話を切り、母の待つテーブル席に戻った。

「電話、大丈夫なの？」

母が心配げな顔で言った。

「ごめん、東京に戻る」

財布から五千円札を取り出し、テーブルに置いた。

「ちょっと、順子。ビールはどうするの？」

「それどころじゃないの、ごめんね母さん」

樫山は出口に向かって駆け出した。

⑤死傷者の所属・年齢・性別・職業又は職名・経験年数及び入場月数：所属＝北装電設（一次協力会社）　年齢＝五九歳　性別＝男　職業＝電気工事士　経験年数＝四一年　入場月数＝三年五カ月

札幌駅近くのビジネスホテルで、稲垣はノートパソコンのファイルを睨んだ。ネット上のデータ保管用クラウドサービスから引き出したもので大元のデータは実家のパソコンに保存されている。目の前にある〈事故速報〉には、恩人・倉田が事故死した事実が淡々と記されていた。
〈事故後の経過　二月一九日　一四：一四　事故発生→一四：二〇　JV現場代理人へ連絡被災者は意識不明のため胸部圧迫等の措置を実施〉
〈一四：二二　JV現場代理人が消防に救急車を要請→一四：四〇　被災者を救急車で函館の病院に搬送〉
稲垣は報告書を見つめ、ため息を吐いた。ここまでは正規の手順が踏まれていた。倉田はほぼ即死の状態だったと現場に居合わせた他の作業員から聞かされた。
〈一五：一〇　警察到着、現場検証開始→一七：三五　警察による事情聴取開始→一八：二五

警察による事情聴取終了〉

警察が到着してから約三時間で現場検証と聴取が終わっている。いや終わらせたのだ。この辺りから、倉田の死が軽んじられていく。

通常であれば、業務上過失致死傷の分析を担当する道警の専門捜査班が臨場し、作業工程や監督状況を精緻に調べなければならない。加えて、国交省の自分のような専門家を急派し、警察とともに徹底的に調べ、そして再発防止に向けて現場を止めねばならない。無機質な報告書に連なる数字と文字を読んでいると、言い様のない怒りが込み上げる。

稲垣はファイルのページをめくり、翌日のリポートに目を向けた。

〈二月二〇日　八：〇〇　ＪＶ再発防止検討委員会を実施→九：〇〇　労働基準監督署に被災者死亡を報告→一〇：〇〇　ＪＶ再発防止検討委員会終了〉

国交省の専門官不在のまま、再発防止に向けた会議がたった二時間で終了していた。稲垣はファイルに添付されていた別のリポートを見た。

〈機構、ＪＥ北から暗に工事再開のめどを尋ねる問い合わせがたびたび入る〉

機構とＪＥ北の背後には、利権に群がる地元政治家や商工関係者がいたに違いない。官民が一体となり、倉田の死を冒瀆《ぼうとく》したに等しい。

〈二月二一日　九：〇〇　警察が現場の高所作業車の動作確認を実施。対応はＪＶ及びリース会社工場長→一〇：四〇　動作に異常がないことを確認して終了。警察より、業務上過失には該当せず、現場保存の解除について了解を得る〉

たった一時間四〇分で作業車の点検を終えているのは、どう考えてもおかしい。稲垣が事情を聞いた数人の作業員たちによれば、地上で作業車を操作していたのは、人材派遣会社から来た作業員で、初めて車両の操作を行った。当該作業員は、ベテラン作業員の代替要員であり、この配置をした現場責任者には事情聴取を行っていない。どう考えても、工事再開を優先させるためのおざなりな点検が行われたのだ。

〈二月二五日　一〇：〇〇　労働基準監督署に再発防止策を説明、工事再開について了承を得る→明日工事再開予定〉

倉田が事故死してからわずか六日で工事再開が決まっていた。

トンネル工事は火薬や重機を大量に投入する危険な現場だ。生身の人間が常に死と隣り合わせになる。安全確保のためには、せめて半年程度は腰を据えた検証を要する。

稲垣はテキストを記すべくワープロソフトを立ち上げ、猛烈な勢いでキーボードを叩き始めた。

〈この国は「覇王の轍」の呪縛に五〇年以上縛られたままだ〉

一文を一気に打ち込み、画面を睨んだ。この際、思いの丈《たけ》を一気に綴る。

〈新幹線の工事、特に土木工事の技術の結晶ともいえるトンネル掘削工事については、環境に配慮しつつ、安全を最優先に作業が進められている。しかしながら、選挙対策の一環として開業計画が前倒しされた結果、建設現場には異様な圧力と負荷がかかり続け、結果として労働災害が連続して発生し、尊い命が失われる〉

打ち終えた文面を読み返し、メールで私用アドレスに転送した。同じ報告を今後役所で行う。そして今回の一件を契機に、安全対策の抜本的な見直しを幹部たちに提言する。いや大臣に直談判する。

鉄道に厳しい目が向けられていることは知っている。戦後復興の象徴として前身の国有企業が全国に線路を敷設していったが、半官半民の企業には不正が蔓延り、やがて利用客、つまりは国民の信頼を失って、三五年前に民営化して再出発した。サービスや安全面を見直し、利用者の信頼強化に努めたことで順調なスタートをきったが、人口減やコロナ禍を経て、危機を迎えようとしている。

鉄道は変わらないといけない。その第一歩は、鉄道は命を運ぶという原点に立ち返ることだ。今回の告発は、その端緒にしなければならない。それが倉田に自分ができる唯一の恩返しだと思っている。もうこれ以上、命を軽んじられる者が出てはならない。

メールが正常に送られたことを確認すると、稲垣はノートパソコンの電源を落とした。その直後だった。パソコンの脇に置いていたスマホが汽笛の着信音を鳴らした。登録していない携帯番号が表示されている。

「はい、稲垣です」

〈あの、JE北総務部ですが〉

「なんでしょうか?」

〈幹部の代理人として、稲垣さんの報告書を受け取るように指示されたので、ご連絡を差し上げました〉

「それでしたら、これから私がJE北本社にうかがいます」

〈あの、それはちょっと……〉

「なにか都合が悪いのですか？」

〈いえ、幹部たちが非公式な形で受け取るようにと〉

稲垣は舌打ちを堪えた。会社に押しかけて正式な通達のような形で会えば、色々と記録に残り都合が悪いというのだ。いずれ、霞が関に戻ったときにでも、正規の伝達はできる。稲垣はそう考え直し、口を開いた。

「わかりました。どうすればよろしいですか？」

〈ススキノの交差点近く、南四条西三丁目に第二ラベンダービルという細長い建物があります。その中にスナック・ノースドアというお店がありまして、そこに二〇時においでくださいませんか？〉

「そこで待っていればいいのですね？」

〈ありがとうございます。こちらから再度ご連絡しますので、よろしくお願いします〉

電話が一方的に切れた。稲垣は腕時計に目をやった。今は一九時過ぎ。ススキノまで歩いて一〇分程度だ。スナックに着く前に、どこかでラーメンでも食べていけばいい。稲垣はノートパソコンを鞄に入れると、ホテルの部屋のシャワールームの扉を開けた。役人人生の中で、一番の大仕事だ。身体を清め、新しい服を着て正々堂々と対峙する。全ての服をぬいだあと、稲垣はシャワーの蛇口を力一杯回した。

——了

参考文献

・小笠原淳『見えない不祥事　北海道の警察官は、ひき逃げしてもクビにならない』リーダーズノート出版、二〇一七年
・佐藤信之『鉄道と政治　政友会、自民党の利益誘導から地方の自立へ』中公新書、二〇二一年
・佐藤信之『ＪＲ北海道の危機　日本からローカル線が消える日』イースト新書、二〇一七年
・西岡研介『トラジャ　ＪＲ「革マル」三〇年の呪縛、労組の終焉』東洋経済新報社、二〇一九年
・吉野次郎『なぜ２人のトップは自死を選んだのか』日経ＢＰ社、二〇一四年
・「旅と鉄道」編集部編『旅鉄　ＢＯＯＫＳ０４３　北海道の鉄道旅大図鑑　改訂版』天夢人、二〇二一年

そのほか、日本経済新聞、朝日新聞、北海道新聞、インターネット等

初出　「ＳＴＯＲＹ　ＢＯＸ」二〇二一年九月号～二〇二二年七月号

＊本書は、フィクションであり、登場する人物・団体等はすべて架空のものです。

相場英雄（あいば・ひでお）

一九六七年新潟県生まれ。八九年に時事通信社に入社。二〇〇五年『デフォルト 債務不履行』で第二回ダイヤモンド経済小説大賞を受賞しデビュー。主な著書に『血の轍』『ナンバー』『不発弾』『トップリーグ』『Exit イグジット』『マンモスの抜け殻』など。本作『覇王の轍』は、『震える牛』『ガラパゴス』『アンダークラス』と続く、〝田川信一シリーズ〟のスピンオフである。

覇王の轍

二〇二三年二月六日　初版第一刷発行

著者　相場英雄
発行者　石川和男
発行所　株式会社 小学館
〒一〇一-八〇〇一 東京都千代田区一ツ橋二-三-一
電話 編集〇三-三二三〇-五九五九
販売〇三-五二八一-三五五五
DTP　株式会社昭和ブライト
印刷所　凸版印刷株式会社
製本所　株式会社若林製本工場

ISBN 978-4-09-386669-9